洪澜 著

天津出版传媒集团
天津人民出版社

图书在版编目（CIP）数据

有故事的中国诗词：全三册 / 洪澜著 . -- 天津：天津人民出版社，2024.4

ISBN 978-7-201-20148-1

Ⅰ . ①有… Ⅱ . ①洪… Ⅲ . ①诗词—诗歌欣赏—中国—通俗读物 Ⅳ . ① I207.2-49

中国国家版本馆 CIP 数据核字（2024）第 034609 号

有故事的中国诗词：全三册

YOU GUSHI DE ZHONGGUO SHICI QUAN SANCE

出　　版　天津人民出版社
出 版 人　刘锦泉
地　　址　天津市和平区西康路 35 号康岳大厦
邮政编码　300051
邮购电话　（022）23332469
电子信箱　reader@tjrmcbs.com

责任编辑　郭晓雪
特约编辑　石胜利
封面设计　WONDERLAND Book design 仙境 QQ:344581934

制版印刷　三河市新科印务有限公司
经　　销　新华书店
开　　本　880 毫米 ×1230 毫米　1/32
印　　张　20.5
字　　数　340 千字
版次印次　2024 年 4 月第 1 版　2024 年 4 月第 1 次印刷
定　　价　138.00 元

中国是一个诗歌的国度，中国人是一个爱诗的民族。我们从三千多年前的祖先留下来的《诗经》里依然可以找到我们今天渴望的生活。

青青子衿，悠悠我心，那是一份相思；执子之手，与子偕老，那是一份承诺；

如切如磋，如琢如磨，那是一份修为；靡不有初，鲜克有终，那是一份告诫。

这世世代代相传的精神财富，早已融入了我们的血脉里，塑造着我们的容貌，淬炼着我们的思想。可以说，中国人的骨肉是带着诗意的，中国人的灵魂是荡着诗气的。

中国并没有西方国家那样的史诗，是因为，古代的中国民间几乎人人会吟诗、作诗，诗歌融合了一切，并不需要有专门的史诗来记叙某件重要事情或歌颂某个重要人物，一个遍地都是诗歌的国度，其本身就是史诗。

而在浩如烟海的诗歌典籍里，唐代的诗歌成就达到了公认的顶峰。唐诗以庞大的规模、惊妙的手法、个性的立意，佳句迭出，冠绝古今。

唐诗除按照起落盛衰的顺序可以分为初唐诗、盛唐诗、中唐诗和晚唐诗之外，还可以按照题材分为风景诗、历史典故诗和情感诗等。

本套丛书选取了后一种分类方法，共分三册，精心遴选 89 首简单易懂，朗朗上口的经典佳作，辅以精美插图和用心解读，旨在为少年儿童的唐诗启蒙做一些努力，希望每一个浸透在书香诗意中的孩子都能爱上唐诗，腹有诗书气自华。

目录

上册风景篇

中册情感篇

下册历史典故篇

登鹳雀楼

唐 王之涣

白日依山尽，黄河入海流。

欲穷千里目，更上一层楼。

解读

《登鹳雀楼》是一首非常单纯的写景诗，说它单纯，是因为诗中没有写人，没有写事，只是描绘了一幅风景画卷。在这幅画卷上，白而耀眼的夕阳悬在远山之巅，呈现出渐渐隐没的动态，波涛滚滚的黄河向大海奔流而去，色

彩厚重，声响恢宏，使人如身临其境。

自古以来，这首诗都以其前两句有如神来之笔一般的景色描写，备受诗评家赞誉。而它的后两句，更是借景说理的典范。不说教，不宣讲，只是顺着前面写景之势，推出后面的人生感悟，令人由衷信服。

鹳雀楼是黄河边的一座高楼，修建于一千四百多年前的南北朝时期，原址在山西蒲州古城的黄河东岸，元朝的时候，这座楼毁于战乱，加上后来黄河好几次改道，连遗址的具体位置也不知道了。不过，千年前的高楼本身虽已化为乌有，而这首写在唐朝的《登鹳雀楼》却被一代又一代人传诵不止，让我们能够从诗句里瞥见这座古代名楼的影子。精炼而准确的诗歌，就是具有这样的魔力。

故事

在唐代的一本叫作《翰林盛事》的书里，写了一个与《登鹳雀楼》有关的故事。

传说，唐代女皇武则天特别喜欢这首《登鹳雀楼》，经常吟诵品味，越品越觉得意味无穷。但她不知道这首诗的作者是谁。这也可以理解，古代不像现在，有电脑有网络，想知道什么信息，打开搜索软件一搜就能搜到，那时的知识全靠读书人手写口授来传播，很不容易获取。即使是像武则天这样做过皇后又当了皇帝的人，也有很多打听不着的事。

有一天，武则天又念起了“白日依山尽，黄河入海流”，一边念，一边赞不绝口。正巧，新选拔的宰相李峤就在她身边。李峤很有学问，二十岁就考上了进士，与骆宾王这样的少年天才齐名，以擅长写文章著称于世。武则天抬眼看到他，便问道：“爱卿，你知不知道这首诗是何人所写？”

李峤虽然是一个才华横溢的文学家，可是他嫉妒心很强，见不得别人的文采被夸奖。他一看，一向心高气傲的皇上，竟然这么喜欢《登鹳雀楼》这首小诗，心里很不舒服，便随口说：“臣知道，这是御史朱佐日的诗。”

朱佐日是谁？根据《翰林盛事》的记载，他是苏州人，在朝廷里做御史很多年了。官方编修的正史里，并没有关于他的任何记录。也许朱佐日是李峤的朋友，所以，李峤就把武则天欣赏的诗歌安在了他头上。而真正的作者王之涣的名字，他却不提。武则天对李峤的话深信不疑，便给了朱佐日很多赏赐。

晚唐之后，随着这个故事的流传，《登鹳雀楼》的作者究竟是谁，真的变得说不清楚了。尽管大部分人都认为是王之涣，但作者是朱佐日这个说法，也一直都存在。

其实，《翰林盛事》里的这个故事，本身就是杜撰的。据许多学者考证，《登鹳雀楼》的问世年代，应该在唐玄宗统治之后，而武则天是唐玄宗的祖母，那时候早已经去世了，她不可能读到这首诗。一个虚构的故事，就这样莫名其妙地造成了一桩唐诗史上的疑案了。

故事中的小智慧

我们从小读唐诗，就知道《登鹳雀楼》是唐代诗人王之涣的经典之作，但是，大家也许并不太清楚，实际上，王之涣与《登鹳雀楼》之间的关系，一直都是打着问号的。

这是为什么呢？原来，《登鹳雀楼》是一首按照唐人习惯题写在楼内墙壁上的即兴诗，原始墨迹经过岁月侵蚀，早在唐朝末年的时候就消失了。所以后来编辑唐诗的人都没亲眼看过它的原诗和落款，只能通过各种资料来拼凑诗

歌与作者。一旦资料不全、错漏，就极可能出现这种众说纷纭的情况了。其实，这也是古典诗歌研究的乐趣所在，说不定有一天，通过自己的考证和钻研，小朋友们也能发现《登鹳雀楼》这首诗真正的作者呢。

绝句

唐 杜甫

两个黄鹂鸣翠柳，一行白鹭上青天。

窗含西岭千秋雪，门泊东吴万里船。

解读

这首诗，是杜甫的组诗《绝句四首》中的第三首。这时候杜甫正隐居在四川成都，一度因蜀中发生骚乱而离开成都避难。后来骚乱平息，加上历时多年的“安史之乱”也彻底平定了，杜甫的老朋友、成都尹严武在被调回朝廷两年后，又再次被派回成都，写信邀请杜甫。这些好消息促使杜甫重返成都，依旧住在浣花溪畔的草堂里。

住在成都的这个时期，杜甫的心情是比较轻松愉快的，他写了一些即景小诗。因为内容都是随见随感，没有什么特别可用的标题，所以这些诗就都叫《绝句》了。

《绝句四首》之所以被列成一组，是因为写作时间接近，都是在唐代宗广德二年的四月，春夏交替之际，杜甫刚刚回到草堂的时候，眼前所见、心中所感，也都相似，故浑然自成一体。

对这第三首《绝句》，好评者认为，此诗用语朴素、画面鲜活、格律工整，是完美的作品。偶尔也有批评的意见认为，全诗内容缺乏有机联系，比较散漫。但是，也可以说，散漫正是这首诗的一个特点，因为它本来就是散记式的写法。尽管写景诗一般的确不这么写，多是集中描绘某一样景色。像这首诗这样，每一句写的都是无关联事物，很少见，但它也未必就不对。毕竟，在《绝句四首》中，这一首最为脍炙人口，证明它的艺术魅力是最大的。

故事

唐玄宗天宝末年，“安史之乱”爆发，长安陷落，唐玄宗和太子李亨出逃。中途，父子俩分道而行，唐玄宗去了四川，李亨前往陕西灵武，并在那里登基，他就是唐肃宗。

唐肃宗上元二年，黄门侍郎严武被任命为成都尹。严武和诗人杜甫是老朋友了，他知道杜甫正在华州当一个小官，生活穷困潦倒，家里还饿死了孩子，为了照顾杜甫，他特地奏请肃宗，让杜甫来成都给他当参谋官。

杜甫就这样来到了天府之国的蜀中，在严武和其他朋友的资助下，建造了一处房屋落脚。因为这处房屋坐落在浣花溪畔，所以叫作“浣花草堂”。

严武是中书侍郎严挺之的儿子，出身高贵，早早就借着家族势力登上了仕途高峰。而杜甫呢，他是初唐有名的

文人杜审言的孙子，家世也与严武家族颇有渊源，所以这两个人属于世交，也就是说，两家人从祖辈时就开始交往，到严武和杜甫这一代，自然也就成了朋友。

其实，严武性格很暴躁，杜甫也不是温柔型的，这两人能成为朋友，可以说是奇迹了。有一天，杜甫喝醉酒，突然跑到严武家，一脚蹬在严武的坐榻上，把脸凑到严武眼前，瞪着他说："嘿，严挺之生的儿子不错呀！"在古代，叫别人的名字，是特别不礼貌的行为，如果叫别人父亲的名讳，那简直就是侮辱了。不过严武没生气，大概是对杜甫耍酒疯已经习惯了。杜甫的浣花草堂，严武来去随意，上门的时候连帽子也不戴，这在古人看来，也是非常失礼的，杜甫却无所谓。

杜甫和严武两人的关系十分有趣。有历史记载说，严武有一次被杜甫气得不行，带了兵要去杀杜甫，严武的母亲赶紧去给杜甫报信，杜甫才逃过一劫。过后，俩人也就没事儿了，继续做朋友。

在严武的庇护下，杜甫平日在草堂周围种花种树，吟诗作赋，和谈得来的乡邻们喝酒聊天玩耍，生活得十分愉快。在《绝句四首》里，提到“朱老”“阮生”等人，这都是他草堂边的邻居。他和这些人相处融洽，常来常往，给生活增添了不少乐趣。

可惜，严武四十岁时猝然去世，杜甫失去了依靠，接任成都尹的人叫郭英乂，此人是个武将，性子比严武还急，脾气也坏，杜甫跟他搭不上话，也就很难继续在成都待下去。他只好去巴蜀的东部，想要依附在那里当剑南节度使的高适，然而他刚刚抵达，高适便去世了。无奈之下，杜甫只得乘船漂流而下，客居湖南。后来，他辗转浪迹于湖湘之间，五十九岁时在这里去世了。

故事中的小智慧

看了杜甫在成都住浣花草堂的故事，可能很多人不理解，为什么像杜甫这样一个了不起的大诗人，连自己都养活不起，还需要到处寻找收留救济者，即使杜甫跟严武那么亲密，那么不拘小节，也改变不了他和严武是依附与被依附的关系这个事实。

这就要说到我国古代文人就业的一个常见机构——幕府。

幕府最早出现在汉代，指的是将军出征打仗时设立的指挥部。到了唐代，节度使的势力变得非常大。节度使就是掌管一个地区的地方官，也叫藩镇。他们不是文臣，而是武将，所以他们实施政务的办公处，就叫“幕府”，而在幕府中工作的，都是这些节度使自己聘请的有谋略有才能的文人。从那时直到清朝，封建社会的文人到地方上的大官那里谋求一个参谋的差事，是很常见的，他们一来为了养家糊口，二来，其实也是寻找机会实现自己的政治抱负。

严武是蜀中的地方官，他写信给杜甫，就是聘请杜甫加入他的幕府，成为他的幕僚。所以说，其实杜甫并不是在向严武乞讨什么，严武也并非施舍。不过是杜甫在严武那里得到了一份工作，并通过自己的劳作，赚取赡养全家的金钱。严武去世后，杜甫去找高适，也是因为成都的工作丢了，他想在高适的幕府里再就业罢了。杜甫在成都的生活，并非没有尊严，而是自食其力。

山行

唐 杜牧

远上寒山石径斜，白云生处有人家。
停车坐爱枫林晚，霜叶红于二月花。

解读

这是一首写秋景的诗。四季景色是写景诗的一个很重要的题材，在古典诗歌中，每个季节都有它们自己的典型

景物。秋景的常见景物元素有秋蝉、落叶、残荷、霜叶、寒鸦、枯藤等等。在《山行》这首诗中出现的秋景的元素是霜叶。

霜叶就是下过秋霜之后变红的树叶，这里指的是枫叶。在一般的诗词中，它代表的是衰亡之前最后的绚烂，带有浓重的悲情色彩。

中国古代有一种用来认识世界的哲学观念，叫作“五行说”，就是将世间万物区分归纳为金木水火土五种属性。四季也被赋予了各自的属性，春天属木，夏天属火，秋天属金，冬天属水。秋天之所以属金，是因为金代表砍伐和杀戮，是衰亡的过程，秋天在我们的古人眼中，就是生命在走向衰亡。

因此，写秋天的诗歌，绝大部分都是悲凉的。但这首《山行》却反其道而行，转悲为喜，全诗清丽爽朗，意气风发，毫无伤感，尤其是最后一句“霜叶红于二月花”，用了别出心裁的对比手法，把秋天的枫叶和春天的鲜花相比较，还指出秋天的枫叶更美更艳，这不但增强了诗句对红叶之美的描写效果，更借景色实现了情感的升华，表现了诗人豁达自信的精神面貌。

故事

明代有一位文学家，名叫瞿佑，是浙江钱塘人。他自幼聪明，十几岁的时候诗就写得很好。当时著名的诗人杨维桢游历到钱塘，听他即兴咏出的几首诗，连连说好，还把诗稿珍藏在袖子里带走了。杨维桢被誉为“一代诗宗”，瞿佑小小年纪就能得到他这样的赞赏，可见其人多么有天赋。

瞿佑有个伯父叫瞿元范，瞿佑在诗词上的知识和素养，很多都得益于他的教导。

古时候，农历十月初一为“十月朝”，这是一个祭祖的传统节日，人们都要去自家祖坟，烧香磕头，供奉祭品。瞿家的祖坟在山上，每年扫墓，瞿家长辈们便带着家中的男孩子去祭祖，路上，瞿元范总是和小瞿佑一边走一边吟诗。农历十月已经是深秋时节了。山中到处都是红叶，瞿元范看到红叶，就念杜牧的《山行》给瞿佑听，年年如此。瞿佑早就对这首诗烂熟于心。

这一年的十月朝，瞿家人又一起去扫墓祭祖，山路两边处处红叶招展，在秋天的阳光下闪着红艳艳的光，美不胜收。瞿元范对瞿佑说道："佑儿，今年，你来背《山行》给我听吧！"瞿佑说道："伯伯，背诗我会，不过，背之前我有个问题要问你。"

瞿元范有些吃惊："你要问什么？"

瞿佑说道："有件事，我怎么也想不明白。这首诗的第二句，是'白云生处有人家'，还是'白云深处有人家'？我看书上两种都有，伯伯可否教我，到底哪个字是对的？"

瞿元范哈哈笑道："佑儿，没想到你读书这么仔细，这一字之差也注意到了。不过嘛，这两个说法，都不能说对，也都不能说不对。"

"这是什么意思呀？"瞿佑不解地问。

"佑儿啊，杜牧生活的唐朝，离我们已经快要七百年了，你知道七百年是多久吗？"

瞿佑歪着小脑袋："多久？"

瞿元范指了指红叶："喏，就是这些枫叶，绿变成红，红又变成绿，变来变去七百多个来回呢。我们每个人的生命也不过百年，那就是七代人生生死死那么长的时间。"

"所以呢？"

"这么长的时间，一首诗被成千上万的人传唱，自然就会出现各种各样的版本，所以你看到有的书上，这首诗的第二句是白云深处，有的书上，却是白云生处。到底杜牧当年用的是哪一个字，谁都说不清了。"

"啊，怎么会这样呢！谁都说不清？！"瞿佑有点着急了，"可我想知道呀！"

瞿元范看他小脸都急红了，心里好笑，嘴上安慰道："这样吧，我什么时候做个梦到唐朝去，找到杜牧，跟他问清楚了，再回来告诉你。"

"好，伯伯，你要快点去！"瞿佑点点头，"那现在，我要念哪个字才好呢？"

瞿元范摸着他的头说："你喜欢哪个字，就念哪个字好了。”

瞿佑想了想，便站在路边，把手往后面一背，朗声诵念道：“远上寒山石径斜，白云生处有人家……”

走在前面的瞿家长辈们听到他稚嫩清脆的声音，都笑着回头，看见这一老一小站在红叶下，一个摇头晃脑，一个慈爱地点着头。

几年后，瞿元范去世了。临终时，他拉着瞿佑的手说：“佑儿，不要伤心，伯伯这就到唐朝去找杜牧，问他到底是白云生处有人家，还是白云深处有人家……”瞿佑似信非信地看着他慢慢闭上眼睛，小声问道：“伯伯，那你什么时候问好了回来告诉我啊？”

可是瞿元范已经不说话了。

瞿佑长大后，终于明白，伯伯没有去唐朝，也不会回来了。每当他看到秋天红叶翻飞，便会想起瞿元范，想起在山路上他们一起大声地诵读杜牧的《山行》。他在自己的一本诗词评论集子里说：《山行》之所以令我难忘，不但是因为它深得写景咏物之妙，更是因为，它是我这辈子最早学会的一首诗。

故事中的小智慧

关于《山行》的第二句究竟是“白云深处有人家”还是“白云生处有人家”，历代都有不同的说法，有好几种唐诗选集都把这句写作“白云深处有人家”，但是我们现在的语文教材，都是“白云生处有人家”。这也并不是编写教材的时候随意或者凭喜欢决定的。

古人不知道云是大气中的水汽遇冷凝固，只看到云的形态变幻无穷，好像有生命一样，因此产生了很多浪漫的想象，其中一种就是认为云是从山中生长出来的。晋代就有人把山的深处叫作“云根”，他们幻想云就像一朵雪白轻盈的花，慢慢从山里岩石洞穴里破土而出，向天绽放，再脱离山体，飘到空中，漫天撒播，而到了夜晚，四处游荡的云又会回归山中，就像叶落归根。有了这样的想象作为基础，“白云生处有人家”，显然比“白云深处有人家”更有诗意，也更具有动态美。

杜牧的诗风一直都被认为是雄健飘逸，就像骏马奔跑在平原上，也就是说，动态美是杜牧写诗的特点，这样说来，动态的“生”，就比静态的“深”更符合杜牧的风格了。

忆江南

唐 白居易

江南好，风景旧曾谙。

日出江花红胜火，春来江水绿如蓝。

能不忆江南？

解读

《忆江南》是唐代教坊曲名，白居易以此为题写过三首诗，这是第一首。

白居易是山西人，出生于河南，在安徽长大，他对江南的感情，是一个客居者的感情。青年时期他在江南游玩过，中年时期他在江南做过官，这两段在江南的经历，给他留下了非常美好的回忆。

《忆江南》三首，各有主题。第二首“江南忆，最忆是杭州。山寺月中寻桂子，郡亭枕上看潮头。何日更重游”，

写的是在杭州的游览；第三首“江南忆，其次忆吴宫。吴酒一杯春竹叶，吴娃双舞醉芙蓉。早晚复相逢”，写的是在苏州的游乐。只有第一首，是概写整个江南的自然风光。既然是概写，就一定要抓住描写对象最为独特之处来写。江南水系丰饶，气候湿润，花木格外繁盛，这是与北方干旱、寒燥、草木不旺的特点对比强烈的地方，所以白居易写了

春花和春江之美，寥寥数语，便点出江南令人流连忘返的原因。

故事

唐代大诗人白居易曾经回忆说，半岁时，乳母把他抱到写着文字的屏风前，指着里面的“之”字、“无”字念给他听，他心里记住了，只是嘴上说不出。一般来说，人的记忆从两岁左右开始，白居易能记住自己半岁时学的字，要么他记错了，要么他就是个神童。不管是不是神童，白居易肯定非常聪明，不但聪明，还很刻苦，因为长时间坐着读书，他抵在桌上的手肘都长了一层厚厚的老茧。

功夫不负有心人，白居易虽然很晚才参加科考，但很快就考中了进士，做了官，还得到了当时的皇帝唐宪宗的欣赏。刚刚成为朝廷大臣的白居易，十分耿直，只要有意见，他必定直言不讳，即使是皇帝说的话，他要是觉得不对，他都会毫无顾忌地说“陛下你错了”，唐宪宗再喜欢他，也觉得心里不舒服，偷偷跟宰相李绛抱怨说：“这个家伙是我一手提拔起来的，怎么能这么不尊重我呢？

真是让人受不了，我要罢免他！”还好李绛比较清醒，劝唐宪宗说：“白居易之所以能这样不怕死的进谏，是因为他感念陛下的拔擢之恩。陛下开启言路，就是为了听取群臣对国事的看法和建议，如果罢免了白居易这样敢说话的人，其他大臣就什么都不会说了。”唐宪宗想想，确实是这么个道理，也就忍住了。虽然忍住了，可是心里难免存了个疙瘩。

白居易自己好像一点都没有意识到他的心直口快带来了潜在的危险，丝毫没有做出改变。几年后，朝中发生了一件大事，另一位宰相武元衡被盗贼刺杀了，长安百姓人心惶惶。白居易第一个上书请求皇帝尽早抓捕盗贼，平息京城的恐慌。这个请求是合情合理的，但白居易没有注意到的是，他当时的官职是太子左赞善大夫，也就是太子手下的官员，按照官场惯例，他没有资格对抓捕盗贼的事发表意见。

白居易对朝廷事务太尽心太积极，反倒引起了朝廷上下不满，那些把控大权的宰相们，对这个格外高调的小官尤其的不满。于是，有几个平时就不喜欢白居易的人，趁机给他编排了罪名。

原来，四年前，白居易的母亲赏花时不慎落入井中，意外身亡，而白居易后来写过赏花的诗，还写过一篇以井为题的文章，这给了别有用心的人攻击他的把柄。他们说，母亲死于赏花、坠井，就该终生不提花，不提井才对，白居易居然还有心情赏花赋诗，还在文章里写到井，这是对母亲大大的不孝。以此为借口，白居易被贬为江州司马，从繁华的长安，被赶到偏僻的寻阳去了。他在江州司马任上写了著名的长诗《琵琶行》，愤懑之情，都在诗中。

起初白居易对唐宪宗一片赤诚，然而，经过多年宦海沉浮，他也终于看透了皇帝和权臣们的心理，他们更欣赏谄媚和奉承，只接受顺服与听话，并不真正赏识像自己这样刚正不阿的人。白居易也明白，在这样的统治阶层之下，国家是不会有前途的。所以，晚年的白居易渐渐变得消极退隐，不再留恋政事，而是与家中的歌伎每天在私家园林里吟唱消闲。

在这样的生活里，白居易写下了《忆江南三首》，与其说这三首诗是在怀念江南的风物景色，不如说，是在安慰他自己那颗失望到了极点便封闭孤寂的心灵。直到

七十六岁去世，白居易在朝为官，却再也没有对国事发表过什么重要的见解，退休后更是醉心修禅，不问世俗。

故事中的小智慧

白居易是个青史留名的伟大诗人，他读书非常勤奋，以至于差点把身体搞垮了，年纪不大就满头白发，皮肤枯槁，眼睛昏花。

为什么他要这么用力地读书呢？这里除了性格的因素之外，还有一个很重要的原因，就是白居易的出身。

唐代有许多大家族，其中太原王氏、范阳卢氏、荥阳郑氏、博陵崔氏、清河崔氏、陇西李氏和赵郡李氏这五姓最为尊贵，另外，还有河东柳氏、河东裴氏、弘农杨氏等等，也属于名门望族。尽管隋唐之后有了科举制度，读书人可以依靠考试来获取官职，算是多了一条出路，但是，名门望族的子弟比普通人家的子弟，有更多更快捷的上升路径，自然在官场上也就高人一等。

白居易不属于名门望族的子弟，他出身于普通家庭，只能靠自己勤勉求学来改变命运，他能够切身感受到，与那些不学无术却轻松承袭父辈高官厚禄的世家子弟相比，普通士人想要有所作为是多么艰难。也正是因为这样，他才格外珍惜唐宪宗对他的提携之恩，工作起来加倍地努力。然而，希望越大，失望越大，受到的打击也越沉重。

白居易有超乎众人的才干，也是一个贤良的臣子，可惜他始终遭到排斥，无法发挥自己的才能，只能把精力都集中在文学创作上。虽然作为诗人，他做到了流芳千古，但这对他来说，可能是一个永远的遗憾。

望庐山瀑布

唐　李白

日照香炉生紫烟，遥看瀑布挂前川。
飞流直下三千尺，疑是银河落九天。

解读

李白以《望庐山瀑布》为题，写过两首诗，一首是七言绝句，一首是五言古诗。所谓古诗，就是形成于东汉、魏晋时期的一种诗体，它不太讲究格律，形式很自由，只

有每句必须为五个字这一种固定规则。当然，古诗也有四言和七言的，不过主流还是五言。

李白的那首五言古诗《望庐山瀑布》流传并不是很广，不如同名的七言绝句那样脍炙人口。七言绝句《望庐山瀑布》，令人惊艳的地方就在于它的比喻。

出其不意、看似夸张，而又恰当精妙、生动形象的比喻，是李白诗歌的一大特点。银河在古诗中经常出现，但一般用它的本义，就是夜晚星空中的银河，有时也被用来比喻明亮如水的月光，或地面上奔腾的河流。用天空落下的银河来比喻瀑布，在李白之前，从未有过，而在李白之后，就变得相当常见了。这充分地证明，李白是一个诗歌天才，他可以创造出全新的文学样式供后人模仿。

故事

唐代诗人李白是一个非常喜欢旅行的人。他的大半辈子都在路上，自从二十五岁离开巴蜀故乡，乘船沿着长江出外远游，他就再也没有回过家，直至客死他乡。

李白旅游有一个特点，就是喜欢观赏游览自然景观，越是神秘险峻，他越是要去，一路率性而行，且行且歌。深山幽谷，大海长河，森林原野，城镇乡村，都留下过他的足迹。

开元十三年，李白准备去金陵，金陵也就是现在的南京市。他随身带了一把剑，像个游侠一样，坐着船飘然沿江而下，经过湖南的洞庭湖、湖北的襄汉水，来到了江西的浔阳，现在叫九江市。浔阳有著名的庐山，李白自然不愿错过，便停泊在此，登庐山一游。

年轻的李白身强力壮，登山毫不费力，饱览了秀美的山麓。这天，他来到庐山山南，这里有一座叫香炉峰的山峰，香炉峰之北，连着另一座双剑峰，双剑峰侧有流水，形成了两处小小的水潭，水潭的水从数十丈高泻下，便形成了一条壮观的瀑布。这条瀑布名叫“开先”，俗名叫“瀑布水”。

李白来到开先瀑布前的这天，正是晴日，艳阳当空，阳光照在香炉峰上，围绕山峰的水雾被渲染成了淡淡的紫色。好像有神仙驻足在那里一样。开先瀑布喷流而下，在李白的眼前展开了一幅雪溅花飞的长卷，李白被眼前景色震撼了，诗兴顿起，立即信口吟诵起来：“日照香炉生紫烟，遥看瀑布挂前川。飞流直下三千尺，疑是银河落九天！”

一首七绝吟完，李白自己得意地鼓起掌来：“银河落九天！我这真是神来之笔！神来之笔！”

这是李白平生第一次登庐山。在他一生中，一共上过五次庐山，这座集自然奇景和人文盛景于一体的神奇的大山，深深吸引了李白狂放不羁的灵魂，他似乎把这里当作了自己一处精神的家园。李白出生的前夕，他母亲梦见天上的金星飞入怀中，金星又叫太白金星，李白的名字就是这样来的。因此李白内心总觉得，自己是个被天庭流放的仙人，偶然堕入凡尘，和世俗世界不太能相容，庐山仙境般的山林，给他的想象力提供了舞台。也许他在这里找到了做神仙的感觉，所以心向往之。以至于到了人生暮年，恰逢安史之乱，他干脆与妻子一起来到庐山，过起了隐居生活。

后来，镇守江南的永王李璘几次派人上庐山，邀请李白进入他的幕府任职。李白最终答应了，他误以为跟随李璘便有再次报效朝廷的机会，十分兴奋。但他没想到的是，永王李璘包藏野心，不服他那个刚刚登上皇位的大哥唐肃宗，仗着自己有一定实力，竟掀起了“永王之乱”，试图与唐肃宗分治长江两边。唐肃宗当然不答应，派出军队把他平定了。受到牵连的李白也被治罪，从此一蹶不振，流离失所，最后凄然死去。

庐山还在原来的地方，静静伫立，深爱庐山的李白，却再也回不去了。

故事中的小智慧

后世对《望庐山瀑布》这首诗，长期存在着一个争议，那就是诗中所写的瀑布究竟在哪里。

庐山因山势险峻，山间多水，所以有很多瀑布，组成了一个庞大的瀑布景观群，自古便被称为“山川之绝胜”，意思是全国的山川景色中最美丽的景色。庐山瀑布群里，著名的有三叠泉瀑布、开先瀑布、石门涧瀑布、黄龙乌龙瀑布等。李白名篇写的是哪一个瀑布，线索就在第一句“日照香炉生紫烟”上。

庐山不止一处山峰叫香炉峰，比较重要的香炉峰有两处——北香炉峰和南香炉峰。由于另一位大诗人白居易曾在北香炉峰建造草堂居住，北香炉峰相对南香炉峰更有名气，于是许多人就认为李白写的也是这个北香炉峰，但是，只要实地考察就知道，北香炉峰那里根本没有瀑布，有瀑布可看的是南香炉峰。那么，毫无疑问，李白写的生紫烟的香炉峰，正是南香炉峰。

这样一个不难求证的细节，却众说纷纭了几百年，原因正是有的诗评家想当然，做了错误的注解，而有的读书人尽信书，缺乏自己的思考和判断。不光是对一首诗的来龙去脉不能轻易结论，在什么问题上，我们都应该多想想，多看看，再做出判断才对啊。

鹿柴

唐　王维

空山不见人，但闻人语响。

返景入深林，复照青苔上。

解读

这首诗是唐代诗人王维为他的别墅“辋川别业”的风光所写的一首写景小品诗。辋川别业在今天的陕西省蓝田县，原本是初唐著名诗人宋之问的别墅，后来宋之问因罪被赐死，这处别墅也被出售，天宝初年，王维购得，将其命名为辋川别业。鹿柴是辋川别业周边的二十处胜景之一，王维和他的好朋友裴迪各为这二十处胜景写了二十首诗，合为《辋川集》。

《鹿柴》是王维山水诗的一个典型，充分体现了王维“画中有诗，诗中有画”的特点。第一句便是“画”，空山的

“空”，为传统山水审美的极致，这里的空不但描述了山中人迹罕至的现实，更表达了一种脱离凡尘、远离喧嚣的宁静感。第二句便是“诗”，因为“不见人”而闻“人语响”，这里蕴含着很深的意味，山中行人，不外乎旅人或樵夫，二者都代表着一种文学的美感，旅人象征着离别家乡的忧愁，樵夫代表着超然物外的自在，几个字便写出了丰富的内涵。

三四句看似写的是阳光的影子，其实写的是时间，以及在这个时间里悠然观看的诗人自己。“返景入深林，复照青苔上”，意味着时间在按照自己的节奏缓缓流逝，而“我”在一旁关注着时间的流逝，仿佛世间的俗物都消隐不见，唯有“我”和“时间”独立与世界之外。这种感觉，有佛教中“禅”的况味，而“禅”正是王维写景诗追求的境界。

故事

大诗人王维有一位好友，名叫裴迪，两人是忘年之交，年纪相差十五六岁。王维刚开始与裴迪交往的时候，他已经是一位身居高位的朝廷官员，而裴迪只不过是还没有功名的年轻书生。如此地位悬殊的两人，是怎么认识的呢？原来，裴迪的家族与王维有世交的关系，裴迪的兄长裴回去世的时候，按照惯例，需要一位名人撰写墓志铭，裴家便想到了王维。裴迪因此去王维家中拜访请托，与王维一见如故。

王维很喜欢裴迪。天宝二年的腊月，他到自己刚购置的辋川别业休假，知道裴迪刚刚参加完科举考试，便特地写了一封信给他，请他也到辋川别业来小住。这封信，就是著名的《山中与裴秀才迪书》，它作为书信体散文名篇，至今还保存在王维的文集中。王维在信里，没有以高官或长辈身份自居，言语诚恳，情意真切。一开始，王维就向裴迪解释说：之前你正在温习功课准备科考，故不便邀请，怕烦扰了你。接着，王维又向裴迪描绘了终南山的美景，告诉他这里有山林，有人家，有明月，有古刹，美轮美奂，值得一游。信的落款是“山中人王维”，十 分谦逊。

裴迪愉快地接受了邀请，到辋川别业住了几天。就是这几天，王维领着他游遍辋川别业周围的二十胜景，两人同时赋诗，共得四十首五言绝句，编成了一部《辋川集》。所以，裴迪也有一首以《鹿柴》为题的诗：“日夕见寒山，便为独往客。不知深林事，但有麏麚（jūn jiā）迹。”从这首诗中，我们也可以看出，裴迪和王维在诗歌风格上很相似，都是追求空灵幽寂的感觉，也难怪王维会对这个年轻人另眼相看了。

其实，王维让裴迪跟自己合作《辋川集》，别有深意在内，他是想通过这件事，让裴迪出名。这是他提携裴迪的一种方式。王维的目的达到了，《辋川集》面世之后，籍籍无名的裴迪顿时蜚声文坛。可惜，这对裴迪的仕途却没有太大的帮助。唐代要做官必须要有进士的身份，但裴迪始终没考上。

天宝末年，安史之乱爆发，王维的命运发生了巨大的翻转。长安陷落的时候，因为没来得及逃走，王维被安禄山给抓了。安禄山看重王维的名望，为了逼他给自己做事，就把他关在洛阳的监狱里。裴迪知道后，赶到洛阳，冒险探望了王维，王维托裴迪带出去一首诗，正是这首诗，后来挽救了王维的生命。

这首诗名为《菩提寺禁，裴迪来相看，说逆贼等凝碧池上作音乐供奉人等举声，便一时泪下，私成口号示裴迪》，这么长的诗名，其实是在说一件事情，即裴迪探视时给王维讲了安禄山在洛阳皇宫的凝碧池杀害不愿意为他演奏的宫廷乐工雷海青的故事，王维很难过，因此赋诗。

裴迪走后，王维实在扛不住压力，还是在安禄山手下做了官。而裴迪故意把王维的这首诗到处传播，各地都有耳闻，连刚刚登基的唐肃宗都知道了。

后来，唐军相继收复长安和洛阳，王维作为叛臣，被从洛阳押解到了长安，差点要杀头，就是因为那首咏凝碧池乐工的诗，很多人替他求情，说他“身在曹营心在汉”，身不由己，心还是向着大唐的。王维的弟弟王缙当时是国子祭酒，他更是乞求用自己的官职来赎哥哥的命，按照唐朝的法律，这是允许的。再加上唐肃宗内心也爱惜王维的才华，最后决定，不杀他了。王缙则被贬为蜀州刺史。

王维死里逃生，终于和裴迪又见了一面。两个忘年好友经过这场生死劫难，再相见必是感慨万千。这时，王维已经是暮年老者，裴迪还在中年，要养家糊口，他们不可能再像从前那样，一起寄情山水，欣赏风景了。两人再次分别，王维过上了隐居的生活，裴迪随王缙去蜀州赴任。长路阻隔，他们再也没有见过。

很多人都怀疑，其实王维并没有写那首咏凝碧池的诗，那首诗是裴迪仿照他的风格写的。裴迪把这首诗以王维的名义散播到各地，就是为了有一天王维可以凭借这首诗洗脱自己叛逆的罪名。

当然，这种说法有点过度演绎了裴迪的智谋。不过，

不管怎么说，王维能够幸免于被处死，平安活到寿终正寝，很大程度上，要感谢裴迪当年冒死去洛阳狱中看望他，还帮他带出了那首表明心迹的诗。

故事中的小智慧

王维与裴迪的友情，是唐诗史上的一段佳话。他们两人互相支持，甚至互相拯救，一生都没有改变。俗话说“文人相轻”，就是说，文人之间，往往不容易真诚地相互欣赏，也就不容易真诚地成为朋友。但王维和裴迪却证明了“文人相轻”这句话是不对的。

王维和裴迪之所以能够保持这么深厚的友情，首先是因为王维非常尊重裴迪。他并不因为自己是当世知名的诗人，而轻视既不出名、年纪又轻的裴迪，也不因为裴迪确实对自己有所求，希望自己能在仕途上给予扶持，而傲慢地对待他。王维看重的是裴迪和自己精神上的契合，这种看重，是超出一切世俗的等级观念的。

裴迪呢，虽然的确想从王维那里得到一些现实好处，但他没有把“得到好处”当作与王维交往的目的。在他的观念里，他和王维是平等的，没有地位高下之分。这一点，也正好符合王维对这段友谊的看法。

真正的友谊，需要双方共同的价值观作为基础，如果一段友谊，只是一方一厢情愿，另一方假意逢迎，那是绝对不可能持久的。

华山

宋 寇准

只有天在上，更无山与齐。

举头红日近，回首白云低。

解读

这首诗，传说是北宋宰相寇准八岁的时候写的。从文字上看，遣词用字确实也比较稚嫩，满是童蒙初开的青涩味道。

诗句的结构和内容都很简单，以四个五言对偶句组成，没有任何深意，就是在说“华山很高”。

前两句“只有天在上，更无山与齐”，用了一个夸张的手法。华山并非天下最高的山，但在诗歌创作中，适当的夸张，是很好的描写事物的手段。比如这句说的是华山比所有的山都高，只比天矮一点，非常充分地表达了“华

山很高”这个意思。

后两句“举头红日近，回首白云低”，这不是夸张，而是对比。红日高悬于天，山顶是山的最高点，这是山之高与红日之高对比，一个“近”字，就写出了“山高”；白云对于平地上的人来说是在高处，但爬上山顶之后，却觉得它的位置变低了，平地与山顶的视角对比，一个“低”字，也写出了“山高”。

这四句诗，没有写一个“高”字，但句句都落在“高”字上，以七八岁孩子的心智而言，能够有这样精巧的构思，实属不易了。

故事

北宋著名的宰相寇准，小时候住在华州。华州在今天的陕西省渭南县，这里有五岳之一的西岳华山。

寇准的家族是名门大族，后来虽然衰落了，但还是延续了书香门风。他的父亲寇湘中过状元，很博学，在一个王爷的手下做文官，写的文章在当时很有名。

传说寇准八岁那年，寇湘带他去登华山。华山险峻，山路崎岖，父子二人好不容易才登到山顶，俯瞰脚下的山川大地，小寇准忍不住赞叹道：“哇！华山好高啊！”寇湘见他观赏山景入了迷，便笑着说："'华山好高'，是句大白话，欠缺文采。你也上了那么长时间的学了，能不能写一首诗来说一说华山如何高法？"

寇准聪明过人，在私塾里最得老师的喜爱，听父亲要他作诗，他自信地说道："那有什么难的，我回家就作一首。"

寇湘逗他道："想当年，魏国的大才子曹植走七步就能作出一首诗，你还要等回家了才作得出来呀？枉费你老师天天在我面前夸你学得好呢。"

寇准不服气了："七步成诗算什么，我走三步就行，一步都不多。"

寇湘一听，儿子的口气还真不小，便说道："那你走吧，就三步，可不许耍赖。"

寇准把小手一背，认认真真稳稳当当在山路上走了三大步，回头对寇湘说道："父亲，我作出来了，你听我的！"他大声诵念起来："只有天在上，更无山与齐。举头红日近，回首白云低。如何？"

寇湘欣慰地拍掌笑道：“好，真好！我儿这首诗，竟有点唐诗的味道了！”

父子俩说说笑笑地下了山，正好遇到寇准的私塾先生。寇湘把寇准在山上作的“三步诗”念给他听，私塾先生开心得眉毛胡子直跳，对寇湘说道：“我早说过，令公子是文曲星转世，天资了得，将来是要做宰相的呀！”

寇湘听私塾先生夸自己的儿子，当然高兴。回到家，他对妻子说了登山赋诗、私塾先生预言的事。寇夫人笑着说道：“不管当不当宰相，我们的儿子是个读书人，将来总是要走仕途的，该好好教育他，如何做一个好官。”

不久，寇湘生病去世了。寇家家境越发贫寒。寇夫人只得在家里纺线织布，维持生计。但她没有荒废寇准的学业，每天夜里，她便点一盏灯，一边纺织，一边监督寇准读书写字。

寇准十八岁考中进士，从此在各地做官，难得回家。后来，他的母亲也去世了。四十三岁那年，寇准当上了宰相。有了权势以后，他也变得贪图享受了，建了一座大宅子，经常大宴宾客，过得很是奢侈。有一年他过生日，为了办寿宴，相府里到处都点着红色的大蜡烛，亮如白昼。寇准正高兴，突然听见有人哭泣，他生气地问道：“什么人这么大胆，在我的寿诞之日哭哭啼啼的？”一个老女仆走出来说道：“老爷，是我在哭。”“你哭什么？”“我想起了夫人。夫人是没见到您今日的排场，若是见到了，她也要哭的。”

寇准听她这么说，脸色和缓了些：“是啊，若是老夫人看到我今天这么风光，一定感动落泪。”老女仆拿出了一个卷轴：“夫人临终时交给我一幅画，说等老爷当了宰相，就拿给您看。”

寇准连忙接过卷轴打开，只见画面上，母亲在织机前织布，还是孩子的他坐在一旁写字，母子俩共用一盏昏暗的灯，看似清苦，却其乐融融。

寇准捧着画看了很久，叹了口气，对老女仆说道：“你不必再说什么，我都明白了。今天不庆寿了，蜡烛都灭了吧。以后，我再也不过生日，也不摆宴席了。”

从此，寇准一改虚荣挥霍的习气，变成了一个节俭的人。他也没有再在家里盖过亭台楼阁，被人称为“无楼台

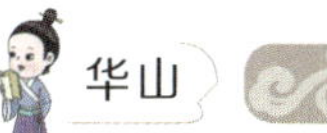

相公”。

故事中的小智慧

寇准是北宋的著名宰相。宋太宗和宋真宗两任皇帝都非常器重他。寇准之所以能成一代名臣，所受的家教很重要。

寇准小时候曾经因为喜欢玩猎鹰和猎犬而影响了学业。母亲几次三番劝他都劝不住，眼看他又要出去玩，他母亲一怒之下抓起一个秤砣砸到他脚上，顿时鲜血直流。寇准看到母亲如此动怒，这才感到害怕，便戒掉了这个嗜好。后来，每当他思念母亲，就摸着脚上这块被秤砣砸出来的伤疤哭。

作为母亲，看到儿子被砸伤，想必也是心疼后悔的。后来，寇准的母亲没有再打他，而是改用写诗和画画这种更温和的手段来教育他。而寇准经过母亲气急之下扔出的这一秤砣，也受到震撼，从此洗心革面，自我约束力得到增强，不需要母亲再用极端的方法来管束了。

虽然我们并不赞成寇准的母亲体罚的教育方式，但是不管怎么说，寇准母亲没有放任孩子的不良习性继续发展下去，积极管教，这才是为人父母负责任的表现。

早发白帝城

唐 李白

朝辞白帝彩云间，千里江陵一日还。
两岸猿声啼不住，轻舟已过万重山。

解读

这是李白在流放途中得到朝廷赦免时写的一首情景交融的抒情写景诗。

李白这次被流放，是因为他参与了唐肃宗的弟弟永王李璘的反叛行为。李璘被肃宗打败以后，李白便被判有罪，流放夜郎。夜郎在今天的贵州，唐代时，那是非常偏远的地方，何况这时李白五十八岁，这一去，就没有活着回来的可能了。当李白灰心绝望地走到白帝城的时候，朝廷发布命令，赦免了所有被流放的人，他不用去夜郎了，心情当然就像死里逃生一样欣喜若狂。

《早发白帝城》整首诗的亮点有两个，一个是“千里江陵一日还”，这是典型的李白风格，夸张，浪漫，体现了诗人强大的想象力。在古代，千里路程绝不可能在一天内走完，李白的高明就在于他敢于想象，把现实中的不可能变成想象中的可能，给人深刻的印象。第二个亮点是“两岸猿声啼不住”。在古典文学里，猿猴的鸣叫声含义是比较固定的，一般都是用来衬托一种哀愁悲凉的气氛，但是李白在这首诗里完全改变了猿声的原本意义，把一个悲哀的事物，变成了一个象征欢乐的事物。这也是李白作为一个诗人伟大的地方，他运用词语典故时，不受任何拘束和限制，自由发挥，这样才能写出突破常规、抒发自我的文学作品。

故事

唐代天宝末年，发生了安史之乱。安，是范阳节度使

安禄山。史，是平卢兵马使史思明。这两个人都是掌管军权的武将。他们联合起来发动叛乱，差点把唐朝给灭亡了。唐玄宗无力平叛，只得把皇位交给自己的儿子李亨，就是唐肃宗。

唐肃宗李亨有个弟弟叫李璘，被封为永王，负责镇守江南。李璘性格很任性，手下又有很多兵马，于是不愿意乖乖听哥哥肃宗的话，找了个“巡视”的理由，擅自带兵离开了自己的封地，浩浩荡荡沿江而下。他的这种行为，也就等于是造反了。

大诗人李白这时正在江南，他已经年近花甲，但还想报效国家，便请人向永王推荐了自己。这样一位四海闻名的人物来投奔，永王当然高兴，连忙把李白安置在自己的幕府里。

永王出兵“巡视”时，李白并不知道他没有得到肃宗的允许，还以为他真的是要练兵，兴奋地献上了一组《永王东巡歌》，一共十一首诗，对永王大加赞美。就是这组诗歌，给李白带来了泼天大祸。

唐至德二年，唐肃宗派军队平定了永王李璘的反叛，

永王也被杀了，他的主要手下全都被抓起来，本来李白不算是永王府中很重要的谋士，但是他写的《永王东巡歌》，天下人都知道，他又怎么跑得掉呢？就这样，五十八岁的李白被关进了监狱。后来，他一度被人救了出来，还以为能逃过一劫，可是不知怎么肃宗又想起了他，把他抓回来判了“长流夜郎”，长流，就是永远流放，不得回归，这是流放的刑罚里最重的一种。

乾元元年，李白与亲人朋友告了别，向遥远的夜郎行去。绝望之余，他强打精神游览山水，登黄鹤楼，看鹦鹉洲，还写了不少诗。冬天时，他走到了三峡，就在这里，转机出现了。由于关中地区发生了严重的旱灾，为了祈求上天保佑，早日下雨，唐肃宗决定大赦天下，判死刑的人改为流放，而流放的人都可以免罪回家——李白自由了。他立即拨转船头，原路折返。这一路轻舟飞驰的轻快和喜悦，通过《早发白帝城》这首诗，李白分享给了千年来阅读唐诗的所有中国人。我们仿佛能看到白发苍苍的李白像个无忧无虑的孩子一样站在船头，迎着江风，衣袖飘飘，仿佛能听到他的笑声和吟诵声，盖过了两岸沸腾的猿声和长江水滚滚东逝的涛声。

这也许是李白一生中最后一次彻底的开怀大笑。经过这一番苦难，他几乎耗尽家财，变得一无所有，成了一个四处流浪的可怜老人，在朋友和仰慕他的人那里寻找栖身之所。很长一段时间，他都住在金陵，靠几个朋友的接济为生。

上元二年，李白六十岁，再也无处可去、无人可依。他来到安徽的当涂县，拜访自己的一个远亲、当涂县令李阳冰。大概是为了保全最后一点颜面，李白没有明白地告诉李阳冰，自己是想寄住在他这里，李阳冰还以为他就是来走走亲戚。等到临别送行时，李白写了一首诗给李阳冰看，诗中婉转地道出了自己无依无靠的辛酸，李阳冰这才恍然大悟，忙把李白请回了家。

虽然得到李阳冰的悉心照料，一年后李白还是生病去世了。唐肃宗的儿子唐代宗继位的时候，又征召李白到朝廷里去做官，可是诏书到当涂时，李白已不在人世。

李白临死前把自己的诗稿都留给了李阳冰，希望能编一本诗集。李阳冰完成了他的遗愿，认真地编成了十卷本的《草堂集》。在诗集的序言中，他称赞李白是千年来独

一无二的大诗人。

故事中的小智慧

李白是唐代最杰出的诗人之一。可是这样一位天才，最终却落得孤苦无依，在寄人篱下的境遇中死去，令人叹息。据历史记载，他得到了大赦令，在写了《早发白帝城》这首诗之后，心情过于愉悦，一边走一边纵酒狂欢，最后竟然酒精中毒，醉死在路上。

可能是因为历史记录的李白的死因都太悲伤了，人们不愿意接受。于是，老百姓就杜撰了一个神奇的故事，说李白住在当涂时，有一天喝醉了酒，看见江水映着月亮的影子，就开心地跳进江里要去捉月亮，结果淹死了。

这个传说，就像一个童话故事，虽然李白的死不可改变，但他是追寻着月亮，在烟波浩渺的江水间飘然而去的，似乎这样一来，他就变成真正的神仙了。在人们的心目中，大概这才是被尊为诗仙的李白应该有的结局吧。而李白晚年时真实遭遇的种种窘迫和无奈，也被这民间故事的浪漫色彩多多少少给掩盖了一些呢。

小池

宋 杨万里

泉眼无声惜细流，树阴照水爱晴柔。
小荷才露尖尖角，早有蜻蜓立上头。

解读

这是一首写园林小景的诗。杨万里是南宋著名的诗人，他与陆游、范成大、尤袤并称为“南宋四大家”。杨万里特别钟爱植物，尤其是花卉，在他的诗词中，写植物的尤

其多，这些花花草草寄托着他的一颗珍爱自然、追求朴实生活的心。有人说，杨万里是一位“观稼诗人”，就是说，他喜欢观察自然和田园，其实，在杨万里的精神世界里，植物就像人一样，是有灵魂有性格的。

《小池》中所写的主角“小荷”,就是如此。有意思的是，关于这首诗中的“小荷”究竟是指荷花还是荷叶，一直以来都没有一个统一的说法。如果大家去种着荷花的池塘里观察一下的话，就会发现，荷叶萌生时，叶子卷起，两端各有尖角，而荷花的花苞是顶端有一个小尖角。纵观杨万里关于荷这种植物的诗，无论荷花还是荷叶，他都很喜欢，并没有偏好。所以不妨认为，这里的“小荷”说的其实是整个池水中新生的荷,有嫩叶,也有花蕾,都是初夏时节“才露尖尖角”的状态。至于蜻蜓，早就知道了池中的荷正在萌发的信息，已经嬉戏起来了。

这幅画面的美好，就在于把一池悄然新生的荷花荷叶写活了，这些小荷虽然只是不言不语的植物而已，却像花季将至的少女们一样，朝气蓬勃中带着一丝羞涩。安静内敛的花叶与灵动活泼的蜻蜓又恰成对比，使得静止的画面蕴含着无限变化的动感。如果不是拥有一双对生命与美极其敏感的眼睛，诗人又怎么能发现这样充满生机的完美瞬间呢？

故 事

南宋诗人杨万里是江西吉安人，古时候，那里叫作吉州。杨万里出身贫寒，但父亲从未放松对他的教育，想方设法为他请了很多老师。

二十八岁的时候，杨万里考中了进士，到永州零陵当了一个小小的县丞。当时，有一位名叫张浚的大臣正被贬谪在零陵。张浚是主战派的重要人物，杨万里对他十分仰慕，几次登门拜访，但张浚因为被朝中的主和派打击怕了，很警觉，不愿意见他。杨万里便写了一篇文章呈给张浚看，张浚看过文章，很欣赏这个年轻人的才气，这才接纳了他。

张浚可以说是杨万里最重要的一位老师，他教杨万里要“正心诚意”，就是做人做事要公正诚实，不可有偏见和私心，亦不可欺世盗名。杨万里得到这四个字，一生奉为准则，他还把自己的书斋命名为“诚斋”，因此，杨万里还有个名号，叫作诚斋先生。

张浚后来当了宰相，他向朝廷推荐了杨万里。杨万里没有辜负张浚的期望，在好几个地方担任地方官，人品和能力都得到一致认可。当太子的东宫里缺一位讲官（也就是为太子讲读儒家经典的学官）时，当时的皇帝宋孝宗亲自点了杨万里的名，让他做了太子侍读。太子手下的官员们听说了这件事，都纷纷祝贺太子得到了栋梁之材，可见杨万里的名望有多高。

然而，杨万里的性格过于刚正不阿，还是不可避免的招致了不少人的反感，越来越遭到孤立，连皇帝对他也有了不满。即使这样，他也还是不改自己的秉性，不愿意委曲求全攀附权贵。

杨万里跟宰相韩侂胄（tuō zhòu）的关系特别不好。韩侂胄是个外戚。外戚就是皇后的亲戚。韩侂胄的姨妈，是宋高宗赵构的皇后。宋孝宗驾崩的时候，他的儿子宋光宗、也就是杨万里辅佐过的那位太子，因为跟父皇关系不好，不肯为孝宗主持葬礼，这种行为在封建社会是严重违背礼法制度的，于是，韩侂胄联合了几个大臣，逼宋光宗退了位，立了一个新皇帝宋宁宗。韩侂胄从此飞黄腾达，他仗着自己扶立新皇帝有功，很是骄横，到处倾轧与自己不和的大臣和文人。

韩侂胄虽然也是主战派，但他有勇无谋，好战喜功，又不会用人，专门提拔一些无才无德只会溜须拍马的奸佞小人。有的官员甚至把自己的小妾献给他，以求升官，后来果然得偿所愿。还有更离谱的，有个官员到韩侂胄的私家园林南园饮酒，席间，韩侂胄说了一句："我这园子颇像是真正的田园，可惜就是没有鸡鸣狗叫的声音，少了几分趣味。"过了一会，草丛中便传来一阵阵狗吠声。韩侂胄凑近了一看，竟然是那个官员，不知什么时候跑到草丛里，蹲着学狗叫呢。

韩侂胄喜欢的都是这种人，耿直的杨万里自然与他水火不容。韩侂胄好附庸风雅，他曾用高官厚禄引诱杨万里为他的南园写篇吹捧的文章，其实是想借杨万里的名气抬高自己。本来，写篇违心应付的文章对杨万里来说并不难，但杨万里却拒绝得很坚决，他说"官，我可以不做，这种文章，我绝对不写"，韩侂胄大跌脸面，对他恼恨不已。

杨万里得罪韩侂胄后，很快就退休回吉州老家去了，在老家闲居了十五年，这十五年里，韩侂胄越来越飞扬跋

扈，独断专行。杨万里担忧国事，久思成病。妻儿都知道他的病根在哪儿，从来不给他讲朝廷里发生的事，就怕他伤心。一天，杨万里的一个族侄来看他。族侄不知内情，给他讲了韩侂胄带兵去打金国的事。杨万里知道，韩侂胄根本不懂军事，南宋的国力也不足以让他这样贸然出兵，这场仗只能是白白葬送士兵们的生命，毫无胜算。可是，他一个赋闲卧病的老头，又能有什么办法呢？绝望之下，杨万里让家人拿来纸笔，写了一封遗书，痛诉韩侂胄误国，又写了几句与妻儿告别的话，刚写完，笔从指间落下，他便带着遗憾和愤怒死去了。

故事中的小智慧

根据历史记载，杨万里是一个心胸不算宽广、性格比较急躁的人，他虽然刚正不阿，但同时脾气也不太好。他的脾气不好到什么程度呢？有一个事例可以从侧面说明。

南宋有一位宰相名叫周必大，也是吉州人，与杨万里是老乡，而且两人交情还不错，但宋孝宗向周必大询问杨万里是否能担当重任的时候，周必大却说了杨万里不少缺点，以至于孝宗打消了重用杨万里的念头。如果周必大是一个气量狭隘的小人，那么他对孝宗说的话就是陷害杨万里，但周必大为人正直，做官也很清廉，人品很好，是一个公认的谦谦君子。也就是说，他是真的认为杨万里不堪大用。

从杨万里的生平记载来看，他称得上是德才兼备，能让周必大不顾情谊而出手阻止孝宗对他委以重任的，也就只有他那火爆的脾气了。周必大的观念并没有错，要成为一个合格的领导者，不管是在对人上还是对事上，暴躁性急、过于苛求，都是要不得的。如果强行把一个不合适的人放在重要的位置上，不但不能把事情做好，同时也可能会害那个人陷入危机。从这个角度看，周必大其实也是在保护杨万里。

杨万里到了晚年，也开始反省自己。他在家乡开辟了一个小花园，取名“东园”，每天种花赏花，修养性情，像《小池》这样的诗，很可能就是那时候写的。他在与自然和谐共处中，寻找到了提升自我的方法。杨万里和周必大一生都是知交好友，从未有过嫌隙，这样的友情，也可以说是君子之交的楷模了。

渔歌子

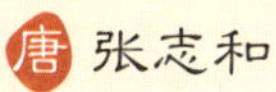张志和

西塞山前白鹭飞，桃花流水鳜鱼肥。
青箬笠，绿蓑衣，斜风细雨不须归。

解读

这是一首词，而且是在词的发展早期出现的艺术上已

趋成熟的词，所以在词的历史上，这首《渔歌子》非常重要，它的作者张志和地位也很高。

同时，这首词还是一种被称为“渔父词”的文学形式的鼻祖之作。渔父词，顾名思义，就是以打鱼人的口吻所唱歌谣的歌词。在古代文人，特别是做官的文人的心目中，渔父是隐逸的象征，头戴斗笠身披蓑衣，驾一叶扁舟在江河水面上撒网捕鱼为生，是一种随心所欲的生活，他们自己的生活里规矩界限太多了，于是便向往这种想象中不受拘束的自由。写渔父词，就是表达这样的向往之情。张志和的《渔歌子》是最早的渔父词，在其之后，这种模仿渔人歌谣的文人词层出不穷。

张志和的《渔歌子》之所以能有如此高的成就，有两个原因。一个原因在于词本身的艺术水准确实非常高超，有人评论说，这首词“但歌渔者之事”，意思是说，它本身在文字上没有做刻意地引申，只是简简单单地歌唱了渔人的生活，其歌颂超脱世俗的身心自由这样的意义，完全通过客观描述，让读者自己去体会。

第二个原因，在于作者张志和这个人。根据历史记载，张志和很年轻就得到唐肃宗的宠信和重用，前途一片光明，但同样是在很年轻的时候，他就不明原因地遭到贬谪，从此告别官场，归于一介平民。人生经历了如此的大起大落，张志和的心态倒很平和，没有自暴自弃，而是乘小舟四处游历，享受起江湖之远的生活来。他还给自己取了个雅号叫“烟波钓徒”，这首《渔歌子》，其实是他自己真实生活的写照，自然清新，比那些仅仅在虚构心中隐士理想的诗词，少了几分忸怩做作，底蕴和质地也厚重多了。

故事

张志和是唐朝人，本名叫张龟龄。他母亲生他的时候，梦见肚子上长出了一棵枫树。这大概预示着张志和的一生会与大自然结下不解之缘。

十六岁那年，张志和到长安的太学，也就是唐代的最高学府上学，不久通过了明经科的考试，这是唐代科举考试的一种。这么小的年纪就能考中科举，说明张志和天资非常聪慧，是个高智商的人。

因向肃宗献上的治国之策得到肃宗赞赏，张志和被封为翰林待诏。唐代的翰林待诏，指的是精通某项专业技能、专门为皇帝服务的人，张志和的专业技能，就是他的写作才能。后来，他又被任命为左金吾卫录事参军。肃宗还给他赐名志和，张志和这个名字，就是这样来的。肃宗还赏赐了一男一女两个奴婢给张志和。张志和给这两个奴婢取名渔僮和樵青，让他们成了婚。

录事参军是监察官员，负责监督和举报其他官员的不法行为，职位虽然不高，但是权力和责任不小。同时，这个官职也很容易得罪人。也许就是因为这样，张志和不知道遭遇了什么，触犯了法律，被贬为南浦县尉。他不愿意去赴任，便返回了原籍。又过了一段时间，他母亲去世了。依照封建礼法制度，官员如果父母去世，必须辞职在家里守孝三年，才能重新出来做官。张志和本来就是一个性情较为淡泊的人，索性就此绝了复出的念头，驾着船，带着钓竿，泛舟垂钓，尽情地玩儿去了。

张志和有个哥哥叫张鹤龄，是浦阳县尉。俗话说，长兄如父，做哥哥的总是操心的比较多，他担心张志和在外面玩得太开心，不回家了，便在老家买了块地，盖了栋房子，把张志和叫回来让他住在里面。也不知道是张鹤龄不

让张志和出去，还是张志和自己不想出去，这一住就是十年，张志和再也没有出过门。偶尔城里的小吏会叫他去参加劳动，清理沟渠，按道理来说，张志和是个士大夫，身份比平民高，不需要做这样的劳役，但他很爽快地就去了，干活任劳任怨，一点都不生气。

由于张志和是一位著名的隐士，很多人慕名来拜访他，他来者不拒，很是随和。有些外地的朋友到访时问他："最近都有些什么人到你这里来呢？"他回答说："天地如房，所有人同住，明月如灯，所有人同照，我与你们诸位一直都在一起，又哪里谈得上谁到谁这里来？"听他这么一说，大家都赞叹他的思维真是超凡脱俗，与众不同。

张志和的朋友里，有一位很有名气，便是大书法家颜真卿。颜真卿的颜体字，现在还是我们学习书法时必修的入门功课。颜真卿曾任湖州刺史，管辖的地方与张志和居住的会稽很近。颜真卿喜欢呼朋唤友，张志和爱凑热闹，两人一见如故，第一次相见，张志和就给颜真卿跳了一段宫廷乐舞——《秦王破阵乐》舞。观者无不惊叹，可能是谁都没想到，会写诗、会画画、会钓鱼的张志和，居然还会跳舞，这么多才多艺。颜真卿看张志和来时所驾的船有些破旧，便说要送一艘新船给他。张志和也不推辞，坦然答谢说："如蒙惠赐，以后我便以此船为家了。"

颜真卿和张志和志趣相投，本该是一对天造地设的好友，可惜他们相识未久，张志和就不慎死于一场溺水意外。颜真卿为他写了一篇《浪迹先生玄真子张志和碑铭》，浪迹先生、玄真子，都是张志和的号。张志和一生随心而活，并没有留下太多事迹，颜真卿的这篇文章是后世研究张志和生平的最重要的资料。

张志和死时只有四十二岁，后人为他惋惜，于是杜撰了一个神话故事，说他其实并不是溺亡了，而是在和颜真卿喝酒的时候，化为仙人升天而去。虽然是幻想，但这也许就是这位率性洒脱的隐逸诗人最适合的结局吧。

故事中的小智慧

从现存的一些历史记载上看，张志和虽然半生隐逸，但他与一般为了避世而隐居的隐士不太一样。他性格外向开朗，不拒绝社交活动，待人接物落落大方，行为举止也从无逾越世俗法度之处，他隐居，只是因为他想要隐居，而非另有所图。有人评论说,他是一个真正的“出世之人”,而不是一个用出世的态度来掩盖自己入世之心的人。

所谓出世和入世，原本是佛教用语，后来被道家和儒家吸收，成为中国传统哲学思想的有机组成部分。这两个词意思相对，出世表示一种脱离世俗观念，不遵循世俗标准的人生态度，而入世则正好相反，就是以世俗观念指导自己的行为，遵循世俗标准来做判断。这两者并没有好坏之分，只不过在事实上，大部分自称出世的人，其实内心还是入世的，只是因为客观现实让他们觉得不满足，或者在实现自己的入世理想的时候，或者为自己争取现实利益的时候，遭遇了困难和挫折，心生畏惧，于是用“出世”来伪装自己的逃避行为。

每个人生活在世界上，都有权利活出自己的样子，都有权利追求自己想要的人生，只要做到不伤害别人、不伤害自己,坦诚面对,不自欺欺人,就足够了。像张志和这样,曾经是皇帝的宠儿，有大好的前途，最终却选择平平淡淡随遇而安地生活，只要他真正觉得快乐自在，那也是非常好的。

望天门山

唐 李白

天门中断楚江开，碧水东流至此回。

两岸青山相对出，孤帆一片日边来。

解读

这首诗是李白什么时候写的，没有定论，有人说，这是他二十四岁第一次离家远游途中所作，也有人说，这是他三十三岁辞官之后游历路上所作，也有人说，这是他晚

年寄居在当涂县时所作。诗中说的天门山在李白的家乡蜀郡通往外界的长江水道上，位于今天的安徽省当涂县。这里也是李白人生的终点。

关于这首诗，还有一个争议点，那就是最后一句“一片孤帆日边来”中的“日边”究竟是什么意思。

有一种说法认为，“日边”是使用了一个典故。

这个典故出自《世说新语》，这是讲述东汉末年到南北朝时期名人轶事的一本故事书。据此书记载，东晋的晋明帝司马绍从小就很聪明。有一天，他父亲晋元帝司马睿接见一位从长安来的客人，因为晋朝原来的都城在长江以北的洛阳，晋朝的皇室贵族是打仗打输了，被赶到长江以南的，所以晋元帝听客人描述北方特别是洛阳的近况，想起往事，伤心落泪。当时才几岁大的司马绍正坐在父亲的腿上，便好奇地问父亲为什么哭。晋元帝给他解释了一番，接着又问他说：“你说是长安远还是太阳远呢？”司马绍说：“太阳远。”元帝问为什么，司马绍说：“只听说有人从长安来，没听说过有人从太阳那边来的，肯定是太阳更远。”元帝听了很惊讶，觉得自己的儿子太聪明了！第二天，他当着大臣们的面，又问司马绍：“长安远还是太阳远？”司马绍说：“长安远。”元帝更吃惊了：“你怎么跟昨天说的不一样？”司马绍说：“我抬头就能看见太阳，但是看不见长安，当然是长安更远。”

典故“日边”的意思是“太阳的边上”，比喻国都或离皇帝很近的地方。《望天门山》中的“日边”，很多人认为指的就是长安，甚至就是指皇帝身边的位置。李白此时少年得意，对未来充满期许，相信自己正在走向人间最炙热的“太阳”——皇权——那也是很自然的。

还有一种说法认为，这首诗只是在写景色，李白第一次远行，乘船自长江上游漂流而下，路过风光绮丽的天门山，看到两侧壁立的山峰之间浩浩荡荡的江水，载着一片帆影逆着阳光迎面而来，惊叹于天地人之间构成的浑然一体的美景，于是写下此诗。如果硬要把“日边”理解为在暗指权力中心，似乎有损这首诗的意境。

这两种说法，从词义的理解上，都有自己的道理，究竟哪一种说法更贴近李白的原意，确实是见仁见智、无法给出结论的。我们只能说，诗人创造了诗歌，而诗歌创造

了读者的想象。就像我们经常听到的那句话，一千个读者心中有一千个哈姆雷特，一千个读者心中也有一千个李白。每个人心中的李白，其实都带着自己心灵的色彩。

你心中的那个李白是什么样呢？他面对美好的风景，会想些什么呢？

故事

唐代诗人李白第一次来到都城长安，是在开元十八年，当时他三十岁，正是古人说的“而立之年”，是一个人成家立业的年龄。李白已经成家了，妻子是一位做过宰相的退休官员的孙女，但说到立业，他还是一无所成。他没有参加科举考试，不仅这时没有参加，以后也没参加过，终生身无功名，是一个布衣，也就是平民百姓。

但是李白对功名的热衷和渴望，他是从来都没有掩饰过的。在他看来，自己才华出众——这是事实，虽然他的才华在政治上体现的不多——朝廷给他个官职做做，那是理所当然的。这种强烈的自负，大概是他不愿意去参加科举，让别人来评判自己的原因。

然而，自负归自负，李白可不傻。他很清楚地知道，还是要想些办法，才能实现自己的理想。他找到了一个目标。这个目标，就是唐玄宗的妹妹玉真公主。

玉真公主深受玄宗的宠爱，但她自幼不喜欢宫廷生活，反而一心想修炼成仙，因此当了女道士。李白选中玉真公主做自己在长安谋求官职的引荐人，就是因为他自己也信道教，还曾在故乡隐居修仙。早在开元十三年，他就拜谒过玉真公主的师傅司马承祯，这位司马承祯可不是平常人，他是道教领袖，道号白云子，不但玉真公主，连玄宗都曾毕恭毕敬请他到长安皇宫里为自己祈福。司马承祯很欣赏李白，夸他是“仙风道骨”，有仙人慧根。这么一来，李白攀结玉真公主的敲门砖就有了。

那之后的几年间，李白寻求各地权贵的举荐，都没有如愿。可能是年轻时候的李白性格确实有些狂傲张扬，不太讨那些有权有势的人喜欢，有的人连见都不愿意见他，看过他写的书信，就把他打发走了。

于是，在开元十八年，李白与一位颇有名望的道士元丹丘一起去了长安。他直接去拜谒了玉真公主，并且被安排在玉真公主的一处别墅中暂住。不过他失望了。玉真公主不但没有给他希望中可以直达玄宗皇帝的引荐，甚至连见也没有见他。即使是自称红尘之外的修道之人，大概也不太喜欢李白这样恃才傲物的年轻书生。

李白在别馆愁闷地住了一段时间，长安下了很久的雨，他无处可去，只得独坐饮酒，消磨时光。这时，他写了两首诗，送给刚认识的长安的朋友。这两首诗很直白地说出了自己对长安权贵们的失望之情，激烈地批评他们不珍惜、不尊重有才华的人。三十岁的李白第一次游历长安，感受到了理想与现实之间巨大的差距。

第二年，李白便离开长安，继续他的旅行，一边结交名流，一边四处题诗，为下一次争取得到重量级人物的举荐而不懈努力着。慢慢地，他在民间积累了很高的声望，连唐玄宗都听说了有这么一个才情了得的诗人。

到了开元二十九年，当初曾与李白同访长安的道士元丹丘被玉真公主推荐，成为道门威仪，这是唐代专门负责道教事务的高级官员。元丹丘立刻就向玉真公主举荐了李白。在玉真公主的推举下，李白得到了翰林待诏的官职，来到长安，还面见了唐玄宗。

可是，仅仅三年后，李白就失败了。自由豪放的他根本适应不了按部就班的官员生活，处处受限，而他无人企及的文学才能，又导致了很多同僚的妒恨和谗言，不胜其烦。唐玄宗虽然喜欢他的诗歌，但未必喜欢他的性格。多重原因下，李白自动向玄宗请辞，玄宗痛快地把他放走了。

李白人生中唯一的官宦经历就这样结束了。他想要成为一个政治家的理想，到此基本破灭，只是他还没有完全死心。他还希望通过远游，寻找真正懂得自己的贵人。他不停地找来找去，在这样的寻找中消耗着自己的生命。直

到垂暮之年，李白才终于向现实投降，默默地放弃了这虚幻的梦想。

故事中的小智慧

众所周知，李白不是一个清高无欲、超凡脱俗的人。他喜欢权力，喜欢名利，更喜欢功成名就的荣耀。这是他的人生选择，无可厚非，无论是想成为辅佐皇帝的重臣，位高权重的公卿，还是激扬江山的大人物，这都是他的自由。

然而，也许李白自己没有意识到，也许他意识到了却不愿意面对，他选择的，是根本不适合他的人生道路。

李白是个天才，但他是一个文学天才，不是一个政治天才。他连自己的事都管理不好，更不用说管理公众事务。所以，他向诸多高官请求推荐，却从未得到积极的回应，大概那些经验丰富的老官僚都能看出来，此人做不了官。

并且，他在现实生活中，不可能总遇到像贺知章、杜甫这样真心倾慕爱惜他的朋友，他的天赋就像夜空的明星，四周嫉妒的乌云总是企图遮蔽他的光芒，长期处在这样的环境里，必然为他的人生带来灾难。

李白内心想要功名利禄，灵魂却向往着灵性与自由，在追求与退缩的矛盾中度过一生。也许这种矛盾对一个诗人的文学创作不无好处，这或许正是他的灵感源泉，但毫无疑问，作为一个人，李白因为这种矛盾而感到痛苦。如果李白能重新做一次人生选择，倒是希望他能放下对名利的执着，活成一个快乐的人吧！

鸟鸣涧

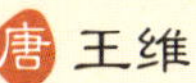

唐 王维

人闲桂花落，夜静春山空。
月出惊山鸟，时鸣春涧中。

解读

这首诗是王维的组诗《皇甫岳云溪杂题五首》之一。皇甫岳是王维的朋友，云溪是皇甫岳的别墅的名字。

有人用“清逸”这个词来形容《鸟鸣涧》这首诗给人

带来的感受，非常恰当。要理解整首诗的诗情诗意，有四个字值得我们注意。

第一个字是“闲”。人闲，是描绘了一种人的状态，它不仅指身体，更指心灵。“桂花落”，其实用小小的桂花随风轻轻飘落的姿态，给“闲”这种抽象状态做了一个具象化。桂花一般都认为是秋天开的，但也有一些春天开花的品种，生长在气候湿润温暖的江南，所以这句诗也说明了云溪别墅的所在地。

第二、三个字是“静”和“空”。夜静山空，用修辞手法来解释，是“互文”手法，就是两词同义，夜和山，都空且静，使用这种手法，是为了强调环境的宁静。而之所以强调，是为下一句做铺垫。

第四个字是“惊”。因为环境太宁静了，所以明亮的月光照射过来时，竟然把鸟惊吓得逃离了枝头，这个描写，反过来更加刻画了山与夜的空灵寂静。历代诗评都认为这个“惊”是全诗精华所在，用一个动词把静写到了极致。而真正的神来之笔是最后一句“时鸣春涧中”，鸟鸣声将这种达到了极致的静终结了，把宁静变成了一场刚刚醒来的梦幻，令人回味无穷。

故事

唐代大诗人王维在唐玄宗开元十五年左右，曾启程去江南游历。这时他因为被贬官而离开长安，来到济州，已经好几年了。

当初，王维和他的弟弟刚到长安的时候，可是城中引人注目的明星，人人都知道王家这两株临风玉树，博学多闻，一表人才。开元九年，王维考中了进士，之后被任命为太乐丞，也就是主管朝廷礼乐事务的机关——太常寺太乐署的一名官员。然而没多久，太乐署就出事了。不知出于什么原因，有伶人私自跳了黄狮子舞。这种舞是只能跳给皇帝看的，其他人观赏这种舞蹈，属于逾越君臣伦常的违法行为。这个事情让唐玄宗很生气，当时的太乐署最高长官太乐令刘贶被判有罪，流放了，刘贶的父亲刘子玄去替他说情，也被贬官了，可见此事的严重性。身为刘贶属下，王维自然也不能幸免。

可能黄狮子舞事件的主要责任在刘贶，王维只是被连

累而已，所以他罪不至于被流放，而是被贬到济州做了一个小吏。那一年，王维二十三岁，仍然是个稚嫩的青年，对人生的起起落落还不能适应，突然被贬逐出长安，他心情十分抑郁，从那时候开始，他就有了远离世事，隐居终老的心思。

王维在济州生活了五年，看朝廷没有要召他回去的意思，干脆辞了官，打算自己回长安去。差不多与此同时，对他有知遇之恩，也是他改变命运最大的希望岐王李范死了，这更让他感到世事无常，加深了他退隐世外的想法。而他的好友綦毋潜，不愿再被世俗名利捆绑，终于在这时下定决心，毅然辞官回乡，这件事，也给了王维很大的冲击。那之后，王维便开始不断地为隐居山林做着准备，消极避世的心态，在他三十多岁的时候就已经十分明显了。

王维游江南的时候，造访了朋友皇甫岳的云溪别墅。皇甫岳是个在历史上几乎没有留下痕迹的人。他的父亲皇甫恂也只是朝廷的一个不太重要的官。王维跟皇甫岳的交情不浅，他还给皇甫岳的画像题过诗，从流传下来的这首诗看，皇甫岳是个道教信徒，很迷恋修炼“道术”，还自己炼丹吃。他也没有结过婚，过着孤家寡人、冷冷清清、远离尘世的生活。这样的生活，王维却很羡慕。

在皇甫岳的云溪别墅游玩时，王维写了《皇甫岳云溪杂题五首》。这五首诗，都是在赞美皇甫岳“修仙”的环境多么清明雅静，超凡脱俗。其中《上平田》一首，借用孔子巧遇隐者长沮、桀溺的典故，把皇甫岳捧到能被孔子欣赏的贤德隐士那么高的位置。王维这样赞美皇甫岳，其实也就是在赞美自己心中那个存在了很久、总是实现不了的理想——做隐者，归山林。

开元二十二年，王维“时来运转”，被宰相张九龄重新起用，当上了右拾遗，从那时直到死去，王维就再也没有脱下身上的官袍。即使经历了安史之乱，被迫为安禄山的“大燕”政权当了一段时间的伪官，差点被唐肃宗砍了脑袋，好不容易才逃过一死，他也没有放弃身上的官职，还在这官场上坚持着。到了晚年，他基本都在长安郊外的辋川别墅里蛰居，很少出来，这就是他自认为的“归隐”。

在经历了一生的彷徨犹豫和辗转起伏后，王维最终把自己变成了这样一个人：半官半隐，半僧半俗。后来有人点评说，王维的诗干净，清新，但缺少了一些风骨，这说的的确是诗，但也未必与人无关。

故事中的小智慧

历史上关于王维的记载并不多。后世研究王维的学者，都只能通过零星模糊的史实记录，对照着他的诗来判断什么时候他在什么地方做过什么事。而根据王维的弟弟王缙在他离世多年后所说的，他的诗歌大都散失了，保存下来的不到十分之三。所以，王维究竟是哪年哪月游历了江南，写了《皇甫岳云溪杂题五首》，从没有定论。

不过，这对我们理解王维的人生，也不是很重要。俗话说，读万卷书，不如行万里路，但是这句话在王维的身上没有起到多大作用。他行过万里路，去边关，就写边塞诗，去乡村，就写田园诗，路遇民情，听闻时事，他也会为之写诗，但是我们读他写的那些诗，会感觉那不过是变色龙变幻出的色彩，他的精神世界好像一个看似晶莹透明却严密封闭的盒子，与真实的世界是隔绝的。这是他对自己的一种保护。

在二十岁之前，王维写过“谁言越女寒如玉，贫贱江头自浣纱”，自比贫寒而清高、自食其力不倚权贵的越女；写过“功成然后拂衣去，肯作徒尔一男儿”，誓言只为壮志雄心图谋、不为功名利禄折腰。但这样的高洁志向，后来都不见了。经历了一些挫折和磨难后，王维的人生只剩下一个隐居的梦想和看不到尽头的屈服、妥协。

万幸的是，王维还有一个重要的精神支柱，始终在支撑他，那就是“美”，是他对诗歌、绘画和音乐的热爱，如果这个支柱再被毁灭，恐怕他早就崩塌了。

浪淘沙

唐 刘禹锡

九曲黄河万里沙，浪淘风簸自天涯。
如今直上银河去，同到牵牛织女家。

解读

这首《浪淘沙》是词，而非诗，《浪淘沙》是词牌名。唐代诗人刘禹锡在夔州任太守的时候写过九首《浪淘沙》，这首为其中之一。

《浪淘沙》这个词牌的特点是句子字数一样，这种词被称为齐言词，它的形式跟诗相似，所以是很多唐代中后期原本擅长写诗的诗人比较喜欢使用的词牌。

刘禹锡选择《浪淘沙》这个词牌，还因为他写的内容与词牌的字面有关。《浪淘沙》九首，写的就是两个对象，一个是浪，一个是沙，除了第一首，也就是这首《浪淘

沙·九曲黄河万里沙》之外，其他八首都是借写浪和沙寄寓诗人自己的情趣、志向和情操。这九首词中最广为人知的是第六首：“日照澄洲江雾开，淘金女伴满江隈。美人首饰侯王印，尽是沙中浪底来。”说的是江边的淘金女辛勤劳作，淘出的金子都做了上层人士的饰品用具。这不仅是在批判贵族们不事生产却过着骄奢生活这种不公平的社会现象，更是在阐述一个道理——这世上没有空中楼阁，所有看起来奢侈高级闪耀夺目的东西，基础都在“沙中浪底”，为政之人，目光必须向下。

《浪淘沙·九曲黄河万里沙》是九首《浪淘沙》中唯一的不带有诗人主观意识的客观写景诗，写的是西北黄河沿岸的沙尘暴天气，这在唐代边塞诗中很常见。狂风裹挟着干燥沙尘，扶摇直上，这种景色，在刘禹锡当时身处的长江流域，是不会出现的。所以这里写的是回忆或想象，而非实景。

也有人认为，后两句说的不是风沙，而是黄河。但是在古典文学的意象中，银河与大海相通，而不与黄河相通。古代有个神话故事，说的就是有个人住在海边，每年八月都可以看到一艘华丽的空船飘摇而来，不久又飘摇而去，有一次船来的时候，他出于好奇心登了上去，船带着他航行了十几天，到了一个很大很美的城市，他在这里看见牛郎织女，才知道这里是天上的银河。这个故事早在魏晋时代就有了，刘禹锡是个有学问的人，肯定知道，所以他是不会写出要从黄河去到牛郎织女家的诗的。

故事

唐宪宗元和十年，因为政争失败而被贬谪多年的刘禹锡好不容易被召回了长安，宰相有意让他重新在朝廷为官。但是刘禹锡在长安还没好生待几天，就因为写了一首《游玄都观咏看花君子诗》，描写长安公卿贵族拥挤到玄都观赏桃花的情景，语带讥讽，被人告了一状，惹恼了宪宗皇帝和朝廷里掌握大权的人。于是，唐宪宗又写了一份诏书，要贬他出去。这一次，他被贬的地方比之前都要远，远到了播州，这个地方在今天的贵州省遵义市一带，在古时候，跟天涯海角差不多了。

诏书一下，大臣裴度看不下去了，对唐宪宗说："刘禹锡家乡在洛阳，距离播州路途实在太遥远。刘禹锡的母亲已经八十多岁，不可能跟着他一起去，皇上一定要把他贬

到那里，等于让他们母子就此生死分离。皇上以孝道治天下，鼓励百姓都孝老爱亲，您这样做，恐怕对推广这孝道治国的国策不利啊。”

唐宪宗冷冷地说：“刘禹锡要是个孝子，就该知道说话做事要有分寸，否则惹祸上身，必然连累了母亲。他明知母亲年老，事事都要指望着他，他行为还这么轻率，不顾

后果，岂不是罪加一等？”

裴度听唐宪宗说得这么严厉，也不敢再继续为刘禹锡求情了。不过，唐宪宗很快就改变了口气，和缓地说道：“朕刚才说的，不过是告诉你们身为人子应该明白的道理，朕并不想让刘禹锡的老母亲伤心难过，播州确实有点远了，裴爱卿你说的也不无道理，那就这样吧，把刘禹锡的贬谪之地从播州改为连州吧。”

连州在今天的广东，比播州是稍微近点，可也没近到哪里去。刘禹锡在连州任刺史时，他的老母还是去世了，临终也没有见儿子一面。刘禹锡按照当时法律，辞去官职回到故乡洛阳，为母亲守孝。

元和十五年，痴迷于吃丹药求长生的唐宪宗身体已经很不好，还没出正月，便突然死去了。传闻说，他是被宫廷里的宦官给弑杀的。他的儿子唐穆宗继位。唐穆宗任命刘禹锡为夔州刺史。夔州在今天的湖北省，相对而言，算是比较接近中原地区了，经济也发达一些。这让刘禹锡看到了一线再次实现自己理想抱负的希望。

刘禹锡就这样去了长江三峡所在的夔州。夔州有一处特殊的古迹，传说是三国时期蜀国丞相诸葛亮创制的八阵图的遗址。八阵图是一种兵法布阵，为了训练这种布阵，诸葛亮用石头垒成阵形，因此留下了三个八阵图遗址，其中一处就在夔州。刘禹锡对八阵图很感兴趣，他去参观了遗址后还写了一首《观八阵图》，表达自己想要像诸葛亮那样排兵布阵、运筹帷幄的壮志。

刘禹锡是个性格豪迈的人，他渴望能为国建功立业，可惜朝廷内部无端的斗争耗费了他大半生的精力。他曾寄希望于唐穆宗，然而，唐穆宗显然不是那块材料，根本就没有励精图治之意，每天浑浑噩噩，不思进取。在夔州三年，刘禹锡上奏给皇帝的种种施政措施，都得不到支持。慢慢地，刘禹锡明白了，他不过是一颗被弃置在这里的无用棋子而已，不管是唐宪宗，还是唐穆宗，还是以后的什么宗，那些不知爱惜人才的皇帝，是不会再起用他的。他有些心灰意冷，便把更多的心血投入在写诗上。刘禹锡在夔州学习了鲜活生动的当地民歌，仿照这些民歌的风格写了许多至今脍炙人口的诗词。这是他在夔州最大的收获。

故事中的小智慧

刘禹锡在唐诗史上的称号是“诗豪”。这个称号，是白居易给他的。刘禹锡晚年时与白居易交情很好，经常以诗词唱和，于是他们把这些唱和之作汇编成集，白居易在序中称刘禹锡为诗豪。

刘禹锡二十四岁就中了进士，在古代科举考试中，实属难得。可是他三十四岁就因为奉行自己的理念，在朝廷的斗争中失败而被贬谪，从此在各个荒远之地流转，直到五十六岁，才终于回到长安。

刘禹锡六十岁时曾写过一句话:“有味之物，蠹虫必生;有才之人,谗言必至。”这句话的意思是,气味芬芳的东西,很容易长蛀虫，才华横溢的人，很容易招惹他人不怀好意的非议。这句话大概是他对自己人生经验的一个总结吧。他很清楚地知道，他之所以饱经苦难，只是因为他和别人不一样，他有自己的追求。只要他能与放弃自己的追求和标准，也许这些痛苦和不幸都会远离。

然而，刘禹锡终生都没有向世俗妥协。尽管明明遭受了这么多的打击、阻碍和挫败，他还能将“诗豪”的姿态保持到生命的最后时刻，这样的坚强不屈、乐观开朗，也是很令人敬佩了。

我们每个人都有可能因为自己的独特性而遭到他人苛待的时候，那时，我们便应该好好地审视自己，是我的错吗？是我不应该如此与众不同吗？

如果我们能坚定地告诉自己：“不是。”那么，就这样豪气满满地做自己吧！

兰溪棹歌

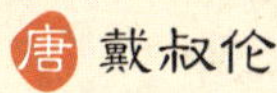

凉月如眉挂柳湾，越中山色镜中看。
兰溪三日桃花雨，半夜鲤鱼来上滩。

解读

这是一首仿照民间谣谚写成的诗歌。兰溪是浙江的兰溪江，棹是船桨的意思，棹歌在江浙地区的方言里，指的是渔民划船时唱的民谣。

诗中描写的是夜晚的景色，“凉月如眉”，表示月亮是上弦月或下弦月，也就是说，时间在阴历的月初或月末，“三日桃花雨”“鲤鱼来上滩”，这两句意味着此时桃花盛开、雨水丰沛、水温升高，鲤鱼纷纷从深水区游到浅水区，正是阳春三月。根据自然现象来判断季节和时令，是我国传统气象科学的常用手段，直到今天还在使用，民间有大量

与此相关的俗语、谚语、民歌，《兰溪棹歌》就是模仿这些俗语、谚语、民歌而写成的文人诗。

故事

唐德宗建中元年的某一天，诗人戴叔伦风尘仆仆地来到婺州东阳县。他是来就任县令的。

这时，安史之乱刚结束没多久，唐帝国的土地上一片狼藉。地处江南的东阳县虽然没有遭受战火的直接摧残，但由于战争持续的时间太长，军费开支太大，百姓税赋沉重，难以负担，乡里到处都是人走屋空、田地荒芜的惨景。走在美丽的兰溪江边，也见不到一条渔船，听不到一声渔歌，耳畔传来的只有风拂芦苇的呜咽，和水波荡漾的叹息。泥泞土路上偶尔走过一两个人影，也都是衣衫褴褛，面带菜色，病病歪歪的。

戴叔伦忧虑地望着眼前的景象。这些年来，他也因战乱而四处逃亡，见过许多破败的村庄乡镇，但曾经那么富饶的婺州也变成了这般模样，着实让他心痛。

一个骨瘦如柴的孩子怯生生走到他身边，伸出手讨要吃的。仆人正要呵斥，戴叔伦阻止了他："快拿些干粮出来，给孩子吃。"仆人拿了几块糕饼递给孩子，孩子狼吞虎咽，噎得直翻白眼，戴叔伦忙命仆人再给些水。不多一会，不少饿着肚子的百姓就围了上来，一个个眼睁睁地望着戴叔伦。

戴叔伦只好把自己带的干粮都分给了他们。一边看他们吃，一边问道："乡亲们，你们的庄稼长得怎么样了？"

一个老农苦笑一声："这位大人，我们哪有庄稼。您看那地里头长的，全都是蓬蒿野草呀。"

"那你们为什么不种庄稼呢？"戴叔伦问道。

一个农妇差点哭出声来："家里壮年的男人都去当兵了，仗打完了，可人没回来，谁知道是死是活。我们这些女人孩子，再加些老头老太，本来就没力气，为了交足皇粮，口粮都留不下，天天吃野菜，饿得半死，哪还能种地。"

"种了粮食又怎么样！"一个少年恨恨地说道，"好不容易打了稻谷，盗贼一来，全抢走了！还是没饭吃，没活路！"

"是啊是啊，日子没法过了！"百姓们都附和道。

戴叔伦紧锁眉头，东阳县的情况他来之前多少听说了一些，但没想到，竟然如此严峻，赋税之苦，盗贼之患，压得这里的老百姓喘息不得。

戴叔伦来到县衙，马上把手下的官吏都召集起来，向他们公布了几条治理东阳的政策。首先，他要求立即查清楚东阳境内的盗贼数量，能劝降的劝降，不能劝降的就派兵抓起来；第二，这几年的赋税先缓收，劳役先免征，等老百姓休养生息够了，有了能力，再让他们恢复纳税服役；第三，鼓励百姓在房前屋后多种桑树，再用这些桑叶多多养蚕缫丝；第四，把荒废的田园水利重新疏通利用起来，保证百姓有水灌溉田地。

县里的官吏们懒散惯了，听新到任的县令说得这么热闹，心里想：“用嘴说谁不会啊？倒要看看他能干出多少名堂。”

他们没想到，戴叔伦可不是说说而已。上任之后，他立即带领县里上上下下的官民一样一样地做了起来，凡事亲力亲为，特别是兴修水利时，他在工地上忙前忙后，一点都不摆县太爷的架子。大家看他动真格的，也都不敢懈怠了，人人出力，很快，这四项政策都收到了效果，盗贼没有了，百姓缓过劲来了，蚕桑业重新兴盛起来，江河池塘全都清理好了，清水源源不断流入绿油油的稻田，东阳县的面貌焕然一新，许多逃离家乡的百姓，也纷纷回来安居乐业。一段时间后，县衙重开赋税，百姓踊跃纳捐，朝廷考核，东阳县的税收业绩在整个婺州名列前茅。戴叔伦终于松了一口气。这时候，他才有了闲心，去游赏东阳县的美景。

一个春天的夜晚，雨过天晴，他优哉游哉地来到兰溪江畔，顺便看看下过几天的雨，兰溪水情如何。只见清凌凌的江面上倒映着水墨泼上去一般的山影，如诗如画，令人陶醉。一条小渔船泊在岸边，船上坐着一个渔夫。戴叔伦走过去问道："老人家，你要捕鱼吗？"

"是啊，等到半夜，鲤鱼就都上来了。俗话说，三月三，鱼上滩。"

"你捕了鱼，是拿去卖的？"

"不卖，我要腌起来做成鱼干，等过年的时候，送给我们的戴县令。"

戴叔伦一愣："为什么？是你们戴县令让你这么做吗？"

"你这人怎么说话？戴县令那么好的官，怎么会跟我们老百姓要这要那呢？是我自己要送。自从戴县令来了，我们东阳县可算过上好日子了！我就是个打鱼的，没有什么好东西，自己腌点咸鱼，过年的时候送给他，表表我的心意。你可不要胡说！”渔夫没好气地扭过头，不再搭理戴叔伦。戴叔伦笑了一笑，背着手哼着小曲走开了。

没等到这年过年的时候，戴叔伦就离开了东阳县，去了江西节度使李皋的幕府。临行时，东阳官吏和百姓夹道相送，依依惜别。戴叔伦也很伤感，不过，他知道，他留下的，是已经度过了最艰难时候的东阳县，他走的也就放心了。东阳百姓为了表达对戴叔伦的感激，还立了一座讲述他政绩的“去思碑”。

故事中的小智慧

唐代诗人戴叔伦出生于润州一个书香门第。戴家祖辈虽然都是读书人，但没有出外当官的，只在家里研究学问，过朴素简单的生活。戴叔伦本来也不想投身官场，只是后来为生计所迫，出仕当了二十年的官。他为官清廉正直，不管走到哪里，都有不错的政绩，受到百姓拥戴，据说，只要是他治理过的地方，走的时候当地百姓就会给他刻个碑留作纪念。而他因为工作出色，官也是越做越大。不过，戴叔伦并不因此改变初心，流连权力，五十多岁时，他主动辞职，准备回家当个隐士，不幸病死于归乡的途中。

从戴叔伦的经历可以看出，他非常向往自由，讨厌官场羁绊。《兰溪棹歌》这首诗，就充分表达了他内心的这种情感。但是，他没有因为不喜欢做官，就马马虎虎地应付自己的职责，每一次履职，他都非常认真负责，对每一地百姓，他都尽心尽力，留下了几乎没有瑕疵的历史记录。

我们每个人都有自己的志向和兴趣，很多时候，我们身上被赋予的责任，都不那么让人感到轻松愉快。但是，只要承担了这个责任，就要努力地去完成，不给自己留遗憾，更不给别人造成损失甚至是伤害，这才是一个成熟的人应该做到的。

吴兴杂诗

清　阮元

交流四水抱城斜，散作千溪遍万家。
深处种菱浅种稻，不深不浅种荷花。

解读

阮元是清代的一位大学者，同时他也是一个身居高位的大官，和很多郁郁不得志的文人不同，阮元历经乾隆、

嘉庆、道光三个皇帝，在九个省做过最高长官，号称“三朝元老，九省疆臣”。他二十六岁考中进士，从此仕途通达，八十多岁的时候体面地退休，在官场上行走了五十年，几乎没有什么可指摘的地方，被咸丰皇帝称赞为“完人”。

在学问上，阮元专攻经学，就是专门研究如何解读古代的儒家学术典籍，他写的诗，很多也是所谓“学人诗”。学人诗是清代盛行的一种诗歌流派，这种诗是用经学、考据学的观念论点写成的，既不抒情也不写景，更不讲故事，不说生活哲理，只是用诗的形式来阐述一些普通人不太了解的冷僻知识。这种诗写得再好，也很难流传开来。

这首《吴兴杂诗》却是阮元诗作中的另一种类型。吴兴就是今天的浙江湖州，阮元曾经担任浙江巡抚，作为地方大员，他很关心当地农业生产的情况，经常到乡间巡视。吴兴在太湖边上，水乡风情浓郁，故这首诗四句里，句句有水。前两句写水乡地形特色，后两句写水乡种植特色，是一个立体式的写法。这首诗也没有被植入任何深刻的道理，只是随书所见，格调轻快，境界清新，语言也是明白质朴，与阮元“擅长”的考据讲经诗，读来完全是两种风味。

故事

阮元出生在扬州的一个武官家庭，然而他天生体弱，学射箭都拉不动弓，父亲没办法，只好让他改学四书五经。父母对他期待很高，为他请过很多老师，都是当地精挑细选的名儒。他母亲也是书香门第出身，识文断字，亲自教他认字读诗。他父亲虽然允许他弃武从文，但并没有彻底放下对他的军事教育，还教他学习历史和兵法，希望他不忘祖先所从事的事业。这种兼顾文武的教育，给了阮元一个开放的视野，使他终生都保持着对一切知识的好奇和包容。而且，父亲的教育还让阮元具备了一定的带兵打仗的能力。后来，阮元在浙江巡抚任上打击当地猖獗的海盗，非常成功，显示了这种其他文官不具有的军人素质。

阮元的仕途一帆风顺，只在担任浙江巡抚的时候，栽了一个不算小的跟头。当时的浙江学政名叫刘凤诰，他和阮元是同科的进士，套用现在的话来说，他们是老同学，交情很好。刘凤诰是个非常有才华的人，但性格有些大大咧咧，不是特别谨慎。嘉庆十四年，浙江乡试期间，刘凤诰以学政身份监考，他居然跑去给认识的考生讲考题，在跟同乡的考生们交往时也不避嫌，被御史报告到嘉庆皇帝那里，说他有考场舞弊的行为。科考舞弊，是非常严重的罪行，在古时候，犯这种罪，最严厉的惩罚是杀头。嘉庆皇帝对此事很重视，让阮元把这件事情公示出来，要求他措辞严厉一些，把情况说得严重一点，以示朝廷对维护科考公平的决心。但是阮元因为跟刘凤诰关系好，就在写奏折的时候，婉转地替刘凤诰说了一些辩护的话。结果，查办结果是刘凤诰确实犯了御史参奏的那些事，虽然没有收受钱财贿赂，但也属于行为不端。嘉庆皇帝很生气，把刘凤诰流放黑龙江，阮元则被撤了职，从浙江返回北京，一时坐了冷板凳，到国史馆编书去了，两年之后，才东山再起。

刘凤诰科场舞弊案发生的这一年，阮元四十五岁，正处于人生最鼎盛的年纪，这个挫折给了他一次很好的教训。从那时起，阮元做人做事都更加小心了。以他的官职地位，每逢生日，一定会有很多人来给他祝寿，送寿礼，为了避免麻烦，他索性一到生日这天就出门游玩，到山林中找个地方煮茶喝茶，看看名胜古迹，就这样在外面转悠一天才回家。他把这个叫作“茶隐”，坚持了一辈子，就是为了躲开那些拍马送礼另有所图的人。不光是他自己的生日，

他妻子生日那天，他也不在家待着，不见那些来拜寿的客人。

另外，他还借助自己的权力，做了很多慈善。他每到一地做地方官，都会办一些救济机构，收容老弱病残和被抛弃的婴儿，以免他们死于流离饥寒。阮元平生也没有任何不良嗜好，做官之余，只喜欢读书做学问，不抽烟不喝酒，生活很健康。也正是因此，他能活到八十多岁的年纪，这在古代算是很高寿了。

故事中的小智慧

阮元从人生经历上看，是一个很幸运的人。他的幸运，有很大一部分是来自父母对他的非常成功的教育。

阮元的家族为武将世家，他父亲对他的期待，也是要成为一个孔武有力、保家卫国的军人，但是他完全没有这方面的潜能，天生体弱，手无缚鸡之力。如果他父亲把自己的理想强加在他的头上，逼迫他学武艺，可能这世上就会多一个毫无建树的习武之人，而少了一个学问大家，更不会有所谓的“三朝元老，九省疆吏”，因为这些官职都是阮元凭借自己的儒学才华而获得的。所以，父亲客观评估儿子的能力和天赋，转换了自己的教育思路，这是阮元走上人生巅峰的起点。

而阮元的母亲对他的教育，则是并行在文化和人品两个方向上。阮元母亲是一个有知识有见识的女子，阮元小时候就是母亲亲自教文学，教做人。他十几岁时，因为开始在外面读书，所以交了许多朋友，每次他和朋友出游归来，他母亲一定会细细询问出游时的各种情况，以此判断与之同行的是良友还是损友，并且把自己的判断直接告诉阮元。一个人在人生经验不足的时候，难免受到一些品德不佳的玩伴影响，作为父母，必须对孩子负起责任，在尊重他的同时，为他的社会生活指引方向，保驾护航。尽管阮母在阮元十八岁时就去世了，但阮元终生对她的教诲牢记于心，一辈子没有交过坏朋友，所以一辈子没有染上过恶习。

阮元的父母在为孩子选择老师时的做法，也很值得借鉴。他们从不看教师的功名或是声望，而是看教师是否有真才实学，以及他们各自擅长什么，能培养孩子哪方面的才能。阮元前后师从六位塾师，有的中过进士有的没有，但都是满腹经纶，各有所长，阮元因此得到全

面的教育。他刚刚当上浙江巡抚时，其中一位专修政治学问的老师还特意从扬州前往杭州，帮他筹划打点，助他一臂之力。

可以说，正是因为有了父母和老师的悉心栽培呵护，才成就了阮元这位一代大儒、一代名臣的辉煌人生。

滁州西涧

唐 韦应物

独怜幽草涧边生，上有黄鹂深树鸣。
春潮带雨晚来急，野渡无人舟自横。

解读

这是一首写景的小品诗，不过，它描写的不是风景名

胜，也不是什么自然奇观，甚至没有太浓烈的色彩或者强烈的声响，只是很普通的日常景色，是作者在野外漫步时不经意的所见。

历来对这首诗有两种意见，一种意见认为此诗为借景咏志，抒发自己不受朝廷重用的幽愤之情，是不是真的有这么一个“滁州西涧”还说不定呢。还有人进一步穿凿附会，将“独怜幽草涧边生”解读为君子被排挤到远离朝堂皇帝的边缘地带，将“上有黄鹂深树鸣”解释为奸佞小人得意扬扬身居高位，将“春潮带雨晚来急”解释为比喻中唐时期朝政困顿，时事艰难。

另一种意见就简单多了，认为君子小人之说是无稽之谈，此诗只是单纯的描写美好景色，丝毫没有讽刺和影射的意味。

两种意见各执一端，其实说的都不全面。应该说，后一种意见基本是正确的，这首诗的主旨是在描绘一种平凡中散发着独特美感的景色，这正符合作者韦应物的一贯风格。

然而，结合韦应物写作此诗的背景，前一种意见也不无道理。当时他的确是在走人生的下坡路。

韦应物出身名门，年少时曾是唐玄宗的侍卫，安史之乱后唐玄宗失势流亡，他也风光不再。经历了盛极而衰、大起大落之后，韦应物的心情乃至性格必然受到一些影响，看待事物的角度也悲观得多。他未必有什么明确的目标要去讥讽怨恨，但内心常常萦绕着失落的情绪，这种情绪自觉或不自觉地流露在诗歌里，也是非常自然的事。

故事

唐德宗建中三年，诗人韦应物辞别长安，前往滁州就任刺史。这一年，韦应物四十七岁。在古代，五十岁被称为知天命之年，也就是说，人到了五十岁，就该知道自己身上肩负的使命是什么。换句话说，五十岁是一个人真正建功立业的时候。韦应物即将跨入这个年纪，而他的心态，却越来越渴望隐居生活，他的人生，也离唐帝国的中心——长安——越来越远了。

韦应物从十五岁起，就是长安的一个红人。他出身的家庭虽然贫寒，但姓氏非常显赫，是唐代最大的望族之一

“京兆韦氏”的一个主要分支。韦应物因家族的原因，得以加入禁军，还被选拔为唐玄宗的御前侍卫。不管唐玄宗赏花打猎，还是泡温泉，举办盛宴，他都在一边陪同，小小的年纪，便已见识了人世间最奢靡的生活。仗着侍卫的特殊身份，韦应物在长安城里肆无忌惮，连他自己都说，他年轻的时候，简直是个小恶霸，“横行乡里”，整天干些偷鸡摸狗的勾当，官府根本不敢过问。

结果，到了安史之乱的时候，报应就来了。唐玄宗逃亡去了巴蜀，仓促间没有把韦应物带走。韦应物失去了响当当的官职，又回到了最初贫穷的家境。还好，这时他很年轻,不过二十岁左右,还能经得起挫折。唐朝有一种制度，规定曾在禁军服役的人，可以进最高学府太学读书。韦应物也因此得到了入太学进修的机会。从此，他不再是那个飞扬跋扈的宫廷小侍卫，他成了一个普通文人，一个基层官员，以及一个流芳千古的诗人。

韦应物的家人都住在长安，他四十岁的时候，妻子元氏就去世了，那之后他没有再娶，余生一直都怀念着亡妻。所以，韦应物到了滁州之后，生活很孤寂，除了处理公务，没有别的事可做，闲来便出门到处走走，游览滁州山水。

滁州在今天的安徽省，唐代时，这里比较荒凉贫困，交通不便，很少有外人来，但境内风景很美，久看不厌，这也给了郁郁寡欢的韦应物一些慰藉。

后世有很多人想考证，所谓的滁州西涧究竟在哪里，但都没有确凿的结论。人们只知道，在建中三年或四年的某一个初夏的傍晚，快五十岁的韦应物缓步来到这个名不见经传、深藏在密林中的水涧边，林梢的黄鹂鸟发出婉转的鸣叫，水边生长着郁郁苍苍的青草。晚来的潮水涌入涧中，散布着湿润的气息，一条无主的渡船顺着水波飘在岸边，随意地横了过来。

《滁州西涧》这首诗，就像一台摄像机，把千年前映在韦应物眼帘上的景色，清晰地展现给了我们。这是韦应物生命中再平淡不过的一天，却是我们对他最熟悉最了解的一天。

韦应物年少骄横，挥金如土，中年之后，为官清廉，没有积蓄，家里很穷，女儿出嫁都没有什么嫁妆，他只给女儿写了首诗。在滁州居住了三年后，他又辗转了好几个地方做官，虽然勤勉，但总得不到提拔，反而频频遭到罢免。五十八岁时，韦应物贫病交加，在苏州去世了。

故事中的小智慧

我们都知道，韦应物是唐代著名的山水田园派诗人，这个流派以写景诗为主，代表人物除了韦应物，还有王维、孟浩然和柳宗元，他们合称“王孟韦柳”。

但是，令人惊叹的是，韦应物在二十岁之前，文化水平并不是很高，他曾写诗自谦说，他少年时“一字都不识”。当然，不识字肯定是夸张了，但他不会写诗写文章，那是毫无疑问的。韦应物在十五岁当上御前侍卫以后，在长安城里横着走，天天喝酒赌钱，半夜爬人家墙头看姑娘，完全就是一个浑小子。这时候的他也不觉得学习有多么重要，在他看来，没文化不是一样能过得逍遥快活吗?

等到他丢了御前侍卫的官，才知道没有学识就等于没有出路，于是一改顽劣习气，开始发奋读书，尽管年纪已经比较大了，但他没有放弃自己，付出了比别人更多的努力，终于学有所成。

韦应物并没有通过勤奋读书获取高官厚禄，但是，他得到了比金钱和官位更重要的东西——他改变了自己。他把自己从一个毫无价值的浪荡子，变成了一个价值很高的诗人，不但得到当时文坛的认可，而且在唐诗的辉煌历史上留下了不可磨灭的足迹。

他的思想也在读书学习中升华了，没有一辈子浑浑噩噩，沉迷在声色犬马之中，坚守清白为人，清廉为官的人生准则，至死而已。

这才是读书真正的意义。

乐游原

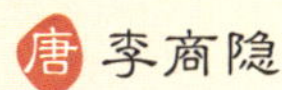
唐 李商隐

向晚意不适，驱车登古原。

夕阳无限好，只是近黄昏。

解读

这是一首借景抒情的小诗。虽然只是一首短小的五言

绝句，却蕴意无穷。历代诗评家对它的主题做出了各种各样的解读，有人说，这首诗表达了李商隐对唐朝即将灭亡的担忧，有人说，这是李商隐在感怀自己的人生境遇，更有人说，诗人对自己的人生和唐朝的国运同时失望，两种失望交集在一起，而产生了巨大的忧愁感。不管怎么说，李商隐的这首《乐游原》的基调是灰暗的，诗歌的情绪笼罩在悲哀中，这一点没有争议。有的评论者甚至说，这首诗实在太让人难过了，不忍心多读。

从诗歌创作上说，这首诗的精妙之处在于，极短的篇幅里，却能做到起承转合无一不具，节奏鲜明而丰富。第一句是“起”，提出出游的起因，引出第二句的“承”，顺着起因，发展了情节，第三句是“转”，从身体不适，快快出游的气氛，突然转入对夕阳美景的赞赏，似乎有一种情绪变得开朗的感觉，然而第四句便是“合”，一是呼应开头，重新回到悲伤的情调，二是将这种悲伤的情调升华，从对个人生活的失望扩展到了对时间流逝的无奈。

从这样一首小诗里，我们可以看出李商隐的创作能力之强，也就可以明白，为什么生活在晚唐时代的他，有资格与盛唐时代的李白、中唐时代的李贺这样的天才诗人连成一线，并称为唐诗“三李”。

故事

乐游原在唐代都城长安城内，是整个长安地势最高的地方。长安市民平时休闲出游的好去处。大家喜欢这里，一来是因为它的地理位置特别好，毗邻曲江池和大雁塔，曲江池边还有种植了许多芙蓉花的芙蓉园，登高望远，就可以看到这些名胜，二来是因为这里从秦汉时期开始，就建造了许多皇家园林，皇亲国戚的私家花园聚集于此，逐渐形成了一个游玩胜地。

唐朝大中二年的一个黄昏，诗人李商隐来到乐游原。这时的他三十多岁，和他同龄的士人，这时候多在仕途上奔忙，而李商隐却闲在家里，没有做官。不是他不想，和大部分古代读书人一样，考科举，中进士，当官，是他的人生梦想，但李商隐不管怎么努力，就是无法实现这个梦想。

是因为他才能学识不够吗？这当然不可能。李商隐的不幸，和晚唐的政治弊端有很大的关系。

李商隐的命运，在他二十岁娶了泾原节度使王茂元的女儿时，就埋下了祸根。

当时唐代政坛上,两个主要的政治派别“牛党”“李党”争斗不休，牛党的首领是牛僧孺，李党的首领是李德裕。只要是参加科举考试的读书人，就没有人能逃脱这两个派系，必须选择其中之一，而选择了其中之一，就意味着与另一个的对立。

王茂元和李德裕关系比较亲近，做了他的女婿，李商隐就被理所当然地认为是投奔了李党。但是，李商隐有一个好朋友，名叫令狐綯，是宰相令狐楚的儿子。令狐楚很欣赏李商隐，让他做了自己的幕僚，对他非常好，而令狐楚正好属于与李党针锋相对的牛党，李商隐早就被牛党看成自己人了。这样一来，他娶王茂元的女儿，就变成了背叛行为，令狐綯也因此与他渐行渐远。

从那时起，莫名其妙得罪了牛党的李商隐，处处受到牛党势力的排挤，参加科举考试也被无故刷掉，只能获得一些最底层的小官职，直到三十多岁，还在艰难地寻求人生出路，到处碰壁。大中二年他从外地回到长安，正是因为丢了官，失意而归。他的心情低落到了极点，身体也不舒服起来，每日坐立不安，这一天，便索性赶着马车来到乐游原上。

黄昏的乐游原已经没有什么游客了。除了林木花草，就是寂静的亭台楼阁，看起来也是一片萧索景象。李商隐一个人站在平旷的原野上，举目四望，繁华的长安城尽收眼底，隐约还能看到街头行走着华丽的车马和仪仗。夜晚将至，出来寻欢作乐的达官显贵们也要归家了。在李商隐看来，这些人都是党争的暂时胜利者，可他们的精力都投进了无休无止的权力斗争，为国为民却无所作为。再看看他自己，作为这权力之争的无辜牺牲品，更是空有才学抱负，什么都做不了。

他想起不久前自己给令狐綯写信，求这位已经当上宰相的好友帮忙举荐，却遭到了拒绝，不由得一阵心酸。他和令狐綯曾经亲密无间，然而，在你死我活的朋党政治里，友谊变得那么脆弱。

夕阳缓缓滑向长安的地平线，灿烂如火的日轮，映照着漫天红霞。多么美丽啊，李商隐凝神观望着日落的景色，心中感叹不已。这么美好的时刻，如果能够永远持续下去，不要结束，那该有多好，就像他和令狐綯，如果能永远停留在年少的时候，彼此不问尊卑，只要意气相投，他不需要乞求令狐綯的帮助提携，令狐綯也不必因派系之争而冷淡疏远他，两个人就永远快乐地做朋友，那该有多好……

夕阳消失了，只剩下最后一缕暮光，在天边淡淡发亮。随着落日光芒的消散，李商隐心中对令狐綯的思念也散去了。他清醒地知道，位高权重的宰相令狐綯，已不再是和他无话不谈、把酒言欢的令狐綯了。时间带走了他们的青春，也带走了青春的纯真快意。现在他们两人，一个在庙堂之上，一个在江湖之间，也许今生都不会再有交集。

不久，李商隐再次离开长安，宦游四方。后来，他的妻子王氏也去世了，生活越来越艰难。几年后，他在郑州去世，结束了自己郁郁不得志的一生。而他念念不忘却又无缘再见的旧友令狐綯，虽然一直身居高位，却没有任何建树，庸庸碌碌地活到唐朝灭亡前夕，在自己的封地死去。

故事中的小智慧

我们每个人的人生，都会面对很多次选择，有时候我们要选择和谁做朋友，选择去哪个学校上学，选择是学习音乐还是学习美术，长大之后，我们要选择做什么工作，和什么样的人组建家庭，如何度过一生。

李商隐就是一个在选择上看似总是犯错误的人。他娶的妻子让他终身陷入政治派别的恩怨斗争，他最好的朋友最后变成对他最冷漠的人，他选择的人生道路更是怎么走都走不通……

这么说来，李商隐是一个选择失败的人。

然而，我们却不能这样评价他的选择。李商隐的妻子王氏，与他始终恩爱如初，李商隐写的《夜雨寄北》，是历史上最有名的写给妻子的情诗，王氏去世后，李商隐还为她写了很多悼念的诗歌，从这些诗歌中，谁都看得出，他们夫妻的感情非常深厚。在封建社会里，能够拥有一段彼此相爱的婚姻，是很不容易的，李商隐可以说是很幸运了。

至于他的朋友令狐綯，虽然两人少年时结下的友谊确实很深，但他们终究不是同类。根据历史记载，令狐綯是一个心胸狭窄、嫉贤妒能的人，他做了十年的宰相，碌碌无为，还纵容儿子为非作歹，名声很不好。李商隐生性清高，即使令狐綯不疏远他，他也很难做到和令狐綯同流合污，他们两人的分道扬镳是必然的。

李商隐生在了一个容不下他的品格与价值观的时代，这是他的悲剧根源，但是，如果他做了其他的选择，在那个时代如鱼得水，也许我们今天就看不到唐诗史上这位与众不同的苦情诗人了，更不可能读到这首《乐游原》了。这是幸运还是不幸呢？

泊船瓜洲

〔宋〕王安石

京口瓜洲一水间，钟山只隔数重山。
春风又绿江南岸，明月何时照我还。

解读

这首诗是王安石最有名的诗歌作品。在写作背景上，说法不一。有人认为这是王安石因被罢免官职而离开京城时所写，有人认为，这是他被任命为宰相而前往京城时所写。因为诗中写到的瓜洲这个地点，是北宋京城汴梁与王安石居住的江宁府两地交通的必经之地。那么，到底王安石是由南向北经过此地，还是由北向南经过此地呢？

关于这个问题，我们需要从诗句中寻找答案。从“春风又绿江南岸”一句来看，写诗的时间在春天，“明月何时照我还”一句，说明王安石的这次旅行是单程的，归期

未定。

根据历史记载，北宋熙宁八年的二月，宋神宗决定重新起用王安石为宰相，这时候，早先已被罢免了宰相职务的王安石，正在江宁府做知府，宋神宗派人去宣召他。这么一来，王安石启程赴京就职时，江南大地刚刚披上绿色。

王安石再次拜相，心情很兴奋，从这首诗中也能看出来，他的内心和万物重生的春天同样充满生机。但兴奋之余，他也难免有一些不安，不知道这一去京城，自己的改革主张又要面对什么样的艰难险阻。他在即将离开江宁府地域的时候，感叹“明月何时照我还”，十分自然。

所以，根据对诗句的分析，我们可以得出结论，这首诗是写于王安石熙宁八年被任命为宰相之后去往京城的路上，是从南向北走。当然，这个结论也未必就一定正确，如果有不同的观点，只要能提出证据，有合理的逻辑，也都是可以的。

故事

北宋政治家、文学家王安石当过两次宰相，一次是在宋神宗熙宁三年，另一次是宋神宗熙宁八年。

王安石第一次当宰相的时候，宋神宗刚刚登上皇位。两人都有改革国家弊端的想法，于是，在宋神宗的支持下，王安石推动了一场震动了整个北宋社会的变法，也就是改革。

王安石的变法有几个主要的举措，一个是设置青苗钱，也就是春天地里禾苗还在生长的时候，由官府借钱给农民维持生活，秋天有了收成以后，再让农民还钱，这样，农民在青黄不接的时候就不用去借高利贷了。一个是方田均税法，就是重新丈量全国的土地，再按照土地的肥沃程度分成五等，收税的时候，就按土地的等级收，实行之后，很多被瞒报的土地被丈量出来，这些原本不交税的土地也就都得交税了。一个是保甲法，就是在一个村里，每十家设为一保，每两人抽一个做保丁，保是一种基层的民兵组织，保丁要经常练习武艺，随时准备应征入伍去打仗。还有一些其他的措施，也都是针对当时社会积累下来的各种弊端制定的。虽然这些改革措施都有效果，但却削弱了许多有钱有势的人已经享受到的利益。于是，王安石就成了这些人的眼中钉。他们经常在宋神宗面前说王安石的坏话，想阻挠王安石继续变法。

宋神宗慢慢地被这些坏话影响了，也觉得王安石可能做得比较过分，激起了众怒。王安石的性格很执拗，只要是自己觉得对的，就一定要坚持，任何人的反对意见他都不听，所以支持他的人也越来越少了。

有一次，民间发生了一件事。有个农民因为不想当保丁，就把自己的手砍断了。反对王安石的人抓住这件事大做文章，说老百姓都以为当了保丁就要去打仗，非常害怕，保甲法应该废除。宋神宗和王安石讨论的时候，王安石说，老百姓不理解新法很正常，那些士大夫读那么多书，懂那么多道理，不理解新法的不也是大有人在吗？以后慢慢就理解了。宋神宗也无言以对，只好说："老百姓说的话，也不能不听一听。"看王安石对"民意"不以为然，宋神宗对他产生了不满。

熙宁七年发生了严重的旱灾，饥荒遍地，反对王安石的人又趁机对宋神宗说："这都是因为王安石触怒了老天爷，只要把他罢免，就会下雨了。"宋神宗又和王安石讨论，王安石说："洪水干旱只是天灾而已，什么朝代都有可能发生，没必要想那么多，我们尽力救灾就是了。"可是宋神宗这次再也不相信王安石了，他认为，确实是王安石做事情太强硬，招来了天灾，于是把王安石的宰相职务罢免，贬为江宁知府。

王安石在江宁待了一年多，朝廷里仍然支持王安石的人终于说服了宋神宗，再次任命王安石为宰相。于是，熙宁八年二月，王安石日夜兼程，坐船赶往汴梁。

在瓜洲渡口稍做停留时，王安石写下了著名的《泊船瓜洲》。背后就是平静悠闲的江宁，前面却是漫漫长路，通往纷争不断的朝廷。王安石心绪难平。但是，他没有忘记，变法的初衷是为国图强，为民图利，如果因为害怕那些反对者，就改变自己的主张，那他就不是王安石了。这样一想，王安石心中坦然，扬帆起航，继续向汴梁驶去。

可惜，王安石这次出任宰相，时间只有一年。宋神宗给他的支持越来越少，而反对的阻力越来越大，变法几乎没有办法再进行下去。熙宁九年，王安石的儿子王雱死了，这给了王安石很大的打击，他终于失去了坚持变法的勇气，辞官回到了江宁，从此不问政事，直到去世。

故事中的小智慧

王安石除了是一位政治家之外，他还是一个卓有成就的诗人。他在《泊船瓜洲》这首诗中，写了“春风又绿江南岸”一句，自古以来都被认为是修辞的典范。

这里的“绿”字，是将形容词用作动词，不过，这并不是古汉语的特殊用法，而是常见用法。传说王安石在用这个绿字之前，还用过许多别的字，如“过”“到”“入”“满”等等，反复斟酌，推敲再三，才决定用“绿”。这件事记载在一本南宋人写的书里，流传十分广泛。

这句诗之所以令人回味无穷，就在于在使用了通感的手法，春风本来只是温暖的气流而已，对人来说，只有触感，但在这句诗中，春风能把草染成绿色，它本身自然也是绿色的了，触觉转换成了视觉，这就显得生动而趣味十足了。

有时候，我们观察事物的方式，也需要改变，跳出原有的框框，才能得到全新的体验，这就是为什么，王安石作为一个诗人时，他的眼睛能看到风的色彩，因为诗人是用脱离了世俗的诗的方式去看的。

饮湖上初晴后雨

宋 苏轼

水光潋滟晴方好，山色空蒙雨亦奇。
欲把西湖比西子，淡妆浓抹总相宜。

解读

这首诗是苏轼在宋神宗熙宁年间担任杭州通判期间写的，同题的诗一共两首，这是第二首，也是广为流行的那一首。

除了熙宁年间，苏轼还曾在宋哲宗祐元祐年间再次来到杭州任太守。两度杭州生活时期，苏轼写了很多关于西湖的诗，对西湖的喜爱之情，溢于言表。

从这首诗的题目可以看出，写诗的时候，苏轼正在与友人饮酒。其实苏轼两次到杭州为官，都是因为得罪了朝廷的主政者，他第一次是被王安石赶走的，第二次是被司

马光赶走的。有意思的是，在政治上，王安石主张变法，而司马光主张保守，反对变法，苏轼秉性正直，对变法与保守两派的弊病都直言不讳，因此左右不能逢源，尽管有才干又有声望，却一再遭贬。不过好在苏轼这个人性格豁达，到杭州之后，他把仕途上的失意，都化作了寄情山水的欢愉。他在杭州交了很多朋友，加上不少当地人仰慕他的名望，经常邀约他一起宴饮，吟诗，消遣了许多愁闷。

《饮湖上初晴后雨》这首诗最妙的地方，就是三四句“欲把西湖比西子，淡妆浓抹总相宜”，在苏轼之前，绝少有人把美景与美人类比起来，把美景的阴晴变换与美人的浓妆素颜类比起来，这种联想需要很强的想象力。

西子就是西施，是春秋时期越国最著名的美女，越国败给吴国后，她被越王勾践送给吴王夫差为妃。西湖所在的杭州，是越国与吴国反复争夺之地，而西施，也正是因其绝美的容貌，成为吴越两国战争的牺牲品。西施的故事人人皆知，也是后世美女的代称。苏轼在诗中将西湖比喻为西施，不说西湖有多美，却让读者对西湖有多美心领神会。对这个比喻，苏轼自己也是很得意的，后来还在其他诗里用过。有诗评家说，在苏轼的这首诗之后，美如西施，就成了西湖的一个固定评价。这个说法，一点都不夸张。

故事

宋神宗熙宁四年，三十六岁的苏轼被贬到杭州，担任了一个品级不高且十分辛劳的职务——杭州通判。这次被贬，是因为苏轼发表了不赞成王安石某些变法措施的言论，王安石因此视他为敌，想办法要把他驱离朝廷。在王安石的指使下，一个官员诬告苏轼，说他在为父亲奔丧期间，利用自己乘坐的客船贩运货物和私盐。这是严重的品行不

端行为，宋神宗听到这些诬告，就不再信任苏轼了。尽管后来经过调查，走私之事被证明纯属子虚乌有，但苏轼知道，自己继续留在京城，可能会遭到更严酷的打击。他没有做一个字的辩解，而是主动向宋神宗提出，想调去外地做官。宋神宗对苏轼的才华还是很爱惜的，不忍心让他去太荒凉的地方，特意地为他选择了生活比较舒适的江南。就这样，他来到了杭州。

虽然是被迫外放，而且还被塞了一个没有实权的小官职，然而苏轼一到杭州便爱上了这里。明媚的苏杭风光，斯文的苏杭士人，让刚刚离开争斗旋涡的苏轼感到无比欣慰。

其实，苏轼的官职小是小，但要管的事可是不少。杭州本地因为近海，淡水偏咸，百姓深受其苦，当时的杭州知府陈襄决定修葺钱塘一带的六口水井。这六口井是唐代开凿的，到北宋时，年久失修，已经积满了污泥，基本不出水了。苏轼身为通判，正是杭州知府的下属，便由他具体负责修井的事。苏轼把井修好以后，正巧遇上一场旱灾，六井的水起了大作用，百姓们因此非常感激陈襄和苏轼。

后来，苏轼第二次到杭州，担任了知府的职务，又花了大力气修浚杭州水利，不但再次清理修缮了六井，还疏通了城中的河道，增加了泄洪渠道，这样，当钱塘江潮袭来的时候，潮水就不会淹没杭州城了。而且，苏轼很聪明地把从六井和河道中挖出来的泥土运到西湖，筑了一条三十里长的堤坝，并在堤上种植杨柳和芙蓉花。这一下变废为宝，原本令百姓感到十分不便的淤泥，经过他的奇思妙想，化作了西湖一景，如诗如画，至今仍在，杭州百姓称之为“苏公堤”。

除了兴修水利，苏轼平日公务也很是忙碌辛苦。比如

灾害发生，他要赈济杭州府管辖下的各地灾民，连日奔波不得休息，找不到旅馆驿站时，甚至要露宿野外。有一年发生了蝗灾，飞蝗遮天蔽日，苏轼亲自带领老百姓扑灭蝗虫，累得心力交瘁，几乎崩溃，忍无可忍之下，还给弟弟苏辙写诗诉苦。苏轼有一个习惯，就是不管去哪儿，哪怕喝酒游玩，都会随身带着公文，有空就拿出来批阅。这也说明他平时要处理的事务多么繁杂。

然而，从苏轼写的那些游赏西湖的诗里，丝毫看不出他劳心劳力的疲态，只有美丽的景色，愉快的心境。可以说，西湖美景就是苏轼解除疲乏的一剂良药。苏轼对西湖的挚爱，把他的千古诗名和这片湖泊的千古美名，牢牢地捆绑在一起了，后人们只要提到苏轼，自然便会想到西湖，想到西湖，也不免总要提起苏轼。诗人与湖，可谓是相得益彰。

故事中的小智慧

苏轼游历过不止一处西湖，也不止为一个西湖写过诗。他总共遇到过六个西湖，分别是杭州西湖、颍州西湖、扬州西湖、惠州西湖、廉州西湖和雷州西湖。这些西湖所在之处，都是远离京城的地方，苏轼到那些地方去，也都是因为他不依附权贵，被从京城放逐出去了。

要说坎坷，苏轼可以说是很坎坷了。最初他与父亲苏洵、弟弟苏辙一起从蜀地到京城求取功名，父子三人很快名震文坛，后世所评的唐宋八大家，他们父子就占了三家。那时苏轼才二十几岁，青年得志，好不风光。然而，当他以为凭借着自己的才华，就能在朝廷上如鱼得水的时候，却被无情的现实迎头痛击。各个政治派别为了自身利益而相互倾轧、恶意构陷的现状，把苏轼的理想结结实实地殴打了一顿。再后来，他起起落落不断，历史记载，宋仁宗和宋神宗都非常欣赏苏轼，但因为苏轼耿直的天性始终没有改变，难以与当权者相容，最终，他还是得不到重用。

但是，苏轼没有困顿悲愁地度过一生。他无论被贬到哪里做官，首先会做一个合格的官，不辱使命，不混日子，其次，他会给自己找到排遣心情的娱乐方法：和志同道合的朋友一起游山玩水，尽量把不开心的事抛到脑后。我们从苏轼写西湖的那些诗句里，能看到他对自然和人文之美的从容欣赏，这正是他绝不向逆境妥协投降的表现。

有人评论说，苏轼这个人，有超脱世俗的志向，有勇往直前的气魄，故而能够面对灾祸而屹立不倒。其实，不光是苏轼，任何一个人，如果人格中有了这两样东西，他都会更加坚定不屈，笑对人生的。

登飞来峰

宋 王安石

飞来山上千寻塔，闻说鸡鸣见日升。
不畏浮云遮望眼，只缘身在最高层。

解读

《登飞来峰》这首诗的优点在于立意，这立意就是“确定目标，锐意进取”。王安石二十二岁中进士，古时候参

加科举考试的文人，一辈子考不上的、到了白发苍苍时才考上的大有人在，他这么年轻就金榜题名，不言而喻，正是少年得志。接着他在基层当了几年知县，取得不少成绩，在实践中证明了自己的才能，积累了许多有益的经验，因此，登高远眺赋诗时，他表现出来的情绪也必然是积极正面的。

这里的“浮云”，不仅象征诗人未来政治道路上可以预见的各种阻碍势力，更广泛地象征着一切与人生真正目标无关的旁枝末节。这些“浮云”不会遮住视野，是因为看待、分析事物的能力达到了很高的高度，“身在最高层”了。王安石当时不过而立之年，他未必真的已经达到了“最高层”，但是他能有这个认识，就已经比大多数人的思想层次更高了。

这首诗中所写的飞来峰是哪里的飞来峰，历来说法不一，一般认为有两种可能，一是杭州灵隐寺旁的飞来峰，一是绍兴的飞来山。两山都在浙江，相距并不遥远，王安石写这首诗的时候，是浙江鄞县的知县，他去哪一座山游玩，都还算方便，也不无机会。但是，诗的第一句“飞来山上千寻塔”，说明王安石登的是山上的一座高塔，而杭州飞来峰上只有过一座隋代建起的佛舍利塔，是用来收藏佛骨舍利的，不可登临，也不高。绍兴飞来山上有一座应天塔，是真正的塔，有七层，至今还在。所以，诗中所说的飞来峰，应该是绍兴的飞来山。

故事

北宋庆历七年，二十四岁的王安石被派到明州鄞县当县令。这个地方，就在今天的浙江省宁波市。王安石到鄞县的时候，当地的水利工程年久失修，河道淤塞严重，导致河水雨水难以蓄积，直接流入大海，一旦十天不下雨，所有的河流就都干了。鄞县原本是湿润的海洋性气候，却经常发生旱灾，庄稼长得不好，百姓生活堪忧。王安石到任之后，通过调查，了解到鄞县大部分民众的收入都依靠农业，农业离不开水，水利问题是鄞县的根本，只要解决了这个问题，鄞县的百姓好日子指日可待。于是，王安石发布了政令，要求全县百姓都来参加水利建设。但他没有发完命令就躺着等人来，而是亲自下乡动员，十几天之内便走遍了鄞县所有乡镇村落，鼓动农民们组织起来，重修沟渠、构筑堤坝，清理无用的废弃设施，增加农田灌溉。他总是一边赶路，一边写诗，心态十分乐观。从他那时写的诗来看，为了兴修水利，他经常要走人迹罕至的密林山路，很不容易。看到县官都这样亲力亲为，百姓们也随之掀起干活的热情，很快就投入到修浚河塘的劳动中。

王安石发现，鄞县有一个东钱湖，面积极大，周边还有几十万亩农田，本应该成为最佳的灌溉水源，但因为常年无人管理，淤泥把河床抬高了许多，以至于存不了太多水，一点作用也没有。这个湖如果利用起来，可以说鄞县的缺水问题就迎刃而解了。王安石抓住了这个关键点，用最大的力量去修整东钱湖，拓宽了湖面，清理了淤泥，挖掉了堵塞湖面的水草，终于，东钱湖重新焕发了生机，从此，鄞县就再也不受旱灾威胁了。

在鄞县，王安石还开始了他的变法尝试。每年有一段时间，去年打下的存粮已经吃完，而新的粮食还没有长熟，这是农民最困难的时期，以往，为了吃饭，农民只能去借高利贷，利滚利便可能背上还不清的债务，甚至不得不把自己的田地抵偿给债主，因此而破产。王安石采取了一种救济的方式，就是由官府借给农民钱和粮食，帮助农民渡过这个难关，这种借贷也收利息，但利息很低，农民完全负担得起。等到新的粮食收获时，官府再向农民收回所欠的钱粮。这个办法，就是日后王安石做宰相时，在全国推行的变法措施中非常重要的一项：青苗法。

王安石在鄞县还有很多政绩，比如大力扶持县里的学校，亲自写信为学校聘请名师，他还将兵与民结合起来，从百姓中挑选民兵，予以训练，建立了平时为民，战时为兵的保甲制度。这些在他后来的全国变法中都有。王安石当了宰相以后实行的各种改革措施，都不是凭空想出来的，几乎全部都曾在鄞县进行过实践，并且取得了很好的效果。

王安石当了三年鄞县县令，三年任满，他满怀不舍地离开了这里。他留在鄞县的不但有农田水利的欣欣向荣，县学师生的琅琅书声，以及百姓对他千年不绝的爱戴怀念，还有他深爱的小女儿。他的女儿鄞女就出生在鄞县，一岁时不幸死去。

女儿的出生和夭折，让王安石短短一年便体验了人生的喜悦和悲痛，也让他对鄞县这个地方有了更深的忆念。他离开时，特意到女儿的墓前告别，写了一首《别鄞女墓》，其中说道："今泛小舟来诀汝，此生踪迹各西东。"意思是，今天我驾着小船来向你告别，这辈子也许不会再见了。这

诗的语气，就仿佛女儿还在人世一样。王安石一生强硬自负，无论诗词还是文章，像这样的温柔凄婉，也是十分少有。

故事中的小智慧

王安石在鄞县当知县的种种举措，是他未来治理国家时各项政令的雏形。他从三十岁起，就开始思考自己的人生究竟要做成什么，他想要的究竟是什么。最重要的是，他并没有空想，而是把想法一件一件地放在现实中，证明自己的想法到底是不是正确的，能不能给老百姓带来富足的生活。他就是这样一步一个脚印，不断改进设想，用实践验证，才最终走到了宰相这个位置上，实现了自己的理想。

王安石在鄞县的改革是很成功的，直到今天，宁波人民都还在怀念他的功绩，历朝历代不断地为他建立祠庙，连当代建造的市政公园，都取名为“王安石公园”。然而，王安石把自己在鄞县的成功经验放到整个国家去实施，却遭到了强烈的抵制和反对，在他死后，他的变法改革也宣告失败了。这是为什么呢？这个问题很难用一句话两句话说清楚，也需要我们深入地去思考。一件事的复杂程度，必然是和它的规模体量成正比的关系，越庞大，就越复杂，这是规律，我们在处理事情的时候，越是面对庞大的事物，就越是要小心谨慎，注重细节，千万不能存着侥幸的心理。

题西林壁

宋 苏轼

横看成岭侧成峰，远近高低各不同。

不识庐山真面目，只缘身在此山中。

解读

元丰七年，苏轼从黄州调任汝州，途中，他前往筠州

探望弟弟苏辙。筠州在今天的江西省高安市，与庐山相距不远，苏轼边顺路去庐山游玩。按说，庐山在唐代就已经是久负盛名的风景名胜，苏轼到四十多岁还没有登过此山，实在说不过去。所以这次苏轼前后在庐山待了十几天，游山玩水，十分尽兴。

苏轼这次庐山之行，写了很多诗，《题西林壁》是其中之一。要探究这首诗的真正含义，我们必须知道两点，首先是，这首诗被写在哪里。

庐山除了拥有美丽的自然风光之外，还是一座源远流长的人文名山。自东晋时代开始，佛教文化就在庐山扎下了根。苏轼题诗的地方，就是庐山西麓的千年古刹西林寺。

第二点是苏轼的喜好。苏轼本人深谙佛理，喜欢与僧人交往。在他的众多好友中，就有当时著名的僧人道潜和佛印。苏轼被贬到黄州时，道潜和佛印都曾陪伴他。

所以说，《题西林壁》其实是一首有佛教色彩的诗，很有一些玄而又玄的僧人辩论的味道。诗中说的“横看成岭侧成峰，远近高低各不同”，与我们所熟悉的一个故事《盲人摸象》很相似——几个盲人摸同一头大象，因为摸的部位不一样，对大象的描述也完全不一样——《盲人摸象》正是一个佛经里的故事，这显然不是巧合。

当然，苏轼毕竟不是和尚，他写诗也不会单纯地讲解佛理。《题西林壁》主要表达的是一种跳出窠臼、摆脱局限的思维方式，诗中点出了一个很重要的事实："只缘身在此山中"，就是"不识庐山真面目"的根本原因，那么，反过来说，假如我们希望清楚地看到"庐山真面目"，唯一的办法就是放宽眼界，把自己的视角上升扩展到能看到整座山。

故事

北宋元丰七年四月，苏轼第一次游览庐山，此时距离那场差点让他命丧大牢的弥天大祸——"乌台诗案"，已经过去了五年。

元丰二年，担任湖州知州的苏轼给宋神宗写信述职，说了一些不太严谨的话。朝廷里原本就讨厌他、排挤他甚至嫉恨他的人，专门把这些话挑出来，再附会上苏轼的许多其他文字，做恶意解读，向宋神宗告状。宋神宗被惹恼了，就直接派钦差大臣去湖州，把苏轼抓回京城，关了起来。关苏轼的地方，正是御史台的监狱。御史台这个部门，汉代就有，当时的御史台办公的地方种了很多柏树，平时有几千只乌鸦燕雀栖息在树上，因此，从汉代之后，御史台就被叫作“乌台”。

御史台是专门查办朝廷命官涉嫌的案件的，苏轼被送进这里关押后，整天被审讯，被逼着承认写诗讽刺皇帝，讽刺朝政。苏轼顶不住压力，认了很多罪，说自己写这首诗是为了讽刺谁，写那首诗是为了讽刺谁，有些实在过于牵强附会，连宋神宗都觉得不妥，批评办案的人说，诗不能这么读。

这个案子滚雪球一般越闹越大，苏轼的罪名也越来越多，命悬一线。他整日担心自己会被处死，还给弟弟苏辙写了诀别诗。还好，北宋朝廷有一个宋太祖赵匡胤定下来的规矩，就是不杀士大夫。有这条禁令在，要杀苏轼，宋神宗也得掂量掂量后果。

这时，仁宗皇后、神宗的祖母曹太后出面了。曹太后正生着重病，她把孙子叫到病床前，给他讲当年宋仁宗多么赏识苏轼，如何夸奖此人德才兼备。这样的人才，怎么能因为写了几句诗，就抓起来杀掉呢？神宗听了祖母的话，对处置苏轼的事，也犹豫不决了。加上朝野上下许多人为苏轼讲情，连王安石都上书劝谏说，圣明之君不应该杀有才能的读书人。宋神宗考虑来考虑去，觉得自己到底还是不能做得太过分，便顺水推舟，赦免了苏轼的死罪，把他贬为职位低微的黄州团练副使。

苏轼被流放到黄州后，生活很艰难，连住处当地官府都不提供给他。不得已，他在一个叫东坡的野山边上自己盖了个房子，与当地农夫村民住在一起，从此自称“东坡居士”。我们所熟悉的那个超然物外、心无挂碍、会做东坡肉、喜欢吃荔枝的苏东坡，就是从这个时候真正出现的。可以说，乌台诗案，是苏轼人生的转折点。在这个转折点之后，苏轼战胜了原先多少有些患得患失、周旋在各方势力的斗争中疲惫不堪的自己，变得更坚强，更洒脱、更自信，也更智慧了。

元丰八年，宋神宗驾崩，他的儿子宋哲宗继位，不久，苏轼被召回京城，重新成为朝廷官员。第二年，他做了宋哲宗的侍读。侍读，就是陪皇帝读书的人，其实就是皇帝的老师。这让他有机会直接向皇帝发表自己的意见。苏轼没有浪费这个机会，每次讲课，讲到王朝兴盛或是衰败的故事，他都会反反复复地对宋哲宗阐述这其中蕴含的治国道理，从无保留。说历史，他不保留，说当下的时政，他也不保留，该批评的他就会批评，哪怕把宋哲宗说得哑口无言。

对皇帝如此，对同僚下属亦如此。元丰三年，苏轼在礼部主持科举考试。他发现在考场内巡查监考的巡铺官经常仗着一点小权力侮辱参加考试的举子，还刻意从举子们的考卷上搜寻偶然相似的词句，构陷栽赃他们作弊，以此邀功请赏，给考试造成极大干扰。苏轼没有姑息这些恶吏，上奏哲宗，把他们全赶走了。苏轼秉公办事，周围那些偷懒藏奸的小人，自然生出许多对他的不满，这些不满积累到一定程度，让苏轼敏感地察觉到了危险，为了避祸，元丰四年，他便申请到地方上当官去了。

故事中的小智慧

“乌台诗案”之后，苏轼的思想观念和看待事物的方式，都发生了很大的变化，这是人之常情，遇到了这么大的变故，不变才是不正常的。很多人经历了这样的事，往往会变得怯懦沉默，对人对事畏缩退让，即使是看到违背自己的价值观的事，也不敢出来声张。但是苏轼和一般人不同，他并不是这样。从历史记载中可以看出，乌台诗案后苏轼虽然变了，但他只是变得更坚持自己的原则，更相信自己对历史大势的判断和预测，更游刃有余地履行自己的职责。

我们经常说，苦难使人成长，但实际上，苦难本身并不会使人成长，真正使人成长的，是面对苦难时的深入的思考。苏轼通过对一场巨大灾难的反思，学会了一件事：不抱怨命运，不仇恨敌人，不在痛苦中无意义地消耗自己的生命。这是人生最大的成功。

商山早行

唐 温庭筠

晨起动征铎，客行悲故乡。
鸡声茅店月，人迹板桥霜。
槲叶落山路，枳花明驿墙。
因思杜陵梦，凫雁满回塘。

解读

这首诗是晚唐诗人温庭筠记叙自己的一次旅途经历。其实这个经历非常简单，就是凌晨起床出发，一路从黑暗中走到天明，这段时间眼睛所看到的景象，内心所体验到的情感。

温庭筠一生际遇坎坷，四处漂泊，大半时间都花费在路途上，他写于旅途的诗很多，这首也是其中之一。

这首诗有两处，历来为人们所关注。第一是，诗人到底写的是什么季节。因为诗中写了两种植物“槲”和“枳”，也就是槲树和枳树。槲树正在落叶，枳树正在开花，这两者都发生在春季，所以，这首诗写的是春天。而“人迹板桥霜”一句，因古汉语中，霜和雪意思有部分重合，可能会令人误解这是在积雪的深秋或冬季，但实际上，这里指

的是春天的山区清晨还有些霜冻的天气，这也是为了描写“早行”之苦。

另一处，就是这首诗的精华所在，它的颔联，也就是第二联——“鸡声茅店月，人迹板桥霜”。这两句诗对仗工整，意境幽美，是温庭筠最为人所熟知的经典诗句之一。这两句诗的好，就体现在这里没有出现“忧愁”“凄凉”“寂寥”“孤苦”这样的字眼，但这些字眼全都被化入了景色中。鸡声茅店月，写出行时间的早，早到公鸡刚刚打鸣，月亮还没下山，这时按照推算应该是四点多钟，属于“黎明前的黑暗”。古人行路一般不夜行或过早行，因为路上太暗，人又少，不安全，大部分人会等到天完全亮了才出门，拂晓时分摸着黑就踏上行程，实属无奈，此时自怨自怜，心境已披上一层悲凉感。

对“人迹板桥霜”一句，有两种理解。一是认为人迹为他人所留，也就是有人比诗人更早行，但这与整首诗的情绪不匹配。这是一首诉苦的诗，视角比较狭窄，全都聚焦在个人内心的那些愁怨上，不会拓展到对他人的观察与描写。另一种理解认为，这写的是诗人自己留在桥上的脚印，这种理解是符合诗意的。

故事

晚唐诗人温庭筠在唐宣宗大中九年，还在京城长安与达官贵人们周旋，希望这些人能给自己提供进入朝廷的机会。到了第二年也就是大中十年，他就被贬为随州县尉，赶出了长安。

温庭筠这次被贬黜的罪名，是“扰乱科举考试秩序”。这是大中九年的事。那一年三月，朝廷举办了一次博学宏词科的考试。这种考试是科举的形式之一，参加考试者都是之前已经考中了进士，但还没有在各个部门得到官职的人。如果说，普通科举考试相当于现在的高考的话，那么博学宏词科的考试就相当于现在的研究生入学考试，或者公务员考试。是比一般的科举考试更高级一些的科举考试。

但是这种考试也许是因为参加人数少，而且都是已经取得了进士功名多年的准官员，所以在管理上没有那么严格，存在考试不公的隐患。大中九年三月的这次博学宏词科考试，主考官名叫裴谂，这个人是出了名的老好人，对别人的请托求情一概不拒绝，用现在的话来说，就是不讲原则。所以许多人都怀疑，他会在考试时做顺水人情，徇私舞弊。

在应试的人中，有一个叫作柳翰的，是京兆尹柳憙的儿子。京兆尹是长安的地方长官，权势很大，他的儿子参加考试，当然有无数双眼睛盯着，想看他究竟考不考得上，如果考上了，是不是有什么黑幕。

结果，柳翰还真考上了。这一科考试只有三个人中选，柳翰便名列其中。这一下，舆论哗然，人们议论纷纷，都说柳翰是从裴谂那里拿到了考题。博学宏词科的考题，就是一道作文题，应试者依题目当场写一篇文章，择优录取。要作弊，拿到考题只是第一步，第二步，还需要找一个擅长写文章的人做枪手，把考试文章写好。

人们都说，柳翰找的枪手，就是当时在权贵圈子里颇有名气的温庭筠。

这件事传得沸沸扬扬，有鼻子有眼。连专门负责监督官员风纪的御史台都惊动了。御史台弹劾了裴谂和他主持的这场考试，唐宣宗很重视，要求调查。最后发现，原来考题真的被裴谂泄露了，这场考试的确存在舞弊现象。最后，参与此事的所有考官和应试中选的进士，都受到了处分，包括裴谂在内的考官们被降职，中选的进士成绩全部作废了。

至于温庭筠，虽然他自己从未承认，但做枪手这件事，似乎也是被证实了的。当时许多人都鄙视他，说他把自己的文章当作商品出售，对一个文人来说，是不道德的行为。大中十年，温庭筠被贬为一个九品县尉。官职低微，而且远在随州。

从那时候起，温庭筠的命运就越发地不如人意，离他心目中要干出一番事业来的长安也越来越远了。

故事中的小智慧

温庭筠是典型的智商高情商低。他非常有才华，在晚唐文坛上也是声名赫赫的人物，在诗歌方面，他与大诗人李商隐并称“温李”,在词方面,他与著名词人韦庄并称“温韦”，在文章方面，他和李商隐、段成式合称为“三十六”，为什么叫“三十六”呢？因为，特别巧合，他们三个人在家族兄弟中都排行十六。

也就是说，温庭筠在文学上的成就，是全面的，而且高度相差无几，没有更擅长哪一种文学形式之说——他全部都很擅长。这样一个才华横溢的人，为人处世方面的能力，却幼稚到让人觉得惋惜。在唐朝的各种历史资料中，不管是正史还是野史，有很多关于他莫名其妙得罪人的故事，都是因为说话太刻薄，时常对别人毫无必要地说出嘲讽的言辞。

其实，说话尖酸刻薄并不是温庭筠最致命的缺点，如果他做事情能谨慎一些，也不至于落得一辈子怀才不遇，结局凄凉。然而，温庭筠做事偏偏不拘小节，平时与纨绔子弟、花花公子们为伍，混迹于烟花柳巷，遭人诟病不说，竟然还做出了考试帮人当枪手这种事。一个头脑清醒的人，是绝对不会这么做的，他却不以为意，事发被贬之后，也看不出他有什么反省意识，只是一味地怨天尤人，觉得是自己倒霉。

从温庭筠的遭遇中，我们能看到，一个人有才华，只是成功的基础，做人做事懂道理讲规矩，才是成功的台阶。

只有才华却无规矩，就像站在一块孤零零的基石上，看似位置比别人高，但也就永远只能在那个高度，再也上不去了，哪天不小心失足，还可能掉下来摔伤自己。

菩萨蛮·书江西造口壁

宋 辛弃疾

郁孤台下清江水，中间多少行人泪。
西北望长安，可怜无数山。
青山遮不住，毕竟东流去。
江晚正愁余，山深闻鹧鸪。

解读

这首词是宋代词人辛弃疾在南宋淳熙二年前往江西赴任时写的。这时他三十五岁，正当壮年，有着强烈的报国志向，却因南宋朝廷一味偏安，无处施展拳脚。

郁孤台在今天的江西省赣州市，始建于唐朝，在宋代的时候，就已经是古迹了。辛弃疾这次到江西，担任的是江西提点刑狱这个官职。当时，一个名叫赖文政的茶叶贩子，组织了一支“茶商军”，武装反抗南宋朝廷对茶叶经

营的垄断，湖北、湖南、江西、广东、广西等地的官军，都遭到茶商军重创。辛弃疾就是被任命来镇压赖文政的茶商军的。

辛弃疾在江西提点刑狱任上大获成功，杀了赖文政，也灭了茶商军，但这并不能让他开怀。辛弃疾一直都渴望能参与到恢复中原的战斗中去，然而南宋朝廷迟迟没有北归之意，令他十分失望。同时，他也知道，贪腐无能的官吏，是催生茶商军的土壤。朝廷不能消除其根源，光靠军事打击，是解决不了问题的。无论对内还是对外，辛弃疾的主张都没有得到南宋朝廷的采纳，这使他感到非常愁闷。

《菩萨蛮·书江西造口壁》正是表达了辛弃疾的这种愁闷。“行人泪”指的是漂泊在外之人思乡的眼泪，辛弃疾以中原为故乡，他所说的“行人泪”，自然是指离开中原、客居江南的宋人的悲情。“西北望长安”中的“长安”，指代的是北宋故都汴梁，至于“鹧鸪”，这是古典诗词中常用的意象，因为这种鸟出没于林地草间，许多荒废的古代建筑周围都能看到它的身影，所以一般用它来形容一种世事变迁的沧桑感。另外，由于鹧鸪在我国主要分布于长江以南，古人认为这种鸟“怀南不思北”，辛弃疾在这里提到“鹧鸪”，多少有一些讽刺南宋朝廷的意思。

故事

辛弃疾是在北宋被金国灭亡的十三年之后才出生的。他的家乡在山东济南，当时已经是金国统治的区域。辛弃疾出身儒学世家，他的祖父名叫辛赞，为了养家糊口，不得不在金朝做官。但辛赞从未忘记故国，经常给辛弃疾讲过去的故事，讲宋金之间的战争，希望孙子能牢记亡国之辱，日后投身复国大业。

辛弃疾二十一岁时，祖父辛赞去世了。第二年，辛弃疾募集了两千多人，在济南的山中起兵抗金。当时在中原有很多民间抗金武装，济南便有一支二十多万人的队伍，首领叫耿京。辛弃疾带着自己的人马投奔了耿京，在耿京手下当了掌书记。

耿京对辛弃疾很信任，两人无话不谈。不久，金朝加大了对中原地区反抗军的镇压力度，辛弃疾便劝说耿京去江南归附南宋。耿京同意了，派辛弃疾先去当时南宋朝廷所在地建康，也就是今天的南京，表达归顺的意思。宋高宗很高兴，立即封耿京为天平军节度使，封辛弃疾为右承务郎。

辛弃疾拿着高宗皇帝的封赏返回济南，准备和耿京一起带领大军南下，谁知道，他到了济南，发现耿京已经被杀了。杀他的人，是耿京手下另一个将领张安国。原来，这个张安国抗金意志本就不强，看到耿京有意去江南，更是心不甘情不愿，又看到金朝悬赏重金招降，受到诱惑，便叛变了。他杀了耿京之后，带着一些部下投降了金军。辛弃疾悲愤交加，打听到张安国就躲在济州的金军营中，带了五十个骑兵，出其不意偷袭入营，打了张安国一个措手不及。他把张安国绑在马上，对那些跟着张安国降金的旧部下说：“如果你们想去南方效力朝廷，就跟我走。”其实旧部下们对耿京很有感情，大部分并非真心叛离，只是被张安国要挟，现在见张安国已经被俘，再没有顾虑，便跟着辛弃疾一起离开金军大营，前往江南了。

到了建康，张安国被斩首示众，耿京的旧部被收编，辛弃疾被任命为江阴军签判。从此，辛弃疾对南宋朝廷忠心耿耿，一心想辅佐宋高宗，早日复归旧土。

那时的辛弃疾还很年轻，只有二十三岁，血气方刚。他还没有意识到，复国并不是他想象中那么简单。南宋朝廷对他这个来自“敌占区”的民间义军首领，其实是心存疑虑，不完全信任的。从南宋绍兴三十二年到乾道八年的十年时间里，辛弃疾没有当过有实权的官职。好容易熬过了这十年，辛弃疾终于掌握了一些兵权，到江西担任提点刑狱的职务，结果，他的目标却不是金兵，而是一群反抗苛政揭竿而起的茶叶商人。

辛弃疾活了六十八岁，至死没有实现率军渡江的心愿。在过去的几十年中，他从未忘记要练出一支精兵，抗金复国。然而，只要他稍微在练兵方面做出一点成绩，必然横生枝节，要么就被调往别处，要么就被诬告罢官，终至一事无成，令人叹息。

故事中的小智慧

辛弃疾以豪放词著称，在他的作品里，慷慨激昂、精忠报国才是主旋律，情绪低沉缓和的并不多。

所谓文如其人，辛弃疾的性格也是极其强悍自信。他曾对宋孝宗说过一句话："天下无难能不可为之事，而有能为必可成之人。"这句话的意思是，世界上的事，没有不可以做、做不成功的。这句话非常能体现辛弃疾的为人。他就是这种坚信任何事只要去做就一定能做成的人。

这种性格，当然有很大的优势，它会赋予人以强大的自信心和坚定不移的意志。但是，从辛弃疾的一生遭遇来看，这种性格也给他造成了许多负面影响。有一次，宰相王淮想要任命他为某地安抚使，但是另一个宰相周必大坚决不同意。王淮问周必大："辛弃疾是一个帅才，为什么不让用呢？"周必大说："如果我们让他当了一地的长官，那么他杀的人就都要算在我们头上了。”王淮听了周必大的话，觉得有道理，也就放弃了提拔辛弃疾的想法。

这个故事说明了什么呢？说明辛弃疾管理军政事务的时候，作风实在太强硬了，宁枉勿纵，过犹不及，多多少少制造过一些冤屈，落人口实。

刚强果断的性格能成就人，也能损害人，如果辛弃疾能想到这一点，随时反省，把握好分寸，以他的天赋才华，他留给历史的功绩也许会更多一些，遗憾会更少一些吧。

宿建德江

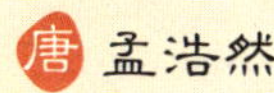

唐 孟浩然

移舟泊烟渚，日暮客愁新。
野旷天低树，江清月近人。

解读

《宿建德江》这首诗写于开元十八年，也就是公元730年，作者孟浩然当时51岁。从诗句中，我们可以看出，诗人当时的心境不怎么好，很是忧郁，思绪中充满了孤独感。因为在这个时候，孟浩然正孤身一人在吴越（也就是今天的江苏、浙江一带）旅行，虽然名义上是为了寻找做官的机会，但他自己也已经不抱希望了。所以，这首诗字里行间都流露出一种人生遭遇挫败的伤感。

全诗表达主观情感的，只有“客愁”两字，而其他所有的景物描写，看似客观，实际上都是从侧面映衬烘托“客

愁”，甚至就是在隐喻“客愁”。历代诗评家评点说，《宿建德江》一诗，用字少，意境远，情在景中，清思入骨，“神韵无伦”。

故事

开元年间，著名的襄州才子孟浩然踏上了从东都洛阳到江南水乡的旅程，一路奔波，想寻找一个能落脚能谋生的地方。这不是他第一次为了求取官职而离家远行。尽管已年过半百，孟浩然还是一介寒士，没有半点功名，对于一个早已蜚声文坛的文人来说，这样的处境实在是太尴尬了。

这天，行船到了一处江面，暮色四合，不宜前行，船夫便把船停靠在岸边。孟浩然问船夫道：“这是哪里呀？”船夫回答：“建德江。”“建德江？我们到杭州了？”“到了，客官，不过，要到余杭郡城，怎么也得再走三四天。”

孟浩然抬头望了望，荒野夹岸，不见人家，远远近近、疏疏落落几棵树，虽然看起来树干有数人合抱那么粗，却因为四面空旷，只有天空可做参照，而显得十分低矮。他心想：“江南鱼米之乡，还有如此荒僻的地方。”

船夫好像看出他的心思，笑着说道：“客官放心，现在风向正顺，明天我便张开船帆，全力行船，保你早日到余杭。”

孟浩然叹道：“余杭也没有什么人在等我，不必着急。”

船夫好奇地问道：“老人家，你不是去江南拜访故友的吗？”

“唉，‘不才明主弃，多病故人疏’啊……”孟浩然不自觉地吟了两句自己的旧诗，突然怔住了，不再跟船夫搭话，慌忙钻进船舱。

孟浩然刚才吟的诗，是他十年前在长安游历的时候写的。对这首诗，他有着一段灰暗的记忆。

孟浩然从年轻时起，对当官就没有太大兴趣，二十多岁便和好友张子容一起隐居在鹿门山，读书作诗，过得自由自在。后来，两人各奔前程，张子容考了科举，中了进士，做了一个小县令。而孟浩然还继续过着不问世事的任性日子。

直到三十九岁那年，孟浩然也决定要出仕了。他来到长安，参加太学的文会，展现了出众的文采和学识，博得许多高官名流的赞赏。著名诗人王维对他尤其欣赏。

一天，王维邀请孟浩然到自己的官衙里喝酒。两人刚喝了几杯，就听见唐玄宗从外面走进来了。王维连忙让孟浩然躲到坐榻底下，嘱咐说："我不叫你，你可千万别出声。"

唐玄宗进了房门，一眼便看到桌上摆着两个酒杯，立即问道："王爱卿，你这里有客人吗？"

王维恭敬地回答道："回禀圣上，襄州名士孟浩然正在此处。"

玄宗好奇地说道："孟浩然这个名字，朕听很多人提起，据说他在太学赋诗，满座佩服，他人在哪儿？朕很想见一见呢。"

王维从坐榻下把孟浩然拉出来："陛下，这就是孟浩然。"

那是孟浩然第一次也是唯一一次近距离地见到皇帝。他没有惊慌失措，老老实实地跪拜之后，就听玄宗问道："你有什么新作，读给朕听听吧。"

孟浩然在写诗这件事上非常自信，他不假思索地回答："小民昨日刚写了一首新诗。"

“念。”

“是。”

孟浩然的这首新诗题名为《岁暮归南山》，诗的第二句便是“不才明主弃，多病故人疏”。孟浩然刚念到这里，王维的脸一下子就白了，唐玄宗也微微皱了皱眉。孟浩然却毫无察觉，他把诗念完，还满心期待地等着玄宗评点。玄宗冷笑了一声说道:“朝廷求贤若渴，众所周知。明明是先生自己清高,从不求官,怎么能诬陷说是朕弃你不用呢?”说罢起身拂袖而去。

王维赶紧追出，送走了玄宗，回来一边擦冷汗一边埋怨孟浩然:“你怎么能当着皇上的面念这种诗呀?!”

孟浩然一脸茫然。他不是很明白，不过一句自谦之语，如何就激怒了玄宗?不久，玄宗下旨，命孟浩然离开长安，带着说不清是后悔还是愤懑的心情，孟浩然惆怅地回了家乡。

这段往事萦绕在他心里十年了，从来不敢轻易想起，今天不知怎么，他竟随口把那两句毁了他前程的诗句

念了出来，心中顿时好像打翻五味瓶，各种滋味漫成一片。

这时，船舱外移来一块月光，落在脚边，孟浩然投身望去，见空中升起了一轮明月。月影投在清澈江面上，缓缓浮动，与天上的月亮连成一线，好像可以伸手牵引过来一样。他凝望着看似近在咫尺的两个月亮，心中叹道："江清月近人……天上的月比人心更容易接近啊，不是这样吗？唉……"

这一次的吴越之行，孟浩然空手而归，没有得到一官半职。他曾短暂的在荆州刺史张九龄的幕府中做事，后来幕府被撤销，他又失业了。唐玄宗开元末年，孟浩然因背上生了毒疮而死，直到去世时，他依然是那个寄情山水、豪放洒脱、不屑权贵、不惧清寒的布衣诗人。

故事中的小智慧

孟浩然与王维合称为"王孟"，他们两人在诗歌造诣上可以说是并驾齐驱，在文学追求上也是志同道合，但在人生际遇上，王维不到三十岁就考中进士，此后一生都在官场沉浮，即使晚年疏于政务，寄情山水，也是半官半隐；而孟浩然正好相反，终生布衣，四处奔波谋取官职，总是不能如愿。而且王维比孟浩然年轻十多岁，几乎可以说是孟浩然的后辈了。孟浩然性格也比王维要直率洒脱得多。

就是这样两个年纪差距很大，脾气性格、出身背景、人生道路完全不同的人，只是因为诗歌审美上的高度契合，而成了终生的好友。王维曾在郢州的刺史亭里画了一幅孟浩然的画像，以后人们就把这座亭称为浩然亭。孟浩然去世时，王维还写过一首情真意切的悼念诗《哭孟浩然》，至今为人们所吟咏。

从孟浩然和王维的交往中，我们可以明白一个道理：真心地交朋友，并不需要彼此身份门第多么对等，更不需要讲究太多外在的条件，只要精神世界的情趣相投，彼此理解彼此尊重，就可以获取一份真挚的友谊。

山中

唐 王维

荆溪白石出，天寒红叶稀。
山路元无雨，空翠湿人衣。

解读

王维是盛唐诗坛“山水田园派”的一位代表诗人。他

的写景诗，风光淡雅，情感清和，静谧从容，画面与情绪完美融汇合一，达到了美学的至高境界，被后世誉为“诗中有画，画中有诗”。王维为什么能成为这样的美学大师呢？

这里有两个原因，一个原因是，王维除了写诗之外，还擅长绘画、书法和音乐。在他生活的开元、天宝年间，很多达官贵人都非常喜欢他的字画。他本人也做过主管音乐礼仪的官员。艺术是相通的，王维在绘画书法音乐方面的才能，对他诗歌技艺的提升，有极大的推动促进作用，也使他拥有了更多描写感觉、抒发感情的方法。

另外一个原因，就是王维精通佛教经籍，推崇佛教文化，特别是中国特有的禅文化。佛禅文化的熏陶，奠定了王维独特而脱离世俗的审美观。

故事

诗人王维的父母都出自名门望族，在唐代，像他这样的世家子弟，如果不做官，那就等于没出息。所以，王维十五岁的时候就来到京城，参加科举，结交贵族，希望能早日入仕当官。

王维写得一笔好字，画的一手好画，诗也写得好，所有人对他都是赞赏有加，认定这个孩子前途无量。可是王维自己却不喜欢长安上流社会那些虚情假意的人际交往。他更愿意在自然山水中寻求内心的平静。

长安位于秦岭山脉附近，城中的灞水，便汇集了秦岭山中流过来的荆溪水。客居长安的王维常沿着荆溪上行，离开喧嚣的城市，步入静寂无人的山间，自得其乐。一个初冬的清晨，王维又溯溪而上来到山中。他正玩赏着林梢稀疏的红叶，畅快地呼吸新鲜的空气，怡然自乐，突然听见阵阵哭声。他举目四望，看见水边坐着一个男子，正在掩面抽泣。心地善良的王维走过去地问道：“这位大哥，你为何如此悲伤呢？”

那男子抬头看了看，见是一个衣着朴素的少年书生，叹了口气说道：“我的事，说出来你也帮不上忙。”

“你不妨说给我听听吧，就当是出出气也好，不然闷在心中多难受啊。”

“唉，那我就跟你说说吧。我是长安城里一个卖饼的，家里虽不富裕，也过得安乐快活。谁知道，天降大祸，一年前的一天，我妻子在饼铺卖饼，被路过的宁王看见了，宁王看我妻子长得美貌，就……就让人给了我十两黄金，把她强行带走了。我不想要这钱，可他贵为王爷，我一个卖饼的，哪儿敢说个不字……”

“宁王？”王维大吃一惊。这位宁王是唐玄宗的长兄，向来有着为人忠厚的好名声，怎么会做出强抢民女的事来呢？

王维回到城里，思前想后，总也放不下此事。恰巧这时有人送来请帖，正是宁王请他去赴宴。原来，京城的贵人们有一个习惯，常邀请一些有才华有名望的文人参加家宴，标榜自己的品位。王维平时对这类宴会能躲就躲，但看到是宁王的请帖，他心里一动，便接受了下来，随后去找了那个卖饼人，两人商量了一番。

到了宁王府上，王维受到了热情欢迎。宁王对他的诗画赞不绝口，还叫出自己宠爱的几个姬妾与王维相见，请王维为她们赋诗。王维猜想那卖饼人的妻子就在她们中间，灵机一动，当即写下一首诗："莫以今时宠，难忘旧日恩。看花满眼泪，不共楚王言。"

这首诗可不简单，有典故，说的是春秋时期，一个叫息国的诸侯小国被强大的楚国灭亡，息国王后也被楚王强占。她在楚王宫里多年一言不发。楚王问她为什么，她流着泪说：我是被迫嫁给你的，活着已经很勉强，不愿意跟你说话。

看了王维的诗，姬妾中一个女子潸然泪下，王维明白，她就是卖饼人的妻子。再瞧宁王，脸色也不好看了。王维壮起胆子说道："王爷，在下前日偶遇一位卖饼的小贩，他说一年前欠了您十两金子，念念不忘，如今托我奉还。"说着，王维拿出了从卖饼人那里拿来的金元宝，双手捧送给宁王。

宁王看了看金元宝，又看了看那个流泪的女子，沉吟片刻，有点失落地说道："我明白你的意思了。这件事是我的错，这金元宝就算我送给那位卖饼人的赔罪礼，请他的夫人带回去给他吧。"

就这样，机智的王维用一首诗换回了卖饼人的妻子，让他们夫妻团圆了。可他也因此惹得宁王不高兴，好长时间都得不到京城权贵的青睐。王维并不看重这些，他还是一如既往，没事就沿着荆溪水游玩，看看山中的四时风景，感觉这比为了功名利禄混迹官场要开心多了。

故事中的小智慧

王维为卖饼人之妻写诗，助其夫妻破镜重圆的故事，记载在唐代文学家孟启编写的《本事诗》这本书里。书中并没有明确地写出王维的这首《息夫人》具体写于何时，

但我们可以根据王维和宁王的历史传记来推断。

王维开元十九年考中进士，同一年里做了太乐丞，又因为工作失误而被贬官外地，直到开元二十三年才重返长安，后来的几年时间里，他始终漂流不定，一会到凉州，一会到黔州，在长安没待多久。而宁王李宪开元二十九年死去，也就是说，这个故事要么发生在开元十九年之前，要么发生在开元二十三年到二十四年之间。其他时候机会都不大。这样推断，王维在开元十九年之前写了这首《息夫人》，是最为可能的。

大家看，虽然史料不算丰富，但只要我们把所有相关的资料都综合起来，互相对照，也是可以通过推理得出一个相对准确的结论的，对文学家生平的研究就是这样的，是不是很有意思呢？

城南二首·其一

宋 曾巩

雨过横塘水满堤，乱山高下路东西。
一番桃李花开尽，惟有青青草色齐。

解读

这首诗是宋代著名的文学家、政治家曾巩在宋神宗熙宁二年以后写的，原题为《城南二首》，此为其一。

熙宁二年到元丰三年，是曾巩人生的一个特殊的时期。熙宁二年他刚过五十岁，正是知天命干事业的年纪，却因为自身的观念与朝廷两大政治派别——变法派和保守派——都不能相容，为了避免惹祸上身，自己申请去做地方官，这一做就是七个州的知州，在京城之外辗转了十一年。由于这段经历，很多人都说，曾巩这个人运气太差，太倒霉了。不过，曾巩自己倒是看得很开。他在这段时间

里心态非常平和，连诗歌的风格都格外清朗闲适，与在朝廷为官时大不相同。

曾巩是唐宋八大家之一，虽然他排名比较靠后，但很稳固。历史上有过好几种“唐宋文学大家”的选列方式，八大家十大家都有，根据编选者的学识和口味，每种选入的文学大家都不太一样，但曾巩的出现率极高，也就是说，曾巩的文学水平，自北宋以来便有普遍公论。

不过，历代对唐宋文学家名次的评选排列，主要的依据是散文成就，而不是诗歌成就。关于曾巩写诗，有这么一个趣话。宋代有个叫刘渊材的读书人，总结了自己一生最感遗憾的五件美中不足的事，第一件是鲥鱼鲜美但刺太多，第二件是金橘好吃但味太酸，第三件是莼菜美味但性寒伤身，第四件是海棠花好看但闻着不香。这第五件是最遗憾的，“曾子固不能诗”。曾子固就是曾巩，子固是他的字，不能诗的意思是不会写诗。刘渊材认为，曾巩写文章特别好，但写诗不行。也不是只有刘渊材一个人这么说，曾巩一生写了四百多首诗，然而，和欧阳修、王安石、苏轼这些人比起来，他确实没有什么能算得上脍炙人口的代表作。

虽然曾巩写诗的能力不太突出，但这首《城南二首·其一》仍然可以说是写景诗的上乘之作。宋代诗歌崇尚“以理入诗”，写什么都要讲出一番大道理，而且要尽可能地婉转含蓄，不主张直抒胸臆。而《城南二首·其一》这首诗，朴素清新，即使后两句是在借景说理，但坦率自然，毫无忸怩作态的感觉。

曾巩离开朝廷，离开派系斗争，虽然是自觉自愿的，但他并非对这些纷争没有自己的看法。在他看来，无须介意一时的输赢，就算一方暂时得势，权势熏天，另一方暂时被踩在脚下，不被人看好，只要坚持到最后，终会有真正体现双方生命力强弱对比的那一天。这就是所谓的“一番桃李花开尽，惟有青青草色齐”。

故事

曾巩是北宋建昌南丰人。他的家乡就是今天的江西省南丰县。他从小就很聪明，几百字过目就能背诵，十二岁的时候，写文章便不假思索。到了二十岁，他已经成为当世知名的才子了。欧阳修看过曾巩写的文章，很赞赏这个年轻人，收他做了门生，还夸奖他说，“到我这里来求我收徒的人成百上千，唯独得了你这样一个学生，让我喜不自胜”。

嘉祐二年，欧阳修主持了科举考试，曾巩正好参加了这场考试。欧阳修在阅卷时，发现了一份试卷，文风非常像曾巩。他很欣赏这篇应试的文章，想点选为第一名，但又顾虑自己和曾巩的关系，怕人说他徇私情，为了避嫌，他就把这个考生定成了第二名。结果闹了一个不大不小的乌龙，考卷拆封露出考生姓名之后，欧阳修才知道这人不是曾巩，而是从四川来的举子苏轼。万幸的是欧阳修没有为了彻底避嫌，而直接把苏轼刷掉。曾巩和苏轼，还有苏轼的弟弟苏辙，都在这一次考中了进士。

这个小插曲也说明，在欧阳修的心目中，曾巩与他很亲近。欧阳修是北宋文坛的领袖人物，更是举足轻重的朝廷重臣，能成为他的弟子，是多少人求之不得的机会，曾巩自然十分珍惜。不过，他没有把这机遇藏着掖着，反而大大方方地与人分享了。

曾巩和王安石少年时就相识，两人才华相等，志趣相投，成了非常要好的朋友。曾巩拜入欧阳修门下不久，他就向欧阳修推荐了王安石。此后，王安石也通过与欧阳修的交往，逐渐在京城立住了脚，有了名声。

多年后，王安石得到宋神宗的赏识，屡被提拔，平步青云，但曾巩却因为理念上的差异，与他几乎断绝了来往。有一次，宋神宗问曾巩："你觉得王安石是一个什么样的人？"曾巩说："安石在学问见识和品行上，可以和汉代的扬雄比肩，但因他为人小气，所以总的来说，他不如扬雄。"扬雄是西汉末年、东汉初年这个时期内最有名的辞赋家、儒学家、哲学家，曾巩说王安石能跟他比，那是最

高的评价了。但扬雄性格淡泊，不追求名利，这样的品质，曾巩又说王安石不具备，宋神宗很奇怪，问道："安石心胸宽阔，不在乎富贵功名，你怎么说他小气呢？"曾巩回答道："我说的小气不是指他吝惜贪图钱财或官位，而是说，他这个人敢于有所作为，但对改正自己的错误，却舍不得拿出一点勇气，这方面他很小气。"神宗听了，也不得不承认，曾巩看人眼光很准，他对王安石的看法是正确的。

因为曾巩这种直言不讳、拒绝文过饰非的性格，他得罪了不少人，所以始终没有得到重用。在他的后半生，他的仕途在各地地方官的位置上转来转去停滞不前，有许多人，比他年纪小，却在朝廷中后来居上，一个一个官都比他大了。曾巩对此没有牢骚也没有怨气，平常视之，尽职尽责地做着他的父母官，每离开一个地方，都会留下非常好的政绩。曾巩是一个爱民如子的好官。他在福州当知州的时候，发现州官个人每年有一项额外收入，是售卖官府菜园里种的菜获得的，有三四十万两之多。面对这块令人垂涎的肥肉，他却说："身为州官，与百姓争夺利益，这能行吗？"于是，他发布命令，不再把官府种的菜拿到市场上去卖钱，和菜贩们竞争生意了。有他立的规矩在前，后来的知州也都没有再打过这一园蔬菜的主意。

故事中的小智慧

宋史记载，北宋名臣吕公著曾经对宋神宗说，曾巩的道德品行不如处理政事的能力，处理政事的能力不如写文章的能力。实际上吕公著的意思是，曾巩的品德一般，办事能力也不太行，也就是写写文章还可以。这话说得可是很重的。就因为他这样贬低曾巩，宋神宗对曾巩便有了偏见，一直没有重用他。

那么，曾巩是不是如吕公著所说的那样呢？

并不是。曾巩无论是道德还是能力，都是出类拔萃的。

曾巩对家人很负责任。他生母早逝，父亲亡故，他早早就接过家庭的重担，悉心照顾继母，抚养弟妹长大，扶持他们成家立业。曾巩对朋友很讲情义。他做了鼎鼎大名的欧阳修的弟子，自己前程一片光明，还不忘向欧阳修引荐推举才华横溢的王安石，丝毫也不顾忌欧阳修对自己的重视是否会因此受到影响。曾巩对自己管辖下的百姓也非常负责，他做过齐州、襄州、洪州、福州、明州、亳州、

沧州七个州的州官，打过土匪山贼，阻击过大瘟疫流行，革除过积累已久的社会弊端，他还利于民，休养生息，政绩斐然，至今这些地方的人们还传诵着关于他的佳话。这些，都是写在正史上，白纸黑字流传千古，不会被抹杀的。

就像曾巩在《城南二首·其一》中说的那样，“一番桃李花开尽，惟有青青草色齐”，不管别人怎么贬低自己，也不管贬低自己的人是什么地位高、名气大、了不起的人物，我只做我的青青小草，扎根大地，挺立不倒，不惧桃癫李狂，蜂飞蝶舞，等一切喧嚣归于平歇，小草真正的本色自然就能被人看到了。

天净沙·秋思

元 马致远

枯藤老树昏鸦，
小桥流水人家，
古道西风瘦马。
夕阳西下，
断肠人在天涯。

解读

这是一首小令。小令的特点是句子短，字数少，配乐节奏明快。我国古典文学的韵文体裁中，全篇以长短不一的句子组成的，有词和散曲两种。有人认为小令是短小的词，与字数多、句子长的慢词相对，而有人认为小令是散曲，散曲另外还包括一种叫作套数的形式，套数又叫套曲，就是好几支曲子连起来的一支比较长的曲子。其实词曲本

身的区别就不是很大，都是长短句，也都是配乐演唱的，只是句子押韵的规则略有不同，所以小令究竟是词还是曲，也就没有那么明确了。

《天净沙·秋思》这首小令的作者马致远，被公论是一位散曲大家，同时他也是杂剧代表作家。他生活的元代，是这两种文学形式非常兴盛的时代。《天净沙·秋思》在后世评价极高，有的评论家说，这是“天籁”，更有人说，它是“秋思之祖”。

这首小令之所以能得到这么高的评价，是因为它完美地契合了中国古典艺术审美的最高标准：画面宁静而疏淡，情志哀婉而不怨，言少意多，意在言外，非常含蓄。它还有个特点，就是包含的元素特别丰富，短短二十八个字，几乎囊括了古典文学描述离愁别恨的所有典型意象，组成了一幅清秋黄昏旅人独行的长卷。结尾处的“断肠人在天涯”尤其精妙，天涯是一个模糊的概念，它代表遥远，但没有止境，因此，虽然这首诗歌结束了，诗中所诉说的愁绪却被无限延展，令人回味无穷。

故事

在元朝的时候，戏曲特别兴盛，有四个人在这方面成就卓异，被称为“元曲四大家”，他们是关汉卿、郑光祖、白朴和马致远。而在元代的京城大都，也就是今天的北京，有一种文艺团体，名为“书会”，是专门从事戏曲和歌曲创作的，由文人和艺人合作，艺人也写剧本、歌词，文人也涂脂抹粉、上台表演，不分彼此。各大书会之间，还经常在一个题目下面各写剧本各自表演，看观众反响定出输赢，这是艺术上的竞争，也是商业上的竞争。元代戏曲的繁荣由此可见。马致远就曾属于一个叫“元贞书会”的团体，这个团体有两个重要成员，都是当时著名的艺人，马致远与他们，以及书会另一个成员，也是一个官员，合作过一

出《黄粱梦》，四个人一人写了一折。

我们都知道，古代的艺人被叫作伶人，他们的社会地位和娼妓相似，非常卑贱，而且这些伶人一生只能演戏唱曲，没有别的人生出路，而读书人是考科举走仕途的，跟艺人之间差距很大。为什么元代这两类人却能融合到一块儿去呢？

原来，元代有个特殊的社会背景，就是在整个封建社会历史中，历朝历代都作为固定的选官制度确定下来的科举制，在元代很不稳定，时断时续，还曾长期荒废。元朝九十多年的统治时间，只举行过十六次科举考试。大批文人求取功名的道路受阻，当不了官，只能做一些基层的小吏，每天为了琐碎杂务劳心劳力，却很难找到上升的渠道。于是，文人们都开始寻求其他的生存之道。他们有的为了排忧解闷，有的为了家庭生计，有的纯属兴趣爱好，便开始写戏演戏。

马致远就是这样的一个剧作家。从他的自述看，他的出身并不贫寒，年轻时甚至还进过皇宫大内，见识过帝王权贵的气派。那么，他就不是为了生活才去写戏的，只能

是乐在其中了。马致远也曾梦想在官场上有一番人生建树，还做过浙江行省的小官员，后来因感到前程暗淡，索性归隐山林，闲适平静地度过一生。虽然不知道他是因为什么而失去了对仕途的希望，以至于要弃官归隐，但在他的前半生中，肯定是发生了什么影响严重的事件。人生的道路，有时候就是因为一场突如其来的意外而偏离了轨道，也许马致远遇到的正是这样的意外，促使他终于想明白，自己究竟想要什么样的生活。

中年之后，马致远就一直都生活在江南，再也没有回故乡大都。他在散曲中写道，他在江南的生活，是“剪裁

冰雪，追陪风月，管领莺花”，听起来似乎逍遥自在，可这冰雪、风月和莺花，虽然美丽，却都是无情之物，一位迷恋舞台热闹声影的戏剧家，最终与这些清冷的风景相伴终老，也让人感到一丝淡淡的悲伤。

故事中的小智慧

马致远是元代最负盛名的文学家之一，他的作品被后人称誉为“朝阳鸣凤”“典雅清丽”，领一时之秀。但是这位文豪级别的作家，生平却十分模糊，连他到底是哪里人，生于哪一年死于哪一年，活了多大岁数，都没有一个确定的说法。

为什么会这样呢？

这里有两个原因。一个原因是，元代的散曲家、杂剧家本身社会地位都不高，他们的创作又不受主流文学的重视，所以没有什么重量级的人物为他们树碑立传，只有一些民间文学爱好者，仅凭着对这些人的喜爱和尊敬自发，为他们写传记，但数量极少，所以这些作家生平多数不为人所知，就很正常了。

还有一个原因是，散曲和杂剧在古人的文学观念里，都是俚俗之音，不登大雅之堂，不仅旁人这样看，连散曲家、杂剧家自己，大多都是这么认为的。因此，他们并不是非常情愿把自己作为散曲、杂剧写作者的名声流传下去，所以很少写自传之类的文字。甚至连他们的作品，经常也是兴之所至随手写来，唱完就扔，并不珍惜保存。像马致远这样的大家，一生写作的杂剧也不过十几种，小令一百多首，套数二十多首，这与唐诗宋词一个作者动辄千余篇、数百篇作品的规模，差得太远，肯定还有许多散失了。

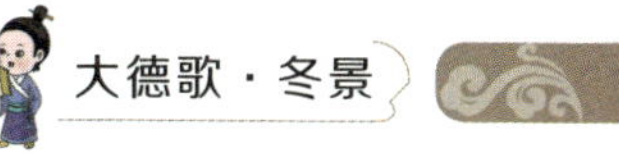

大德歌·冬景

元　关汉卿

雪粉华，舞梨花，
再不见烟村四五家。
密洒堪图画，看疏林噪晚鸦。
黄芦掩映清江下，斜缆着钓鱼艖。

解读

关汉卿是元代前期的散曲创作领军人物，作品量比较大，主要内容一为吟诵爱情，二为吟咏闲适生活，三为抒发个人理想和情怀，《大德歌·冬景》这首小令属于第二种。这里有“钓鱼艖”这个意象，这个意象被用在古典诗词中，通常就是诗人在表达一种闲云野鹤的心境。诗中出现的“烟村”“疏林”“晚鸦”，也都是同类意象。因为那些追求功名利禄、被俗世事务羁绊的人，没有时间，也不愿意踏足

荒远偏僻的地方，看不到这些景致，所以，这些景致也就可以用来象征一种远离名利、远离俗务、自我消遣的生存状态。

雪在我国古典文学中，有很多比喻，有些约定俗成，如美玉、飞花等等，有些别出心裁，如粉蝶、白鹤等等。最著名的比喻是柳絮，出自《世说新语》中“谢道韫咏雪”的故事。

谢道韫是东晋大臣谢安的侄女，身为名门闺秀，从小就表现出极高的文学天赋。有一次，谢安正在家中给侄子侄女们讲解如何写作诗文，突然下起了大雪，谢安就问他们：“雪花飘落像什么呢？”一个侄子回答说：“像有人在天上撒盐。”谢道韫说：“更像柳絮被风吹起的样子呢。”谢安对谢道韫的回答特别满意，开心地大笑起来。后来，这个故事形成了典故“咏絮才”，用来专指女子擅长写诗歌。

《大德歌·冬景》用的是雪的另一个著名比喻，即把雪比作梨花。唐代诗人岑参写的《白雪歌送武判官归京》中，有一句流传极广的名句：“忽如一夜春风来，千树万树梨花开。”就是用梨花来比喻雪。梨花的花形很像桃花，但颜色是白的，在枝头开放时非常繁密，就像积雪，被风吹落时纷纷扬扬，就像飞雪，所以，梨花和雪可以互相比喻，古诗中也常见到用雪来比喻梨花。

故事

元杂剧作家关汉卿和其他同时代的诗人作家一样，身世和经历都不太清晰。没有人确切地知道他生在何处，长在哪里，有过什么样的人生。人们唯一能确定的是，他是一个视杂剧散曲为生命的文学家、一个为舞台而生的人。

关汉卿曾做过太医院尹。太医院是专门为皇族、贵族、高官服务的，太医院尹就是太医院的官吏。不过，关汉卿是金末元初人，关于他的记录又很模糊，所以他到底是金朝的太医院尹，还是元朝的太医院尹，其实说不清楚。但是，无论是金朝的还是元朝的太医院尹，这个身份对关汉卿来说一点都不重要。因为他真正的主业就是一位活跃的剧作家。

清代有一个关于关汉卿的传说故事，描述了关汉卿对戏剧的痴迷。这个故事记录在祁州的地方志里。祁州在河北省，这里是被怀疑为关汉卿故乡的几个地方之一。祁州的伍仁村还有关汉卿故宅的遗址。据说，他的墓也在这儿。这个故事就跟关汉卿的墓有关。

元杂剧里有一部脍炙人口的剧作《西厢记》，讲的是崔莺莺和张生的爱情悲剧。《西厢记》的作者，大家都公认是元代剧作家王实甫。但是，在民间传说中，关汉卿也写过一部《西厢记》。

王实甫不是《西厢记》故事的原创者，这个故事源于唐代诗人元稹的《会真记》，这是一篇传奇，讲述的是，张生与表妹崔莺莺相爱，又将她遗弃，两人各自娶妻嫁人，后来张生想再见崔莺莺，被崔莺莺婉言拒绝。这个故事的女主角崔莺莺非常美好，给人留下了深刻的印象，所以它还有一个名字叫《莺莺传》。《会真记》是一篇很有名的传奇，又是关汉卿最喜欢写的爱情故事，他也想写一个这样的剧本，没有什么奇怪的。传说，他还没来得及写完他的《西厢记》，就因病去世了，从此他的墓中时常传出哭声。有一个姓董的状元知道了这件怪事，觉得很惊奇，就去关汉

卿的墓前吊唁，并找到了他的遗稿。董状元翻看遗稿，发现只有十六折，并未结局。他恍然大悟，对着关汉卿的墓说道:“我知道您为什么哭，我来帮您把剧写完。”他这么一说，墓中的哭声立即止住了。董状元带走了遗稿，又续写了四折，并把剧本发表了。

当然，关汉卿现存作品里，没有《西厢记》或是其他从《会真记》改编而来的剧本,现在留传于世的《西厢记》,也没有所谓董姓状元续写的关汉卿作品。这只是一个有点荒诞的传说而已。这个传说，说明关汉卿在老百姓的心中是个痴迷写戏的“戏疯子”。为了一出没有写完的戏，竟死不瞑目。

关汉卿写过一首散曲套曲《南吕·一枝花·不伏老》,曲中唱道:“你便是落了我牙，歪了我嘴，瘸了我腿，折了我手，天赐与我这般儿呆症候，尚兀自不肯休。则除是阎王亲自唤，神鬼自来勾，三魂归地府，七魄丧冥幽。天哪，那期间才不向烟花路儿上走！”

在古时候，戏曲表演被视为一种十分卑贱的行业，曲子里唱的“烟花路儿”，虽然看起来好像是在说什么狂放不羁的行为，实际上指的便是做艺人、唱戏、写剧本这些在当时被看作“下九流”的事。关汉卿原本不在这下九流的行列里，他做过官，尽管不是什么大官，可他要是愿意，完全可以维持着那点身份，欺压欺压比他更弱势、属于社会最底层的艺人，把他们踩在脚下。但是，他没有。他走到那些人中间去了，和他们一起走“烟花路儿”去了。这个戏疯子并不疯，他只是选择在一个等级森严阶层分明的时代，带着一颗平等公正的心，和那些虽不高贵、亦不伟岸，然而是他所真心欣赏喜爱的人们生活在一起，哭在一起，笑也在一起。

故事中的小智慧

关汉卿的文学成就，在元代之后的明清两代，评价并不是很高，有人认为他才华有限，不过是因为写剧本的时间比别人都早，有些开拓性，这才被人们所知道，而他被排在“元曲四大家”之首，也只是因为他年纪最大。

直到近现代，有一位很有造诣的文学评论家，叫作王国维，开始把关汉卿当作元杂剧最重要的作家来研究，在那之后，关汉卿在文学史上的地位便越来越高了。在古人

眼中，关汉卿和他的作品并没有超出其他作家作品特别多的艺术价值，但随着时间的推移，他和他的作品却越来越符合现代社会的文学评价标准，而显得出类拔萃。

文学和所有艺术一样，需要我们花时间、可能是很长很长的时间，去真正认识它们的价值。很多天才在他们自己的时代都被低估了，就像荷兰画家凡·高，他活着的时间没有卖出去几幅画，认可他绘画才能的人也寥寥无几，可是当人们的思想上升到一个新的高度的时候，就看到了他的伟大之处。关汉卿也是如此。

每个人的人生很短暂，但人类思想的发展永无止境。如果站在个人的角度，人们评判艺术作品的眼光难以避免地会带有自身的偏见和时代的局限，但如果站在历史角度，我们即使看不到，也一定会知道，对某个艺术家、某件艺术品一时的贬低并不能代表什么，真正的艺术珍宝，是不会永远被埋没的。

过分水岭

唐 温庭筠

溪水无情似有情，入山三日得同行。
岭头便是分头处，惜别潺湲一夜声。

解读

这也是一首羁旅诗，是晚唐诗人温庭筠在从秦地到蜀

地的旅程上所写的，分水岭在当时的汉中府略阳县境内，真实名字为嶓冢山，此山横跨今天的陕西省汉中市宁强县与略阳县。

全诗有两层意境。第一层是用拟人手法描写了一条溪流，这条溪流的水道正好与诗人的路途重合，“无情似有情”，一路相伴，到了分水岭，诗人的路线与溪流的水道便分叉了。其实诗人是在登山，溪流却是在下行，两者方向相反，所谓分头，并不是真的分头而行，而是诗人不再溯溪而上，要转换方向了。而所谓溪流相伴，也都是诗人自己主观上的想象，并用拟人方式表现出来而已。

第二层则隐藏在第一层之下，其实是诗人在抒发寂寥自伤之情。虽然他走的这条路在唐代是一条交通要道，不算荒僻，但毕竟是穿山越岭，一个人行进在茫茫山林，不知不觉中，连一条溪水发出的不可能含有任何情感的流淌声，都被他当作了旅伴的絮语，用来自我安慰，待到与溪水分行时，他居然依依不舍，还把这种依依不舍加到了溪水头上，旅人的孤独感之深，显而易见。

所以，《过分水岭》这首诗的特色，就是将深深的寂寞哀愁蕴藉在看似平淡自然的语气中，让人读过之后方能回味到这种悲凉的滋味。特别是结合了温庭筠的人生际遇，再来看这首诗，越发令人伤感。

故事

温庭筠是晚唐时期的一位重要的诗人，和李商隐同时代，二者在诗歌方面的造诣和名望也很相似，被当时的人称作“温李”。不知是偶然还是别的什么缘故，温李中的李商隐的人生境遇很不幸，怀才不遇，贫苦一生，而温庭筠的遭遇还不如李商隐，这两个人的人生悲剧都和一个人有关系，那就是宰相令狐綯。

李商隐是令狐綯的少年好友，两人后来渐行渐远，令狐綯凭借着自己高贵的出身飞黄腾达，高居相位，对李商隐的求助却置若罔闻。在极其讲究门第关系的晚唐官场，李商隐在令狐綯的冷漠对待下，空有才学，无人问津。

温庭筠和李商隐不同之处，是他并非与令狐綯有交情，而是与令狐綯之子令狐滈交往密切。温庭筠刚刚到长安时，就以能写得一手绮丽华美的诗词，博得长安文人的赞誉。尤其是像令狐滈这样的花花公子，特别喜欢他的诗词，两人一见如故，令狐滈整天带着他到烟花之地玩耍，没事就在一起喝酒赌钱。温庭筠本来是到京城来考科举的，结果被令狐滈带坏了，日日沉湎于声色犬马，荒废了学业，考了好几年都没考上进士，还把自己的名声都玷污了。

虽然温庭筠和令狐滈是“狐朋狗友”，但他跟令狐绹的关系却是急剧恶化。因为恃才傲物、不通世故的性格，温庭筠早就得罪了令狐绹。

令狐绹没有什么文学才能。有一次唐宣宗赋诗，出了一个上句“金步摇”，让令狐绹对下句，令狐绹对不出来，宣宗又找来温庭筠，温庭筠立即就对出了“玉条脱”。金步摇是一种插在头发上的黄金首饰，而玉条脱是玉石制成的手镯，这个对仗非常工整，宣宗很满意。后来，令狐绹私下问温庭筠是怎么对出“玉条脱”的，温庭筠轻描淡写地说：“这个词出自《南华经》，也不是什么罕见的书籍，您忙完国事还有闲暇的话，就多读点书吧。”令狐绹被他气得说不出话。

令狐绹自从当上宰相，对所有姓令狐的人都另眼相看，只要有姓令狐的来求官，他都答应。为了沾这个光，很多姓胡的人就在自己的姓前面加个“令”字，冒充姓令狐的。温庭筠写了两句诗嘲讽这件事说：“自从元老登庸后，天下诸胡悉带令。”就是说，自从令狐绹当了宰相，天下的胡姓都带上令了。这样的冷嘲热讽，以令狐绹的心胸，根本就不可能泰然处之，暗地里自然要给温庭筠记一笔。

又有一次，因唐宣宗喜欢《菩萨蛮》这个词牌，令狐绹想投其所好写首词，但是写不出来，正好这时温庭筠写了一首《菩萨蛮》，写得很漂亮，令狐绹就拿去冒充自己写的献给了宣宗，还再三嘱咐温庭筠不要说出去。可温庭筠转头就把这件事告诉给了别人，令狐绹听说之后火冒三丈，从此就疏远了温庭筠。最后，竟然指使自己的亲信罗织罪名，把温庭筠从长安赶出去了。

从此，温庭筠到处漂泊，为了寻找一个容身之地，不停地从一个地方辗转到另一个地方。咸通年间，令狐绹不再担任宰相，转而担任淮南节度使，温庭筠有一次正好路过他治下的扬州。知道令狐绹对自己不满，温庭筠也懒得去拜谒令狐绹了。可是令狐绹不甘心这样放过他，趁温庭

筠在扬州时犯了一些小错——喝醉酒触犯了宵禁——把他抓了起来，还四处散布温庭筠的过失，言过其实地渲染他的所谓“丑行”，这件事一直传到了当时的皇帝耳朵里，对温庭筠的名誉造成了极大的损害，温庭筠后来给许多高官写信，想为自己申冤，可因为令狐綯的势力还很强盛，他的辩解根本没有人愿意听。

直到温庭筠死后，这些令狐綯制造的污名还在伤害他的后人。温庭筠的儿子温宪去考科举时，考官竟然以他的父亲是温庭筠为理由不肯录取他。温宪很悲愤，在一间寺庙的墙上写了一首诗，痛述了自己受到不公平的待遇、考不上进士的事。正巧，这首诗被一位大人物看到，觉得写得很好，又知道温宪是被其父连累，生出恻隐之心，于是亲自去跟另一位主考官说情，温宪这才中了进士。

令狐綯的恶意报复导致温庭筠含恨终生，又差点误了温庭筠之子的前途，权贵的霸道蛮横，可见一斑。

故事中的小智慧

温庭筠是古代文人怀才不遇的一个极端例子，他不但怀才不遇，更因怀才而招致了许多祸患。比如他写诗写得好，就被令狐綯看上，想要用他的诗词冒充自己的，献媚于皇帝，又被令狐綯的儿子令狐滈看上，拉着他一起寻欢作乐。令狐綯、令狐滈父子在历史上都没有什么好名声，父亲气量窄小，嫉贤妒能，儿子狐假虎威，为非作歹，温庭筠只是一个普通仕宦家庭出身的普通读书人，个性又是那么高傲自负，不愿意向位高权重者摇着尾巴乞求赏赐和怜悯，他被这两个人卷进那个只看权势地位不看品行才华的上流圈子，最终落得一个悲剧收场，几乎是不可避免的。

应该说，温庭筠的人生不幸，环境要负上百分之六十的责任，他自己要负上百分之四十的责任，如果从一开始，他就对令狐滈这样的人保持警惕，回避这些纨绔子弟的引诱，也不至于会在这摊淤泥中越陷越深，不可自拔。所以我们交朋友，不能只看对方光鲜的外表，炫目的家世，君子之交淡如水，小人之交甘若醴，就是说，充满欲望诱惑和受利益驱使的人际关系，都有危险，只有那些清淡平和，互相不存在利用关系的，才是真正的可以信赖的朋友。

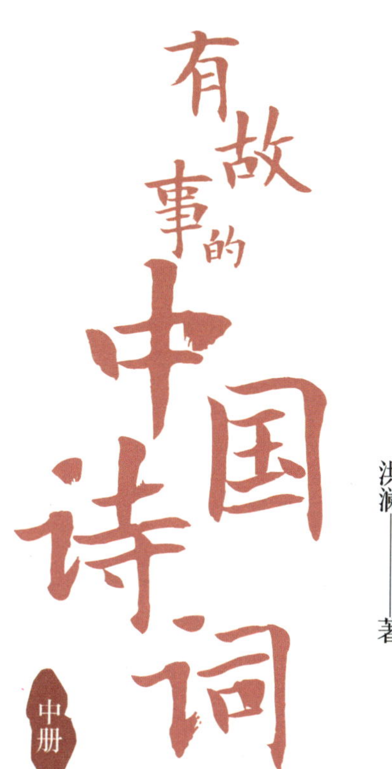

天津出版传媒集团
天津人民出版社

静夜思

唐 李白

床前明月光，
疑似地上霜。
举头望明月，
低头思故乡。

解读

李白的这首《静夜思》是古时候私塾儿童启蒙教材必备的一首唐诗。这是一首五言诗，非常简洁明快，也没有什么生字生词，诗意也很浅显，理解难易的程度和儿歌差不多，看起来，几乎不需要解读。

但实际上，关于这首诗，唐诗的研究者们已经争论了很长时间了。

争论的焦点主要在一个问题上，那就是“床前明月光”的床，究竟指的是什么。学者们分成了三派，一派认为，

就是指睡觉的床；一派认为，是指古代用来坐的一种椅子；还有一派认为，这里的床，指的是水井的围栏。

为什么会出现这样的分歧呢？这是因为在唐代，床这个字的确具有以上三种意思，而《静夜思》这首诗又太简洁了，从前后文根本看不出来用的是“床”字的哪一个意思。

第一种观点好理解，这首诗写的是夜晚的事，抬起头才能看到明月，说明月亮已经升到高处，夜很深了，如果说这时候诗人正在床上睡觉，合情合理。他因为睡不着而坐起来，发现月光明亮而抬头望着卧室窗外，也是顺理成章的。

第二种观点也看不出错误。虽然夜深了，诗人也完全可能还没有去睡觉，而是坐在厅堂里的床上想心事。厅堂

通常面对着庭院，月光洒落，更是毫无阻碍，后面的诗句也就接续得十分自然了。唐代用来坐的床，和用来睡觉的床，形状上并没有很大的区别，只不过睡觉的床摆在卧室里，旁边隔着屏风，立着衣架，床上有枕头、席子；而用来坐的床摆在厅堂，上面有时还放着小桌子，人们可以坐在床上，靠着小桌子读书写字甚至吃饭。

第三种观点，对现在的我们来说就不太容易理解了，因为我们中很多人可能都没有见过水井，从小喝的是自来水。但是，在古时候，水井可是上至皇亲国戚，下至黎民百姓，家家户户都离不了的重要的生活设施。那时，人们会在井口周围用木板或石头建起方框形的栏杆，这种栏杆有一米多高，目的是防止有人不慎跌入井中，这就叫“井床”，也可以直接称为“床”。水井都在室外，看月亮当然是最清楚不过的，如果诗人是走出屋子，来到露天，在井边举头望月，丝毫没有一点可疑的地方。

那么，到底这三种意思，哪一种才是李白写《静夜思》时真正想表达的呢？我们不是李白，很难做出定论，但是，有一点对于我们理解诗人的原意很重要。那就是，《静夜思》是一首思念故乡的诗，而在“床”的三个意思里，只有“井边的围栏”，与“思乡”有关系。井，在我们的传统文化中，不仅是日常生活用水的保障，也是一个地方的居民们世世代代在这里繁衍生息的标志，因此也是故乡的象征。成语“背井离乡”中所说的井，就是这个意思。对那时的人来说，离开自己从小吃水的井，就意味着离开家乡。这样看来，将《静夜思》中的床解释为井边的围栏，似乎更为合适一些。

故事

关于李白的《静夜思》，我们要讲一个跨度长达千年的故事。

李白写《静夜思》是哪一年，现在已经很难确认了。有人说，这首诗是他二十多岁刚离开父母外出远游时写的；也有人说，这首诗是他晚年时在金陵，也就是现在的南京，寄居于寺庙时写的，但都没有确凿的证据。我们能肯定的是，李白在写诗的时候，一定不在他真正的故乡，也不在一个能被他视为故乡、给他心灵归属感的地方。他是带着一种旅人的心情，孤独地望月而吟唱出了这首诗的。

其实，李白并不时常有思乡的情绪。和大部分古人渴望安居的心态不一样，李白酷爱旅行，也酷爱冒险。他不是在游历，就是在准备着去游历。但是，即使是像他这样享受漂泊的人，也会有疲倦的时候。在某一个月色清冷的

夜晚，李白独宿在某一处驿站。他久久难以入睡，索性起来，到庭院中踱步，看到院子里水井的井栏和旁边的地面一片洁白，白得就像积雪一样。于是他抬起头，遥望皎洁的月亮高悬中天。此情此景，让他想起故乡。故乡的水井，此刻也沉浸在如霜如雪的月光中吧？

李白的诗兴被激起了，他立刻回到房中，点灯写下了一首诗。这首诗是这样的："床前看月光，疑是地上霜。举头望山月，低头思故乡。"

没错，根据学者的考证，这才是真正的当年李白写下的《静夜思》。

时光流逝，数百年上千年过去了，《静夜思》作为李白的作品，一直都被人吟诵学习，很多人编辑唐诗的诗集，都会把这首诗收录其中。大部分都还保持了它的原貌，只是第一句"床前看月光"，在有的选本中，不知何时变成了"床前明月光"。

到了清朝乾隆年间，一个名叫孙洙的读书人，因为感觉到当时私塾普遍使用的教材《千字文》过于粗疏，难以教给孩子们足够的基础文学知识，便起了要自己编一本唐诗选集来做教材的心思。他的妻子也很支持他。于是，孙洙用了一年时间，以"蘅塘退士"为笔名，编辑刊印了一本《唐诗三百首》。在这本唐诗集里，孙洙选入了李白二十七首诗，其中自然也包括脍炙人口的《静夜思》。而他的这个版本，不但原文的第一句“床前看月光”变作了“床前明月光”，第三句“举头望山月”也变成了“举头望明月”。

蘅塘退士孙洙的《唐诗三百首》自问世之后，非常受欢迎，逐渐成为最常用的唐诗启蒙课本。也是从那时起，李白的《静夜思》成了我们今天学唐诗时最熟悉的“床前明月光，疑是地上霜。举头望明月，低头思故乡。”如果我们并不知道李白的原作是怎样的，根本就看不出，课本上的《静夜思》，其实是在李白原作的基础上修改而来的。这些修改不但没有降低原作的艺术水准，反而还有所增色。不是说李白的原诗写得不好，这里有一个很重要的因素，就是汉语的发音变化。

李白写诗的时候，依照的是唐代的汉语发音，明代之后，诗中的好几个字，就和原始的读音差异很大了，李白写的时候，是合乎韵律的，但后世诵读起来，整首诗听起来便不够优美。当孙洙在《唐诗三百首》中确定把“看”字和“山”字都改为“明”字，这新版的《静夜思》，在音韵上便更加符合近代汉语的发音，读起来也朗朗上口多了，而且并没有妨害到李白原本的诗意，可以说是完美的修改。

故事中的小智慧

《静夜思》是五言诗，只有二十个字，既没有用典故，又有用任何生僻的字和词，十分好懂。然而，这区区二十个字里，竟然藏着两桩公案：一个井字究竟为何意，两句诗的文字如何发生变异，让全世界研究唐诗的学者们苦苦思索考据争辩不已，李白果然不愧是李白啊。

《唐诗三百首》的编辑者、蘅塘退士孙洙说，他编辑的唐诗，都是家喻户晓人人耳熟能详的。他生活的时代，已经距离唐诗产生的年代，过去了上千年了，这些唐诗还在不断地通过人们的眼传心授，手写口吟，活跃着自己，丰富着自己，完善着自己。这就是我们的古典诗词的魅力，它并不是失去了生命力的标本，不是镌刻在石头和金属器皿上的死板的文字，而是生机勃勃，鲜活如初的，至今仍在我们的文化中跳动着自己的脉搏。

赠汪伦

唐 李白

李白乘舟将欲行，
忽闻岸上踏歌声。
桃花潭水深千尺，
不及汪伦送我情。

解读

这首诗是李白送给安徽泾县一位姓汪名伦的朋友的。诗本身极为通俗易懂，所用的修辞，也是李白最擅长的夸张手法。我国的传统长度单位，是以人体为标准来确定的，一个手指的宽度为一寸，十寸便是一尺。一尺约为 0.33 米，千尺就是三百多米，全世界能达到这个深度的内陆湖并不多，桃花潭当然不可能那么深，说“桃花潭水深千尺”，那是李白作为一个浪漫主义者使用的夸张手法。

就是这么一首简简单单的七言绝句，却难住了不少研究

唐诗的学者。主要是大家对汪伦这个人的身份，看法不一。

一种看法认为，汪伦是住在桃花潭边村庄里的一个普通农民。这个说法来自南宋时期对这首诗的一个注释，说李白去泾县桃花潭游玩的时候，住在潭边的“村人汪伦”经常送给他自己酿的美酒。后世便把“村人”直接理解为住在村里的农夫。可是，住在村里，未必就是从事农业生产的人，所以，说汪伦是一个农民，并没有说服力。

另一种看法认为，汪伦是住在桃花潭边的一个地方豪强。清代文学家袁枚在他的《随园诗话补遗》中提到过这个观点。汪伦对李白不仅有情，而且还有实实在在的物质支持，所以李白对他也是投桃报李，以自己的诗作相赠。

李白的诗，汪氏家族一直都当作传家宝珍藏着。

还有一种看法认为，汪伦是一位隐居的名士，他在桃花潭边有一座别墅。李白这次游桃花潭，曾受邀去他家别墅小住。这种看法的证据是，李白在泾县这个地方，除了《赠汪伦》，还写过《过汪氏别业二首》。据学者考证，李白说的汪氏别业，正是汪伦的别墅。从诗中看，这座别墅园林秀美，风格雅致，李白去的时候高朋满座，主人必然是一位有很高人文修养和社会声望的读书人。

其实，汪伦究竟是什么人，因为事过千年，要得出确凿无疑的结论是不可能了，我们只能通过推理，判断哪一种说法最符合逻辑。从这首诗的内容上看，李白与汪伦之间并非一面之缘，而是有交往的。李白是名满天下的大诗人，能与他以朋友的关系交往，恐怕也不是寻常之人。另外，诗中提到“忽闻岸上踏歌声”，踏歌是我国古代的一种礼仪性质的集体歌舞，通常用于节庆活动，很多人拉着手，边唱边用脚踏出节拍。汪伦能带着一群人来送别李白，并指挥他们踏歌，也说明他在这个地方有一定身份。所以，说汪伦有钱有地位，比较合乎情理。

故事

清代文学家袁枚在他的诗歌评论集《随园诗话补遗》

中，讲了一个汪伦与李白的故事。

天宝十二载，也就是公元753年，五十四岁的李白渡过长江，来到今天的安徽省境内。这是他人生第二次漫游的尾声。漫游，是唐代诗人的一种生活方式，李白把这种生活方式发展到了极致。他一生有过两次漫游，一次为期十八年，一次为期十一年，差不多填满了他二十岁之后的大半个人生。

李白第一次到处漫游，是在他年轻的时候，他二十多岁离开家，以后无论结婚生子，还是求官求仙，都是在几乎不停顿地到处旅行中度过的，能稳定下来的时候少之又少。那时候，他的人生目标是通过结识权贵而获得做官的机遇。最后他确实成功了。天宝元年，李白终于得到唐玄宗的赏识，成了翰林学士。可是没过多久，他就因为自己高傲的性格，得罪了很多人，连唐玄宗都渐渐不再喜欢他了。两年后,李白不得不主动辞去官职,失意地离开了长安，带着惆怅的心情，开始了第二次漫游。

李白没有什么明确的目的地，只是四处游走，看看风景，访访亲友。有时候，他有朋友杜甫、高适等人陪伴身边，还有些热闹；有时候，朋友们因为各自原因散去，他便一个人孤独地行走在路上。有一天李白来到了泾县，在这里，他和汪伦相遇了。

汪伦是泾县本地的一个富豪。为人轻财仗义，也喜欢与文人结交。他仰慕李白已久，但没有机会结识，早听说李白在前来泾县的路上，就特别想邀请他到自己家中一聚。可是，李白名满天下，而他汪伦名不见经传，人家愿意搭理自己吗？

汪伦思前想后，觉得不能贸然相邀，得想个办法，让李白自己来。于是，他给李白写了封信，信上说："我听说先生您喜爱观赏美景，我住的地方，附近就有十里桃花之景；我又听说先生您喜欢饮美酒，那真是巧了，我这里有万家酒店，卖的俱是上等的好酒。先生愿不愿意来此地一游呢？"

李白看了这封信，心想，泾县还有这么好的去处？不但有桃花盛景，还有上万家酒店？这简直太适合我了！于是兴冲冲坐着船就来到汪伦住的村庄。到了地方一看，想象中如云如霞的桃林、鳞次栉比的酒店，连个影子也看不见，就看到一个样貌平凡的本地财主笑眯眯地来迎接自己。

李白失望地问道："你就是汪伦吗？"来人答道："正是，汪伦久仰先生大名，今日见到先生，荣幸之至！"李白有点生气了："你久仰我大名，就把我骗来了？"汪伦一脸无辜地说道："我没有骗先生啊。"

"没有骗我？那你说的十里桃花呢？万家酒店呢？"

汪伦指了指远处的一片湖泊："先生请看，桃花是本地

这个水潭的名字，这桃花潭不大不小，正好方圆十里。至于万家酒店，真的有一个，就在村里，店主人姓万，所以叫万家酒店。”

李白听了这话，这才明白过来，哈哈大笑。他觉得这个汪伦还有几分意思。既来之则安之，他便在桃花潭边住下了。汪伦热情款待，每天送上美酒佳肴，陪着一起游山玩水、宴饮吟唱，李白在这里过得很愉快。

几天光景很快过去，李白也要启程去自己的下一站——当涂了。汪伦没有强留，而是为他备好八匹骏马、两匹锦缎，作为继续漫游的路费。李白虽然嘴上不说，其实正囊中羞涩，很需要钱，汪伦主动资助，他心里非常感激，只是不愿表露出来。离开时，他甚至没有当面向汪伦辞行。李白本来就是一个自来自往心无挂碍的人，再说，他想着他和汪伦毕竟才相识数日，以后也不一定能再见，汪伦应该不会追出来送自己的。

然而，船刚刚离岸，李白便听到一阵踏歌声，举目望去，只见岸边有一群歌者，手拉手连成一排，一边踏着节拍，一边唱着告别的歌谣。站在这群人前面的，正是汪伦。李白没想到汪伦会如此郑重地来给自己送行，他连忙让船夫掉头回去，好好地与汪伦话别了一番，并当场写下一首绝句，记录了这一刻。这首绝句，就是《赠汪伦》。

故事中的小智慧

袁枚写这个故事的时候，桃花潭已经变得常年壅塞，水很浅了。袁枚的朋友张炯还赋诗感叹说：“莫怪世人交谊浅，此潭非复旧时深。”意思是，不要奇怪现在的人友情淡薄，你看，象征友情的桃花潭都不像过去那么深了。

桃花潭深还是浅，是自然现象，当然和感情没有关系。李白的《赠汪伦》，既不深刻，也不华美，是一首朴素至极的诗，但是它却能成为书写感情的名篇，是因为这首诗中所描写的情景，看似平淡无奇，实际上是一个雪中送炭的温暖的故事。

李白这时已经走到了人生的暮年，却依然过着漂泊不定的生活，还在为求取功名而徒劳地奔走。说白了，除了诗人名号，他几乎一无所有。他也见过很多有钱有势的人，上至王公贵族，下至地方官吏，那些人对他谈不上什么尊重，即使与他交往，大多也不过是利用他的名望，附庸风雅罢了。而当李白和汪伦相处时，却感受到了真正的尊重和友情，落魄无依的灵魂得到一丝暂时的慰藉。汪伦正是用一颗真心，换来了李白的这一句永世流传的“桃花潭水深千尺，不及汪伦送我情”。

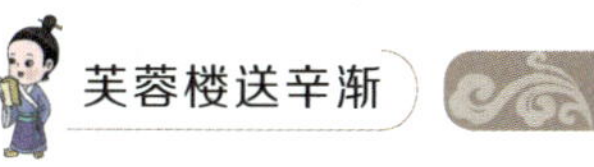

芙蓉楼送辛渐

唐　王昌龄

寒雨连江夜入吴，
平明送客楚山孤。
洛阳亲友如相问，
一片冰心在玉壶。

解读

这是一首非常经典的送别诗。送别诗在我国古典诗词中，源远流长，早在《诗经》中，就有许多送别诗，一直流传到今天。

这也是一首完美的七言绝句。唐代诗人王昌龄被称为“七绝圣手”，可见他最擅长写作的就是七言绝句。很多人评论说，他的七绝，水准可以媲美李白。王昌龄还有一个身份——他是唐代最重要的边塞诗人之一。

这首《芙蓉楼送辛渐》的写作背景很模糊，唯一无可置疑的就是它写于王昌龄被贬谪的时候。至于这位辛渐是谁，芙蓉楼到底在哪里，都是不确定的。

诗歌的精华部分是它的后两句，这里有一个极为优美的比喻，诗人把自己的节操比喻为“一片冰心在玉壶”。正是这个比喻，让这首诗成为一首不朽之作。

冰心，便是用冰雕琢而成的心，玉壶，便是用美玉制成的酒壶。当然，在送行的酒宴上，未必真的有一颗冰做的心，放在玉做的酒壶里，既然是文学比喻，那自然不需要有实物。不过，关于玉壶，我们还是可以说一说的。

我国古代玉制品的原料主要是软玉，而我们现在经常看到的用来做首饰器物的翡翠，则是硬玉，在古时候很少见。因为硬玉质地太硬了，用古代的工具很难加工。所以王昌龄在诗中写到这个玉壶时，他心目中的画面，一定是一把白色或淡黄色、半透明的软玉做成的壶，而不是碧绿碧绿的翡翠做成的壶，这才符合他作为一个古人的想象。

故事

王昌龄生活在开元、天宝年间，他和王维的诗名差不多平齐，但王维几乎一生都是高官，而王昌龄尽管才华不输给王维，却终生都在低级官员的地位上徘徊，一辈子当的最大的官，就是在一个县里负责各种杂务，辅佐县令的

县丞。

其实王昌龄也是正正经经的进士出身，不比王维或是其他当时的著名文人差。他中进士以后，在唐朝的秘书省做校书郎，平时主要是跟书籍打交道，校对宫廷的藏书，看书里面有什么错误的地方，便纠正过来。如果是一个喜欢安静读书的人，应该会比较享受这种生活，但是王昌龄并不是这样的人。他从年轻的时候起就四处游历，甚至远行塞外，行事还颇有一些游侠的风格，整天闷在藏书阁里，跟着几个老学究翻阅抄写落满灰尘的古书，对他来说，肯定是很难受的。也许是为了能换个工作，王昌龄又去参加博学宏词科的考试了，再次中举，这次他得到了一个汜水县尉的官职。可是不久他就因为犯了些错，被贬到了岭南，等回来的时候，再次被贬为江宁县丞。虽说还是贬谪，但这个江宁县丞多少能干点实事了，王昌龄还是挺高兴的。

在江宁当县丞，可能是王昌龄一生中最舒心得意的日子，以后，人们都习惯叫他“王江宁”。

开元末年，王昌龄又因为犯了一些错误被贬了，这次，他被贬到了龙标县。这个地方在今天的湖南怀化。他的好朋友李白听说了这个消息，还写了首诗，诗名就叫《闻王昌龄左迁龙标，遥有此寄》。李白觉得龙标太远了，心里直替王昌龄发愁。不过，王昌龄没有在龙标待很久。不久，

唐朝就陷入了安史之乱。唐肃宗临危继位，按照法律，新皇登基要大赦天下，被流放的人也可以回家了。肃宗至德元年，得到赦令，归心似箭的王昌龄从龙标启程，沿着长江东行。一路上，他还很高兴地拜访了几个老朋友，告诉他们自己要回乡的好消息。他万万没想到，这一次的旅途，是他人生最后一程。

王昌龄回家的路上，经过了一个叫濠州的地方。其实，他如果直接回家，并不需要经过此处，但或许是战乱时道路不通，不得不迂回而行，或许是有个很久没见的朋友住在濠州，总之，出于某种原因，王昌龄绕了一大段路来到了这里。濠州刺史叫闾丘晓，此人性格残暴，心胸狭窄。由于史料记载模糊，我们也不知道王昌龄为什么会见到闾丘晓，又在什么地方冒犯了他，也可能王昌龄什么都没有做，闾丘晓只是不喜欢这位声名远扬的大诗人突然来到自己的地盘上，抢了自己的风头，他竟然无法无天地把王昌龄给杀害了。

当然，闾丘晓也没有得到好下场。至德二年，安史叛军围攻河南重镇睢阳，守城将领张巡拼死抵抗。为了援助张巡，宰相张镐亲自率军来到河南，并传令给在附近的闾丘晓，让他派兵来参战，结果闾丘晓贪生怕死，瞻前顾后，拖延了很长时间才到。这时睢阳已经失守，张巡也阵亡了。

张镐非常愤怒，要处死闾丘晓。闾丘晓苦苦哀求说：“我家里还有老母亲要赡养,您饶我一命吧！”张镐冷笑着说:“难道王昌龄就没有老母亲吗？他的老母亲又让谁来养？”闾丘晓这才明白，自己做的坏事已经传遍天下，遭人唾骂很久了。他羞惭地不敢说话，只好乖乖认罪伏法。

闾丘晓只有一首诗流传下来，是一首虽然不算差但绝称不上优秀的作品，文字间有那么一点小才气，但更多的是斧凿之气、平庸之气。一代唐诗天骄、七绝圣手，就因为这样一个人的嫉妒而死于非命，这是多么残酷的故事！

故事中的小智慧

王昌龄的人生，用一个词语来概括，就是“贬了又贬”。往往是好好地在一个地方做官，就因为犯错被贬，几次三番。

难道王昌龄是一个喜欢干坏事的人么？

实际上王昌龄没有做什么特别不堪的事，更没有什么罪过。从他的那些朋友对他的态度上就能看出来，他本质上是一个好人。史书只是泛泛地说，他不拘小节，在有些小事情上，行为不够检点，因此遭到了强烈的非议。这也就是为什么他会在诗里写到，自己是“一片冰心在玉壶”，因为他很委屈，觉得自己并不像别人嘴里描述的那么坏，

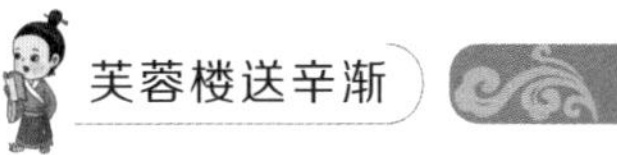

心地是很干净的。

我们在生活里也难免会遇到这样的情况，有些人的私德没有那么圣洁无瑕，行为举止也没有那么稳重典雅，或者说，他们仅仅是不能完美地符合我们自己的道德标准而已，并没有伤害过谁。我们应该怎么对待这样的人呢？要像王昌龄周围的那些一本正经的士大夫那样，看不惯他，就一定要把他从眼前赶走，不给留一点容身之处吗？

其实，世界上这么多人，每一个人，都可能会有不太符合别人标准的时候，今天我赶走了他，明天谁又会来赶走我呢？这样一想，大家还是尽量互相包容，才是对的吧。

送元二使安西

唐 王维

渭城朝雨浥轻尘，
客舍青青柳色新。
劝君更尽一杯酒，
西出阳关无故人。

解读

这首诗是王维写的送别诗中最广为人知的一首，也是自古以来数以万计的送别诗词中最广为人知的一首。诗的题目已经说明了写作背景，王维的朋友元二（姓元，兄弟排行第二）要去西域，王维为他送行。元二去的安西，就是唐代在西域设立的最高行政管理机构——安西都护府。安西都护府的重要职责，是保卫唐朝西部疆域的安全，因此，元二的这次出行，不仅是因公出差，更是去卫国戍边。

送行的地点在诗的第一、二句里，即渭城的客舍。这

里说的客舍，是官办驿馆，而非民间客栈。渭城就在长安附近，距离长安城三十余里，唐代人们送别往西去的亲友，一般都送到这里为止。如果行人是往东走，那就是在长安城东的灞桥送别了。渭城和灞桥，是我们经常可以在唐诗中看到的两个地名，一东一西，承载着唐人悠悠千古的离愁别绪。

古人送别，有折柳相送的礼节。这个礼节，源于《诗经》中的一首名为《采薇》的诗，诗中有一句“昔我往矣，杨柳依依”，意思是，当初我离开时，正是春天，杨柳青葱的枝条依依飘拂。从此，柳树和别离就形成了对应的关系。汉代，人们开始在灞桥送行，并折下路边的柳枝相赠，到了唐代，灞桥一带种满了柳树，一来观景，二来，估计也是为了给送行人供应充足的柳枝。逐渐地，柳树成了唐代送别诗最常见的“标配”元素。王维送这位元二，是在渭城，不是在灞桥，但他也不能免俗地将驿馆周边的“柳色”写进了诗里。

诗的最后一句“西出阳关无故人”，仔细体会，是有亲身经历的人方能说出的话。王维确实曾在西北边塞任过职，他了解那里艰苦的自然环境，也很清楚出塞的风险。正因为如此，对朋友的远行，他的心中想必盘桓着许多忧虑。然而，告别之际，消极不祥的话实在说不出口，于是他也不多说了，只反复举杯，殷勤劝酒：大家珍惜这最后的相处时光，多喝几杯吧。

故事

王维的《送元二使安西》，在古时候，更常用的标题是《渭城曲》。一说《渭城曲》，大家都知道就是王维的那首“西出阳关无故人”。这首诗他写了没多久，就被谱上了曲，广为传唱。有人说，是王维自己谱的曲，也有人说是教坊的乐工们谱的。不管作曲的人是谁，反正这首诗变成了“流行金曲”。传说，有一次王维在路上走着，突然听见有人在唱这首《渭城曲》，不禁驻足聆听，听着听着竟然被自己的诗感动了，眼泪哗哗地流。也许，他是想元二了吧。

王维死后，《渭城曲》依然盛行不衰，很多著名的艺人都会唱。而且，随着时间的流逝，社会也发生了很大变化，安史之乱后，唐朝的国力不复当年的强大，产生于开元年间的《渭城曲》，成了许多人心目中的“怀旧金曲”，代表着盛唐的荣光，进而，变成了人们生命中一切美好的象征。著名诗人刘禹锡曾被贬谪在外二十余年，他重返长安时，以前的老朋友，大多死的死退休的退休，再也见不到了。有一次，刘禹锡参加一个宴会，偶然遇到当年熟悉的一位宫廷艺人，这个人名叫何勘，《渭城曲》是他拿手的节目。他专门为刘禹锡演唱了一次《渭城曲》，刘禹锡听了，不胜感慨，还写了一首诗赠给何戡，以表谢意。这个故事后来成了一个典故，叫作“唱渭城”，很多人用这个典故来写诗词，表达与故交旧友分离的愁思。

不光是文人和艺人喜欢唱《渭城曲》，既然是流行金曲、怀旧金曲，会唱的人肯定很多。中唐时期有一个叫刘伯刍的人，当过刑部侍郎，为人很风趣，好讲笑话。他就曾经讲过一件有趣的事。刘伯刍家住在长安的安邑里，巷口有一个卖饼的小店。每天早上刘伯刍去上朝，路过小店门口，都会听见店主人一边烧火做饼，一边哼唱《渭城曲》。古代上朝时间很早，大约相当于现在的凌晨三四点，这位卖饼师傅这么早就起来干活，还高高兴兴唱着《渭城曲》这样文艺高雅的歌曲，刘伯刍觉得这个人心态很值得赞赏，便有心帮帮他。有一天，刘伯刍把这位卖饼师傅叫到自己家里，问他家境怎么样，生意如何。卖饼师傅诉了一通苦，说自己是小本买卖，生意惨淡，日子越过越穷，就快活不下去了。刘伯刍拿了一笔钱给他，说：“这钱算我预付给你的买饼钱，以后我每天早上从你那里拿一个饼，就当你还债了。”卖饼师傅一看，这不是天上掉馅饼吗？喜出望外，千恩万谢地拿着钱走了，随后翻修店面，扩大经营，饼店

果然红火起来，每天顾客盈门。这样过了一段时间，刘伯刍觉得有点不对劲，怎么最近经过这家饼店的时候，都听不到卖饼师傅唱那首《渭城曲》了呢？难道他出什么事了？刘伯刍不放心，让人去叫那卖饼师傅来。卖饼师傅来了，刘伯刍便问他："你怎么突然不唱歌了？"卖饼师傅说道："我现在店里忙得很，出的本钱又大，收的货款又多，每天算账算得我头昏脑涨，哪有心思唱歌啊！"刘伯刍心想："这个卖饼的，本小利微的时候，还颇有些闲情逸致，赚了钱之后，反而没了情趣，光顾着赚更多的钱去了。这倒是跟我们做官的一样嘛。"不觉哑然失笑。

这个故事，也是一个典故，叫作"无暇唱渭城"，后世也有人用来写诗词，表达的则是另一种遗憾：陷入世俗而不自知的人，只会越陷越深，是难以拥有脱俗的生活状态的。

故事中的小智慧

《送元二使安西》，是唐诗"传播学"的经典之作。为什么这样说呢？因为它的传播，是一次完美的"立体营销"。首先是王维写出了诗，这首诗平易清新，没有生僻的字眼，也没有难懂的典故，其中蕴含的感情，又是每个人都有切身体会的，非常容易引起人们的共鸣。有了成功的诗作后，就有了配诗的乐曲，把这首诗变成了一支歌曲。虽然已经过去了千年，也经历了很多改编，但这支《阳关三叠》还存活在我们的传统艺术中，说明它有着极其强大的生命力。除了音乐之外，《送元二使安西》还成了文人画的重要题材。宋代画家李公麟，就曾根据王维的诗意，加上自己的理解，画了一幅《阳关图》，这幅画传世多年，苏轼、苏辙、黄庭坚等见过此画的诗人都以它为题写过诗。虽然李公麟的《阳关图》后来因为转手次数太多，下落不明，但它毫无疑问是王维《送元二使安西》这首诗成功传播的重要例证。

《送元二使安西》的流传过程，是我们的传统文化延传发展的一个缩影。中华民族的文化艺术像一艘巨轮，足以承载我们的千年文明，航向更远的前方。

九月九日忆山东兄弟

唐　王维

独在异乡为异客，
每逢佳节倍思亲。
遥知兄弟登高处，
遍插茱萸少一人。

解读

这首诗是王维十七岁时写的一首诗，当时王维正在长安游学，结交权贵名士，并准备考科举。这是唐代读书人进入仕途的标准流程。王维早慧，九岁就在家乡以善写文章知名，所以他来到长安求取功名的年纪，也比一般人稍微小一点。即使是成家立业较早的古人，十六七岁也不过刚刚成年，离开家乡亲人，客居异地，内心想必充满了孤寂和惶恐。所以，这首诗所写的，是王维内心的真实感受，因为真实，所以无须雕饰就很好。和王维后来的那些手法

成熟、描画山水、意在言外的诗歌不同的是，这首诗没有运用音乐的节奏和绘画的构图、色彩，语言表达也不以含蓄取胜。历代诗评家都认为，这首诗最大的价值，就在于以日常平淡的话语，道出了最纯最真的感情。

诗中唯一的技巧，就是第三四句，诗人不直接说“我想念我那些山东的兄弟们”，而是反过来说“我那些山东的兄弟们一定在想我”，就像立起了一面镜子，让人们去看镜子里的画面，从中领悟镜子所映照的对象。用这样的折射手法，使得诗意变得更加深邃。

还有一个问题值得注意，那就是诗中说的“山东兄弟”是什么意思。王维的老家在太原祁县，后来全家随父亲搬到了蒲州。这两处都在今天的山西省境内，王维为什么说

兄弟们在山东呢？他在山东省还有个家吗？不是的。

古人通常说的“山东”，和我们现在所说的不一样。东周到秦汉时期，说山东，指的是崤山以东地区，这座山在今天的河南省西部。战国有七个实力强大的诸侯国，即战国七雄——齐、楚、燕、韩、赵、魏、秦。除了秦国在崤山以西，七雄中的六国都在崤山以东，所以，那六国又被叫作山东六国。后来，由于东汉建都洛阳，人们心目中山东的那个山，也逐渐由崤山，变成了更靠近洛阳的太行山。因此，从东汉到隋唐时期，说山东，多是指太行山以东。我们今天行政区划中的山东省，追根溯源，名字里的山，就是太行山。

但是，以上两个山东都不是王维说的山东，因为王维的家乡蒲州，从地理位置上看，在太行山和崤山的西边。那么他说的到底是哪座山？实际上，他说的是华山。王维当时人在长安，华山离长安不远，又是一座名山，可以作为他心中的一个地标，他的老家在华山以东，所以他称之为山东。这个山东，是少年王维思乡的情感坐标。

故事

王维二十岁左右中了进士，在那之前的几年，他都在长安拜谒王公贵族，高官卿相，希望能得到提携。那时候，几乎所有文人，只要有资格进入长安求功名的，都是如此。关于王维考进士，有一个流传很广的故事。这个故事是这样的——

在长安这些大人物里，跟王维关系最好的是岐王李范，他是唐玄宗的弟弟，地位很高，王维很期待他能帮自己一把。但是，岐王有自己的难处。唐玄宗李隆基是个猜忌心比较重的皇帝。起初他的父亲唐睿宗立太子，立的不是他，而是他的大哥李成器，后来，唐朝皇室发生叛乱，李隆基平叛有功，大臣们都支持他当太子，李成器便把太子的位子让了出来，这样，李隆基最终才当上了皇帝。可能因为这个帝位是让出来的，李隆基担心自己的兄弟们不服气，所以对他们一直都有些忌惮，一举一动盯得很紧。在这种情况下，岐王李范就不太好出头露面推举王维了。

王维准备考科举的时候，听说了一件事，有个名叫张九皋的人，已经疏通了某位公主的关系，在即将开始的进士科考试中被内定为状元。对状元志在必得的王维赶紧去找岐王，托他把自己推荐给那位公主。王维相信，若是比诗才，自己绝不会输给张九皋。

岐王没说什么，只让王维做两件事——在自己的诗里选十首特别好的，抄在纸上，再作一首新的谁都没听过的琵琶曲，都准备好以后，再来找他。几天后，王维如约来

了，岐王对他说：“今天你能不能做到一切听我的？”王维点头说：“当然！”岐王说：“公主门前求见的文人多如牛毛，你挤都挤不进去，你照我说的办，我保证你能见到公主。”说罢，命人拿出一套花里胡哨的衣服，让王维穿上。王维一看这衣服就不想穿，想想刚才答应岐王了，只好勉为其难地穿起来。

岐王让王维背好琵琶，领着他来到了公主家。一进门，岐王便对公主说：“听说公主刚从宫里出来，我就带着一桌酒席和家中的乐工，到府上请公主吃顿饭，开心开心。”公主没想太多，便请岐王一起坐下，摆开酒宴，岐王示意王维混到乐工里去一起表演。果然，公主马上就注意到了容貌俊秀、姿态优雅的王维，问岐王：“那个是谁啊？”岐王笑着说：“公主有眼光！”他马上把王维单独叫过来，让他独奏一曲。王维心领神会，弹起了自己作的那首新曲。这一曲听得满座陶醉，公主忍不住站起来，走到王维面前问道：“这首曲子叫什么名字？”王维回答说：“叫《郁轮袍》。”公主赞叹说：“真好听！”岐王趁机说道：“这孩子不仅琵琶弹得好，写的诗也是一绝呢。”公主好奇地问道：“是吗？你写了些什么诗，拿给我看看？”王维忙从怀中拿出抄好的十首诗呈给公主，公主一首首看过去，很是惊讶：“这些都是我平日常读的诗，我还以为是古诗呢，原来是你写的？我知道了，你不是乐工，是岐王叔叔带来见我的儒生。”岐王见公主已经识破，索性说道：“没错，公主，这个孩子若是参加科考，中个状元没有问题吧？”公主点点头：“皇叔说的是。”岐王说：“可惜，我听说今年的状元，公主已经举荐了张九皋了。”公主笑着说道：“张九皋和我不相干，那是别人托我的。”她看了看王维说道：“如果你去考试，我一定帮你说话。”王维连忙跪谢公主。几天后，公主叫人把本次进士考试的主考官叫到自己的府里，如此这般地嘱咐了一番。到了揭榜之日，果然，状元是王维。

故事中的小智慧

这个精彩的故事，源自一本唐代的小说集《集异记》。既然是小说集，自然不一定是真事，很可能只是一些捕风捉影的传闻。所谓传闻，在王维的传记里也可以看到，就是他和唐玄宗的几个兄弟关系比较密切。除了岐王李范，还有宁王和薛王，都很欣赏王维。另外，王维确实精通音律，这给“弹琵琶取悦公主”这个情节，提供了想象空间。故事中说的张九皋则是唐代名相张九龄的弟弟，王维还没入仕的时候，张九龄就已经在朝中担任一定的官职了。所以那位公主说举荐张九皋是受他人所托，这个“他人”正好可以对应张九龄，看起来过于合情合理，反而令人感到

怀疑。

还有一点，王维、张九皋、岐王，故事里的三个人物都有名有姓，偏偏起了重要作用的那位公主却不知其名。这是为什么呢？唐代喜欢干涉朝政的公主，只有武则天的女儿太平公主和唐中宗的女儿安乐公主。这两个公主在王维来到长安很久以前，就已经死于权力斗争了。显然，故事的作者无法找到适合的人来担当这个角色，因此干脆就连名字也不提，直接叫“公主”了。

由此可见，这个王维靠走上层路线当上状元的故事，虽然剧情巧妙，颇为吸引人，但处处都是精心编造的痕迹，是虚构出来的。

回乡偶书

唐 贺知章

少小离家老大回，
乡音无改鬓毛衰。
儿童相见不相识，
笑问客从何处来。

解读

这首诗是唐代诗人贺知章告老还乡时所写，原为组诗二首，这是第一首，也是为人们所熟悉的一首。

所谓“偶书”，是指偶然触景生情而写出的诗，一般都是抒情写景的小品，以构思灵巧、笔调生动为胜。

贺知章为人开朗风趣，喜欢开玩笑，越到晚年越是如此。这首诗充分体现了他的这种性格特点。

全诗的精妙之处，在于运用了一种对比的写法，将耄耋之年的老者与天真烂漫的儿童形成对照：一边是桑榆将

晚，人生走到终点；一边是红日初升，人生刚刚起步，而他们却聚首在同一个地方，相对而笑。这里是两者共同的家乡，人世轮回的大道在这样一个充满生活情趣的画面中被展现，让人们看到了诗人豁达的胸怀、纯熟的思想和灵动的巧思。

贺知章平生的诗作，很少流露消极灰暗的情绪。他写作《回乡偶书二首》时，实际上已经病入膏肓，之后不久就去世了，然而我们从这首诗中却看不到一丝悲观，只看到了乐观、达观，还有对新生命的喜爱与祝福，这是令人敬佩的。

故事

贺知章是会稽郡永兴县人，少年时便已写得一手好诗词。吴越两地本来就有很多才子，除了贺知章之外，当时还有越州的贺朝、万齐融，扬州的张若虚、邢巨以及湖州的包融，都以文采出众而闻名于世，他们这些人写的文章和诗词，往往被人们争相传诵。然而，这些人中，只有贺知章一个人最后成了显贵的人物，其他人都只是小官员。

武则天统治的证圣元年，贺知章中了进士，之后便一直在朝廷里当官，主要做的就是一些修订、编纂儒家典籍的工作，虽然编书的成果不怎么样，但因为很有学问，唐玄宗还是很信任和喜爱他的。开元十三年，唐玄宗一天之内就给了贺知章两顶乌纱帽，提拔他当了礼部侍郎和集贤殿学士，大臣们看了都好生羡慕。宰相源乾曜对贺知章半开玩笑地说："恭喜恭喜呀，这一日之间就得到两次任命，足见皇上对足下的恩宠，不过，我想请教一下贺大人，这侍郎和学士，你更喜欢哪个头衔？"贺知章不慌不忙地回答说："士大夫自然都愿意做侍郎这样的官，然而，这种官不过是排队等着晋升的普通官吏而已。而学士胸中怀藏着治理天下的良策，手中掌握着管理天下的纲纪，还要把这些运用起来，侍郎与学士之间的差别，就是如此。"贺知

章的意思很清楚，他认为学士比侍郎更高贵，原因不在于地位高低，权力大小，而在于学士更有学问，更有智慧，因而也就更有价值。唐玄宗听说了他和源乾曜的对话，对他更欣赏了。

贺知章在长安生活了差不多四十年，他在这里度过了人生大部分时光，也在这里认识了他大部分的朋友，其中最著名的就是李白、杜甫。那时候，人人都喜欢与贺知章交往，喜欢和他一起饮酒一起游玩，觉得和他在一起，说不出开怀。他的好友、工部尚书陆象先说："贺知章是真正的言谈洒脱，举止风流，我跟别人，分开多久也没什么可想念的，唯独对他，哪怕一天没看见，我都觉得自己变得粗鄙浅薄了一些。"

快快乐乐地活到八十多岁时，贺知章突然病倒了，一度病得神智都有些不清醒，总做一些奇奇怪怪的梦。缓解过来后，他便向唐玄宗辞职，请求回故乡去当道士。唐玄宗同意了。为了表达对贺知章的敬意，唐玄宗还下令，所有大臣，包括皇太子，都要去为贺知章送行。皇太子李亨也很舍不得贺知章，因为贺知章给他做过侍读，让他获益良多。

告别了皇帝、皇太子和同事们，贺知章回到了阔别已久的家乡永兴。他在这里平静地生活了一段时间便去世了，卒年八十六岁。

故事中的小智慧

贺知章是唐代知名诗人里，命运比较平顺的一位，没有遭遇过什么挫折，有很多很多好朋友，寿命也特别长，人生非常幸福。这恐怕在很大程度上，得益于他的性格。

历史记载，贺知章“性放旷”“善谈笑”，用现在的话来说，就是心胸开阔，诙谐幽默。这样的人，一般心里不存疙瘩，对人对事都宽容大度，不斤斤计较，若是有什么忧愁烦恼，过一会也就放下了，不会总在脑子里绕来绕去纠缠不已。这种性格和心态，一方面对健康是很有好处的，科学研究表明，人的心情好了，免疫力都会增强，因此，贺知章虽然有个爱喝酒的毛病，身体倒没什么大碍；另一方面，这种性格对营建良好的人际关系也很有利。我们不妨问问自己，是愿意跟整天纠结在鸡毛蒜皮的小事情上的人做朋友，还是愿意与为人处世落落大方的人在一起呢？答案当然是后者吧？

所以说，贺知章的好人缘，自然归功于他那副云淡风轻、阳光开朗、与人为善与世无争的好脾气。

黄鹤楼送孟浩然之广陵

唐 李白

故人西辞黄鹤楼，
烟花三月下扬州。
孤帆远影碧空尽，
唯见长江天际流。

解读

这首诗是李白的一首经典送别诗，送别的对象是与他同时的著名诗人孟浩然。历代都认为，这首诗的精妙之处，在于借景抒情的写法。诗人在诗中并没有提到自己与孟浩然是多么好的朋友，离别之情多么深重，而是全用景色来替代自己的心境，即诗的后两句——“孤帆远影碧空尽，唯见长江天际流”。本来这里写的只是客观的景物，在这种写法下，也就自然带上了浓厚的主观情绪。惜别之情，全在字里行间了。

虽然《黄鹤楼送孟浩然之广陵》无疑是一首经典之作，但其实这首诗是李白抄来的。只不过，他不是抄别人，而是抄自己。李白曾写过一首《江夏行》，这是一首仿古的乐府诗，讲的是一个商人的妻子抱怨丈夫常年在外面做生意，夫妻很难相聚的故事，诗中有这样四句："去年下扬州，相送黄鹤楼。眼看帆去远，心逐江水流。"很明显，《黄鹤楼送孟浩然之广陵》的四句七绝，就是从这四句里变化而来的。

故事

唐代诗人里，孟浩然是非常有人气的，许多人都以和他结交为荣。这是因为孟浩然有一种特殊的身份，那就是"著名的隐士"。

在古时候，隐士分几种，一种是真的躲藏在山林之中很少现身于世的人，这种人，也没有多少人认识，确实非常隐秘；还有一种，是在山里隐居一阵子，写写诗文，把名气打出去之后，便接受朝廷的征召出来做官，这种人，被称为走“终南捷径”的人。终南，指长安城南边的终南山，是这一类“隐士”特别喜欢去的地方。还有一种隐士，真的以平民身份隐居一辈子，然而也不是总隐在家里，时常会出来和名流高官交往。孟浩然就是最后一种。他虽然一生都没有当过官，归隐田园，但他并非不想当官，只是品质正直，性格内向，不想委屈自己对那些有权势的人谄媚示好，甚至连句好听的话都不太愿意说，所以当不到官。

正是因为孟浩然兼有隐士的风骨和大诗人的名望，他成了人们仰慕的对象。李白也不例外。李白比孟浩然小十几岁，出名也晚一些，在孟浩然面前，他表现得就像个喜欢大哥哥的小弟弟。但是,孟浩然对李白,并没有那么热情。其中的原因，我们也可以从他们与同一个人的交往中看出来。

孟浩然是襄阳人，他与做过襄州刺史的韩思复是朋友。韩思复有个儿子，叫作韩朝宗。这个韩朝宗在唐朝很有名，他出身世家，仕途通达，做官之后，很喜欢推举提携有才华的人。唐代的高级官员都有举荐人做官的资格，韩朝宗又很乐意这么做，因此，有心求官的文人们自然而然地聚集到他身边，少不了变着花样地拍他的马屁，他对这种巴结也习以为常了。

孟浩然当然也想通过韩朝宗的举荐得到官职，何况韩朝宗还是他朋友的儿子。有这层关系，韩朝宗对孟浩然的请求也是积极响应。本来一切都是顺水推舟的事，不应该有什么波折，然而，偏偏就发生了波折。有一次韩朝宗要去长安，约好孟浩然一起去，打算要正式地把孟浩然推荐给皇帝。然而快到约定时间时，孟浩然的一个老朋友突然来访，孟浩然便请他喝酒，喝得不亦乐乎，丝毫没有要动身的意思。旁人提醒他说："您与韩公有约，如此怠慢，不太好吧？"孟浩然生气地说："我正喝着呢，哪有空去管别的事！"韩朝宗听说之后大怒，也顾不得父亲的面子，自己一个人走了，自此再也没有管过孟浩然的事。孟浩然也没有表示过对自己的行为感到后悔。

李白也拜访过韩朝宗，希望得到韩朝宗的举荐。他和韩朝宗并无渊源，纯粹是自己找上门去的。李白为了求见，还写了一封信《与韩荆州书》——因为韩朝宗当时是荆州长史，所以人们称他为"韩荆州"。李白在信中赞美韩朝宗是当世周公——周公就是西周的开国功臣姬旦，是古代的一位圣人，有礼贤下士的美名——李白还说，天下的读书人们聚在一起就会感叹："如果有机会认识韩荆州，就是给个万户侯也不换啊！”这么明目张胆的阿谀奉承，可能连韩朝宗自己也受不了，所以李白并没有得到韩朝宗的青睐，被拒绝了，他对此非常失望。

同一个韩朝宗，在孟浩然那里得到的是冷淡，在李白那里得到的是吹捧，从中不难看出孟浩然和李白两人为人处世上的差别。他们不能成为真正的朋友，也就可以理解了。

故事中的小智慧

李白和孟浩然，虽然因为《黄鹤楼送孟浩然之广陵》这首诗而被盖章认定为一对好友，但实际上他们并不是。不能说他们谁是谁非，只能说，两个人并不是同道中人，不太可能成为知心朋友。

李白的一生都在追求功名，他渴望建功立业，渴望成就大事，他也从来不掩饰这一点。而孟浩然呢，一直很矛盾，他希望人生有所建树，又不愿意遵循那些人情交际的虚伪套路，最后，他还是选择了跟随自己的心，过自己的生活。虽然个人选择没有高下之分，但是从既成事实来看，李白和孟浩然这两种截然不同的生活态度，结局都不是很好：李白不辨情势，盲目结交权贵，结果受到永王李璘谋反案的牵连而获罪，一蹶不振，最终潦倒而死；孟浩然呢，因为活得太过于随心所欲，连自己的身体都不在乎，五十多岁的时候，大病未愈，就任性地吃了病情禁忌的食物，引起疾病复发，结果就这样死去了。那个陪他一起吃的人就是诗人王昌龄，这件事让王昌龄也极为内疚。

赠花卿

唐 杜甫

锦城丝管日纷纷，
半入江风半入云。
此曲只应天上有，
人间能得几回闻。

解读

这是一首七言绝句，也是杜甫的诗里比较耐人寻味的一首。从诗歌艺术上说，它没什么瑕疵，结构、韵律、描写手法都非常完美，但诗的立意是什么，历来颇有争议。

第一个争议，就是这位花卿到底是谁。大多数人认为，花卿指的是当时的成都尹崔光远手下一员武将，名叫花敬定，此人作战勇猛，但不守军纪，经常纵容部下劫掠百姓。也有一部分人认为，花卿不是花敬定，而是杜甫认识的一个歌伎的名字。根据诗的内容，杜甫描绘的丝竹之乐，响

彻云霄，满城皆知，一个歌伎不可能有这么大的排场，所以歌伎之说不可信。另外，杜甫写过一首《戏作花卿歌》，那首诗确凿无疑是写花敬定的，由此可以推定，杜甫称为花卿的人，就是花敬定。而且他们之间只是泛泛之交，否则，杜甫不会只写过这么两首跟“花卿”有关的诗，此外从不提及。

另一个争议，是这首诗的诗意究竟为何。有人说，这首诗是杜甫赞美花敬定家里演奏的音乐好听；有人说，杜甫是在讽刺花敬定倚仗战功，骄奢过头。要判断哪一种说法正确，首先我们要看看杜甫对花敬定的态度。

杜甫对花敬定的评价，在他那首《戏作花卿歌》里表露得更直接。诗题说“戏作”，就说明杜甫对花敬定不怎

么敬重。诗中他肯定了花敬定的战绩，但也暗示此人性情暴戾，冷酷无情。有兴趣的话，大家可以把这首诗找来看看。诗的最后几句很关键：“人道我卿绝世无，既称绝世无，天子何不唤取守京都？”意思是说，人人都说花敬定花卿是世间绝无仅有的猛将，既然如此，皇上何不早点把他调去守卫京城呢？换句话说，既然平叛有功，这位活宝怎么还不赶紧升官走人、好还这里的百姓一个清静呢？这么看来，杜甫是不太喜欢花敬定，更不希望他留在西蜀的。因此，《赠花卿》是在赞美花敬定的说法，就不可取了。显然，他是在批评。

但是，这首诗的特点就是，初看起来像是在阿谀奉承，仔细一琢磨又像是在讥讽责备，再一想又实在找不到哪个字包含贬义。杜甫为什么要这样写呢？这就要说到杜甫究竟在批评花卿什么。诗的三四句便是答案：“此曲只应天上有，人间能得几回闻。”这里所说的“天上”，实际上是指皇宫。古时候，音乐是分等级的，什么级别的人能听什么规模的演奏，甚至能用什么乐器，唱什么歌跳什么舞，都有明文规定。花敬定家中的宴席上，演奏的是宫廷音乐，是皇家宴会才能用的。杜甫当时应该也在场，他听出来了，如鲠在喉不吐不快，便写了这首诗。但是他不能直说，毕竟对方是个将军，性格又很暴躁，万一惹急了，说不定招来杀身之祸，只能暗讽。于是我们就看到了《赠花卿》这样一首极其委婉的讽刺诗。

故事

《赠花卿》中的花卿，即唐代名将花敬定。说起花敬定，就不能不先说说他的上司、成都尹崔光远。

崔光远在开元末年，还只是蜀州唐安县的县令，七品芝麻官。他这个人不喜欢读书，性格还算果敢豪爽，有一个小爱好，就是赌博。在赌场上，他认识了一个叫杨国忠的人。杨国忠是个混混，但他有个远房堂妹，后来成了唐玄宗的宠妃，就是杨贵妃。杨国忠跑到长安投奔堂妹，依靠裙带关系，一路飞黄腾达，最终当上了宰相。当初在蜀州跟他是赌友的崔光远也因此被提拔到了京城，做了京兆尹，也就是长安地区的最高长官。

安史之乱爆发的时候，崔光远正好在出使，这个差事出得有点儿远——他去吐蕃了。等他回来时，长安的门户潼关已经失守，长安也即将陷落，唐玄宗匆匆给了他一个西京留守的任命，就逃亡去了。崔光远评估了一下，认为以自己的能力根本不可能守得住，于是派侄子去见安禄山，说自己愿意开城投降。安禄山很高兴，进城之后，仍旧让崔光远当京兆尹，崔光远因此保存了一些兵力。

几个月后的一天，崔光远突然发现叛军有异动，各路人马纷纷离开了长安。原来，驻扎在长安的安史叛军中，有一支队伍叛逃了，其他人是去追这支队伍的。崔光远不清楚情况，以为叛军整个打了败仗，要撤走了，他马上把自己原先的部下都召集起来，重新武装，准备夺回长安。还在城里的叛军将领知道了消息，立刻向安禄山报告，这下，崔光远假投降的事暴露了，自然不能继续留下。他和长安县令苏震带着一些人连夜骗开城门，一路狂奔，来到了刚登基的唐肃宗所在的灵武。唐肃宗非常高兴，又给他升官，又给他兵马，让他去与安史叛军交战。

崔光远的军事才能一般，但运气不错，一开始就打了几个漂亮的胜仗，从此叛军都有点怕他，经常绕着他走。慢慢地，崔光远便威名远扬了。唐肃宗对他也很宠信，频频地给他加官晋爵，即使他有几次吃了败仗，也宽大处理，不予责罚。

上元二年，崔光远担任剑南节度使，兼任成都尹。不久，蜀中出了大事。东川节度使李奂和梓州刺史段子樟两人闹不和，李奂到肃宗那里告了段子樟，段子樟大怒，干脆起兵造反，头一个就要征讨李奂。李奂打不过段子樟，狼狈逃到崔光远那里求援，崔光远便派了大将花敬定率兵去攻打段子樟。花敬定很快就平定了段子樟的叛乱，但是，更大的问题来了——花家军的军纪极其涣散，取胜之后更是骄横，在花敬定的放纵下，他们看到值钱的东西就抢，抢甚至妇人戴的金镯子，连摘都不摘，直接砍手。死在他们手里的有数千人之多，而崔光远这个刺史，对花敬定毫无震慑力，完全管不住。

这些事被上报朝廷，惹恼了肃宗。肃宗派了宦官去成都把崔光远抓了起来，要治他的罪。崔光远在监狱里，又害怕又生气，害怕的是不知道肃宗要怎么处置自己，生气的是肃宗一直都对自己优待有加，这次却这么不讲情面，让他觉得很失落。崔光远就这样气恨交加，还没等肃宗下旨杀他，自己就死了。他到死大概也没想明白，虽然胡作非为的是花敬定，但他身为长官，却如此不负责任，才是肃宗不能饶过他的原因。

至于花敬定，历史上没有明确说过他最后怎么样了。不过，崔光远死后，段子樟的余部还在作乱，花敬定很可能仍在继续平叛。明代有本书记载了一个传说，说花敬定在战场上被敌人砍掉了头，仍手持武器，策马奔驰，后来到一条溪流前，下马蹲在溪边，似乎想洗手洗脸。一个浣衣女子见到这个情景，笑着说："你的头都没了，还洗什么呀。"花敬定的尸体停顿了一下，便直挺挺地栽倒在地，不动了。虽然这只是一个神话故事，但对一个将军来说，

倒也不失为体面的结局。花敬定因军纪不严而犯下了重大的过失，他能战死沙场，也算是一雪前耻了。

故事中的小智慧

崔光远和花敬定这两个人，是很亲密的关系。崔光远并不擅长作战，只不过阴差阳错成了带兵的将领，这也可以解释，为什么花敬定的手下抢劫百姓，闹得天翻地覆，崔光远却束手无策，因为他自己没有打仗的能力，必须依靠花敬定。花敬定也仗着这一点，不服从崔光远的管制。最终，他们两人都为此付出了代价。

在我们的生活里，工作上，也可能会遇到这样的合作关系：能力欠缺的领导者常常被有能力却不守规则的手下人制约。这种合作关系，是绝对不会长久的。无论一开始它能带来多少利益，最后也必然会像崔光远和花敬定一样，一个被自己负不了的责任拖垮，一个被自己恣意妄为的后果击溃。这是应该引以为戒的。

枫桥夜泊

唐 张继

月落乌啼霜满天，
江枫渔火对愁眠。
姑苏城外寒山寺，
夜半钟声到客船。

解读

这是一首典型的羁旅诗，也是羁旅诗中流传最广的一首。

羁旅，古典诗词的一个重要题材。从字面上看，意思是“被困在旅途中”，指的是一个人长时间在外漂泊，不能返乡。

显然我们的古人并不喜欢“人在旅途”的感觉。这是为什么呢？

今天，大家都会觉得旅游是一件开心的事，坐高铁，

坐飞机，坐游轮，又快又稳还能看风景；沿着公路自驾游，更是有趣又自在。但在古代，交通工具只能靠人力畜力，很不舒服，路上荒郊野岭太多，也不安全，所以人们并不轻易出远门。有时为了谋生，有时为了公务，实在不得已，才会去往他乡。那时车船行路都很慢，到哪儿都要花很久时间，长路寂寞，思念家人，当然不会开心了。

故事

苏州古城的阊门外十里处，有一座石拱桥。这座桥建造于唐代，当时人们都叫它封桥。封桥看起来十分普通，就是运河上一座方便人们来往的小石桥而已。

唐朝天宝末年，范阳节度使安禄山和平卢兵马使史思明联合起兵叛乱，从范阳一路向长安进攻。长安的门户潼关被攻破后，唐玄宗带着一小部分亲信仓皇逃往四川，长安城里的百姓官吏为了躲避战祸，也纷纷出城四散流亡，狼狈不堪。

在逃亡人群中，有一个名叫张继的人。

他两年前赴京赶考，中了进士，但在各部选官的时候，他未被选上。为了谋一份官职，他一直留在京城，没有回老家，不幸赶上了这场天地变色的大兵灾，不得不跟着逃难的人流，慌慌张张奔南方而去。

跋涉几个月后，张继乘船来到苏州。

相对安史乱军铁蹄下的北方大地，这江南水乡平静多了，小桥流水，还是那么清淡悠长；吴侬细语，还是那么轻软祥和，似乎战争被关在了城门外。

张继所乘的船停泊在封桥边。船夫把缆绳牢牢系在码头的石墩上，放下了铁锚。即使这样，荡漾不止的水波还是把小船推得一起一伏，船身不时撞上石岸。

不知不觉，已是深秋了。天宝十四年的秋天格外凄凉。

入夜，繁华的苏州城静谧下来。

船夫在船头点起火把，借着火光一针一线修补破损的船帆。

张继躺在窄小的船舱里，辗转反侧。

他回想这几年在长安的生活，虽有好朋友皇甫冉、刘长卿的陪伴，可对妻子孩子的思念之苦，无人能解。不知日夜操劳的妻子身体可还康泰，孩子们读书怎么样，懂事些没有。

他叹了口气，起身走出船舱，迎着瑟瑟秋风，站在船尾。

船夫见他出来，好心说道："客官，这已是下霜的天气了，您小心点，别着凉。"

张继回头对他说道："船大哥，借问一下，这座桥是什么桥？"

他指着不远处的石拱桥。

"哦，那是封桥。"

"枫桥？好名字啊。"

"有什么好的？哦，这大概是你们这些当官的喜欢的名字吧，封桥封桥，封侯封相的桥哇。"船夫笑着说。

张继一时没明白他的意思，正想追问，夜空中遥遥传来了钟声，一声，两声，三声……

船夫和张继都望着天，凝神聆听。一群聚集在河岸人家屋顶上的乌鹊被钟声惊散，扑棱棱地飞了起来，掠过天际那轮被人世烟尘染成淡红色的残月。

待四周恢复了寂静，船夫说道："寒山寺敲夜半钟了。

客官，睡吧。”

张继忧伤地说道：“是啊，该睡了，但愿能借着这钟声，在梦里回家里看看妻儿。”

船夫低下头继续补起了船帆：“客官，这世道虽是兵荒马乱，咱只要好好活着，走得再远，都能回家。”

张继眼中涌出泪花，点头说道：“是啊，船大哥，我们都要好好活着，活着回家。”

回到船舱中，张继发了一会愣，突然，一阵诗兴涌来，他忙从书箱里取出文房四宝，急急铺纸研墨，蘸笔写道：“月落乌啼霜满天，江枫渔火对愁眠。姑苏城外寒山寺，夜半钟声到客船。”

写罢，他藏好诗稿，心满意足地睡去了。

张继后来投笔从戎，成了一员武将。他熬过了安史之乱，终于平安与妻儿团聚。他一生写过不少诗歌，唯独这首《枫桥夜泊》流传千古。而苏州城外的这座名叫“封桥”的小桥，也因为这首诗为人们所熟知，改了名字，叫作“枫桥”了。

枫桥直到今天依然在苏州的河道上矗立，寒山寺的钟声，也还会在夜半时，轻轻敲醒人们思乡的梦。

故事中的小智慧

张继是一个在历史上没有留下太多痕迹的诗人，连生卒年都没有记载，但几乎每个受过教育的中国人都知道他的名字，以及他在惦念家人的忧思中写下的这首小诗。甚至连苏州城的建筑，也因张继的诗歌而出名：不仅原名封桥的枫桥成了苏州一道著名风景；那本来并不起眼的寒山寺，也成了千古名刹。

这就是文学经典的力量。

秋夕

唐 杜牧

银烛秋光冷画屏，
轻罗小扇扑流萤。
天阶夜色凉如水，
坐看牵牛织女星。

解读

这是一首宫怨诗。宫怨诗，从字面上理解，就是宫女和嫔妃抒发内心愁怨的诗，但是绝大多数宫怨诗的作者，既不在宫里也不是女人，他们只是通过想象、模拟宫女嫔妃的口吻来写，表达的也并非真正的宫怨，而是借宫怨来隐喻自己心中的不平和失落。

唐诗以宫廷生活为内容的非常多，除了宫怨诗，还有一些以宫女嫔妃日常轶事为题材的诗。中唐时期，有一位名叫王建的诗人，便是以写这类“宫词”著称。这首《秋夕》，

也有人认为是王建的作品，因为唐代以后，杜牧、王建两个人的诗集里都有这首诗，而且王建这类题材的诗，数量远远大于杜牧。在唐诗流传过程中，编选者误选错选、以讹传讹的情况不少，发生这样的争议也很常见。不过，杜牧是《秋夕》的作者这件事，还是得到大部分人认可的。此诗风格隽永，蕴意深刻，诗中人物的情绪忧郁惆怅，这都比较符合杜牧的写作风格。

《秋夕》在艺术上，以含蓄取胜，没有直接抒情，只是描述诗中人物的举动，让读者自己去体会她的心理和情感。诗中写到的这个宫女，有两个行动，一个是用扇子扑萤火虫，另一个是坐在台阶上仰望天上的牛郎织女星。扑萤火虫，暗示她是独自度过这漫漫长夜，只能用这种方式消遣寂寞无聊的时光。仰望牛郎织女星，则有更深的含义。在神话里，牛郎和织女可以通过喜鹊搭的桥，一年见一次面，但是这位宫中女子想见皇帝，就没有那么容易了。古代深宫中多则上万少则上千的女子，有很多从青春红颜到白发苍苍，一辈子没有见过皇帝，更不用说得到宠爱；有的即使短暂地被宠爱过，也很快就被冷落，等待她们的只有萧然余生。这样一想，这些女子的命运显然比织女更为凄惨。诗中这位宫女望着星空，心中想的是什么，不需要作者点破，读者们自然也就明白了。

故事

《秋夕》这首诗，有一个细节值得注意。那就是宫女手中的“轻罗小扇”。诗题已经点出季节为秋季，诗人第一句用了一个冷字，第三句用了一个凉字，反复说明天气已经转凉，本来不该用扇子了，为何还要刻意写出扇子这样事物的存在呢？

这里有一个典故，与西汉才女班婕妤有关。

班婕妤是汉成帝的妃子。她出身于书香门第，博学多才，高雅端庄。她姓班，但名字没有被记录下来，人们只知道，她刚进宫的时候是少使（一种嫔妃的等级）。当了一段时间的少使，汉成帝就把她提升为更高等的婕妤。婕妤在汉代的后宫，可以算是高官了，地位只比皇后低一点儿。这表明汉成帝很喜欢班婕妤。

虽然班婕妤得到了皇帝的宠爱，但她并没有因此得意忘形。她很清楚，拥有无数后宫佳丽的君主是不会永远爱一个人的，与其整天去计较皇帝的恩宠是厚是薄是多是少，还不如把心思放在如何做好一个嫔妃的本分。

在班婕妤看来，嫔妃和大臣一样有辅佐职责，她不应该是一个以美色取悦皇帝的女人，而应该做一个贤内助。有一天，汉成帝打算到御花园里去散散心，他招呼班婕妤跟他一起坐着御辇去，本以为这份特殊待遇能让班婕妤开心，不料班婕妤却拒绝了。她对汉成帝说："臣妾看那些古代画着帝王出游的画上，凡是圣明之君，身旁坐的都是有名的贤臣，而那些亡国之君，身边坐的都是妃子。陛下现在让臣妾跟您一起坐在御辇上，看起来不是和亡国之君一样了吗？"

这话说得太大胆了，旁边的人听了都替班婕妤捏一把

汗，汉成帝当然也有点不高兴，可转念一想，确实，昏庸之君才迷恋女色，好皇帝不那样，班婕妤说的没错。他只好说："婕妤的话有道理，是朕考虑不周了。"

这件事后来传到皇太后的耳朵里，皇太后赞许地说道："古代有樊姬，如今有班婕妤。"樊姬是春秋时期楚国的王后，她看到丈夫楚庄王沉迷游猎和享乐，不思进取，非常着急，为了劝谏楚庄王，她故意不吃肉、不打扮，终于促使楚庄王幡然醒悟，戒掉了所有嗜好，把精力都放在治理国家上，楚国也一天天强盛起来。皇太后把班婕妤和樊姬相提并论，是因为班婕妤就像樊姬一样，不贪图享受，不爱慕虚荣，一心只希望丈夫能做一个明君。

可惜的是，班婕妤虽然以樊姬为楷模，汉成帝却不是楚庄王。最初，汉成帝喜欢班婕妤，所以还愿意听一听她的意见，但后来，他的感情转移到了其他嫔妃身上，对班婕妤越来越冷淡，班婕妤也就没有机会跟他讨论为君之道了。

汉成帝不再关注班婕妤，但那些新受宠的嫔妃却很关注她。有一个叫赵飞燕的女子，刚进宫，就被汉成帝宠上了天，她为了巩固自己的地位，又把亲妹妹带进宫里献给汉成帝，也很得宠。这对姐妹对班婕妤非常嫉恨。她们诬陷班婕妤在后宫施行巫术，想害汉成帝。在古代，施行巫术是很严重的罪行，特别是在汉代，只要被人举报说用了巫术，一经查实，无论是皇后太子，还是亲王公主，都是死路一条。汉成帝听赵飞燕姐妹这么说，便亲自去审问班婕妤。班婕妤没有为自己做太多辩解，只是坦然地说："臣妾一向行事端正，不会向神灵请求那些为人臣子不应该请求的事。再说，即使真的有人做出那样的请求，神灵又怎么会随意听从呢？"汉成帝无言以对，只好承认是冤枉了她，为了表示歉意，还给了她许多赏赐，把事情糊弄过去了。

其实汉成帝一点也不糊涂，他知道班婕妤为人正直，不可能玩弄巫术，再继续追查下去，结果只能是揭穿赵飞燕姐妹诬告。诬告这个罪名也不轻，到时候他不好办——他可舍不得处置赵氏姐妹。

班婕妤明白，赵飞燕和她妹妹是不会就这样善罢甘休的，现在只有一个人能保护自己，那就是皇太后。于是，她主动提出去服侍皇太后。汉成帝同意了。从此，班婕妤便在皇太后的长信宫里平静地生活。汉成帝驾崩后，她又主动要求为汉成帝守陵，彻底避开了宫里的是是非非。她死后，埋葬在汉成帝身边。

班婕妤在长信宫期间写了很多诗文，其中不乏怀念过去的诗。有一首诗名为《怨歌行》，诗中，她吟咏了一把用洁白的丝绸做成的扇子：炎炎夏日，扇子被人珍藏在袖中，时常拿出来摇动，一刻也不愿离手，可是夏天一旦过去，再精美的扇子也失去了价值，被扔进箱底，无人理睬。这首诗用比喻的手法，道出了后宫女子悲惨的命运。后来，扇子就成了宫怨诗的一个很常用的元素，它寄托了千千万万被无情遗弃、虚度一生的宫女嫔妃的悲哀，也寄托了那些写宫怨诗的诗人怀才不遇的哀叹。

故事中的小智慧

班婕妤是汉代的才女，她出身的班氏家族，也是西汉和东汉这两个朝代著名的儒学世家。班婕妤的孙辈中，史学家班固和班昭、军事家班超这三个人是最为人们所熟悉的。班昭和班婕妤一样是女性，她与哥哥班固合作完成了历史名著《汉书》，并收了很多门徒，为他们讲解《汉书》，是汉代博学的学者之一。如果班婕妤不是被选进皇宫当了嫔妃，受到身份和处境的束缚，她可能也会像班昭一样，取得了不起的学术成就。像这样一位才华卓异的奇女子，却终身囚禁深宫，被无休止的争权夺利钩心斗角折磨得疲惫不堪，无处施展自己的智慧，最后不得不选择在荒野陵园里度过余生，这实在是一场悲剧。《红楼梦》中，贵为皇妃的贾元春说，宫廷是那“不得见人的去处”，班婕妤的经历告诉我们，宫廷不但是不得见人的去处，而且是摧残人毁灭人的去处。

游子吟

唐 孟郊

慈母手中线，
游子身上衣。
临行密密缝，
意恐迟迟归。
谁言寸草心，
报得三春晖。

解读

《游子吟》是汉代乐府古题，也就是说，它是汉代乐府诗的一个固定题目。乐府是汉代的一种音乐管理机构，负责收集各种诗歌，包括民间的和文人创作的，然后配曲演唱，以供朝廷、宫廷使用。因此，汉乐府留下了大量的诗歌题目，汉代之后，各朝代的诗人喜欢用这些古题，仿照汉乐府诗的形式来作诗，比如我们知道的《从军行》《秦

妇吟》《长歌行》等等。不过，随着时间的推移，后世乐府诗的内容逐渐不再拘泥于原题。但《游子吟》不同，以这个题目写诗，内容都与“游子”“思乡”“思亲”相关。

这首《游子吟》，是唐代诗人孟郊最知名的一首五言诗，它最为人称道的，是留给了我们一个直到今天仍在被使用的比喻——把母亲的爱比作春天的阳光，把孩子比作沐浴着阳光欣欣生长的小草。这个比喻清新脱俗，完全不落入旧有的歌颂母慈子孝的典故套路，是一个纯粹的文学上的创新。

除了比喻之外，《游子吟》的叙事部分也很有特色。

古时候，男子长期外出，都要先准备好过冬的衣物，这些衣物，都是妻子或母亲一针一线缝制而成。如果出行的人没来得及带上寒衣，家人只能通过各种方法寄送，十分不便，万一没收到，寒冬一至，客居异乡的游子可能就要挨冻了。古代的商业不像现在这么流通顺畅，繁华城镇只是少数，乡村靠的是自给自足，还有大片地区人烟稀少，前不着村后不着店，旅人想买件御寒衣物，可没有那么容易。为了保证孩子即使冬天回不来也有棉衣穿，母亲自然要赶在他出门前把衣服做好，放在行囊里。这是许多人都曾亲身经历的事。孟郊的这首《游子吟》以“慈母手中线”和“游子身上衣”这两件事物起了一个头，这样牵引出母亲为孩子缝制衣物的画面，紧接着后面对母爱主题的抒发，平常事中见天伦之情，这写法自然能够激起人们的共鸣。有诗评家就说，母亲尚在而要远游他乡的人，是不忍心读这首诗的，因为每当读到这里，他们就会想起自己的母亲也是这样“临行密密缝，意恐迟迟归”，一定会更加思念母亲。

故事

唐代诗人孟郊，是唐代中期的一位比较有代表性的诗人。他的特点是“苦吟”，诗歌的风格灰暗低沉，没有什么亮色。为什么会这样呢？因为孟郊的日子过得就很苦。

孟郊出生在一个贫寒的家庭，父亲做过级别很低的小官，很早就去世了。他和弟弟是母亲含辛茹苦养大的。孟郊年轻时就不喜欢与人交往，隐居在山里，四十多岁时，母亲裴氏要求他去考科举，这是他改变自己和家族命运的唯一途径。母亲的命令不得不从，他只好勉强地去了长安。考科举的人都是食宿自理，因为他太穷了，在长安过得非常困窘，吃也吃不饱，穿也穿不暖，住也住不好，营养跟不上容易生病，他整天不是在挨饿，就是在受冻，要不就是卧病在床。

孟郊当时颇有诗名，与长安的其他文人墨客之间难免一些应酬往来，可是他和那些人的生活水平差得很远，别人平时有酒有肉，他连一顿饱饭也难得吃上，这么一对比，他的心情也是很低落的。他自己写诗说："承颜自俯仰，有泪不敢流。"在诗人文会的酒席上，大家都开开心心，他不但不敢流露出忧伤的情绪，还时常要强作欢颜，以致身心俱疲。

生活上的苦还没有什么，最苦的是，他迟迟考不上进士。考不上进士就意味着生活没有希望，这比什么都让他痛苦。好在孟郊第三次参加考试时，终于考中了。这下可把他高兴坏了，骑着马在长安跑了一大圈，还写了一首诗，诗里有一句"春风得意马蹄疾，一日看尽长安花"，还变

成了两个我们常用的成语“春风得意”“走马观花”，可以想象他当时有多得意呀！

然而，金榜题名的得意劲儿刚过去，现实的打击就接踵而至。古代科举，中了进士只是第一步，表示此人有资格成为官员，但并不是一定、立刻就可以做官，进士们还需要经过吏部选拔，才能得到官职，这个过程有时候很快，有时候就很慢。孟郊足足等了四年，才等到了一个溧阳县尉的职务。这个官小，管的事儿杂，待遇也不高，说实话，孟郊是不满意的。和他关系很好的韩愈看出了他心里的不甘愿不满足，还特地写了一篇文章《送孟东野序》宽慰他。东野，是孟郊的字。韩愈比孟郊小十几岁，可是在看待问题的角度上，却比孟郊要老练。他知道孟郊心中有许多不平之气，希望他能乐天安命，从而变得乐观一点，开朗一点。

韩愈的劝解对孟郊没有起到太大的作用。孟郊勉强来到溧阳就职，心里总不舒服，对工作没有什么兴趣。溧阳城外有一片水泽，风景如画，孟郊一看到就爱上了，现实很烦闷，那就寄情于山水吧，诗人不就该是这样吗！于是，他隔三岔五便骑上一头驴，带着仆人到那水边去，坐在阴凉处的石头上，吟诗弹琴，玩一整天，傍晚时才回去。他总是不在官衙待着，他的那些公务就没有人处理，堆积如山，县令实在没有办法了，向上司申请了一个代理县尉来干活，把孟郊的俸禄分了一半给他。这样一来，孟郊收入大减，马上就陷入经济危机，老母亲也赡养不起了，日子过不下去，他只好自己请辞，离开了溧阳。说起来，他是被县令赶走的，当然自己也不无责任。

此后孟郊又当过一些小官，但都没有改变自己贫困的生活状况。因为家境过于艰难，他连生了三个儿子都养不活，相继死去了，到了晚年，家里只有他和妻子两人，又穷又病，处境凄凉。孟郊死后，家里竟然连丧事也办不起，只能靠友人救济。韩愈为了孟郊的后事给另一个做大官的朋友郑余庆写信时说，他给孟家送了一千多文钱，用于丧事办理，后来又送去了两千多文，供孟郊的妻子日后生活。那位郑余庆，孟郊曾在他幕府里当过参谋，对孟郊也很是有情有义，不但给了丧礼的钱，其后几年还时常资助孟郊的妻子。如果不是这些朋友帮忙，孟郊的寡妻恐怕也活不下去。

故事中的小智慧

孟郊在唐代时，他的诗歌与古文大师韩愈齐名，被称为“孟诗韩笔”,他又和另一位唐朝诗人贾岛诗歌风格相似，都是“哭穷”型的，所以后世并称二人“郊寒岛瘦”。孟郊的诗，总带着一股寒气，让人心神颤抖。历代的诗评家都认为，孟郊的诗过于消极阴沉，难以给人以舒朗向上的精神动力，如果是一个抑郁的人读了他的诗，必然会更抑郁。有人把他和韩愈比较，说读了韩愈的诗，心情愉悦欢乐，读了孟郊的诗，一天愁似一天。这无关写作能力，主要是因为诗人性格不同。韩愈的性格是热情明快的，孟郊正好相反。这种性格差异，似乎也折射了人的命运的差异，韩愈一生，活得轰轰烈烈，虽然大起大落，但更有声有色，总之是一辈子没白活。孟郊则终生沉溺在“穷”和“苦”这两个字里，看见什么都能联想起自己的不幸，无心做事，也不会做事，人生没有什么建树，只留下了一行行读了之后令人胸闷郁结的悲歌。

孟郊是个文学天赋非常高的人，心性也很单纯，可惜就是心胸过于逼仄，他苦吟了一辈子，真正脍炙人口、广为传唱的经典之作，只有那首温暖的《游子吟》，还有一个总算比较轻松的句子：“春风得意马蹄疾，一日看尽长安花。”如果他能更多地保持这种快乐的心态，也许人生会变得容易多了吧。

春望

唐 杜甫

国破山河在，城春草木深。
感时花溅泪，恨别鸟惊心。
烽火连三月，家书抵万金。
白头搔更短，浑欲不胜簪。

解读

这是一首游览诗。游览诗，顾名思义，就是观赏风光时写的诗。

游览诗兴起于魏晋南北朝时期。南朝诗人谢灵运便是以热爱旅游、善于写游览诗著称。他还专门为游山玩水发明了一种鞋，鞋两头有活动的木齿，上山时拿掉前面的齿，下山时拿掉后面的齿，在山路上行走比较方便省力，不易打滑，这种鞋被叫作“谢公屐”，也就是我们古代的登山鞋。

唐代交通进一步便利，人们长途出行的机会也更多，

尤其是科举考试举办时，全国各地的读书人都要跋山涉水前往长安，游览诗自然更为繁盛。

“春望”就是游览诗的一个典型题目。从字面上看，这个题目的意思便是指“春游时眺望风景”。初唐的才子诗人王勃有一首名为《登城春望》的诗：“物外山川近，晴初景霭新。芳郊花柳遍，何处不宜春。”这是纯写春日所见的风景，并不书写观光者的内心。其他的春望诗，虽然多数还是有所寄托，但通常都是先细细写一番景致再抒情。

然而，杜甫的这首《春望》，风景写的极少，主要着笔于强烈的感情。

这首诗最为人称道的是它的写法——“意在言外”。也就是说，诗句本身没有直接表达，但意思却都写出来了。比如“国破山河在，城春草木深”一句，“山河在”，其实说的是“除了山河，别的都不在了”，“草木深”，其实说的是“因为太久没有人烟，城里的草木都长荒了”，立刻便把战乱时局写的入木三分。第二句“感时花溅泪，恨别鸟惊心”，春天的花和鸟本来都是令人感到愉悦的美好事物，因为人所处的境况太苦，看什么都觉得苦，花鸟反而成为催泪惊心之物，这便把悲哀的情绪写到了极致。而“烽火连三月，家书抵万金”，写的是乱离之中对亲人的苦苦思念，“白头搔更短，浑欲不胜簪”写的是身体在苦难摧残下加速衰朽带来的绝望和恐惧。这首五言律诗虽然没有用一个深邃愁怨的字眼，但每个字都沉痛无比，连缀起的便是一篇感人肺腑的悲歌。

故事

唐玄宗统治的末期，唐朝发生了一场大动乱，范阳节度使安禄山造反了。安禄山曾经是唐玄宗非常宠爱信任的一个臣子，唐玄宗甚至允许安禄山认自己的爱妃杨贵妃为义母，这可是破天荒的事。久而久之，安禄山恃宠而骄，越来越不安分，终于在天宝末年，从自己管辖的范阳起兵，

直逼京城长安。唐玄宗不得不仓促弃城而逃。他逃到马嵬坡时，守卫皇室的禁军突然发难，杀死了杨贵妃的哥哥、宰相杨国忠，又迫使唐玄宗下令赐死了杨贵妃。太子李亨不愿意跟着玄宗一起逃走，他和玄宗在马嵬坡分道扬镳，玄宗去了四川避难，李亨则率领军队，继续留在渭河以北抵抗安禄山的叛军。不久，李亨就在灵武这个地方登基了，这就是唐肃宗。远在成都的唐玄宗，则被变成了太上皇。

这时候，诗人杜甫和大多数唐朝廷的低级官员一样，携家带口奔波在逃难路上。他们一家人赶在叛军攻破长安前逃了出来，一路向北来到了鄜州，暂时在此安顿。随后，杜甫便听说了肃宗登基的消息，他马上离开家人，动身前往灵武，准备回归重整旗鼓的朝廷，承担自己的职责——虽然他只是个小小的右卫率府的胄曹参军，身份十分低微，几乎不值一提。

杜甫投奔朝廷的路途充满艰辛和危险。他冒险先回到早已被叛军占领的长安，为避开叛军抓捕，躲藏在城中。这一躲就是大半年的时间，找人找不到，走又走不了。有人认为杜甫是在奔向灵武的路上被叛军抓住，押解到长安的，但是他在长安的时候，写了不少诗，从这些诗中描述的情况看，他有人身自由，并不像是处在被囚禁的状态。

到了冬天，唐军发起的收复长安的战役失败了，整个长安都陷入绝望，杜甫也是意气消沉。肃宗和新建立的朝廷到底在哪里，他无法确定，只打听到一些零零星星的传言。种种精神上的打击、压抑，几乎让杜甫喘不过气来。

唐肃宗至德二年春天的某一天，仍滞留在长安的杜甫来到城边信步而行。曾是繁华国都的长安城，经过一年战争铁蹄的践踏，已经变成满目疮痍，半城皆空。春回大地，可是城中毫无生意，面对这样的凄凉景象，杜甫不禁落泪——他已经很久很久没有得到鄜州家人的消息了，妻子一人带着好几个孩子，在人生地不熟的地方，还不知过得怎么样。乱世之中，人人飘零，这骨肉分离的痛苦，又何止他杜甫一个人在品尝？到底什么时候才能结束这一切啊！

杜甫这样想着，这样走着，望着周围的景色，脑海中浮现出了一行行诗句。回到住处,他便写下了这首《春望》。这是杜甫在这长达九个月被困长安的日子里，写下的最悲愤、最沉痛的诗。他的忍耐，在这个萧瑟的春天，已经达到了极限。

所幸的是，唐军在这一年春末，终于挺进到了长安附近的凤翔。初夏时节，杜甫找到机会，从长安逃出，也来到了凤翔。在这里他见到了唐肃宗。也许是因为杜甫原本职位太低，又是一个普通文人，手中没有兵，没有钱，没有任何支持势力，不能给肃宗带来多少资源，虽然他作为诗人，还算知名，但在战乱的时候，这也没什么用处，所以，尽管肃宗口头上大力褒扬杜甫舍家报国忠心可嘉，却没有重用他，只给了他一个比较低的官职右拾遗，对他提出的各种意见也不太重视，后来，肃宗更是因为杜甫替打了败仗的宰相房琯说情，大发雷霆，贬了杜甫的官。

杜甫感受到肃宗的冷漠和轻视，心里很失望，又过了一段时间，他见朝中局势稳定，便提出想回家看望家人。经过肃宗批准，杜甫在至德二年的秋天回到了鄜州，与他深深思念的妻儿团聚了。

故事中的小智慧

杜甫的一生有很多挫折和磨难。年轻时考科举，考不上进士，学业失利。虽然写文章得到唐玄宗的赏识，但唐玄宗也只是任命了他一个八品的小官，事业失利。安史之乱发生时，他带着家人逃亡，一路历尽艰难，看尽了人间的惨状，这对他来说，是对身心双重的折磨。好容易带着一颗赤诚之心找到新成立的朝廷，又得不到重视，被肃宗当作一颗无用的棋子随意放置，自尊心必然遭到极大的打击。更为惨痛的是，由于他的仕途一直不顺利，俸禄微薄，养不起家，有一个孩子竟饿死了，这让他非常伤心。

但是，经历了这么多的苦难，杜甫却从来没有向命运低过头。他心中有一个理想，要“致君尧舜上，再使风俗淳”，就是要帮助皇帝把这个世界变得更加美好。这个理想，他终生都没有放弃过，也没有怀疑过。他的“小我”所遭遇的不幸，从未摧毁过他的“大我”所拥有的坚定信念。这是杜甫在他死后的数百年乃至上千年中，越来越为人们所敬重、推崇的原因。

夜雨寄北

唐　李商隐

君问归期未有期，
巴山夜雨涨秋池。
何当共剪西窗烛，
却话巴山夜雨时。

解读

这首诗是李商隐写给妻子王氏的信。当时，李商隐正客居巴蜀，从诗中看，王氏的上一封信问他什么时候回家，这首诗便是给王氏的回复。

关于这首诗究竟是写给谁的，其实也并没有一个完全确定的说法。比较流行的观点，都认为这是写给王氏的，后世编选唐人诗集的时候，这首诗还曾经被改名为《夜雨寄内》，内就是内人、妻子的意思。但是，这里有一个疑点。李商隐为人所知的巴蜀之行，是在唐宣宗大中五年，那一

年的七月，他被梓州刺史柳仲郢聘用，到柳的幕府任职，到了冬天，他才动身前往就职，这首诗写的则是秋天的事，也就是说，他写诗的时候，至少是大中六年了，而早在大中五年的春夏之间，王氏便已去世，不可能再与他通信。因此，许多人认为，他寄这首诗的对象，不是妻子。

对这个观点，有人反驳说，“何当共剪西窗烛”一句说明了寄诗的对象只能是妻子。我们现在都用电照明，没有这个体验，但古人夜里都是点蜡烛的，蜡烛燃烧的时间长了，火焰周围便堆起一块块蜡油，烛光因之变暗，所以需要“剪烛”。会在深夜共居内室剪烛谈心的人，一般来说，唯有夫妇，而且整首诗十分符合感情深厚、成婚多年的夫妻的口吻，语气平淡，闲话家常，尽量不让对方担心自己的处境。平淡并非寡淡，“何当共剪西窗烛，却话巴山夜雨时”，诗句暗含着的，其实是心中的思念，这种思念很深情，若是表达给妻子，是十分贴切的，表达给别人，就有不自然不合适的感觉。

那么，李商隐如何才能写信给大中五年春末夏初已经死去的王氏呢？那只有一种可能：李商隐还有过一次在巴蜀一带聆听夜雨的经历，那时王氏还活着。有学者推测，李商隐的这次巴蜀之行在大中二年，历史记载，当时他是从桂州，也就是今天的桂林，返回长安，途经夔州时，因遭遇洪水而滞留了一两个月，归期从夏季拖延到了初秋，夔州即今天的重庆，李商隐当时写的另一首诗《摇落》，还提到了位于重庆奉节县的白帝城。而且重庆正是“巴山夜雨”这一气候现象最常出现的地区，所以，李商隐大中二年的巴蜀之行，时间、地点与《夜雨寄北》都对得上。

故事

晚唐著名诗人李商隐二十多岁时，在泾原节度使王茂元的幕府里担任记室一职。他偶然见到王茂元的小女儿，一见钟情，十分思慕。正巧这时，他的一个同年，也就是跟他同时考上进士的人，名叫韩瞻的，想娶王茂元的大女儿，于是两人就一块向王茂元提亲。结果，韩瞻如愿以偿，并且很快和王家大女儿成亲，而李商隐则被王茂元拒绝了，理由是王夫人认为小女儿太年轻，还不到嫁人的时候。

李商隐很失望，给已经搬到王茂元府里住下的韩瞻写了两首诗，说是恭喜他，可口气酸溜溜的。好在韩瞻新婚宴尔，心情愉快，不和他计较。过了一段时间，李商隐想，王姑娘年纪长大了一些，总可以嫁人了吧，于是又向王茂元提亲，这次，王茂元答应了。其实王茂元本来就很喜欢李商隐，只是李商隐与宰相令狐楚关系密切，令狐楚与王茂元又分属当时朝廷里水火不容的两个政治阵营“牛党”

和“李党”，这难免让王茂元有些犹豫。后来见李商隐是真心实意想娶自己的女儿，他也就接受了。

终于娶到意中人的李商隐欣喜不已，只是，他也许没有意识到，成为王茂元的女婿，竟是他一生颠沛流离的起点。由于朝廷的党派之争太激烈，城门失火殃及池鱼，李商隐身为令狐楚器重的人，自然被王茂元的李党同僚们视为异类，而他做了王茂元的女婿，又被令狐楚的牛党同僚们视为叛徒，牛党李党这两个轮番把持朝廷的派系，哪个也容不下李商隐。再加上王茂元在女儿嫁给李商隐五年后就去世了，他对李商隐也就无法再给予任何保护和支持。李商隐刚刚与王氏结婚的时候，还有点小小的得意，认为自己不但拥有了称心如意的婚姻，将来在仕途上也会得到掌握实权的岳父的帮助。但现实狠狠地打了他几个耳光。他原本不无光明的前途，也从此变得越来越暗淡。

但李商隐从来也没有为自己娶王氏的决定感到后悔。不但没有后悔，他对王氏的感情反而与日俱增。为了养家糊口，他辗转于各个地方官员的幕府，与王氏聚少离多，但他忠于自己的婚姻，没有纳过姬妾。李商隐写过很多爱情诗，他写的爱情诗都很隐晦，而且从不标明是为谁写的，很多人都说，说不定李商隐在妻子之外，有不少风流韵事，他们甚至还杜撰出了种种故事，连他的外遇对象的名字，都从诗句里给“找”出来了。然而，这根本没有什么实证。

大中五年，二十九岁的王氏积劳成疾，突然病逝。李商隐当时已经离开家一年多了，听闻噩耗才匆忙赶回来，夫妻没有见上最后一面。那之后，李商隐一直都沉浸在悲伤中，想到由于自己郁郁不得志，长时间漂泊异地，妻子默默承受了太多生活的压力，他都会感到非常自责。他经常反反复复地回忆往昔与妻子相处的一点一滴，追悔着每一次对妻子病情的疏忽和无视。

王氏去世的同年冬天，李商隐到梓州刺史柳仲郢的幕府中任职。临行时，姐夫韩瞻去送他，他写了首诗给韩瞻，说当年他们两人一前一后娶了王家的女儿，如今韩瞻夫妇恩爱相守，他却无家可归，形影相吊，这让他心中悲伤无比，还不如不要送了，就让他像一只失群的乌鹊，独自远去吧。

带着韩瞻和其他留在长安的亲人们的担忧，李商隐来到了巴蜀东部的梓州。柳仲郢知道他妻子刚死，就想送一个漂亮的歌姬给他，他回绝了。他不但不要女子陪侍自己，连再娶一个妻子的心思都没有，而这时他还不到四十岁。

李商隐一边思念着王氏，一边继续在困顿的命运中挣扎，他再也没有快乐过。最终，在王氏死去的数年后，尚在中年的李商隐也匆匆离开这个世界，去与他的亡妻团聚了。

故事中的小智慧

李商隐与王氏夫妇之间的爱情，在古代那样一个男尊女卑的社会，非常可贵，也很罕见。为什么李商隐对王氏如此钟情呢？因为，王氏是王茂元的女儿。这么说，可能很多人会觉得奇怪，其实这句话的意思是，王茂元是一个很好的父亲，所以他教育出来的女儿，也有着强大的人格魅力，非常可爱。

历史上关于王茂元的记载很简单，他没有什么丰功伟业，在唐代众多大人物大英雄中，是个很不起眼的人。但是对李商隐来说，王茂元就像他精神上的父亲一样。李商隐曾经这样描绘他在王茂元的幕府里的生活状态：忘名器于贵贱，去形迹于尊卑。就是说，王茂元虽然是个贵族，但他能平等地对待李商隐。李商隐和王氏的婚事，谈不上门当户对，李商隐是“高攀”了，但在王茂元的家里，李商隐没有感受到任何不尊重，证明王家的家风是很好的。

李商隐没有从王茂元那里得到平步青云的通道，但他得到的东西更加珍贵——他得到了一份值得永生铭记怀念的家的温暖。

寄扬州韩绰判官

唐 杜牧

青山隐隐水迢迢，
秋尽江南草未凋。
二十四桥明月夜，
玉人何处教吹箫。

解读

此诗前两句描写景物，这在古典诗歌的表现手法中叫作“兴”，也就是起头、牵头的意思。

杜牧之前在扬州担任淮南节度使掌书记，与身为书记判官的韩绰交情甚好，后来，杜牧改任监察御史，去了京城长安，而韩绰还在扬州。这首诗就是杜牧写给韩绰的一封诗歌信札。诗的前两句是借吟咏深秋时节的江南风景，引出对还在扬州的韩绰的思念，后面两句则是故作轻松地直接对朋友表达感情：我不在的时候，扬州的二十四桥在

明月之夜依然是那么美吧？你这家伙，又在什么地方和漂亮姑娘们一起开心玩耍呢？玉在古代是美称的一种，美好的人或事物，名称之前往往会加个玉字。玉人就是漂亮女子的意思。

杜牧和韩绰之间关系非常好，平时能玩闹到一块，不讲究士大夫那套规矩礼仪，所以杜牧会这样调侃他。若是换了一个长辈或是性格严肃的朋友，杜牧可不敢那么说。

故事

唐朝大中六年的冬天，诗人杜牧在长安病倒了。这一年，他刚满五十岁，人生虽说走入下半程，却也没有到风烛残年之时。他经历了很多年的官场斗争，已经十分疲倦，一心只想休息。这场病来势汹汹，他却一点都不担心，平静地躲在祖父留给他的樊川别墅里，一边养病，一边整理着自己的文稿。

这天，他起了床，觉得精神尚好，便又打开书箱，继续整理。文稿中有他过去写的议论时政、进谏君王的文章，也有大量的诗稿。他翻翻那些文章，苦笑了一下。这些洋洋洒洒，意气风发的文字提醒他，曾经的自己是一个多么有理想有抱负的读书人。可是在晚唐政治的党争旋涡中，那些理想和抱负都被磨灭了。

杜牧拿起诗稿一一细看。突然，他停下翻动纸页的手，从里面抽出一张，上面写着一首诗："青山隐隐水迢迢，秋尽江南草未凋。""韩绰！"杜牧轻呼一声。这是他在十多年前写给扬州的朋友韩绰的。韩绰是他在淮南节度使牛僧孺幕府中的同事。杜牧在牛僧孺手下做了一年的节度使掌书记，从此便被视为牛僧孺的亲信，后来，在朝廷里，以牛僧孺为首的牛党与以李德裕为首的李党争得头破血流，杜牧也难以幸免，不断遭到李党的排挤。他后半生的郁郁不得志都源于此。

不过，杜牧从不后悔在牛僧孺手下待过，因为淮南节度使的治所在扬州。他只在扬州生活了不到两年，却对那里有着美好的回忆。特别是那个跟他一起深夜游走在扬州街头，赏灯望月，听曲踏歌，随性而来、随性而去的韩绰，是他最好的朋友。

“二十四桥明月夜，玉人何处教吹箫。”念出诗稿上的后两句，杜牧哈哈大笑起来。只有对韩绰，他才能这样调笑啊，他甚至能想象到，当时韩绰接到信打开一看，准是笑得跌倒在地，抱着肚子满地打滚。

笑得太厉害了，杜牧忍不住咳嗽起来，咳得满眼是泪。他一边擦着眼睛，一边又拿起一张纸，上面写着一首诗：“平明送葬上都门，绋翣交横逐去魂。归来冷笑悲身事，唤妇呼儿索酒盆。”他的笑容一下子凝固了。这首诗，是他在韩绰去世时写的。

那时，韩绰也离开了扬州，深陷在权贵们的尔虞我诈中，心力交瘁，无法自拔，最终含恨而死。杜牧听到韩绰的死讯，便匆匆赶去参加葬礼，送了这位朋友最后一程。他眼看着韩绰的灵柩缓缓落入墓中，突然间明白，自己再也没有能够一起喝酒、一起游戏、不问功名、不求利益的朋友了。他成了一个彻彻底底的、孤独的人。

杜牧翻来覆去地看着这两张诗稿，嘴里念念有词：“二十四桥明月夜，玉人何处教吹箫……哈哈哈……归来冷笑悲身事，唤妇呼儿索酒盆……唉，韩绰啊韩绰，我真想回到大和四年的扬州，那时候我们都年轻，每天开开心心的，多好啊。”说着，他把这两张纸塞进了取暖的火炉，诗稿很快燃起腾腾火焰，转眼化为灰烬。

这一年的冬天，病重的杜牧把自己大部分手稿都烧毁了，留下来的也就十之二三。接着，他为自己写了一篇墓志铭，文风朴实，看过的人都说，一点都不像是一个当世以风流著称的诗人写的。一切都准备好后不久，杜牧在家中病逝。

故事中的小智慧

杜牧是以风流闻名的唐代大诗人，而他的风流与扬州这个城市脱不开关系。杜牧最脍炙人口的诗句便是“十年一觉扬州梦，赢得青楼薄幸名”。这是他的《遣怀》诗中的一句，意思是，“我这十年就像做了一场空虚的梦，所得到的，不过是在扬州的青楼里被人骂作薄幸无情。”似乎他人生大半的光阴，都虚度在花天酒地之中了。

其实，杜牧并不甘心做一个花花公子。他出身于宰相世家，二十三岁就写了著名的《阿房宫赋》，传诵一时，二十五岁就考中进士，开启了仕途，可以说是少年得志。然而，他生在一个政治腐朽的时代，曾经无比强盛的唐朝正在快速地走向灭亡，在这样的时代，他的才能根本得不到发挥的机会，反而被朋党之争束缚了手脚，成了权力游

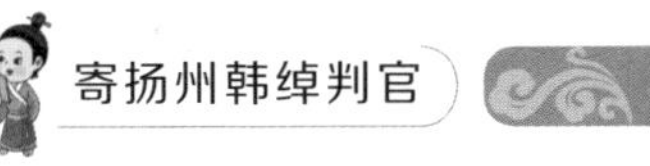

戏的牺牲品。

所以说，在扬州生活的那一年，是杜牧一生最轻松惬意的日子，那时他年轻气盛，深受赏识，还没有陷入党争，可以说是呼风唤雨，自由自在。对杜牧来说，扬州确实是一个如梦如幻的地方，在扬州结识的玩伴韩绰，也是这段幸福好时光的象征。这也可以解释，为什么在史籍上查无此人的普通人韩绰，会是名垂青史的大诗人杜牧一生交往的朋友。因为在韩绰身上，杜牧寄托的是自己的美好回忆。

望洞庭

唐 刘禹锡

湖光秋月两相和，
潭面无风镜未磨。
遥望洞庭山水翠，
白银盘里一青螺。

解读

洞庭湖，最早的时候有一个非常美丽的名字，叫“云梦”，又叫云梦泽或云梦大泽，是江汉平原上一大片古代湖泊的总称。战国后期，因泥沙沉积，云梦泽面积缩小，并且分成南北两块，北部变成沼泽，南部仍是湖泊，也就是至今我们所看到的洞庭湖。

洞庭湖地处交通要道，又是一个著名的风景胜地，历代诗人经常往来于此，都留下了自己的诗篇，而刘禹锡的这首《望洞庭》视角却十分特别。在刘禹锡的年代，唐代

绝句已经有了固定的模式，一般要么议论，要么抒情，但这首诗却不是这样，它没有借景抒情，只是精描了眼前所见的风景，顺序就是由上至下、由近至远的目光所及，第一句写湖光月色，第二句写湖波倒影，第三、四句是远眺湖山，如盘如螺，全诗合成为完整的“秋夜月下洞庭图”。诗人并未将任何明显的情绪包含在诗句中，只是通过客观口吻书写景色，隐晦地表达了一种与外界融合为一的平静心情，这是一种非常高明的写法。

故事

唐朝长庆四年，原本任夔州刺史的刘禹锡得到一纸诏书，动身前往和州任刺史。这是他自贞元二十一年被流放南方之后的第八次改任。

经过洞庭湖时，刘禹锡特地吩咐停留一两天。以往来去洞庭，都是匆匆忙忙，没有来得及细细观赏洞庭山水。此时正是初秋，秋水长天的洞庭湖一定特别美，刘禹锡想在这里放松一下。这些年奔波不定，他也累了。

入夜，仆人来报："大人，你不是说想看月亮吗？这会儿月亮刚出来。"

刘禹锡连忙从书桌前站起来，迈步来到屋外。驿馆的这间屋子正对着洞庭湖心的洞庭山，开阔的湖面一览无余。刘禹锡站在湖边的石栏杆旁，凝神远眺，明月斜在半空，投下的影子如片片金鳞撒在水上，水面平缓起伏，金鳞轻盈上下，纹波却似有似无。

"眼下的洞庭湖是如此之美，可惜，不能与子厚共赏啊。"刘禹锡想起了自己的好朋友柳宗元。子厚，是柳宗元的字。

上一次刘禹锡经过洞庭湖，便是与柳宗元结伴。那是元和十一年，刘禹锡好不容易才回到长安，原本以为被流放的苦日子结束了，没想到，就因为他到玄都观看桃花，有感而发，半开玩笑地写了首小诗，里面有"玄都观里桃千树，尽是刘郎去后栽"两句，被人认为是在讽刺朝中的新贵，结果，他又被贬了。

碰巧，和他一样刚从南方回长安的柳宗元，也是因为招惹了炙手可热的宰相武元衡，再次被贬。

于是，刘禹锡和柳宗元这对难兄难弟，都还没来得及在长安喘口气，便携手又踏上了流放之路。从长安往南，两人一路纵情山水，吟诗作赋，苦中作乐。到衡阳时，他们才不得不分手——柳宗元要在湘江坐船去柳州，刘禹锡要骑马走山路去连州。

柳州在古时候是蛮荒中的蛮荒，气候湿热，生活艰难，柳宗元又体弱多病，刘禹锡非常担心。柳宗元却笑笑说："梦得兄，不要愁眉不展，你我此行，看遍了江南大好风光，我开心还来不及呢。"

刘禹锡叹了口气："子厚，我俩自从贞元年间一同被贬，转眼二十年过去了，我变革朝政、抑制宦官专权的志愿没有变，相信你也是如此。可不知道为什么，这次再遭贬斥，我的心境比以往多了一些不安和失落。"

柳宗元理解地说道："梦得，我们的主张一败再败，你心灰意冷，也是情理之中，只是越是艰难，越要坚持，我们的信念没有错，就不能因为遇到挫折而退缩。我是打定主意，要做'孤舟蓑笠翁，独钓寒江雪'了。"

刘禹锡一拱手："说的好，你'独钓寒江雪'，我便和你一起等着'振蛰春潜至'！今日一别，不知道何年再见，子厚，保重。”

柳宗元郑重地回了礼。登船而去。

三年后，四十七岁的柳宗元在柳州病逝，当地百姓为他建立了祠庙，纪念这位实行了许多惠民政策的好官。同年，刘禹锡母亲去世了，他护送母亲灵柩回家乡，途中听到柳宗元的死讯，悲伤地几乎发狂，马上赶去为柳宗元料理了后事，并收养了柳宗元的小儿子。

回想着这些往事，刘禹锡的眼眶不觉湿润。柳宗元已经离开人世五年了。当年两人在湘江边约定，绝不放弃自己的主张，如今刘禹锡依然不改其志，即使再次被贬到远离京城的地方，他的心还是那么平和自然，因为他知道，如果柳宗元还活着，也会像他一样，对挫折泰然处之。他们的信念是正确的，就不会退缩。

刘禹锡想到这里，微微一笑，指着远处的洞庭山，对身旁的仆人说道：“你看那山像什么？”

“大人，这山黑乎乎的，我看不出呀。”

“呵呵呵呵，什么黑乎乎的，你看它像不像是——白银盘里一青螺？”

故事中的小智慧

刘禹锡和柳宗元是中唐——也就是唐代中期——两位

非常重要的政治家与文学家。他们的交往，从两人二十出头时就开始了。那时，他们同科考取了进士，从此，两人无论是人生经历还是官职履历，乃至于交往的朋友、得罪的人，都惊人的一致，以至于柳宗元在最后一次与刘禹锡见面时写了诗说“二十年来万事同”，也就是说，他们俩二十年里所从事的所经历的，都是一样的。

刘禹锡和柳宗元之间的友谊也持续了一辈子。他们一个被贬到柳州一个被贬到连州，前途未卜的时候，相约如果有幸能活到退休，就要一块儿到乡村当农夫，比邻而居，共度余生。可惜，柳宗元英年早逝，没有实现与刘禹锡的约定。他临死时写信给刘禹锡，请求刘禹锡照顾自己的家人。刘禹锡不负所托，把他未成年的孩子抚养长大。这种朋友，正是所谓的“生死之交”了吧。

人生之中，最难得的是知己，知己之中，能达到托付家人幼子的地步的，更是凤毛麟角。刘禹锡和柳宗元的故事告诉我们，志同道合的人才能成为真朋友，而对志向共同的坚持，是友谊长存的基础。如果其中一个人中途放弃了理想，放弃了信念，那么这段友谊必然会不复存在。

竹枝词二首·其一

唐 刘禹锡

杨柳青青江水平，
闻郎岸上唱歌声。
东边日出西边雨，
道是无晴却有晴。

解读

竹枝词，最初是一种名为《竹枝》的民间歌曲，它之所以叫竹枝，是因为在唱词中，每句四个字后便插入“竹枝”两个字作为和声。由此可见，这是合唱型的民歌，演唱者分为主唱和伴唱。原生态的竹枝歌，流行在长江中下游的山区，主要特点是曲调悲凉哀怨，并且有伴舞，可能是唱歌的人自唱自跳，也可能是有的人负责唱，有的人负责跳。

唐代诗人刘禹锡是个十足的音乐爱好者。他对各种类型的音乐都很有兴趣。唐顺宗永贞元年，刘禹锡因政治失

意而被贬，自此后，他二十多年一直在南方辗转，接触和学习了那里的民间艺术，其中就包括竹枝歌。唐穆宗长庆元年，刘禹锡被调到夔州当刺史，在这里，他仿照竹枝歌写了两组《竹枝词》，一组九首，一组二首。这首“杨柳青青江水平”，就是《竹枝词二首》之一。刘禹锡在夔州写的十一首《竹枝词》，是唐代文人仿写民歌中最知名的，特别是“杨柳青青江水平”这首诗，更是为人们所熟悉，还留下了经典名句“道是无晴（情）却有晴（情）”。

刘禹锡自己说，他写《竹枝词》，是在仿效大诗人屈原。屈原是战国时期的楚国贵族，他写的楚辞，都是仿照当时楚地民歌而成。屈原忠君爱国，却被楚怀王放逐，刘禹锡是因自己的政治主张触动了权贵利益，而被皇帝贬谪了好多年，所以他不免暗暗地以屈原自比。用《竹枝词》这样的山歌俚曲来写诗，或多或少是刘禹锡表达自己内心不平的一种方式。

刘禹锡写竹枝词，还有另一个目的，就是想用自己的文学素养，去提升民歌的品质。他觉得原汁原味的民歌，语言还是有点粗俗，他想改造一下，于是自己写了这些竹枝词的新词，拿去给百姓唱。他是刺史，当地的最高官员，推广新词自然颇为便利，而且，他写的词也确实文辞优美，朗朗上口，百姓们很快就接纳了，并在各种民俗活动中演唱起来。不但如此，这些歌还流行到了京城，成了教坊艺人们争相学唱的时髦曲调。

刘禹锡的《竹枝词》有两种，一种用民歌形式，以作者本人视角来观察描绘夔州的风土民情，就如画下一幅幅唐代巴渝的风俗画卷，生动鲜明。另一种是完全仿写民歌，

诗中抒发的是平民百姓们特有的直接质朴、毫不矫饰的情感。这首“杨柳青青江水平”就是第二种。诗歌以一个民间女子的口吻，写出了情窦初开懵懵懂懂的纯真少女的心理。这种渴望爱追求爱的心声，与礼教是不相容的，不可能出现在高雅正统的士大夫文学中。但在山野民歌中，却是再平常不过。诗中“东边日出西边雨,道是无晴却有晴”，用的是谐音双关写法，以“晴朗”的“晴”，谐音“爱情”的“情”，以“到底是雨天还是晴天”的疑问，双关“到底是喜欢我还是不喜欢我”的困惑，这也是民歌常用的，以此入诗，便比一般的文人诗词更多了许多趣味和生气。

故事

刘禹锡是晚唐的重要诗人，他很注重把自己的诗文整理成集，所以唐朝末年的时候，他的文集有整整四十卷。唐朝灭亡后，由于经历了一段时间的动荡，这四十卷文集丢失了十卷。到了宋朝，有一位名叫宋敏求的文献学家，也就是专门收集编辑古代图书的人，费了很大的功夫，从各种古书里，找出了四百多首标明为刘禹锡所作的诗，以及二十多篇文章，编成了一本《刘宾客外集》。为什么叫“刘宾客”“外集”呢？因为刘禹锡做过太子宾客。这个官是辅佐太子日常教育的，是一种比较荣耀的官职，所以后世都以刘宾客来称呼刘禹锡。外集的意思，就是说入选的诗文都是散佚在外，不见于正集。

无论是宋朝的人，还是宋朝之后乃至现在的研究者，都认可宋敏求搜集编辑刘禹锡文集的功绩。不过，宋敏求自己也承认，这部外集里收录的，未必都是真正的刘禹锡的诗文。比如，这里面有四首诗，合称为《怀妓四首》，很多人都认为，并不是刘禹锡的作品。

《怀妓四首》之所以挂上了刘禹锡的名字，和一个流传很广的故事有关系。这个故事是这样的。

刘禹锡家中有一个歌姬，长得很美，京城很多人都知道。宰相李逢吉听说后，就打起了这个歌姬的主意。李逢吉这个人，仗着自己有权力、有地位，对朝中大臣作威作福，没有人敢得罪他。不过，他再强横，也不能闯到刘禹锡家里去抢人。他便暗中定下了一个诡计。一天，李逢吉给许多大臣都发去请帖，说自己在要在皇城里宰相办公的地方设宴，请大臣们带着自己最宠爱的姬妾去参加。刘禹锡也得到了一份请帖。他没有丝毫怀疑,到了“宴会”当天，便带着那个歌姬去赴会了。等到了举办宴会的地方，只见门前人山人海，谁都进不去，他很奇怪，走到大门前问:“为什么不放我们进去？”守门人看了看他，问道:“您是刘禹锡刘大人吗？”刘禹锡说:“是啊！”守门人又问:“您带来

的女眷呢？”刘禹锡把歌姬拉过来：“在这儿呢。”守门人突然伸手抓住歌姬的胳膊，一把拽进大门，随后迅速地把门一关，再也没有了动静。

门外所有的人都愣住了，刘禹锡更是目瞪口呆。过了一会，大家慢慢明白过来，原来今天的这个所谓宴会，是李逢吉为了抢夺刘禹锡的宠姬而设的陷阱。可没有人敢说话，刘禹锡也是束手无策，只得先回家去了。第二天，他约上几个跟自己关系好、愿意帮忙的大臣，一起到李逢吉家，想求个情把歌姬要回来。李逢吉出来与他们相见，和颜悦色，谈吐从容，就是一句话也不提昨天发生的事。刘禹锡和那几个大臣你看我我看你，不知如何是好，最后只能起身告辞。

李逢吉就这么霸占了刘禹锡心爱的歌姬，迫于无奈，刘禹锡接受了这个事实。然而，他心里的愤怒难以平息，于是写了《怀妓四首》，哭诉对那被夺走的歌姬的思念痛惜之情。

李逢吉确有其人，是当过宰相，而且刘禹锡确实与他不和，所以历来都有不少人，对这个故事深信不疑。其实，李逢吉在历史上虽然名声不怎么样，但他主要的问题是嫉贤妒能，结党营私，而不是荒淫好色，实在不至于去强抢一个大臣的姬妾。更重要的是，这《怀妓四首》的风格、水平，和刘禹锡写的诗差距实在太大，可以肯定，根本不是刘禹锡的作品。如果大家有兴趣，可以把这四首诗找来，和刘禹锡本人的诗歌比较一下，一定能看出差别。所以，刘禹锡被李逢吉抢走歌姬的故事，以及被收录进《刘宾客别集》的《怀妓四首》，都和刘禹锡没有关系，不知为何被安在刘禹锡头上了。

故事中的小智慧

刘禹锡是一个性格活泼疏放的人，可能正因为这样，他身上莫名被套上的故事，还有不少，比如，有个故事说他在扬州大司马杜鸿渐的酒宴上喝醉了，回到家睡了一觉醒来，发现身边多了两个不认识的歌女。旁人告诉他，这两个歌女是他在酒宴上硬跟杜鸿渐要来的，可刘禹锡自己却什么都不记得了。这个故事还形成了一个成语叫“司空见惯”，因为在故事里，刘禹锡最后写了首诗给杜鸿渐赔罪，里面有一句“司空见惯寻常事”。

然而，这个有鼻子有眼的故事绝无可能是真的，因为刘禹锡是在杜鸿渐死了以后才出生的，两人根本就没有见过面。如果我们不假思索，依据这样的故事来评判刘禹锡的性格，甚至评判他的诗歌，那就不得要领了。读古诗，识古人，这些都是需要我们认真思考的问题。

望月怀远

唐 张九龄

海上生明月，
天涯共此时。
情人怨遥夜，
竟夕起相思。
灭烛怜光满，
披衣觉露滋。
不堪盈手赠，
还寝梦佳期。

解读

这首诗，是唐代政治家张九龄所写的一首五言律诗。

五言律诗是由五言古诗发展而来的，它保存了五言诗古朴的形体，而完善了五言诗原本并不讲究的格律。

张九龄是唐玄宗开元末年到天宝初年的宰相，护送了开元盛世最后一程。他以一代贤相著称于历史，但作为诗人，他在文学史上地位也是很高的。张九龄最擅长也最喜欢写的就是五言诗，他的诗，标志着五言诗成为一种成熟的唐代诗歌形式。

《望月怀远》是张九龄的名篇之一。全诗格律严整、节奏悠扬，情节婉转，心思缜密，用现在的视角来看，就像是一个精致的短视频，立体地展现了一个在海边月色下思念远方朋友的孤独者几个小时内的行动和心理活动。诗人没有用任何绮丽的辞藻，描写的方式也近乎平铺直叙，体现了张九龄诗歌的特点。诗评家认为，张九龄的诗风是比较偏向于清雅而平实的。因为张九龄是广东曲江人，后世称为张曲江或曲江公，所以，他的这种风格，被称作“曲江之清淡”，是盛唐诗歌的一个代表性的风格，对孟浩然、王维、韦应物等诗人，都有很大的影响。

《望月怀远》这首诗值得我们注意的地方，首先是首联“海上生明月，天涯共此时”，这一句已经成了千古绝唱，宋代大诗人苏轼的《水调歌头·明月几时有》中的名句“但愿人长久，千里共婵娟”，显然就是脱胎于此。不能说苏轼抄袭了张九龄，古人写诗化用前人佳句是很常见的事，能用得好也是本领。

另一个需要关注的地方，是“情人”这个词古今含义的差异。我们现在说“情人”，意思很单一，情就是指爱情，情人指两个相爱的人，或和某人有恋爱关系的人。但这个词在古时候所指的更加宽泛，包括了恋爱对象和情谊深厚的朋友，而且不光指别人，也可以指自己。在这首诗中，“情人”就是“有情之人”“多情之人”的意思，也是诗人自称。

张九龄不到三十岁便前往长安考科举，他母亲不愿意离开家乡，所以张九龄中了进士做官之后，也没有带走他的妻子谭氏夫人，而是让谭氏在家里照顾母亲，夫妻常年不得团圆。张九龄对妻子不见得没有感情，但他是一个正统的儒家文人，以他的性格，他没有对妻子做过什么情感上的表达，而他的价值观，也不允许他对别的女子传情达意，所以这里的“情”意为“爱情”的可能性不是很大，应该是友情或者亲情。

故事

张九龄的家乡是韶州曲江，也就是现在的广东韶关。他的家世虽不显赫，但也是书香传世。他的叔父是南粤最早的一批科举及第的读书人。张九龄年幼时就爱读书，善写文，十三岁时，他把自己写的文章呈送给广州刺史王方庆，王方庆看后感叹说：“这个孩子，将来一定能走得很远。”

果不其然，张九龄出了家乡，考中进士，便踏踏实实地一路走上了人臣之极。

因为读书时底子打得扎实，初出茅庐的张九龄在朝中便表现出了学识渊博、文笔出众的才能，深得唐玄宗的赏识。他后来也在地方上做过官，无论是处理政务还是判断刑案，都干练精准。传说张九龄有个称号叫作“张公口案”，就是说他断案都是当着犯人的面分析案情之后口授判词，从无差错，令人心服口服。

虽然张九龄能力很强，科举之路也相对顺畅，但他升迁到宰相这个职位上，还是经历了不少坎坷，起起伏伏多年，直到开元二十二年，他才当上了宰相。然而，在人生巅峰，他却遭遇了为官以来最大的挑战。这挑战来自两个人，一个是唐玄宗的爱妃武惠妃，另一个是他的同僚，唐朝著名的奸臣李林甫。

在杨贵妃之前，唐玄宗最宠爱的妃子就是武惠妃。武惠妃生了两个儿子，其中的一个，正是后来的杨贵妃最初嫁的丈夫——寿王李瑁。唐玄宗很早就立了二儿子李瑛为太子，但武惠妃仗着自己得宠，想让李瑁做太子。李瑛好好的，李瑁就没有机会。于是，武惠妃决定陷害李瑛。她也知道自己这么做不但缺德而且违法，为了寻求支持，她便派人暗示张九龄，只要能帮助寿王取代太子，保证他长长久久地做宰相。张九龄怒斥道:“后宫妃子怎么能干涉朝政!”随后，他便去找唐玄宗，义正词严地告诉他，太子没有过错,绝不可随意废立,否则国将大乱,乃至失去天下。唐玄宗听了，脸上一阵红一阵白，一句话也说不出。在张九龄做宰相期间，太子李瑛都安然无恙。

可惜，张九龄还是没能永远地保护李瑛。武惠妃还有一个同伙李林甫。李林甫这个人不学无术，阴险狡诈，除了拍唐玄宗的马屁，没有别的本事。他本来就很嫉妒张九龄，加上张九龄又成了武惠妃的绊脚石，他便想尽办法要把张九龄赶走。李林甫的手段，就是不断挑拨唐玄宗和张九龄的关系。张九龄很耿直，见唐玄宗有错误，一定会指出，每到这时，李林甫便趁机在一边搬弄是非，久而久之，唐玄宗对张九龄渐渐不满起来，终于在开元二十四年罢免了张九龄的宰相之职，不久又找了个罪名把他贬去了南方的洪州。

张九龄被罢免之后，李林甫成了新的宰相。开元二十五年，太子李瑛就在李林甫和武惠妃的构陷污蔑下，被废为庶人，蒙冤而死了，一起被害死的，还有跟他关系比较亲密的两个皇子李瑶和李琚。一天之内，玄宗就杀了自己的三个亲生儿子，人们见此惨状，都敢怒而不敢言。

更可叹的是，李瑛死去的同年，武惠妃因为内心的负

罪感太强，导致精神恍惚，出现幻觉，总是在宫里看到李瑛、李瑶和李琚这三个人的身影，竟吓得生病死了。而她最疼爱的儿子李瑁，最终也没有成为太子。

故事中的小智慧

张九龄的故乡韶州属于五岭以南，也就是通称的岭南。唐代地域以越城岭、都庞岭、萌渚岭、骑田岭、大庾岭这五岭为界分为南北两地，南北社会经济文化水平有很大落差。自古岭南就因其遥远荒僻，自然环境与气候和中原大相径庭，而成为朝廷流放罪臣以示惩戒的主要目的地，以至于士大夫们都视其为凶恶艰险的地方，不愿涉足，谁若是被贬谪去了，那心情就跟赴死一样。许多本来就在岭南出生的人，也因此羞于提起自己的籍贯。但张九龄从来没有为自己出生于偏远地区而感到自卑。他非常热爱家乡，怀念家乡，在他的诗中，经常出现辽阔美丽的大海，海上飞翔的海燕，还有海边摇曳的槟榔树，这些，寄托了他心中的乡愁。

张九龄不仅出生地遭人轻视，他的科举身份也平白低人一等。唐代科举的举子分为两种，一种名为“生徒”，是就学于国家学府国子监和各地州县学馆的读书人，他们通过了学馆的考试，便可以去参加科举。另一种名为“乡贡”，是通过乡县考核后，被推荐参加科举考试的读书人。“生徒”之中，出身西京长安和东都洛阳两地国子监，人称“东西两监”的生徒，更是公认的精英，盛唐时期，大部分参加科举考试的人，都来自这“东西两监”。可是，张九龄没有机会去东西两监求学，连州县学馆也没有进过，他参加科举的身份是“乡贡”。在当时人们的偏见中，“乡贡”哪怕成绩再好，始终不如“生徒”。即使张九龄贵为一国之相，也还是有人因为这一点而歧视他。

出生地域、出生家庭、求学经历这些外在条件不够优越，经常成为一个人被轻视的原因。但是，有才能、有素养的人，不会因为这些而贬低自己，更不会因为这些而瞧不起别人。诚然，这些东西会对人的发展有所阻碍，然而，只要有努力的决心和毅力，一切阻碍都会转化为动力。在这个世界上，真正决定一个人价值的，是他的道德品质、内在修养和通过勤奋学习得到的能力，这就是历史上第一个生长于岭南而名垂青史的相臣张九龄给我们的启迪。

范广州宅联句

南北朝 何逊 范云

洛阳城东西，却作经年别。
昔去雪如花，今来花似雪。（范云）
蒙蒙夕烟起，奄奄残晖灭。
非君爱满堂，宁我安车辙。（何逊）

解读

这是一首联句诗。联句诗是古典诗歌的一种创作形式，作者最少两人，多的可以有十几个甚至几十个，使用同一个韵，轮流吟诗一句或数句，合作完成一首诗。准确地说，联句诗更多的是一种诗人游戏，目的主要在于娱乐、联谊，有时也多少含有一些暗中比较文采的意思。

联句诗最早出现在汉朝，唐代最为繁荣，这首《范广州宅联句》的时代，则是汉唐之间的魏晋南北朝。作者何逊和范云是南北朝时期的南朝人。这首诗收录在何逊的诗

集里，因此诗题也是从何逊的角度取的。范云做过广州刺史，所以何逊尊称他为范广州。从题目可以看出来，何逊去范云家中拜访，两人联句而成此诗。

这首诗有一个值得注意的问题：它是在哪里写的？诗中说“洛阳城东西”，这是不是意味着，何逊和范云当时一个住洛阳城东，一个住洛阳城西？并非如此。他们俩都是南朝人，范云的官最高做到副宰相，而洛阳那个时候属于北朝的北魏政权。南北朝处于分裂状态，范云不可能做着南朝的高官,却把家安在北朝。那么,这个洛阳是指哪里呢？

原来，洛阳曾是西晋的都城，后来西晋发生了严重叛乱，名存实亡，一部分宗室子弟便率领贵族和百姓渡过长江，在建康，也就是今天的南京，另外建立了一个晋朝，历史上称之为东晋。东晋灭亡后，相继出现了宋、齐、梁、陈四个朝代，依然以建康为都城，统称南朝。南朝仕宦文人家族，很多都是当年从西晋统治下的中原地区南渡来的，还保留着对故乡的怀念，所以他们在写诗文的时候，经常会用西晋都城洛阳来指代南朝的都城建康，也就是说,《范广州宅联句》中提到的洛阳，不是真正的洛阳，而是建康。

故事

范云是魏晋南北朝时期的一位传奇人物。他八岁就参加成年人的文会，应答自若，对谈如流，应邀赋诗，一挥而就，令在场的人惊叹不已。长大后，他来到南齐竟陵王萧子良的幕府中任职。萧子良是南朝知名文学爱好者，他的幕府里人才济济，一开始，范云不太显眼。有一次，萧子良率众登秦望山，看到一块刻着古代文字的石刻，便问上面写的是什么。结果幕府中这些文士都答不出。范云这时便自告奋勇上前，把石刻的内容讲述了一遍。萧子良很高兴，从此对范云格外青睐。又有一次，范云跟随萧子良去觐见齐高帝。齐高帝是萧子良的祖父，也是齐朝的开国皇帝。觐见时，正好有人给齐高帝进贡了一只白色的乌鸦。古人有一种习惯，看到比较稀奇的动植物，就认为是有什么象征意义，这个叫作“祥瑞”。齐高帝便问周围的人：“这白色的乌鸦，是什么祥瑞呢？”问了一圈，得到的答案他都不太满意。范云是在场的人里面级别最低的，所以他最后一个说话，他说：“臣听说，如果皇帝祭祀过宗庙，白色乌鸦就会出现。”齐高帝一听，自己确实刚在宗庙里祭拜过祖先，大臣们都还不知道，没想到被这个年轻人说中了，不禁叹服。

因为范云学识渊博，性格敦厚，他在萧子良的幕府逐渐成了领军人物之一。萧子良的幕府里，除了范云，还另外有七个文士，与萧子良关系特别密切，他们被称为“竟陵八友”，是当时南朝文坛乃至政坛上的风云人物。这竟陵八友里，有一个人名叫萧衍。正是这个人，后来灭亡了齐朝，建立了梁朝。

齐朝朝政十分混乱，争权夺位时有发生，所以它虽然是整个南朝寿命最短的皇朝，只存在了二十三年，可是皇帝数量却一点也不少，足足有七个。到第六任皇帝、东昏侯萧宝卷在位时，整个朝廷腐败到了极点，萧宝卷又生性残酷，杀伐随意，看谁不顺眼，胡乱找个借口就杀。最后，大臣们不甘心坐以待毙，发起兵变把萧宝卷给杀了。在这个过程中，老谋深算的萧衍趁机夺取了大权，随后他便逼着刚继位的齐和帝把皇位让给了他，并把国号改成了梁。

范云和萧衍不但是老朋友，而且萧衍称帝，范云也助了一臂之力，所以梁朝一建立，范云便成了吏部尚书，很是风光。范云在南齐就已经是高官了，进入梁朝后更是走到了人生巅峰，同时他还是当时著名的诗人，在文人中德高望重，一呼百应。像他这样的人，一般来说总要拿拿架子，不会轻易向谁表示好感。但范云却偏偏遇上了一个让他放下架子追着人家要做朋友的人。这个人就是何逊。

范云刚认识何逊的时候，何逊二十出头，出身贫寒，刚考上秀才，范云四十多岁，已经官至刺史，两人年纪差距很大，社会地位差距更大。范云只是偶然看到了何逊考秀才时的试卷，对此人文笔非常喜欢，于是写诗相赠，请何逊到自己家来做客。何逊收到这首诗，有点懵，他不敢相信范云这样的大人物能放下身段来跟他结交。于是他也写了首诗回赠，诗中先表达了对范云的感激，接着婉转地说，您家里的客人身份都很高贵，我来自穷乡僻壤，生怕在您府上遭人冷眼，自取其辱。范云连忙又写了一首诗，告诉他：我家中的客人都了解你的才华，没有人会侮辱你，你只管来，我等你。

经过这样耐心的沟通，何逊才放下顾虑，去拜访了范云。范云说的一点都没有错，在他的圈子里，欣赏何逊的不仅是他，还有和他同为竟陵八友的另一位大诗人沈约。沈约甚至说，“我读何逊的诗，一天至少要读三遍！”成语“一日三复”，就是从沈约的这句话来的。

当然，最赏识何逊的还是范云。只要何逊出了新作品，范云就要拿来细细品味，赞不绝口。虽然范云如此热情，何逊还是放不开。也许他认为，范云只是想找人聊点新鲜的话题，自己去过一回两回就可以了，再去便有些不识趣，人家是名士，没那么多闲工夫应酬自己。因此，去拜访过范云几次后，他就不去了。范云等呀等，何逊总也不上门。终于有一天，在范云的再三邀请下，何逊又来了。范云很高兴，两人联句作了一首诗，就是这首《范广州宅联句》。看范云的诗句，显然有一点责备何逊为什么老不来的意思。

这次相见后，两人就没有了诗歌唱和的记录。直到萧衍灭了南齐，建立南梁后，何逊才再一次来到范云家的宅邸，写了一首诗，但那时范云已经去世了。何逊的这首诗，是为了悼念范云而写的。

范云还活着的时候，何逊写给他的诗，遣词造句都很谦卑，总是说自己不敢到范家来，怕自己不够格做范大人的朋友。范云死后，何逊没有再写这些，他只是写道：黄昏时分，看到无人居住的范宅一片荒凉，想起范云的车马再也不会从这里的道路上驶过，我只能一个人默默地流泪。

很可惜，范云看不到他这些情真意切的话了，不然，他一定会十分欣慰的。

故事中的小智慧

范云和何逊的故事，是一个流芳百世的关于友情的故事，特别是范云能对何逊主动伸出橄榄枝，令人感叹。其实，范云不是对谁都这样的，他在南齐时，有一个同事兼朋友，名叫江祏，见他和竟陵王萧子良关系好，就想娶他的女儿做儿媳妇，跟他结亲家。有一次两人喝酒，江祏喝得醉醺醺的，拿出一把剪刀交给范云说："这是给你女儿的聘礼。"范云笑了笑，接过剪刀放进了箱子里。过了一段时间，江祏升官了，地位高过了范云，他又找范云喝酒，范云看出了他的来意，便假装喝醉，取出那把剪刀交给他说："如今我们两家不匹配了，你还是为令郎另寻佳偶吧。"江祏顺势收回了剪刀，不久，替他儿子娶了别家的女儿。

很明显，对江祏，范云没有那么欣赏，所以，他对和江祏的友谊，也是一种“随缘”的状态，有缘则聚，缘尽了，也不强求。而他之所以对何逊一直那么热情，是因为他发自内心地欣赏何逊，只是何逊从来没有真正理解过他。如果何逊能够放下自卑和怀疑，摆脱世俗偏见的影响，他和范云之间，必然会有更加深厚的友谊。

关雎

先秦　佚名

关关雎鸠，在河之洲。
窈窕淑女，君子好逑。
参差荇菜，左右流之。
窈窕淑女，寤寐求之。
求之不得，寤寐思服。
悠哉悠哉，辗转反侧。
参差荇菜，左右采之。
窈窕淑女，琴瑟友之。
参差荇菜，左右芼之。
窈窕淑女，钟鼓乐之。

解读

这首《关雎》出自《诗经·国风·周南》,它是整本《诗经》的第一首诗。为什么诗经选入三百多篇，偏偏以这一篇为首呢？这是有原因的。

《诗经》分“风”“雅”“颂”三部分。风就是国风，指从周朝各地采集来的当地比较流行的歌，内容是反应社会风气、民俗、民众生活状态的；雅就是大雅和小雅，大部分是议论朝政、政治的诗，人们推测，这些诗是当时的贵族们写的。颂是贵族祭祀鬼神所用的歌曲,分为鲁颂(鲁国公室的颂)、周颂(周朝王室的颂)和商颂(以商丘为国都的宋国公室的颂)。

国风总数十五,《周南》是第一部分。周南是什么意思,也有很多说法,有人说,周公用南方曲调写的歌,就叫周南,也有人说，因为周朝的统治兴起于岐山之南，又自北向南发展，所以周的正统音乐叫周南。时代太久远了，这个事情也说不清楚。但是，在《诗经》中,《周南》是居于统领地位的章节,这是毫无疑问的。《周南》的第一篇《关雎》,则是统领中的统领。比较通行的说法，认为《关雎》是赞美周文王和他的王后太姒的。儒家学者把夫妇关系视为所有人伦关系的基础，这个基础打得好，整个社会才能和谐，

所以，《关雎》被列在《诗经》之首。

《关雎》的大意是说，一位淑女与一位君子相互爱慕，但两人恪守礼仪，相思却不相见。直到结婚的那一天，宫廷中奏响喜悦而庄重的钟鼓，这一对相爱的人终于在一起了，从此过上了幸福的生活。诗中出现的雎，是一种名为雎鸠的鸟，关关是这种鸟的鸣叫声。雎鸠无论雌雄，都习惯于独来独往，比喻男女不私自相会。洲的意思是水中的小岛，雌雎鸠会躲藏在小岛上，象征着后妃深居在宫中，不轻易抛头露面。

当然这只是儒家的解读。现代也有人将这首诗作为爱情诗来解读，认为整首诗都是在讲述男子如何寻找自己心爱的女子。《诗经》是一部非常古老的诗歌集，其中的绝大部分诗，诞生之初到底是什么用意，完全不可考了，但它的文字都还清晰地呈现在我们面前。如果我们通过阅读这些诗句，得到了自己的理解，也未尝不可。

故事

古人说，《关雎》赞美的是文王和他的妻子太姒。太姒是著名的“周室三母”之一。周室三母，指周朝王室的三位王后。她们都以贤德著称。

周朝王族的始祖名字叫弃，遗弃的弃，因为他被他的

母亲遗弃过好多次。他的母亲名叫姜嫄，有一天，姜嫄跑到荒野上玩，看到一个神奇的大脚印，像是巨人留下的，她好奇地跳上脚印踩了踩，突然觉得肚子里有什么东西在动，吓得赶紧跑回家，没几天，她肚子就圆了起来——她竟然怀孕了。怀胎十月，姜嫄生下了一个孩子。她心惊胆战地看着这个孩子，不知道他是神是妖，会不会给自己带来什么灾祸，越想越怕，一咬牙决定把孩子扔了。可是，她把孩子放在路上，来来往往的牛马都绕着走，她把孩子带去山里，原本冷冷清清的山里突然来了好多人，纷纷阻止她。她又把孩子放在结冰的河面上，一只大鸟从天而降，张开翅膀温暖孩子的身体。姜嫄看到这景象，心想：也许这孩子真的是天神赐给我的，我不应该抛弃他。于是，她把孩子抱回了家，取名为弃，把他养育成人。

弃长大后学会了种植庄稼的本事，尧帝便请他去做农师，也就是主管农业的大臣。弃把自己种庄稼的技术都教给了百姓，让人人都有饭吃。尧帝很高兴，封弃为后稷，也就是谷物之神，同时赐姓姬氏。此后，弃的宗族兴旺发达，繁衍数代后，他们在豳地定居下来。

到了弃的后代古公亶父当首领的时候，姬氏的部落因为善于耕种，衣食富足，引来了周围一些小部落的嫉妒。这些小部落频繁地攻打姬氏部落，勒索财物，古公亶父都给了。最后，这些小部落干脆要求古公亶父把部落首领的位子交出来。百姓都愤怒地要求跟他们决一死战，古公亶父却说："你们立我为君主，是为了让我领导你们过上好日子的，如果我让你们去打仗，牺牲你们的生命，只是为了保住我的权力地位，那我于心何忍。"他为了避免百姓卷入战争，便放弃王位，带着自己的妻儿离开了豳地，来到岐山住下。他没有想到的是，豳地的百姓舍不得他，也抛下原来的家园，扶老携幼追随他而来了。于是，古公亶父和族人们在岐山脚下开创了一片新的天地。

古公亶父的妻子名叫太姜，是一个既美丽又有智慧的女子。她生了三个儿子，长子名太伯，次子名虞仲，小儿子名季历。季历的妻子叫太任，也是一位贤德女子。太任怀孕时，很注意胎教，不端庄的音乐不听，不纯正的颜色不看，不合礼仪的话语绝对不说，保证腹中胎儿只能接触到美好的事物。后来她生下了一个儿子，取名为昌。昌刚出生时，有一只红色的鸟，衔着一卷红色的文书，飞到昌的房间窗台上，人们取下文书一看，上面写着的字，是告诫君王，要以仁义治国。

看过文书后，古公亶父沉吟了一会，自言自语说道："难道昌儿是天命所归要成为王的人吗？可是，他的父亲是我最小的儿子，没有机会继承我的王位啊！"太伯和虞仲在

一旁听见父亲说的话，明白父亲是想越过他们兄弟俩，把王位传给季历。为了不让父亲为难，兄弟二人悄然出走，去了遥远的南方。

古公亶父死后，季历成了姬氏族的首领。他死后，他的儿子姬昌顺理成章地继位了。姬昌娶了有莘氏的公主太姒。有莘氏是大禹的后裔部族，以出美女闻名，太姒公主又特别聪慧懂礼，姬昌对她十分爱慕。他特地制造了一艘船，亲自到渭河上迎接新娘。太姒与姬昌结婚后，夫妇相敬如宾，婆媳相处融洽，周王室蒸蒸日上。

姬昌九十七岁去世，他的儿子姬发继位。姬发自立为武王，追尊古公亶父为太王，季历为王季，姬昌为文王。武王九年，周武王举起了反商的大旗。由于商纣王暴虐无道，早已失去民心，没有人愿意为商朝死战，武王的大军很快攻入商朝都城朝歌，商纣王自杀了。从此，一个新的王朝——周——揭开了序幕。

故事中的小智慧

周文王是被我国古代的儒家学者尊为圣王的人，他和妻子太姒，也被儒家奉为夫妇的典范。历史记载，太姒与文王生了十个儿子，长子名叫伯邑考，正直善良，可惜被商纣王害死了，次子姬发，就是周武王，三儿子姬旦，也

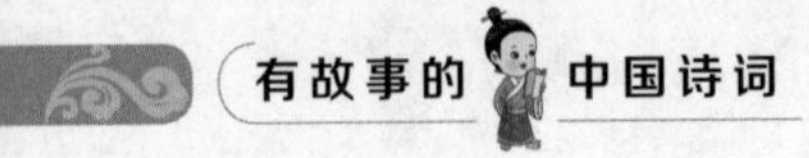

就是后世尊称的周公，同样是儒家尊奉的圣人，几近完美。其他的七个儿子，个个是人中俊杰。

文王和太姒对他们这十个儿子的教育，有一个地方很值得现在的父母学习。孩子刚出生的时候，承担养育责任的，主要是母亲太姒，在太姒的教诲下，这些孩子从不做坏事，道德观念都很强。而到了他们长大了一些的时候，教育主要责任就转到了文王的身上。也就是说，周文王夫妻都参与了对孩子的教育，两人承担的责任是均等的，这样，孩子便可以从父母双方那里汲取身心成长的营养。现代教育学研究表明，父母双方在养育孩子上扮演的角色都很重要，哪一个都不能缺失。而且，根据孩子的生长阶段划分，母亲在幼儿期比较重要，孩子的人格和是非观念的形成，也主要取决于母亲。父亲在儿童期和青少年期比较重要，并且决定孩子未来发展的方向和格局。周文王夫妇的分工，正好就是这样。看来，早在几千年前，我们的祖先就已经懂得了这些现代育儿理念呢。

蒹葭

先秦 佚名

蒹葭苍苍，白露为霜。
所谓伊人，在水一方。
溯洄从之，道阻且长。
溯游从之，宛在水中央。
蒹葭萋萋，白露未晞。
所谓伊人，在水之湄。
溯洄从之，道阻且跻。
溯游从之，宛在水中坻。
蒹葭采采，白露未已。
所谓伊人，在水之涘。
溯洄从之，道阻且右。
溯游从之，宛在水中沚。

解读

这首诗是《诗经·国风》中的秦风十首之一，讲述一个人在深秋的水边盼望着、寻找着自己心中思慕的对象，然而，无论顺流而下，还是逆流而上，都求之不得的故事。

蒹葭是水岸上丛生的植物，蒹是荻，葭是芦苇。这两种植物没有根基，随风摇荡，一到春天就疯长，一到冬天就凋亡，在古典诗词的语言中，它们是“轻贱”“放荡”的象征。这个词如果用在别人身上，那就是骂人，如果用在自己身上，那就是自谦。不过，在《诗经》中，这个词只是客观的景物描写，并没有这样的内涵。

秦风，是从秦地采集而来的诗歌。秦国是个以征战见

长的诸侯国，秦风所选的诗，许多是与战争有关的。但是这首《蒹葭》，与战争的关系并不明显。历来对这首诗的主旨，也是众说纷纭。

一种说法认为，《蒹葭》是一首批评秦襄公不遵从西周礼仪的诗。秦襄公的故事，我们后面再讲。这个说法，是一本古代非常权威的注释本《诗经》——毛诗里记载的。这本《诗经》为什么叫毛诗呢？因为它的注释者是鲁国的学者毛亨和赵国的学者毛苌。这两个姓毛的学者，据考证，确实有亲属关系。他们俩在战国时期以讲解诗经著名。

另一种说法认为，《蒹葭》并非批评秦襄公，而是赞美他求贤若渴，苦苦地四处寻找有贤德的人才。

还有一种说法认为，这首诗很可能是一首情诗，讲述的是人类女子与河神之间的爱情故事，是祭祀的时候演唱的。因为其中描述的那种执着追求而始终得不到的哀愁，很契合人们对爱情的体验，它逐渐也成为一首普遍意义上的情歌。

其实，因为《诗经》产生的年代实在是太久远了，大部分篇章很难说清楚具体的意思，别说我们现在，就是在距离我们两千多年前的毛诗出现的战国晚期，毛亨、毛苌这样的注释者，也只能通过对那些古老文献的考据，再加上一部分主观猜测，才能对诗经做出解读。所以，我们不必过于纠结这些诗歌到底是不是意有所指，而只需要了解，中华民族的祖先在几千年前就在使用如此优美绝伦、打动人心的诗歌语言，这是多么令人自豪的事啊！

故事

毛诗中说，《蒹葭》是在批评秦襄公不能运用西周的礼仪，所以无法使其统治稳固。而明清时期研究诗经的学者认为，《蒹葭》是在赞美秦襄公思慕贤才，崇尚美德。那么，这位秦襄公到底是什么人呢？这要从秦这个国家的起源说起。

传说，秦王族的祖先是一个名叫女修的女子。有一天，她织布的时候，看见一只燕子飞来，落在她面前，下了个蛋又飞走了。女修很好奇，把蛋捡起来吞下去了。刚吞下去，她肚子就鼓了起来，不久，竟生了个儿子，取名大业。大业长大以后，娶了一个名叫女华的姑娘，又生了个儿子叫大费。大费成年后，跟随大禹治水，兢兢业业，不辞辛劳。治水成功后，舜帝为了表彰大禹，赐给他一块黑色玉圭。在上古的时候，玉圭是权力的象征。大禹很谦虚，向舜帝禀告说："治水不是我一人的功劳，大费出的力也不小。"舜帝听了，高兴地对大费说："你辅佐大禹，功莫大焉，我祝你的后代子孙繁荣昌盛。"祝福了大费之后，舜帝还从

姚氏族中挑选了一个美丽的女子，嫁给了大费。后来，大费又做了舜帝的手下，专门为舜帝驯养野鸟、野兽。也许是因为大费的爷爷是只燕子吧，他很擅长做这个工作，驯养的鸟兽个个都很听话,舜帝十分满意,便赐给他一个姓氏：嬴。这个嬴姓，就是秦国王族的姓。

舜帝的祝福果然应验了。大费的子孙繁衍不息，人丁越来越兴旺，族人中的英雄豪杰也层出不穷。到了商朝时，嬴姓成了一个显贵的大姓。然而，商朝被周朝灭亡后，嬴氏族人便失去了昔日的尊崇地位，生活在都城西边一个叫作犬丘的偏僻地方。直到族中出现了一个名叫非子的人，嬴姓一族才改变了命运。非子因为有一项特别的技能——善于养马，被周孝王提拔成了王室的养马官。非子把周王的马养得膘肥体壮，而且一拨接一拨地生小马驹，马群不断发展壮大，周孝王非常高兴，把“秦”这个地方分封给了非子。非子从此号称“秦嬴”。

秦最初不是诸侯国，只是一个小地方的附庸国。它的职责就是帮周王养马，同时防御西戎族入侵。西戎族是由周朝国境西边的好几个民族组成的，对周朝国土一直都是虎视眈眈。到了非子的孙子秦仲的时候，由于当时的周厉王昏庸无道，诸侯纷纷反叛，西戎便趁机攻入周朝。秦仲奉命抵抗，战死沙场。

周厉王死后，周宣王继位，秦仲的儿子庄公也继承了父亲的爵位。庄公的长子名叫世父，他一心想为祖父秦仲报仇，便把储君的位置让给了弟弟襄公，自己率领军队去与西戎交战了。他走后,庄公便死了,襄公成了秦国的国君。这就是秦襄公。

第二年，世父在作战中被俘。襄公与西戎交涉了一年多，才把哥哥要回来。

秦襄公七年，在位的周幽王又重蹈了当年周厉王的覆辙。

周幽王有个宠妃名叫褒姒。褒姒不喜欢笑，周幽王为了逗她，想出了一个歪点子。他命人点燃烽火，谎称西戎进攻，骗得诸侯慌慌张张带兵来救援，等各路兵马到了都城镐京,周幽王便带着褒姒登上城楼,对他们说“没事没事,都回去吧”，诸侯不知道发生了什么，全都一脸茫然。褒姒看到这个景象，笑得前仰后合。诸侯们发觉自己无端被捉弄，一个个气得头顶冒烟。这之后，周幽王为了多看看褒姒的笑脸，又用同样的方法耍了诸侯好几次，最后，诸侯全都不信他了。

更过分的是，周幽王为了讨好褒姒，废掉了王后和王后生的太子，立褒姒为王后，立褒姒的儿子为太子。原来的王后姓申，父亲是申国国君。申侯听说女儿和外孙受这

么大委屈，怒不可遏，立即联手犬戎族进攻国都。周幽王点起烽火，想召唤诸侯，可一支兵马也没有来了。犬戎族攻破城门，将周幽王杀死。

周幽王死后，周平王仓促继位，并将都城迁到了东边的雒邑。护送周平王去雒邑的，就是秦襄公。周平王因此将秦提升到了诸侯国的地位。从此，称霸春秋战国、最终一统天下的秦王国出现了。

故事中的小智慧

历史上关于皇帝宠爱某个妃子导致亡国的故事中，周幽王和褒姒的“烽火戏诸侯”是最脍炙人口的。周幽王为了让褒姒笑一笑，不惜透支自己的信用，动用烽火这种军事信号，欺骗诸侯，这样做的后果，大家都看到了——他失去了所有人的信任，葬身在入侵敌人的刀下。周幽王的死，也意味着西周的灭亡，曾经强盛的周朝国力一落千丈，不得不向东迁都，分裂而混乱的东周开始了。

历史发生这么大的转折，真的是褒姒这一个女子就能导致的吗？当然不是。历史有它自己的规律，不可能是某一个人某一件事就能左右的。同时，历史也有它自己的节奏和进程，不会随意被改变被影响。比如，秦襄公将秦国从一个地位低下的小国，变成了与其他诸侯国平起平坐的大国，并且在这时便树立了称霸的目标，之后的历代秦王，用了整整五百五十年的时间，通过各种努力，到秦王嬴政时，才彻底地实现了这个目标，建立了一个统一的皇朝。

读历史，应该从中寻找历史发展的内在逻辑，这样，我们就更能够理解我们的祖先，从而，也就更能够理解我们自己。

木瓜

先秦 佚名

投我以木瓜，报之以琼琚。
匪报也，永以为好也！
投我以木桃，报之以琼瑶。
匪报也，永以为好也！
投我以木李，报之以琼玖。
匪报也，永以为好也！

解读

这首诗是《诗经·国风》中卫风十篇之一。卫风来自卫国，这是周武王的弟弟卫康叔的分封国，位置大致就在今天的河南、河北相连地带，它的都城朝歌，是殷商的故都，所在区域也是商朝经济文化最发达的地区。原本这个封国的土地是周武王封给商纣王之子武庚禄父的，此地百姓都是殷商遗民。武王死后，继位的成王年纪太小，摄政的周公又一时不能服众，周朝形势不稳，武庚禄父便率领自己治理下的殷商遗民起兵造反了。后来，周公平定了叛乱、杀了武庚禄父，把这块地封给了弟弟卫康叔。从此，这个地方就变成了卫国。

因为在卫国生活的大都是殷商遗民，所以这里保留了很多殷商风俗。《诗经》的卫风十篇也体现了这方面的内容。

诗经里的诗，很多是各地民歌，可以配乐演唱。儒家学者对卫国的民歌并不是很喜欢。他们比喻说，卫国民歌就像女人精心妆饰过的容貌，会让人心里产生邪念，非常不好。从中我们可以推测，卫国民歌旋律优美，在当时很受欢迎，换句话说，卫风诗就是周朝的流行歌曲。儒家学者推崇的是四平八稳端庄从容的雅乐，可那种音乐是贵族专享的，老百姓连听都很难听到，更不用说欣赏了。

那么风靡各国的卫风到底是什么样呢？《木瓜》就是卫风中比较知名的一篇。这首诗字面意思不难懂：你给我瓜果，我赠你美玉，美玉不是给瓜果的回报，而是我给你的信物，希望你我能永远相好。诗中所说的木瓜、木桃、木李，指的就是树上结的瓜、桃、李。而琼琚、琼瑶、琼玖，都是美玉的意思。

至于诗的内涵如何解读，历来有一些不同看法。主要的有这么两种：一种是战国晚期的学者毛亨、毛苌的观点，他们认为，这首诗说的是齐桓公救援卫国的故事，卫国曾经遭受一个叫作狄的少数民族部落的入侵，差点亡国，齐国的国君齐桓公派兵支援了幸存的卫人，还送给他们很多物资，帮助他们重新建国，这件事在历史上被称为“狄人伐卫”。毛亨等人把《木瓜》这首诗和“狄人伐卫”联系在一起，也是儒家解读诗经的习惯做法，即总要用某个史实来解释诗歌，有时候这实属牵强附会。

另一种的说法，就是从诗本身看，认为这是一首讲述男女交往的爱情诗。女子向男子赠送甜美水果表达爱意，男子将自己身上佩戴的玉饰摘下回赠，表示接受了女子的感情，并立下誓约，要永远相爱。如果有人用优美的曲调把这个景象用诗的语言演唱出来，观赏的人自然也会产生共鸣，憧憬两情相悦的美好和甜蜜。儒家学者认为卫风诗令人产生“邪念”，大概就是指这个吧。

故事

《木瓜》这首诗，提到女子向男子赠送瓜果表示爱意，这应该是当时卫国人的一种习俗。这种习俗，在近千年之后的西晋还存在着，并发生在了一个叫潘岳的男子身上。

潘岳是荥阳人，这个地方还真离古代的卫国不远。潘岳小时候就极为聪明，乡邻们都说他是个神童。年纪不大，他就被举荐到权臣贾充的幕府里当了谋士，开始了自己的仕途。当了一段时间的官之后，他精心地写了篇文章吹捧晋武帝，希望以此为跳板，能再往上升升官。他这篇文章写得龙飞凤舞，文采斐然，成功地引起了朝廷上下的注意。但是，这个主意并没有给他带来好处。他被赶出京城，发配到河阳当县令去了。原因很简单，潘岳显露了自己的才华和野心，引起了当权者的猜忌。

潘岳被贬后，心里沮丧，又见朝廷里有几个皇帝宠爱的大臣神气活现，脑子一热就在皇宫的走廊柱子上写了首诗，说是诗，其实就是把那几个得宠大臣的名字编成了顺口溜，骂他们是牛，还活灵活现地描写了这几头“牛”的样子——潘岳毕竟是个文学家，写这种讽刺诗手到擒来。肚子里的怨气虽然发泄了一些，可后果也得他自己担着。因为这幼稚的行为，潘岳被贬到更远的地方去了，受苦受累地干了好几年，才调回京城洛阳。

回到洛阳后，潘岳没有吸取教训，做人还是很浮躁。他觉得自己之所以仕途不顺利，肯定是因为后台不硬，于是使劲巴结得势的外戚贾谧。这个贾谧是皇后的侄子，官当得很大，掌握了朝政大权。潘岳为了讨好他，每天等在人家的家门口，只要贾谧坐的车子一出来，还没看到贾谧，刚能看到车轮子扬起的土，潘岳便认认真真地跪下拜起来了。他这个德行，连他母亲都看不下去。他母亲劝他：“你现在日子过得挺好的，知足吧，何必这么不要脸呢？”但是潘岳不听，还是照旧死死抱着贾谧的大腿。

尽管潘岳把小人做得这么淋漓尽致，还是没能让自己飞黄腾达，反倒死在了一个比他更卑劣的人手里。

这个人叫孙秀，出身低微，曾是潘岳父亲的部下。潘岳瞧不起孙秀，对他不好，经常打击他。可他没想到，孙秀想方设法一步步往上爬，最后竟然成了宰相。当上宰相的孙秀心里还记着旧仇，便捏造了一些罪名，把潘岳害死了。

潘岳是个历史上有名的大才子，也是个历史上有名的人品不好的文人，但是他最有名的，却不是这两样，而是他的长相。潘岳长得非常好看，不亚于现在的偶像明星。他年轻的时候，经常在街头被女人们团团围住，那些女子把各种水果往他坐的车里扔，他回家的时候，总是带着满满一车果子。这不就是“投我以木瓜”“投我以木桃”“投我以木李”嘛。只不过，潘岳没有回赠礼物给她们中任何一个，也许是因为他没有从这些女子里找到自己喜欢的人吧。

故事中的小智慧

潘岳的字叫安仁，人们也称他为潘安。后来，潘安成了美男子的代称，说一个男人貌似潘安，就是夸他长得漂亮的意思。连潘岳当过县令的河阳县，都有个别名叫潘安县。可见潘岳真是美名远扬啊。然而，这美名仅仅来自他的容貌。假如世人对品德的好恶也能像对容貌一样的话，以潘岳的道德水平，他绝对不会被扔水果，被扔鸡蛋倒是有可能。

说到这里，我们要讲到另外两个人。这两个人，一个叫张载，另一个叫左思，他们都是与潘岳同时代的文学家。张载和左思最大的共同点就是长得丑。张载丑到出门会被小孩子用石头打；左思呢，不但丑而且口吃，连他的父亲都看不上他。但是，张载举止优雅，博学多才，跟他交谈过的人都会被他的学识风度折服，主动举荐他做官，他的人生道路也因此十分顺畅。左思虽然因为外表而被人瞧不起，但他没有消沉，反而更加努力，把自己善于写文章的长处发挥到极致。他曾写过一组关于魏国、吴国和蜀国都城的文章，统称《三都赋》，发表之后，人们赞叹不已，纷纷抄写保存，导致整个洛阳的纸都涨价了，由此还形成一个成语“洛阳纸贵”，专门形容某篇文章写得好，大受读者欢迎。

潘岳人美心陋，张载和左思人丑却有志气，因此他们在历史上留下的口碑很不一样。我们初识一个人的时候，难免会以貌取人，但是，这种惯性思维是错误的。一个人的容貌与他的品质无关，我们应该透过外在的美或丑，克服“第一眼印象”带来的偏见,这样才能好好地了解一个人。

渡汉江

唐　宋之问

岭外音书断，经冬复历春。

近乡情更怯，不敢问来人。

解读

这首诗是初唐著名诗人宋之问在从泷州回洛阳的路上，经过汉江时写的。诗的头两句是讲述自己这一趟旅程的缘由。泷州在今天的广东省罗定市，古代以越城岭、都

庞岭、萌渚岭、骑田岭、大庾岭这五座山合称五岭，五岭为界，分岭北岭南。岭南都是当时比较荒蛮的地方，朝廷经常把犯罪的人和犯错的大臣流放到那里去，作为惩罚。宋之问就是被流放去的。“岭外音书绝”的“岭外”，指的就是岭南地区。宋之问的家在洛阳，他在泷州待了一年，没有收到家中书信，所以着急了，这是他解释自己为何要离开泷州。

历代诗评家都认为诗的精华在于就在后两句“近乡情更怯，不敢问来人”，如果我们不知道宋之问的遭遇，那么看这两句，确实能体味出即将归家的游子普遍的心情。因为离家久了，家里也不知道发生了什么，发生的是好事还是坏事，家人又会对自己有什么样的态度。如果归家途中遇上了家乡的熟人，就更纠结了：家中近况是问还是不问？问了，万一是坏消息怎么办？这些都让人忐忑不安。

然而，宋之问的这两句话里表达的意思，实际上一点都不普遍，而是出于他的特殊情况。当初他犯了错，被贬为泷州参军，却因娇生惯养，难以忍受岭南的气候和水土，于是擅自返回了洛阳。他之所以说“近乡情更怯”，是因为他是逃回去的，万一被抓住，处罚肯定免不了，说不定连命都保不住。别说“不敢问来人”了，可能遇到熟人还要躲起来别被看到才行。

说来也有趣，宋之问的这首《渡汉江》，讲述的是一个逃亡者的心路历程，却被后世无数的远游之人当作了自己重返故乡时的心声。也许，人生本来就是一场从家乡到远方、又从远方回到家乡的大逃亡吧。

故事

初唐诗人宋之问，很年轻的时候就名满京城，他擅长写五言诗，当时没有人比他写五言诗写得更好。武则天当政的时候，宋之问凭借自己写诗的才华，被征召做了一个宫廷诗人。武则天是一位女皇，她认为女皇也可以像男皇帝一样拥有三宫六院，所以她找来不少长得漂亮的男孩子，专门在宫里服侍她。这些人中有一对姓张的兄弟，哥哥叫张易之，弟弟叫张昌宗，容貌特别好看，武则天最喜欢他们。武则天喜欢，就有人巴结。文武大臣不少都追在张氏兄弟后面献媚讨好，这里面也包括宋之问。宋之问尤其得到张氏兄弟的青睐，因为张氏兄弟时常需要吟诗作赋充充门面，可他们不学无术，不会写诗，宋之问便揽下了这个差事。张氏兄弟流传下来的诗，大部分都是宋之问写的。

张易之、张昌宗兄弟自己什么本事也没有，依附着武则天才能这么神气活现，武则天一旦失去了权力，他们俩的末日也就到了。武则天年老之后，身体衰弱，精神也时常困倦，很多事都顾不上了，这时，反对她的大臣联合起来，逼她退了皇位。不久武则天就死了，死后以皇后的身份和她丈夫唐高宗合葬。而张易之和张昌宗这两兄弟呢，在大臣们逼武则天退位的时候，就被杀掉了。

武则天的儿子唐中宗登基以后，要清算张易之兄弟的党羽，宋之问自然逃不过去，他被贬为泷州参军，发配岭南。宋之问在泷州度日如年，他是地道中原人，对南方的气候和生活习惯一点都不适应，吃不香睡不好，实在受不了了，一咬牙就偷偷逃回了洛阳。

回到洛阳后，宋之问不敢抛头露面，只能躲起来。他有一个朋友名叫张仲之，看他无处可去，就把他收留在家里。没想到这一收留，给自己带来了杀身之祸。当时的宰相是武则天的侄子武三思，张仲之反对武三思当宰相，便与和他想法相同的驸马都尉王同皎谋划，要刺杀武三思。他们的密谋，被住在张家的宋之问偷听到了。宋之问心想，现在是武三思得势，如果我得到了武三思的信任，不就可以再次飞黄腾达了吗？这么一想，他也不顾朋友情谊，就跑去告发了张仲之和王同皎。武三思把张仲之、王同皎都杀了，宋之问则被提升为鸿胪寺主簿，重新又穿上了那身绯红的官袍。当时的人们都议论说，宋之问官袍上鲜艳的红色，都是张仲之、王同皎的血。

宋之问用这么卑鄙的手段所得到的一切，都没能长久。唐中宗死后，他的皇后韦氏、女儿安乐公主作乱，被唐睿宗的儿子李隆基平定。唐睿宗继位，自然要肃清韦氏、安乐公主的残余势力，而宋之问呢，由于他一点都没有吸取当初依附张易之兄弟所得到的教训，旧习不改，又早早攀附了安乐公主，所以被贬到比广东更远的广西去了。事情还没完，等李隆基当了皇帝，想起宋之问这十多年来，和张易之张昌宗有关系，和武三思有关系，又跟韦后、安乐公主勾勾搭搭，觉得这人实在是不能留，就下了一道圣旨，把他赐死在了桂州——即今天的广西桂林。

一代唐诗的宗师，就这样不体面、不情愿、不甘心地死在了遥远的岭南，再也没有“近乡情怯”的机会了。

故事中的小智慧

宋之问是毫无疑问的唐诗之祖，可是他的才华与他的品行不成正比。他的名声很坏，甚至有这么一个故事：他见外甥刘希夷写过一句好诗，想叫刘希夷让给他，刘希夷不从，他就把刘希夷给杀了。刘希夷确有其人，写诗写得不错，不到三十岁就被人杀死了，至于是不是宋之问杀的，并没有证据，无从判断。但就是因为宋之问的人品是大家都公认的低劣，早已失去了人们的信任，所以这个“舅舅因诗杀外甥”的故事传得有鼻子有眼，也没有什么人愿意为他鸣冤叫屈。

宋之问的人生是个悲剧，也是个喜剧：悲剧在于他比当时的所有文人都更有才华，却像一只孔雀，越是华丽开屏就越挡不住自己丑陋的屁股，令人痛心、惋惜；喜剧在于他想尽办法攀附权贵，却攀上一个倒下一个，攀上一个倒下一个，全是瞎子点灯白费蜡，滑稽可笑。如果宋之问能把他的才华专注地放在学习和创作上，不要被那些权贵牵着鼻子走，这些悲剧和喜剧，应该就不会发生了。

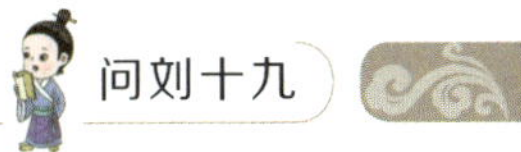

问刘十九

唐 白居易

绿蚁新醅酒，
红泥小火炉。
晚来天欲雪，
能饮一杯无。

解读

这是唐代诗人白居易被贬谪为江州司马的时候写的一首小诗，用语浅显，意境清新，非常符合白居易诗歌的特色。从内容上看，这是写给一位叫刘十九的朋友，请他来家里小酌一杯的邀请信。

刘十九，并不是一个人的名字，而是说这个人姓刘，在他的家族兄弟中排行十九。唐代人经常这样互相称呼，我们在唐诗中也能看到。这叫作“行第称谓”，是唐代最常见的一种人际交往的习俗。有的行第称谓只有姓和数字，

这表示双方关系很亲密，就像白居易称呼这位朋友为刘十九，说明他俩私交很好。白居易最好的朋友是诗人元稹，元稹排行为九，白居易只要提到他，几乎都是直呼“元九”。有的行第称谓带官职或其他尊称，这是表达一种尊敬的意思，也表示双方的关系有点距离。比如唐代诗人刘禹锡跟元稹也是好朋友，但没有白居易那么好，所以他称呼元稹时，用的是“元九”加元稹的官职名“侍御”，也就是监察御史。元稹去世后，刘禹锡经过元稹的故居，写诗提到元稹时，还称其为“元九相公”，十分尊重。

行第称谓还有一个特点：男女有别，如果一家有兄弟姐妹数人，那么兄弟的排行和姐妹的排行是分开算的。依然以这位刘十九为例，他排行十九，意味着他是他家所有男孩中第十九个出生的。他的排行，跟他有几个姐姐毫无关系。

这首诗中还有一个小知识，是关于酒的。我国古代造酒的历史很长，但直到宋朝末年之前，人们喝的都是用粮食或者水果蒸煮之后加酒曲制成的发酵酒。白居易当时身处江州，即现在的江西省九江市。江西自古就是稻米产区，百姓自然也善酿米酒。米酒刚酿熟的时候，没有经过过滤，这叫“浊酒”，里面还含有大量的碎米酒糟，浮在酒水表面，形如小蚁，颜色微微发绿，所以，白居易才会说“绿蚁新醅酒”。过滤之后不带酒糟的酒，就叫“清酒”。清酒比浊酒价格贵很多。白居易身为名士，又是当地的司马大人，特地写首诗请朋友来喝便宜的浊酒，还用本地红泥糊的土炉子来温酒，如此不拘小节接地气，也是独一份的了。

故事

白居易在江州的时候，虽然是被贬谪，但慕名与他交往的朋友还是不少的，刘十九就是其中一个。白居易的诗里提过四次刘十九，最为人所熟知的一次，便是这首《问刘十九》，还有三次，诗名分别为《刘十九同宿时淮寇初破》《雨中赴刘十九二林之期，及到寺刘已先去，因以四韵寄之》《蔷薇正开，春酒初熟，因招刘十九张大夫崔二十四同饮》。这四次提到的刘十九，应该是同一个人，他是一个和白居易经常一起游玩饮酒的朋友。

想多了解一点刘十九，我们就来读一读《刘十九同宿时淮寇初破》这首诗：“红旗破贼非吾事，黄纸除书无我名。唯共嵩阳刘处士，围棋赌酒到天明。”这首诗的意思是说：将军们打败叛贼，这个事跟我没什么关系，皇上封赏，也没有我的名字。我呢，就跟襄阳的刘处士一起，下下棋喝喝酒，逍遥地玩到天亮吧。听起来，这显然是一首带了小情绪的诗。白居易听说别人都在建功立业，自己却憋在江

州无所事事，心里很着急，可是着急也没有用，只能和朋友一起消磨时光。

我们不去管白居易发的牢骚，只来看看这首诗，诗中透露了两个信息。第一个，白居易在诗中称刘十九为“嵩阳处士”，阳在古汉语里表示南面的意思，所以嵩阳就是嵩山之南，我们看一下地图，找到嵩山的位置，就可以知道，这位刘十九的老家，在今天的河南登封市南部，离白居易的出生地新郑不远。他只是因为某种原因客居在江州。而处士，指的是德才兼备却没有做官的读书人。因此，刘十九的身份，就是一个和白居易意气相投、又有同乡之谊的平民书生。另一个信息，是“淮寇初破”这个词，点出了白居易和刘十九交往的时间段。在白居易被贬谪的元和年间，唐朝发生了一场叛乱。这场叛乱的起因，是淮西节度使吴少阳死了以后，他的儿子吴元济抢占了节度使的职位。节度使就是唐朝时地方的最高长官，权力极大，本来是由朝廷任命的，但因为唐朝中晚期，节度使已经不太听皇帝的话了，所以吴元济就自作主张地继承了他父亲的节度使之位。唐宪宗非常生气，派兵去攻打吴元济。白居易说的“淮寇”，指的就是吴元济。然而唐军战事不利，从元和九年开始，好几个将军打了三年，直到元和十二年，才由大将李愬抓住吴元济，并将其处死。

白居易是元和十年被贬到江州的，诗中说“淮寇初破”，初破就是“第一次打败对方”的意思。查一下历史记载，我们可以知道，唐军第一次打败吴元济，是在元和十年的三月。古时候消息传递全靠人和马，自然比较慢，三月发生的事情，可能需要好几个月才能从长安传播到各地，不过也不至于跨年。也就是说，白居易写《刘十九同宿时淮寇初破》这首诗的时候，是元和十年他刚刚到江州的时候。那正是他还没有完全接受现实，心情最低落时，发发小牢骚也就正常了。

历史和唐诗对照着看，就能发现很多隐藏的秘密，也更能帮助我们理解唐诗，理解诗人，这是不是很有意思呢？

故事中的小智慧

白居易是一个很自负的人，当然，他本来也有自负的资本，毕竟他的才华超出同时代的人太多了。从朝廷官员到江州司马，这是一落千丈式的贬谪，对一个有才、自负而又一直很努力的人来说，打击非常大。不过，白居易在困境中，也并没有一味地埋怨哀叹，他思考了很多关于做人、作文的问题，并且和自己的朋友深入地交流探讨。他没有浪费在江州的几年时间，创作思想升华到了一个新的境界。

在被贬谪之前，白居易写了广为人知的《长恨歌》，以唐玄宗和杨贵妃的深宫秘史为题材，歌颂了帝妃的爱情。这首诗非常美，像一部浪漫偶像剧一样，风靡一时，人人传唱，然而它描写的是一种存在于想象中的幻梦，美而不真实。在贬谪之后，白居易写出了《琵琶行》，讲述了一个年老色衰的歌女流落江湖的故事。这首诗真正属于白居易，也属于所有人生失意的人，它不仅美，而且充满对人的关怀。

如果说《琵琶行》是白居易此次贬谪江州的最终结果，那么，无论对白居易还是对整个唐诗、甚至于古典诗歌，这场逆境之旅都是值得的。

杂诗三首·其二

唐 王维

君自故乡来，
应知故乡事。
来日绮窗前，
寒梅着花未。

解读

杂诗是一种古典诗歌的体裁，最早出现在魏晋时期。魏晋始于东汉末年。东汉最后一个皇帝汉献帝，年号建安，因此活跃在这个时期的诗人被称为建安诗人，他们是杂诗的开创者。

南北朝的南朝梁，有一个叫萧统的人，主持编选了历史上第一部诗文作品总集。萧统是梁朝梁武帝的太子，但没继位就死了，死后谥号“昭明”，史称昭明太子，他编的这部文集，就被叫作《昭明文选》，也叫《文选》。

《文选》把诗文分门别类，其中，杂诗类的作品数量非常多。虽然被选进“杂诗”类的诗，有的本来就叫“杂诗”，也有的叫别的名字，但它们都有共同特点——有感而发，不为说教，也不是为了人情应酬。当然，经过千年的发展，后来杂诗也有了更丰富的内涵，不仅仅只是为了表达个人情绪和感受，但是在唐代，它还基本保持了源自魏晋的纯粹性，依然是随兴则咏，没有什么功利目的。

“君自故乡来”这首诗，是王维的组诗《杂诗三首》之二，也是三首诗中流传最广的一首。这首诗，语言简朴，如道家常，通俗易懂，是它广为传诵的原因。同时，言简意长、见微知著，从极平淡处见至深情的写法，是它最受诗评家推崇的原因。历来评论都非常赞赏这首诗，认为它具有一种清空脱俗的韵味，毫无修饰，真挚动人。

故事

王维的《杂诗三首》，虽然人们大多只熟悉第二首，其实整组诗是有紧密联系的。

我们先看第一首，“家住孟津河，门对孟津口。常有江南船，寄书家中否”。这首诗描写了一个场景。一个年轻的女子羞怯地来到家门口的码头上，询问来自江南的船，是不是带来了某个人的家书。既然是问家书，自然，这个提问的女子身在家乡，她问的人则远在江南。若不是期盼太久也没有得到这个人的书信，心中实在焦虑不安，这女子也不会冒着被人们嘲笑的风险，轻易走出家门，去询问那些陌生的船工。

第二首“君自故乡来，应知故乡事。来日绮窗前，寒梅着花未”。这里提问的人已经转换了，不再是女子，而是她苦盼来信的那个人。那是她的丈夫。出于某些原因，他长时间地住在长江以南，与黄河岸边的家乡相隔千里。妻子在家中守望着他的来信，他又何尝不是在客居的地方，苦等来自家中的消息？

这一天，他欣喜地遇到了一个刚来此地的同乡。他连忙向同乡打听家里的事，奇怪的是，他没有问别的，只是问：

我家“绮窗”前的梅花，开了没有？

绮窗，就是雕着繁复花纹的窗框，只有家境优裕的人家宅院，才有这样华丽的装饰。古诗词中，也常用“绮窗”来指代豪门深闺中的女子。这样的问话，其实是有别有深意的，因为梅花长在内宅，外人无由得见。除非被问的人与他的妻子交谈过，否则不会知道花有没有开，所以，这个男人是在含蓄地问对方是否见过他妻子，他妻子近况如何。

很可惜，那位同乡不曾见过他的妻子，不知她的近况。这位丈夫失望了。

第三首是“已见寒梅发，复闻啼鸟声。心心视春草，畏向阶前生”。这里呼应着上一首的“寒梅着花未”。“已见寒梅发”，说明在这首诗里，说话的人是可以亲眼看到那株寒梅的，也就是说，这是第一首诗里那个去码头问有没有家书的女子，她正在给丈夫写信。

那位同乡从江南回来了，为她带来了丈夫关于梅花的问话。夫妇连心，丈夫的问话她听得懂，知道他不是在问梅花，而是在问她。她展开纸笔，准备给丈夫写封回信。古时候，表白感情就是这么婉转，一开始，她也没有打算直接地写出她的心事。思虑良久，她在纸上写道：你问梅花开了没有？不仅梅花早就开了，连冬天静寂无声的鸟儿，也唱起了歌，春天来了。

然而，写着写着，妻子终于按捺不住，写下了这首诗的后两句：“心心视春草，畏向阶前生。”

“春草”是一个典故，全名为“王孙春草”，来自《楚辞·招隐士》“王孙游兮不归，春草生兮萋萋”，意思是，那出游的人总不回来，故乡冷清的家中长满了荒草。“王孙春草”也因此有了“思念久别之人”的意思。女子是在向丈夫倾诉：“你都离家这么久了，怎么还不回来呢？我很想念你啊。”

原来，这三首诗是一个完整的故事，讲的是一对身处两地的夫妇，彼此深爱，彼此牵挂，却又难以相见。

王维在《杂诗三首》中讲的这个故事，在唐代是有典型意义的。那时候，文人常要背井离乡，去寻求自己人生的出路。旅途漫漫，颠沛流离，妻子不能跟随，只好留在家里，凭借丈夫托人捎来的零星家信，宽慰相思之苦。这个故事的结局如何？那位丈夫是否终于回到家中？这对相爱的夫妻是否如愿团圆？《杂诗三首》没有告诉我们。也许，王维自己也不知道吧。

故事中的小智慧

很多人根据王维《杂诗三首》里第一首的第一句“家住孟津河，门对孟津口”，推测他写这组诗时住在孟津，这有点牵强，因为王维这三首诗，显然不是在写自己的事。

王维在历史上没有留下一丁点跟爱情有关的事迹，情诗写得非常少。妻子去世后，他没有再娶，独居数十年，直至去世。我们可以推想，王维不是一个多情的人，感情经历也不丰富。他写的这对夫妇，很可能只是虚构出来的文艺角色。既然是文艺创作，他自己当时是否家住孟津，在作品里是体现不出来的，这只不过是这首诗的故事背景而已。

那王维为什么要把笔下人物写成家住孟津呢？这和孟津这个地方的地理位置有关系。

唐朝有两个都城，一个是长安，一个是洛阳。长安在西，称西京，洛阳在东，称东京。皇帝主要居住在长安，朝政活动、官员选拔等等，也大多在长安开展，这使得长安成为唐朝的政治文化中心。洛阳的地位稍微比长安低一些，但这里同样聚集着大批的官员、学者、诗人，也是一个政治文化的中心。孟津就在洛阳的北边，紧邻着这个繁华的大都市，是洛阳的北大门。诗中所写的这个文人甚至可能是官吏，家住在这里，很符合情理。而且，孟津是唐代黄河水路交通的一处重要枢纽，每日船来船往不断，南北旅客和货物运输大量经此前往各地，女主人公探问船只是否捎来家信，也就十分合理了。王维写的虽然是个小故事，只有区区六十个字，但在细节上却能做到无懈可击，的确是大师手笔。

月夜忆舍弟

唐 杜甫

戍鼓断人行，
边秋一雁声。
露从今夜白，
月是故乡明。
有弟皆分散，
无家问死生。
寄书长不达，
况乃未休兵。

解读

这首诗是杜甫在安史之乱时，暂居秦州的时候写的。是一首非常著名的关于兄弟亲情的诗歌。

杜甫的诗，以用语平实而诗意通达为特点，他不喜欢

机巧造作的语言，虽然不至于像白居易那样通俗得连文盲都听得懂，但也不着意于说出什么惊人之语。简单地说，他只是想什么说什么，写出的诗句都是自然发生的，没有雕琢痕迹。所以宋代诗人黄庭坚评论说，杜甫的诗，“无意于文”“无意而意已至”，就是说，杜甫不刻意玩弄文字上的技巧，诗句看似平凡无奇，甚至有些刻板，但他想表达的东西，都能淋漓尽致地表达给读者。这正是写作的最高境界。

《月夜忆舍弟》就是杜甫这种诗风的一个范例。这首诗是一首五言律诗。五言律诗，简称五律，在唐代之后才发展成熟，继王维、李白之后，杜甫对五律的贡献最大。他写五律最多，而且在格律工整、结构完整、题材丰富、语言典雅各个方面，他的成就也是最高的。

在《月夜忆舍弟》中，首联写的是诗歌的现实背景：战争阻断交通，隔绝亲友，此时只有天上的大雁，还可以自由往来。这里大雁也有象征的含义，在古代文化中，飞行时排成序列的大雁，可以比喻兄弟。第二联点明了时间背景：恰逢白露节气，所以说“露从今夜白”，这是要进入深秋时节了。三四联是诗的主体，也就是“忆舍弟”的部分：弟弟们分散各处，久无音讯，身为长兄，很想知道他们的近况，却因战事连绵不止，无计可施。这些全部都是客观描述，平铺直叙，正是黄庭坚所说的“无意为文”，但纵观全诗，读者完全能够理解诗人此刻与亲人联系不上那种焦虑、无奈与忧愁糅杂的心情，也即是“意已至”。

故事

杜甫的母亲崔氏夫人在他很小的时候就去世了，他对生母其实没有什么印象。他父亲杜闲长期在外地做官，照顾不了他，便把他寄养在自己的二妹，也就是杜甫的二姑家里。童年寄居他人家中的记忆，在许多人来说，也许是创伤的源头，但是杜甫的二姑给了他母亲一般的爱，使他幼小的心灵没有笼罩上一丝阴影。天宝二年，杜甫的二姑姑去世了，杜甫为她穿上了重孝。古时候，为亲人穿孝居丧，是有礼仪上的区分的，父母之丧，礼节最繁复，其他的亲属、亲戚，顺着由亲到疏的关系，逐渐简化，降低规格。丧礼一共分五级，叫作“五服”，姑母的丧礼，属于这五服里的第三个等级，而杜甫为二姑行的丧礼，远超过原本的级别，许多人看到都很感动，夸赞他太有孝心，太讲道义了。杜甫流着泪说：“并非我有孝义之德，而是我要回报姑母对我的恩情。”

原来，杜甫住在二姑家里的时候，发生过一件事。有一次他和二姑的儿子同时生病了。二姑病急乱投医，请了一个巫师来占卜。古人迷信鬼神，认为很多神秘的力量会导致人生病，请巫师来看病，也是常有的事。那个巫师来了之后，在房间里转来转去，念念有词，折腾了一会，便告诉二姑说，这屋子里有一个吉祥的方位，在东南角的柱子边上，睡在那个位置上的孩子病就容易好。二姑一看，睡在那个位置上的正是她自己的儿子。二姑思虑了一下，便把自己儿子的床挪开了，把杜甫的床搬了过去。

说来也是巧合，不久，杜甫的病好了，二姑的儿子却夭折了。这当然不是所谓"吉祥的方位"带来的结果。古代没有疫苗，传染病——就是古人所说的"瘟疫"——很多，治疗手段也不够给力，病好不好，很大程度上要看病人自己的免疫力。杜甫比他的堂兄弟身体可能强壮一些，逃脱瘟疫魔爪的概率也就大一些。虽然二姑搬床换位的行为并不是杜甫痊愈的原因，但她愿意把"吉祥方位"让给杜甫，而不是留给自己的儿子，说明她是真心对待兄长和侄子的。杜甫当时年幼不知情，二姑也没有跟他说过。长大后，他才从旁人口中听说了这件事，又感激，又内疚。所以对二姑，杜甫极为敬爱，视如亲母。

正因为家风如此，杜甫是一个家庭观念非常强的人。他有四个弟弟一个妹妹，都是他的继母所生。虽为同父异母,依然手足情深。由于兄弟姐妹离散各地,杜甫惦念不已，写了很多给弟妹的诗。尤其是安史之乱爆发后，道路阻塞不通，不要说见面，就连一封平安书信也求之不得。即使得到零星消息，却好坏参半，令人心慌。

乾元二年，关中地区发生饥荒，为生计所迫，杜甫从华州司功参军任上离职，带着妻儿和最小的弟弟杜占逃难去了秦州、同谷等地，艰难地寻找一个安身立命之地。一日正逢白露，月寒风冷，天边传来大雁的鸣声。杜甫又想起了不知道在哪里、也不知道是不是还活着的另外三个弟弟杜颖、杜观和杜丰。忧愤，伤感，思念，绝望，这些情绪无处纾解，只得字字落于笔端。这一夜，杜甫写下《月夜忆舍弟》这首不朽之作，留下了名句“露从今夜白，月是故乡明”。

而后，经过半年的跋山涉水辗转寻觅，第二年也就是上元元年，杜甫一家，包括杜占，来到了成都，终于安顿下来。那之后，杜颖和杜观都来看过杜甫，这令他喜出望外。三弟杜丰却杳无音信，只知人在江东漂泊，又令他忧心忡忡。数年后，已经在夔州安定生活了一段时间的杜甫，听说杜观在湖北当阳落脚，便立刻抛下夔州的家业，带着喜悦期待的心情举家迁往湖北，想与杜观团聚。可能杜观当时自己生活也很困难，无法收留兄长一家，杜甫到了当阳，陷入衣食无着的境地，不得不坐船去湖南投亲，后病死在路上。他最终还是没能实现与弟弟一起生活的愿望。

故事中的小智慧

杜甫一生写过五十多首思念弟妹的诗。在这些诗里，分量最重的就是爱。这种爱是超越了时代的，不是封建伦理，不讲尊卑有序，他只是单纯地爱着他的弟弟妹妹，想念他们，牵挂他们，作为一个哥哥，想和他们在一起，希望他们平安幸福。

我国的传统道德观念，会把杜甫兄弟的这种感情定义为“悌”。什么是“悌”呢？“兄友弟恭”被称为“悌”，这是一种在古人看来非常高尚的品德。而兄友的意思，通俗地说，就是哥哥要对弟弟好，而弟恭呢，就是说弟弟要服从、尊敬哥哥。然而，在今天的价值观体系里，人们首先在人格上是平等的，应该互相尊重，互敬互爱，在这个前提下，我们谈“兄友弟恭”才有意义。这也就是为什么杜甫对弟弟妹妹的感情如此珍贵——他不是以一个家长的身份在俯视着弟妹们，而只是一个哥哥，努力地想用一双并不有力却十分坚定的臂膀保护他们，给他们温暖和安全。

杜甫寓居成都时写过一首名为《五盘》的诗，诗中最后说："故乡有弟妹，流落随丘墟。成都万事好，岂若归吾庐。"他知道，父母不在，自己就是弟弟妹妹们的家。

近试上张水部

唐 朱庆馀

洞房昨夜停红烛，
待晓堂前拜舅姑。
妆罢低声问夫婿，
画眉深浅入时无。

解读

这首诗是唐代中晚期诗人朱庆馀的一首投赠诗。诗的意思很简单，是说一位新娘在婚礼的第二天起床梳洗打扮，准备去见公婆——舅姑在古代汉语中不是指舅舅和姑姑，而是指公公和婆婆——她化好妆，轻声问丈夫："我这眉妆的式样还算时髦吧？"

投赠诗一般都是投给比自己地位高名气大的人，并且大多具有某种目的。这首诗便是朱庆馀投赠给著名诗人张籍，试探张籍是否愿意为自己参加科举出面举荐的。诗的

题目就明确地点出来了，“近试”即接近考试的时间，“上”是呈上、上书的意思，“张水部”就是张籍，他当时的官职是水部员外郎。有了诗题，诗的内容就容易理解了，朱庆馀把即将参加考试的自己比拟为要见公婆的新媳妇，想问问张籍对自己的实力如何评价，实际上也就是问张籍怎么预测自己的考试成绩。如果张籍回复说他认为朱庆馀会考得很好，那就等于承诺他会举荐朱庆馀。

虽然这首诗功利性很强，但它能流传至今，却与它的写作意图丝毫没有关系，纯粹是因为这首诗生动地写出了一个新婚少妇初到婆家那种小心翼翼、娇羞紧张的心态，人们都把它当作一首真正的闺情诗来看待。可以说，作为一个文学作品，这首诗是非常成功的。

诗中有一个字值得注意，就是“停”。“停红烛”是什么意思，有很多说法，有人认为是指摆放红烛，也有人认为是燃烧红烛，使其光照屋宇。根据上下文来看，第二种说法是正确的，这一句是说“昨天晚上，洞房里的红蜡烛燃烧”，这也符合我国古代的婚俗。古代婚礼又叫“昏礼”，意思是天黑之后举行，所以要一直燃着烛火照明。唐代的婚俗正是如此，普通人家只是烧烧蜡烛而已，历史记载，武则天的女儿太平公主结婚的时候，送亲路上火炬通明，连路边的树都被烧焦了。

故事

唐代元和年间，诗人朱庆馀从老家越州来到都城长安。他和所有读书人一样，是来参加科考，求取功名的。科举之路，异常艰辛，尤其是对朱庆馀这样来自南方、本身没有家世背景、在朝廷里又没有贵人提携的年轻人，更是难上加难。所以，朱庆馀在长安一边忍受着饥寒交迫、寄人篱下的困窘生活，一边四处为自己寻找靠山。他也和许多人一样，向当时有名望的高官寄送书信，附上自己的诗，希望能得到赏识，不过这些书信和诗大多石沉大海了，只有一个人给了他较为热情的回应。这个人就是著名诗人张籍。

张籍比朱庆馀大约年长三十岁左右，是名副其实的老前辈了。而且张籍在文人中名望很高，他和韩愈关系亲密，与白居易也是非常好的朋友。大家都知道，韩愈是公认的诗文大家，白居易更是家喻户晓的杰出诗人，这两人又都是高官，张籍和他们的关系如此密切，可见张籍当时的社会地位和作为诗人的名声与二者相比，差距也不会过于悬殊。因此，尽管张籍的官职不算特别显要，朱庆馀还是给他也递上了一封信，附着自己的诗，请求见上一面。

张籍没有怠慢这个无名小卒，把他的信和诗很认真地看了一遍。看着看着，张籍不禁连连拍案："这位姓朱的举子，写得真是太好了！"马上命人给朱庆馀送去回信，邀请他来家中做客。朱庆馀受宠若惊，立即登门拜访。两人相见之后，果然谈得特别投机。朱庆馀的人生经历，和张籍很相似，他们都是出身贫寒，靠着自己的努力才学有所成，又背井离乡来到长安，过着饥一顿饱一顿的苦日子，只为了能考上进士，实现梦想。张籍看到年轻的朱庆馀，就仿佛看到了几十年前的自己。因此，他决定帮助朱庆馀。

从那时起，张籍总是把朱庆馀的诗稿揣在身上，走到哪里都带着，一有机会就拿出来给别人看，说有这么一个才华横溢的青年诗人，诗写得非常好。在张籍的大力支持下，朱庆馀渐渐崭露头角，在长安有了一些名气。朱庆馀对张籍所做的一切十分感激，把张籍视作恩师，经常把自己的诗文拿到张家去请教。

唐敬宗宝历二年，朱庆馀又一次要去参加进士科的考试。他听说这次考试强手如云，更有不少出身名门的权贵子弟参加，内心十分忐忑。他已经在长安待了十年了，这回要是再考不上，他就真的走投无路了。想来想去，他还是只能去找张籍。

在唐代，科举考试的试卷上并不将考生姓名密封，考生们在考前也都可以找达官贵人去考官那里举荐自己，被举荐者会被列入一张名单，作为录取的参考，这张名单叫作“通榜”。张籍是朝廷大臣，文坛宿老，可以推荐朱庆馀上通榜。但是，朱庆馀觉得，这么多年张籍对自己提携有加，自己还不知足，还提出更多要求，有些不好意思。他憋了几天，最后决定厚着脸皮去求张籍，为了避免直接开口的尴尬，他灵机一动，写了首诗。

朱庆馀写的是一首“闺情诗”，诗中描写一个新嫁娘

早起梳妆，担心公婆不喜欢自己的妆容，最后两句写道“妆罢低声问夫婿，画眉深浅入时无”。朱庆馀把诗送到张籍面前，张籍看了一眼就乐了。

原来，张籍过去曾写过一首《节妇吟》，也是类似的“闺情诗”，那首诗流传很广，人们对其中名句“还君明珠双泪垂，恨不相逢未嫁时”尤其耳熟能详。那首诗是他为了回绝青州节度使李师古的招揽才写的。李师古想请他去自己的幕府，他不愿意，这才以“节妇”自比。张籍一看朱庆馀的这首诗，还真的学到了自己这“比喻”的几分精髓呢。

张籍略一思索，取纸笔写下了一首诗：“越女新妆出镜心，自知明艳更沉吟。齐纨未足时人贵，一曲菱歌敌万金。”诗的意思是：“美丽的越州姑娘呀，你在镜子前面装扮好，明明知道自己美艳动人，却反而不自信，担忧比不上别人。其实你真是多虑了，别人身上那些齐地出产的丝绸衣衫，固然价格昂贵，可哪比得上你那悦耳的歌喉呢，你清歌一曲，便值得一万两黄金了。”朱庆馀一看这诗，心里就明白了，两眼直放光，连连道谢。到了进士发榜时，果不其然，朱庆馀就在其中。

宝历二年的进士科考试，状元是一个叫裴俅的人。他的家族属于河东裴氏，是唐代最高贵的宗族，他父亲做过御史中丞和越州刺史，大哥做过江西观察使，二哥官至宰相，他自己是家里官做得最小的，后来也当到了谏议大夫。裴俅这样的人，就是张籍所说的身穿“齐纨”，一出生就含着金钥匙的人。参加科举考试的有很多都是这样的贵族子弟，如果朱庆馀没有得到张籍的举荐，他想考上进士，难度就更大了。

朱庆馀中了进士，终于了却一桩心事，高高兴兴地回老家去了，张籍还特地写了首诗为他送行，从中可以看出，张籍对朱庆馀的爱护之情实在是很深的。

故事中的小智慧

朱庆馀与张籍的交往，本身并不平等，是张籍用了一种平等的态度来对待朱庆馀，从而使得这段友情变得平等了。在考中进士之前，朱庆馀为了能得到推举，也给其他的大人物寄过自己写的诗，但都没有得到回音，只有张籍，不但回应了他，还真心实意地带他出席了很多名流云集的场合，不断地帮他扩展知名度。张籍对朱庆馀的慷慨扶持，让朱庆馀一生受益。

可是我们翻看朱庆馀的诗集，他真正写到张籍的诗并不多，甚至张籍去世时，他也没有写任何诗文来祭奠悼念，悄然无声，似乎根本就不关心这件事。这是怎么回事呢？没有人知道。但是，我们可以根据人之常情来推测。朱庆馀的后半生还跟很多朋友写诗唱和，这些朋友应该都很清楚他和张籍的关系，如果朱庆馀是一个无情无义、连自己的恩师死去都毫无反应的人，那些朋友是不可能继续与他交往的，他在历史上也一定会留下骂名。但是这些都没有发生。所以，朱庆馀对张籍的死没有写过一字一句，只能说是哀痛之至，无话可说，因为真正的悲痛，是难以用语言来描述的。

长相思

清 纳兰性德

山一程，水一程，

身向榆关那畔行，夜深千帐灯。

风一更，雪一更，

聒碎乡心梦不成，故园无此声

解读

这是一首词，《长相思》是词牌名。词牌名规定了词的格式，比如总字数、句子长短、押什么韵等等。因为词牌已经把词的形式固定了，写词就是把字填进句子相应的位置，所以写词又叫填词。

词这种诗歌文体起源于唐朝，兴盛于宋朝，宋词是我国古典文学史继唐诗之后的又一座丰碑。在这个丰碑之后，词的发展低落了一段时间，而到了清朝，词再次繁荣，不亚于宋词的水平度，被称为“清词中兴”。纳兰性德就是

一位很有代表性的清词作家。

这首《长相思》，是纳兰性德的一首边塞诗。纳兰性德是康熙皇帝的侍卫，经常跟随康熙皇帝到各地巡视，去边关的次数也不少，因此留下许多边塞诗。他的边塞诗与人们认识中的边塞诗不太一样。通常，边塞诗都以格局开阔、气势雄浑取胜，即使是写思乡思亲，也不会表现出过于柔弱的情绪，但纳兰性德的边塞诗与众不同，风格十分缠绵凄美，甚至有人认为，他的许多边塞诗，放入婉约词中，也不显突兀。

纳兰性德写这首《长相思》，是在康熙二十一年的早春，他正扈从康熙皇帝前往盛京——也就是现在的沈阳——祭祖。皇帝出巡，浩浩荡荡，所以才有“夜深千帐灯”这么大的阵势。从词中看，他写词时还没有出山海关，离京城并不算远，但在这难眠的风雪之夜，他已经思念起了家人。纳兰性德本就是个情感极其细腻的人，对亡妻一直念念不忘，与新妻感情也不错，他还有一个妾也是他钟情的，因此他在旅途上有强烈的思家之情，很是自然。

故事

清初词人纳兰性德，出身高贵，隶属满洲正黄旗，和清朝皇室爱新觉罗氏同属一旗。清朝有八大家族，皇帝选后妃、为公主选驸马、为亲王选王妃、提拔重用大臣、赏赐土地奴仆等等好事，基本都落在这八大家族头上。纳兰性德出身的纳兰氏，就是八大家族之一。纳兰性德的家人几乎全是皇亲国戚，他的曾姑祖母，是清朝第二个皇帝皇太极的亲生母亲，他的母亲，是清太祖努尔哈赤的孙女，他的父亲明珠，是康熙皇帝身边一位地位非常重要的大臣。说纳兰性德是“天潢贵胄”，口中含着金钥匙出生，一点都不过分。

纳兰性德虽然出身高贵，但不是一个纨绔子弟，他从小就聪明好学，长大后考中了进士，康熙帝对他的才情十分欣赏，将他选入宫中，留在自己身边做侍卫。能够成为皇帝的贴身侍卫，在别人看来是光宗耀祖的事，但纳兰性德并不喜欢，因为当了侍卫就要紧随着皇帝的一举一动，自己的自由时间，则几乎完全牺牲掉了，更不用说他还需随着康熙帝四处巡游，鞍马劳顿，颇为辛苦。同时，他的父亲明珠权势一天比一天大，这对别人来说是求之不得，但对性格敏感的纳兰性德来说，父亲位高权重，反而给自己增加了许多无形的压力。

纳兰性德对功名、权力、财富没有任何贪图，能够让他觉得开心的,只有温暖美好的情感,特别是爱情。只可惜，纳兰性德生命中最令他感到幸福的那一份爱情，却只有短暂的三年便结束了。

纳兰性德最爱的是他的结发妻子卢氏。据说卢氏嫁进纳兰家,是为了给正在生病的纳兰性德“冲喜”。古人迷信，认为人生病是有厄运作祟，如果有喜事发生，就可以把灾厄冲掉。没有喜事，那便制造喜事。结婚是最容易被人为制造出来的喜事，因此那时候很多大户人家，若家中儿子病重，就会娶一个女子来“冲喜”，好挽救病人。这种做法造成了很多人间悲剧。要么是病人医治无效死了，留下一个刚进门就变成寡妇的可怜女人；要么是病人侥幸痊愈，但夫妻仓促成婚，也没有产生感情，形同陌路地过一辈子。

然而，纳兰性德和卢氏似乎运气特别好，两人虽然是出于“冲喜”这种愚昧的目的才走进了一场包办婚姻，结果却很幸运。纳兰性德病好了，而且他和卢氏也真心地相爱了，结婚后的生活非常甜蜜。

不幸的是，卢氏二十一岁时便因为难产去世。时年二十三岁的纳兰性德，在妻子死去时正陪着康熙帝在霸州打猎，知道消息后，他悲痛欲绝。从此，他开始不断地为卢氏写悼亡的词，写了很多很多，一直到他自己去世时才搁笔。虽然另娶了新的妻子，还有了新的恋情，但纳兰性德对卢氏的思念，在他所剩无几的余生里，一刻也没有停止过。

康熙二十四年的五月，纳兰性德与几个好友相约聚会。因为这个宫廷侍卫身份的牵绊，他平时难得有自己的时间与朋友相聚。所以对这次聚会他特别期待，即使已经有病在身，依然坚持赴约。大家以正在开放的夜合花为题，各赋五言诗一首，兴尽而归。

谁也没有想到，这次欢聚使得纳兰性德病情加剧，七天之后，他就病逝了，死的时候，年仅三十一岁。

纳兰性德死去的那一天是五月三十日，正是八年前卢氏去世的日子。夫妻两人以这样的巧合，给这段刻骨铭心的爱情画上了凄婉的句号。

故事中的小智慧

纳兰性德是一个贵族，一生锦衣玉食，没有穷过，没有苦过，因为生命太短暂，他没赶上父亲明珠被罢黜官职的那一天，所以他也没有家道衰落世态炎凉这样的遭遇。除了爱妻早亡之外，他几乎没有遇到过什么人生磨难。这样一个生活在象牙塔水晶宫里，一个丝毫不染人间风尘的人，按理说应该是世界上最快乐的人，但是，纳兰性德就像小说家王尔德著名的童话《快乐王子》里的那个快乐王子一样，很不快乐。从纳兰性德的词中就能看出，他的心情总是处在抑郁中，尤其是妻子的去世，给他造成了毁灭性的打击，好像对他来说，精神世界就失去了支撑，摇摇欲坠。

富有的生活，高贵的地位，荣耀的身份，是大多数人追求的人生目标。不能说追求这些是不对的，但我们应该知道，如果除了这些，人生中就再也没有别的，特别是没有纯粹的情感，那我们也不会得到真正的幸福。如果纳兰性德有机会再次找到真心爱他的人，就像快乐王子找到了他的小燕子，他一定会再度幸福起来的吧。

秋思

唐 张籍

洛阳城里见秋风，
欲作家书意万重。
复恐匆匆说不尽，
行人临发又开封。

解读

这首诗是中唐诗人张籍的一首很有名的七言绝句。它的特点就是用叙事，也就是讲述一件事情的方式来抒情。

我们古代的文学，用诗歌来讲故事的历史很悠久：《诗经》中就有讲述周武王讨伐商纣王的战争故事的诗；汉朝乐府歌辞《十五从军行》讲的是统治者的穷兵黩武如何让百姓失去家园亲人的故事；南北朝的乐府歌辞《孔雀东南飞》，讲的是不自由的婚姻制度下人的悲剧故事。这些都是唐代之前便已经很成熟的叙事诗，它们除了讲故事、讲

事件，还有一个作用，就是讽喻，即表达对某种社会现象或制度的批判。唐代诗人杜甫因为写过一系列讲述安史之乱中平民故事的诗，而被誉为“诗史”，他的这些诗，也是古典叙事诗的一个高峰。

但张籍的这首《秋思》和政治、历史、讽喻等等都不沾边，它是一首纯粹抒发个人感情的叙事诗。这首诗的内容很简单，翻译成白话就是：“洛阳已经到秋天了，我还客居在此不能回家，正好有人要回乡去，答应帮我捎封家信，他就要出发的时候，我突然想起，还有些没有说的话，连忙拆开信封，再匆匆添上几句。”从头至尾都是叙述，没有一个字是抒情，但诗的主题和目的却是诗人想要表达内心对亲人的思念，而不是讲故事。

诗中的“见秋风”一句，除了点出事情发生的时间之外，还自然而然地运用了典故。西晋有一个叫张翰的人，他是吴江人。吴江，就是今天的苏州，此地出产的鲈鱼，每到秋天特别肥美，做成生鱼片蘸着酱料来吃，滋味绝妙。我们国家早在一千多年前，就有了生鱼片这种吃法，脍炙人口这个成语里的“脍”，就是把鱼和肉切薄片生吃的意思。张翰特别馋鲈鱼脍这道菜，可是他离家在外吃不着，便写了一首诗《思吴江歌》，诗中说道：“秋风起兮木叶飞，吴江水兮鲈正肥。三千里兮家未归，恨难禁兮仰天悲。”从此，“秋风起”，就成了思念家乡的一种借代说法。

故事

张籍是中唐的诗人，出身寒微，是一个农家子弟。他出生在安史之乱以后，那时，繁荣强盛已成前梦，唐朝正在走向衰败。十八岁时，张籍出外游学，从此开始了一生的漂泊。他的很多诗，都是在旅途上耳闻目睹了种种现实的苦难，有感而发所写。这些诗随着他的足迹在各地传播，逐渐地，张籍这个名字为人们所知晓，他的文学创作能力也在现实磨炼中与日俱增。

漫游了十多年后，张籍通过科举考试，拥有了当官的资格，但最后他得到的只是一个非常低级的官职——太常寺太祝。这个官只有九品，最重要的职责是在举行祭祀典礼的时候跪着朗读祭文。张籍在太常寺太祝的职位上待了十年，不但没有升迁，还遭遇身心打击。他因贫病交加，身体出了大问题，患上了严重眼病，一度近乎失明。幸运的是，他的失明症状只是暂时的，后来慢慢恢复了，不至于终生生活在黑暗中。

张籍在唐穆宗长庆年间，命运多少有了些起色。由于好友韩愈的大力举荐，他当上了国子博士，后来又做了水部员外郎。此后他便有了“张水部”这个称号。唐诗中若提到“张水部”，便是指张籍。

张籍晚年的生活比较平稳，他官不大也没什么实权，每天上朝点个卯，便优哉游哉退朝回家，和几个老朋友聊聊天喝喝茶，日子过得淡然清闲。唐文宗大和初年，张籍去世了。他一生留下了四百多首诗，其中许多都是佳作。而有一首,在千年之后的清朝,竟引来了一位特殊的“唱和”者。

张籍写过一首诗，名为《节妇吟》，诗的内容，是以一个女子的口吻婉拒爱慕她的人，诗的尾联至今广为传诵：“还君明珠双泪垂，恨不相逢未嫁时。”张籍写这首诗，是为了拒绝一个叫李师古的大官。他当时在别的官员的幕府里做幕僚，李师古希望他能到自己的幕府里来。这就是现在所说的“挖角”了。既然是挖角，开出更好的酬劳条件是必然的。但张籍面对这么大的诱惑，却并不动心，他不愿意背弃原先的主人，也不想直接回绝，得罪李师古，于是写了这首《节妇吟》,把自己比作“不嫁二夫”的贞洁女子，把李师古比作向已婚女子求爱的男人，把对方开出的优厚的征聘条件，比作男子赠送给女子的名贵珍珠。

也许是为了更好地安抚李师古，张籍这首谢绝邀约的诗，写得缠绵悱恻，柔肠百结，即使把它看作一首情意绵绵的爱情诗，也毫无异样。特别是诗中女子那种虽然忠于丈夫，却对求爱者似有不舍的心态，特别地细腻真切，以至于历代都有人因入戏太深而感到疑惑：这女子到底是喜欢还是不喜欢这个求爱者呢？有的人认为，她对这个求爱者必然是动心了，不然，为何要“恨不相逢未嫁时”？这也能是算“节妇”吗？

正因为如此，很多唐诗选本甚至都不选这首诗，认为它“三观不正”。

到了清朝，一位读者更是忍不住了，愤然提笔，写了一首《反张籍节妇吟》，照着自己的心思，把这首唐诗改得面目全非。这位读者，便是清朝乃至整个历史上写诗写得最多的皇帝——乾隆帝。乾隆不但替这位“节妇”痛斥了求爱者的痴心妄想，还表了一番忠心，把最后那句，改成了“还君明珠如未见，我心匪石不转移”。这一改，掷地有声，一首绕指柔的抒情诗，一下子变成了百炼钢的口号诗了。我们不禁要想，若是当年张籍用这个腔调去回绝李师古，大概会被李师古恨一辈子吧。

故事中的小智慧

乾隆皇帝写的那首《反张籍节妇吟》，有一个短小的序，说明为什么要改张籍的这首诗。序中说，张籍根本就是对原来的主人不够忠心，才会写出态度这么不干脆的回绝诗。而正是这种“不够忠心”，惹恼了乾隆皇帝。

乾隆皇帝可能忘了一件事：他是说一不二的皇帝，张籍只是个出身寒门、地位低下的文人，这两者的处世态度，怎么可能一样呢？李师古是因为欣赏张籍，才出手邀请，并非有什么恶意，张籍即使不愿意接受，也没有必要强硬地将他推开。用男女之情来比喻君臣主仆，是古代文人常用的手法，这样拒绝别人，姿态柔和，不伤人自尊，同时，还很风趣，自然也就把双方的尴尬化解掉了。

李师古在唐代历史上没有什么恶名，只是一个普通的节度使，可见张籍不去李师古的幕府，仅仅出于个人选择，并非在大是大非上站立场。乾隆皇帝所认可的那种拒绝方式，过于生硬，没有必要。以此来苛责质疑张籍本人的人品，就更是“鸡蛋里挑骨头”了。

卜算子·送鲍浩然之浙东

宋 王观

水是眼波横，山是眉峰聚。
欲问行人去那边？眉眼盈盈处。
才始送春归，又送君归去。
若到江南赶上春，千万和春住。

解读

这是宋代词人王观的一首送别诗。

我们的古人很看重送别这件事。最早送别要举行一个比较隆重的仪式，这个仪式叫作“祖饯”，祖的意思就是祭祀道路之神。因为在古代，出远门十分艰难危险，人们就寄希望于道路是有神灵的，祭祀了道路的神灵，旅程上就可以得到保佑，从中得到心理安慰。

祖饯说是祭祀仪式，其实也是社交仪式，朋友们聚在一起，喝喝酒，对对诗，依依惜别，互道珍重。后来祖饯

仪式慢慢简化，但一直都存在着，并产生了许多诗歌佳作，甚至还有诗人是专门写祖饯送行诗闻名于世的。比如唐代大历年间有两位诗人，一位名叫郎士元，另一位名叫钱起，当时朝中大臣如果离开长安去外地做官，没有得到他们二位作诗送别，不但没有面子，还会遭到鄙视。送别诗就是这么重要，它能体现一个人的社会地位和为人处世的口碑。

虽然送别诗很重要，但大多属于人情应酬之作，以稳重为主，很少有人在这个题材上求新求变。王观写的这首《卜算子·送鲍浩然之浙东》，却并不是这样。

王观在宋代词人里，以“新丽”“轻狂”著称。新丽的意思，就是说他遣词造句很新颖，词句又很漂亮；轻狂则是形容他不拘泥、不随大流的创作态度。《卜算子·送鲍浩然之浙东》就是这种新丽轻狂风格的典型之作。

词中最新丽的，便是它的修辞手法。先写景，再借景抒情，是送别诗传统模式，以王观的性格，自然不肯照葫芦画瓢，一定要推陈出新。古典诗词里常见的是用远山来比喻眉毛，用流水来比喻眼睛。王观则是反过来，用含情脉脉的眼睛来比喻水，用忧愁皱起的眉毛来比喻山。这样一比喻，山水便自然带上了人的情感。接下来再说“山水盈盈处”，通过重复“山”“水”这两个词，景色便清晰了起来，并与此时离别的情绪融合为一体。虽然都是借景抒情，王观的写法，显然要比那种直接从景色描写一步跨到情感抒发的写法，更让人觉得有意思。

故事

北宋词人王观没有在历史上留下太多痕迹。他的籍贯是江苏，具体在江苏哪里，说法不一。他的家世不显赫，本人的履历也不太光鲜，虽然科举及第，入仕为官，但一直都是做比较低级的官职，还曾因为犯过严重的过错而被贬谪，连母亲去世，都没有办法赶回家，可见处境是多么狼狈。大约中年之后，他便再不见于记载。现在我们能知道的王观的故事，都是被一些零碎的历史资料偶然记录下来的。从这些故事里，我们能看出王观大致是一个什么样的人。

王观很聪明，也有很有才华。这一点，在他的晚辈、宋代非常有名的文学家秦观的自述中可以得到印证。秦观，就是那个写过名句“两情若是久长时，又岂在朝朝暮暮”（《鹊桥仙·纤云弄巧》）的人，他的名气可比王观大多了。然而，可能很多人想不到，秦观的名字，是从王观这儿来的。

原来，秦观的父亲曾在太学读书。回家探亲的时候，常跟家人谈起自己在太学里遇见的那些特别出众的同学，王观就是他总挂在嘴边的一个。而且王观正是秦观父亲的同门师兄弟，两人都是儒学大家胡瑗的弟子，同时就学的还有王观的堂弟王觌。秦观的父亲经常说，王观和王觌都是天分超群的人，学习特别勤奋，写文章也格外精彩，一般平庸之辈难以望其项背。虽然这些话是秦观在给王观的母亲李夫人写墓志铭的时候写的，但绝非溢美之词，也不是客套话，秦观的名字可以证明这一点：他名字里的这个观字，就是他父亲因为仰慕王观而取的。秦观还有个弟弟叫秦觌，显然这个名字就来自王观的堂弟王觌。王观和王觌曾先后在开封府考科举，两人都考了第一名，可见他们确实是有才。

王观有才，也就多少有些恃才傲物，对人说话办事都很不客气，可能这也是他一生郁郁不得志的原因之一，不过不是主要原因。他被贬官，是因为在担任江都知县的时候受贿了，这说明他有才归有才，品行却不无瑕疵。

王观有个朋友名叫章惇，两人脾气秉性相似，所以交情很好。后来，章惇做了宰相，与此同时，王观却被贬了官。两人境遇一个天上一个地下，王观想见章惇就不那么容易了。有一次，王观偶然在公堂上见到章惇，章惇便请他进内室坐着聊了聊，可能气氛比较尴尬吧，没聊一会，王观就起身告辞了。章惇忙命人把他的马牵过来，王观上了马，当着许多人的面，回身对章惇说道："相公（这是古时候对宰相的尊称），您可不要忘记我观三啊！"王观在家里排行第三，章惇排行第七，两人关系好的时候，互相都是称呼"观三""惇七"的，现在地位悬殊，当然就不会再这样随意亲切地呼叫对方了。王观仍然管自己叫"观三"，却尊称章惇为"相公"，这是故意讽刺章惇。章惇听了这话，脸上颇有些挂不住，但也无话可说，只好讪讪一笑。

故事中的小智慧

王观和他的堂弟王觌人生的起点是一样的。他们出自同一个家族，智商也差不多，都很高，又在同一个老师门下学习，考科举也是前后脚考中了进士，一起入仕做官。

但是，这两兄弟人生的终点却完全不同。

王观担任江都知县时收受了贿赂，后来他被调入京城，在大理寺丞任上，因人举报，江都事发，他被贬到了永州，从此日益消沉，逐渐不为人知。他最后一次被人提到，是秦观给他母亲李氏夫人写墓志铭的时候。当时他还在永州，为了曾经犯过的错误受惩罚，连家都回不了。在那之后，就再也没有人说起过他了。

王觌则是兢兢业业，奉公守法，他做过朝官，也做过地方官。在朝廷中，他总是直言劝谏，正确的意见，哪怕说了没有用他也要说，从不明哲保身；在地方，他总是以民为本，做了很多实事。他在成都做知府时，下大力气修治疏通了一条穿城而过的河，当地百姓从此称这条河为“王公渠”。王觌在《宋史》中有自己的列传，被史家评论为“清修简淡”，这四个字，每个字都是对人很高的评价。

同样的出身，同样的天资，同样的前途规划，却走着走着，一个走向无所作为，隐没而终，一个走向建功立业，青史留名。看看王氏兄弟的人生轨迹，我们不禁要问：王观到底是在哪里跑偏的呢？

晓出净慈寺送林子方

宋 杨万里

毕竟西湖六月中，
风光不与四时同。
接天莲叶无穷碧，
映日荷花别样红。

解读

杨万里是南宋著名诗人，被称为南宋四大家。他在山水田园诗歌的写作上具有极高的造诣，写景的功力更是一绝。这首《晓出净慈寺送林子方》，就是杨万里写景诗的代表作之一。历代都将这首诗归入写西湖的名篇之中。

这首诗最妙的地方就在于抓住了西湖夏日风光的一个特点，就像在歌颂美人之美的时候，只描绘了她的眼眸如何清澈明亮，这样，当人们说起这位美人的时候，便会想起她有一双美丽的大眼睛，给人的印象反而比一味地夸赞

她的整体美貌更为深刻。农历六月的西湖，碧绿莲叶铺天盖地，朵朵红莲向日绽放，人们从杨万里的这首诗中虽然看不到其他景致，但那片铺陈广阔的荷花，却成了西湖永存于历史的美的符号。

故事

南宋大诗人杨万里非常喜欢交友，他的朋友里，有一个叫林枅（jī）的人。

林枅，字子方，来自福建莆田，人品正直、头脑聪慧。他在宋高宗绍兴二十一年中了进士，当了福州闽县主簿，又转任福清县丞，后来因为才能出众，品德高尚，被选拔为直阁秘书。他与杨万里所属的“江西诗派”各位诗人都有很好的交情。

南宋淳熙十四年，林枅接受皇帝的旨意，调任福建路判官。在杭州，他身为直阁秘书，也算是个朝廷官，可要是去了福建，就是地方官了，虽然级别有所提高，但地方官不像朝廷官听起来那么神气。再说，这时林枅已经五十多岁，如果去了外地，可能就回不到京城了。所以大家都为他担心。

林枅动身之前，杨万里请他到西湖边的净慈寺小住，想跟他聊一聊，劝说他赶紧写一封奏折，请求皇帝收回成命，让他留在京城。林枅是个能干的官员，皇帝也很信任倚赖他，如果他提出不去福建的要求，杨万里相信，皇帝是会答应的。

杨万里和林枅在净慈寺彻夜长谈，可林枅谈论的都是诗词歌赋，杨万里劝他留在杭州，他根本不接话茬。杨万里也无可奈何。第二天清晨，两人步出寺院山门，迎面看到朝阳下的西湖，阳光灼灼，清波涟涟，碧叶连天，红莲似火，景色美不胜收。

林枅赞叹地说道：“西湖真是天下无双啊。”

杨万里趁机说道：“你要是去了福建，可就见不到这天下无双的西湖了。”

林枅哈哈一笑，没有回答。

杨万里又说："子方啊，美景倒是其次，只是我们大家都觉得，你还是留在杭州更好。想当初你从家乡来到京城，不就是想一展抱负吗？经过多年辛苦，你才终于在京城里立稳脚跟，以后有望位列公卿。现在被发到外地，过去多少年的努力就这样白费了，岂不可惜？"

林枅沉思了一会，说道："我中了进士之后就做了地方官，后来才到了京城。如果不是有这样的经历，我不会知道百姓疾苦，也不会了解时政弊端，更不可能想出解决当今世道种种问题的方法。杨兄，你我都是读书人，若读书不为黎民，只想着自己的仕途，纵然满腹经纶，对国家又有什么好处呢？在朝廷得到一个官职是不容易，但是做官只要做好官便是，在哪里做有何干系？"

杨万里听了林枅一席话，拍了拍他的肩膀，感叹地说道："子方老弟，我明白了，你本来就是志在高远，不是贪恋舒适、追逐名利之人，是我太小瞧你了。我不再说什么，你看，荷花乃是高洁之花，今天我就在这西湖的荷花面前，送你南归闽郡，愿你早日施展才华，多多造福一方百姓。"

林枅恭恭敬敬地向杨万里作了一揖："多谢杨兄！小弟愿与杨兄共勉！"

杨万里随即回到寺中，要来纸笔，写下了一首《晓出净慈寺送林子方》，赠给林枅。后来，他又写了另外三首诗，以《送林子方直阁秘书将漕闽部》为题，为离都城而去的林枅送行，惜别之情，溢于言表。

林枅到福建后，勤政爱民，廉洁自律，严格管理属下，宽厚对待百姓，当地人民都非常爱戴他。他再也没有回到杭州，六十二岁那年在福州任上去世，葬于家乡莆田的华岩寺旁。

故事中的小智慧

杨万里是南宋著名的爱国诗人，他为官兢兢业业，正直敢言，经常遭到皇帝的疏远和权臣的排挤，但他视功名如粪土，从不因被提拔而得意忘形，也不因被贬谪而心灰意冷，只一心为国为民尽职尽责，尽管不曾享受过位高权重的待遇，却始终对百姓保持着一颗关怀的心。

所谓物以类聚，人以群分，杨万里是这样一位有情操有道德的高士，他所善待、喜爱的林枅林子方，也是一位因德行而留名青史的贤良之士。这首《晓出净慈寺送林子方》，不仅仅是一首手法精妙的写景诗，更是两位君子清纯友情的见证，诗中出淤泥而不染的荷花，正是象征了他们两人在道德上的共同追求。

洪澜——著

天津出版传媒集团

天津人民出版社

七步诗

魏　曹植

煮豆持作羹，漉豉以为汁。
萁在釜下燃，豆在釜中泣。
本自同根生，相煎何太急。

解读

这首诗相传是魏晋时期的诗人曹植所作，但这种说法仅见于一部南北朝成书的小说集《世说新语》，而不见历史或诗文集的记载，所以一直都有异议。

就诗本身来说，这首诗最大的特点是使用了比喻和拟人的修辞手法，没有言明主旨，但主旨十分容易理解。

“煮豆持做羹，漉豉以为汁”讲述的，是一种我国传统的制作调味汁品的方法，煮豆、漉豉后再发酵，做出来的成品，就是我们现在仍在食用的豆豉。豆豉加上其他调味料，可以做成豉汁。制作豆豉的历史非常悠久，豆豉也是百姓生活中常见的东西。煮豆正是制作豆豉的第一步。

诗中用燃烧豆萁——也就是结出豆子的秸秆——煮豆，来比喻兄弟之间的争权夺利。以拟人手法写豆子哭泣着指责豆萁“本是同根所生，为什么这么急切地想要逼死我”。原本这说的是一件挺悲伤挺让人气愤的事，但是用这种比喻拟人的手法写来，却有了一些天真的童话色彩，让人觉得十分新奇有趣，也淡化了诗中的悲愤情绪。

从这个角度来说，如果这首诗真的是曹植面对咄咄逼人的曹丕而做出来的，倒是不失为一种巧妙而有智慧的自我拯救。既能说清楚自己的态度，表达自己的恳求，又比较婉转，不至于过度地刺激到对方。

这首诗还有一个简化的幼儿版，将六句精简为四句：“煮豆燃豆萁，豆在釜中泣。本是同根生，相煎何太急！”它是我国儿童语文教育史上著名的启蒙诗，比原诗流传得更广。

故事

东汉末年到西晋初年之间的六十年间，天下由魏、蜀、东吴三个主要的政权割据分立，史称三国。

三国中的魏国，统治者是魏王曹操。他是已经名存实亡的东汉政权的丞相，也是真正掌握朝政大权的人。曹操的正妻卞氏生了四个儿子，长子叫曹丕，他是后来接替曹操执掌魏国的人，第二个儿子叫曹彰，这个人力大无穷，勇猛善战，第三个儿子叫曹植，是个文采超群的才子，第四个儿子叫曹熊，他很早就去世了。

除了嫡妻生的这四个儿子之外，曹操还有很多姬妾所生的儿子。在立哪个儿子做继承人这件事上，他一直犹豫不决。依照封建社会优先立嫡长子的制度，曹丕是不二人选，但是曹操不发话，他心里总是不踏实。

在曹丕的兄弟们中，对他真正有威胁的，就是他的两个同母兄弟曹彰和曹植。曹彰武艺高强，又很能打仗，深得曹操的欢心，曹植文思斐然，在文臣中很有声望，曹操也很欣赏他。这让曹丕忧心忡忡。后来，一个当时很有名的相面术士对曹操说，曹丕的命贵不可言，这句话的意思也就是说，曹丕命中注定要做皇帝。这句话打动了曹操。因为曹操早就有了名正言顺当皇帝的念头，只是时机不到。

他希望自己的继任者能满足他的愿望，将来做了皇帝，追封他一个帝号。

算命的人，当然都是见什么人说什么话，曹丕借这位相面术士的“吉言”，终于如愿以偿，被册封为魏王太子。曹操去世后，曹丕继位为魏王，也当了东汉丞相。十年后，曹丕逼迫东汉末代皇帝汉献帝退位，举行了“禅让”，自己当皇帝了。他就是魏文帝。

曹丕虽然做了皇帝，对两个兄弟还是不放心。在《世说新语》里记载了两个小故事，就是关于他怎么对待这两个亲兄弟的。

有一次，曹彰进京觐见曹丕，顺便去看望母亲卞太后。曹丕知道曹彰在太后那里，就带了一盘乌枣，来找曹彰下围棋。下着下着，曹丕让宫女把乌枣端上来。其实这乌枣里有一部分已经被下过毒了，曹丕给毒枣做了记号，他只拿没有毒的枣吃，但曹彰对此一无所知，他顺手拿枣子，拿到哪个是哪个，吃了好些有毒的，很快就毒性发作了。卞太后让宫女赶紧拿水来，给曹彰灌水解毒，可没想到曹丕早就悄悄命人把太后宫中的水杯水罐全都砸坏了，没有东西装水，卞太后急得光着脚跑到井边一看，连打水的桶都不见了。等她再跑回来时，曹彰已经身亡。

不久后，曹丕又召见软禁中的曹植。他让曹植作一首

诗，走七步便要完成，否则杀头。曹植面无惧色，按照自己平常的步履走了七步，高声诵念道："煮豆持作羹，漉豉以为汁。萁在釜下燃，豆在釜中泣；本自同根生，相煎何太急！"曹丕听了这首诗，知道曹植是在责备自己不顾手足之情，竟要对亲弟弟斩尽杀绝，做得太过分。曹植既然已经达到要求，做出了七步诗，曹丕也无话可说。这时，卞太后得到消息，匆忙赶来，一把抱住曹植，对曹丕怒斥道："你已经杀了我的任城，放过我的东阿吧！"

曹丕登基后，封曹彰为任城王，封曹植为陈思王，后来又改封为东阿王。所以卞太后称曹彰为任城，称曹植为东阿。这就是所谓曹植所做的《七步诗》的来历。

故事中的小智慧

《世说新语》里的曹丕毒杀曹彰、逼曹植作七步诗这两个故事，后人对其真实性十分怀疑。对照历史记载，这两个故事显然和曹彰、曹植两个人的真实命运大致能够对应上。曹彰是在曹丕当皇帝的第四年，进京朝觐的时候突然死的，死因不明，确实有些诡异，这也给了后代小说家们想象的空间。而曹植比曹丕晚死，这也与故事里卞太后请求曹丕不要杀曹植的情节相吻合。

尽管基本情节相似，但人们还是非常质疑这两个故事，特别是质疑曹植作七步诗的故事，这是因为，曹植被封东阿王，实际上是曹丕死后的事了，所以卞太后是不可能对曹丕称呼曹植为“东阿”的。还有一个更重要的原因——曹丕的君主地位很稳固，他没有必要杀曹彰，更没有必要杀曹植。何况当着母亲的面，曹丕不可能这样做。

事实上，从一开始，曹植就输掉了与曹丕的竞争。曹丕为人谨慎，但曹植的性格十分轻率，还有一个很大的弱点：酗酒。曹植饮酒毫无节制，甚至曾在出征作战之前喝得酩酊大醉，这让曹操对他彻底失望。至于曹彰的死，也有一些史料记载，是因为他来朝觐，而曹丕没有马上见他，他就大发雷霆，把自己气死了。这说明他性格异常暴躁，对于曹操来说，他并不是合适的继承人选，对曹丕来说，他也构不成实质性的威胁。

所以说，《世说新语》里关于曹丕、曹彰和曹植兄弟的故事，极有可能是后世文人杜撰出来的。而其中记载的那首“七步诗”，虽然脍炙人口，但到底是不是曹植的作品，无法定论。

敕勒川

北朝民歌

敕勒川，阴山下。

天似穹庐，笼盖四野。

天苍苍，野茫茫，风吹草低见牛羊。

解读

这是一首北朝民歌。北朝指的是中国的一个历史时期“南北朝”中的北朝，包括北魏、东魏、西魏、北齐和北周这五个次第更替的朝代，统治地区在长江以北，与统治长江以南地区的宋、齐、梁、陈这四个次第更替的朝代合称为南北朝。北朝的君主都是北方少数民族，在他们的统治下，少数民族文化与汉文化发生了大融合，这也是北朝文化的一大特色。

北朝民歌通常由各民族的语言传唱，但当它们被收录在官方修订的《乐府诗集》里的时候，都是用汉字记写的。《敕勒歌》就是敕勒族的民歌，原文是敕勒语，后来译成

汉语，所以它和一般的古诗词不同，句子长短不一。

这是一首敕勒族人赞美故乡的歌，有两个突出的特点。一是比喻手法，即“天似穹庐”。穹庐指北方游牧民族居住所用的帐篷，歌者以穹庐比喻天空，既贴近族人生活，又充满想象力，非常生动。二是全景式的描写，从连绵的阴山到广袤的草原，再到遍布草原的牛羊群，整个敕勒川的风光都被容纳到诗句中来，读来令人感到眼界开阔，心胸浩荡。

故事

北齐的神武皇帝高欢，身份是东魏的大丞相。他把持东魏朝政多年，虽然没有直接称帝，但权势极大，连东魏真正的皇帝孝静帝，都是他一手操纵的傀儡。

东魏武定四年，高欢决定讨伐西魏，有大臣劝他说，现在时机不好，盲目西伐，不但不容易取胜，说不定还会损兵折将,惨败而归。可高欢听不进去,一意孤行地出兵了。

东魏军打到西魏的军事重镇玉璧城时，遭遇城中守将韦孝宽拼死抵抗。韦孝宽也是一位著名的将领，很懂得谋略，尽管他只有几千人，面对的是高欢率领的十万大军，却非常沉着冷静，想出了各种办法，将玉璧守军居高临下的优势发挥得淋漓尽致，把东魏军的攻城战术全都破解。几个回合下来，东魏军连玉璧城门都摸不到。

高欢只得使出了一个阴招：他写了一张悬赏令，写上“谁杀死韦孝宽，我赏丝帛万匹，封为太尉”，然后让人用箭射进玉璧的城墙里。不久，同一支箭就带着悬赏令又被射出来了，士兵捡回来给高欢看，高欢的鼻子差点气歪，原来，韦孝宽在悬赏令上加了一条：“杀死高欢者，我也赏这么多。”

韦孝宽足智多谋，西魏守军士气高昂，东魏军攻打玉璧五十多天，毫无进展。可能是老天爷故意为难高欢，这时候，军中偏偏爆发了瘟疫，连打仗带发病，东魏军损失了几万人。高欢命人挖了个大坑，草草地把所有尸体就地掩埋了。这么一来，东魏军斗志全无，军心涣散，高欢只好退兵回家。

撤军的路上，高欢自己也生病了。碰巧这时夜里发生奇异的星象，天上坠下一颗巨大的流星。古人认为天上的星星对应着地上的贵人，流星象征着某位大人物的死亡。于是民间谣传说，大丞相高欢在攻打玉璧的时候，被韦孝宽用箭射中，伤重不治。一时间，关于高欢已经死去的小道消息到处传播。

为了平息这些对自己不利的谣言，高欢不得不强撑着病重的身体，在家里举办了一场宴会，邀请东魏的权贵们来做客，看一眼还活着的自己。可他病得实在厉害，连坐在椅子上都很勉强，脸色苍白，冷汗直流。他的亲信斛律金看到他这样，怕别人发现异常，连忙站起来说道："大丞相，今天这么高兴，末将愿为大丞相和各位大人献歌一曲！"

宾客们的注意力立刻都被斛律金吸引去了，高欢明白斛律金的心思，也高兴地说道："好啊，阿六敦，你要唱个什么歌？"

阿六敦是斛律金的原名。他不太会写汉字，嫌敦字太难写，就把名字改成了笔画比较少的金。

斛律金说道："我唱一首我们敕勒人放牧时唱的歌，就叫《敕勒歌》。"大家纷纷鼓掌。斛律金便高声唱起来："敕勒川，阴山下，天似穹庐，笼盖四野……"

这意气激扬的歌，唤起了在座的东魏贵族对大草原的向往，所有人都露出微笑，只有高欢，脸上的表情渐渐变得悲戚，因为他知道，自己恐怕再也不能策马驰骋在辽阔的故土上了。他轻声和着斛律金的歌声，忍不住流下了眼泪。

武定五年的正月，高欢病逝。到了武定八年，他的二儿子高洋逼迫魏孝静帝退位，自己当了皇帝，建立北齐政权，追尊高欢为神武帝。北齐政权存在时间并不是很长，大约二十多年，就被北周取代。

那位唱《敕勒歌》的斛律金，一直活到八十岁，寿终正寝。北齐的孝昭帝高演和武成帝高湛分别纳了他家两个孙女为太子妃。这事放在别人那里，可是求之不得的好事，斛律金却一百个不愿意。他对儿子斛律光说："我虽然不读书，但也知道，古代那些外戚都没有好结果。女孩儿嫁进皇宫，若是得宠，则遭人嫉妒，若是不得宠，则遭皇帝嫌弃，怎么都不好。我们家族没有必要让女儿去替我们争光。"虽然斛律金百般推辞，两任皇帝还是坚持娶了他的孙女做儿媳，为此，斛律金到死都忧虑不已。

故事中的小智慧

斛律金是北齐名将，据史书记载，他性格鲁直，不识文字，连名字也不会写，他让一个人教他写名字里的“金”字，那个人怎么教都教不会，最后造了个“金”字形的房子给他看，他才学会了。

就是这样一个大老粗，却有着超乎常人的智慧。别人家的女儿被选为皇妃、太子妃，那可是合家欢庆的大喜事，可是他却能说出“自古外戚没有不覆灭的”“女儿受宠，就会被人嫉妒，不受宠，就会被皇帝嫌弃”这样的话。可以说，斛律金对所谓的荣华富贵，看得很透彻了。事实也如他所料，与皇帝结亲家，不会给家族带来永久的荣耀。斛律家出了一个皇后，两个太子妃，还娶了三个公主，一度显贵无比，然而斛律金死后，家族就因在权力斗争中失败而惨遭灭门之灾。

现在有很多以后宫嫔妃争斗为主题的电视剧，有一些收视率还很高。这样的影视剧当作文艺作品来欣赏，并没有什么不好，但是，如果我们看了这些电视剧，就认为主角有“权谋”，很“厉害”，令人佩服，甚至值得学习，那就不合适了。封建王朝的后宫政治是真实存在的，但无论从哪个角度来看，那都非常残酷，没有人性，更没有任何值得赞美和推崇的地方。

凉州词

唐 王翰

葡萄美酒夜光杯，欲饮琵琶马上催。

醉卧沙场君莫笑，古来征战几人回。

解读

这首诗，是唐代诗人王翰的组诗《凉州词二首》中的第一首。也是比较知名的那一首。有的诗评家认为，诗的第三四句手法精妙，含义深刻，是上乘的佳句，但第一二句有欠缺，表露了作者本人比较庸俗的格调，以至于整首诗的水平被降低了。有的诗评家则认为，第一二句和第三四句正好形成对比，前面是故作欢畅，后

面是回落伤感，二者组成了一个完整的情绪变化的过程，抑扬顿挫，节奏鲜明，让读者更加能体会到战争带来的痛苦。

这只是品评者个人对文学作品理解的差异，谈不上谁对谁错，不过，这首诗的第一二句“葡萄美酒夜光杯，欲饮琵琶马上催”，确实是王翰本人性格的体现。历史记载，王翰生性豪放不羁，酷爱饮酒，经常召集聚会，一边喝酒一边歌舞狂欢，这样张扬的风格，让他吃过不少苦头，甚至导致仕途失意，但他到死都没有改变。

对诗的后两句，在理解上存在很大争议，分歧主要在于：这是抒发悲观失望的情感，还是在表达乐观豪迈的精神？我们仍然从性格上来分析，王翰绝不是一个内心能藏得住忧愤的人，他经常“自比王侯”，自视很高，做人非常自信，即使被贬官，他也照样天天跟朋友一起玩乐，没有一点消极的心态。应该说，“乐观豪迈”与王翰的情怀更为契合。

这首诗还有一处有争议的地方，那就是“欲饮琵琶马上催”的“催”是什么意思。而这个“催”的意思，决定了整首诗的意思。这里主要有两种说法。

一个说法是，催就是催促军人出征。因此，这首诗是说，正在饮酒的军人们，突然听到琵琶急促的乐声，这是在催促他们赶紧出发，前往战场迎敌，如果我喝醉了，躺在战场上，你们不要笑我，上了战场就没有几个人能活着回来，我还能这样醉几次呢？

这种说法有一个很明显的不合理之处。唐朝的军队使用的军令乐器是号角和军鼓。琵琶这种乐器发出的声音强度有限，无法覆盖整个军营，不能有效传令。既然琵琶不是用于发布军令，那么军人听到琵琶声，又怎么会理解为在催促自己出发呢？所以这种说法是不正确的。

另一个说法是，催，指用音乐来为饮酒助兴。诗的意思是，将士们举起装满美酒的酒杯，旁边的琵琶就弹奏起来，随着乐声，大家一饮而尽。这是一场尽情畅饮、不醉不归的欢宴。即使醉倒在刚刚结束战斗的战场上，也没什么可笑的。既然来打仗，我们就做好了不回家的准备，为什么不活得随性快活一些呢？

要判断“催”字在诗中的本意，还可以参考这场酒宴的时间。如果真的是上战场前夕，全军当然应该是严阵以待的状态，统帅又怎么可能允许部将们喝醉？因此，把诗中描述的情境理解为一场大战之后的庆功宴，更加符合逻辑。

另外，“马上”这个词，也不是我们现在所说的“立刻”的同义词，而就是它的字面意思：“坐在马背上”。唐代的琵琶，有三弦的、四弦的，还有五弦的。四弦、五弦琵琶起源于西域古国，汉代时传入中原，一直都保留着游牧民族的弹奏风格，乐师坐在马上演奏的方式很常见，在边塞军中，就更常见了。这里说的“琵琶马上”，就是在描写这种演奏方式。

故事

诗人王翰是并州晋阳人，这个地方就是今天的太原。王翰年纪轻轻就有点“不务正业”，考上了进士也不去做官，每天在家喝酒赌钱，玩得不亦乐乎。但这个人很有才气，而且在家乡是个名人，并州长史张嘉贞听说了他的各种事迹以后，很感兴趣，特地派人把他请到自己府里来喝酒。张嘉贞是带过兵打过仗的人，性格很豪爽，跟王翰一见如故，一点也不端架子，很是谦和有礼。王翰见这位本州的高官对自己这么和蔼可亲，非常感动，于是在酒席上给张嘉贞跳了个舞。

历史记载没有说王翰跳的是什么舞，只说他跳的时候气势轩昂，舞姿流畅，神态自如，很有专业范儿。唐代的乐舞分两种，一种叫“健舞”，一种叫“软舞”。从名字上也能看出来，健舞动作刚健，多是男性表演，软舞婀娜多

姿，一般是女性表演。王翰跳的自然应该是健舞。健舞的速度很快，有很多踢踏、跳跃、旋转的动作，王翰身为文士，却会跳这么高难度的舞蹈，这在唐代不是什么奇怪的事。因为唐代本来就是一个“全民尚舞”的时代，上至皇帝，下至庶民，只要能跳得动的，几乎都能跳舞。白居易曾经在诗里记述说，天宝末年流行胡旋舞，人人争相学习，但能得其精髓，“旋”得最好的，只有两个人，一个是唐玄宗的爱妃杨贵妃，另一个是唐玄宗的宠臣安禄山。王公贵族都热衷于学跳新奇的舞步，人人以会跳时髦舞蹈为荣，这种盛况，除了唐玄宗统治下的天宝年间，也没有别的时代会发生了。

只是有一点，王翰这个舞还是跳得很与众不同的。唐代乐舞的规矩是“歌者不舞，舞者不歌”，跳舞时需要伴唱，自己不唱歌。但王翰是自歌自舞，唱跳合一，十分特别。这也显示了他洒脱不凡的个性。

那位并州长史张嘉贞，为人非常暴躁，脾气特别大，但他能力很强，办事干练，颇受唐玄宗的赏识。开元八年，他被唐玄宗点名提拔，到朝中当宰相去了，另一个唐代著名的政治人物来到并州接任长史之职。这个人叫张说。张说是开元时期举足轻重的人，因为他和唐玄宗的关系很不一般。唐玄宗还是皇太子的时候，张说就是他的部下了。

张说跟张嘉贞一样，也是个暴脾气，也做过统领军队的将帅，还都曾是管理国家军事的兵部官员。所以，张说也像张嘉贞一样，对气质豪放的王翰很欣赏。但张说和张嘉贞又不太一样。首先，张说尊重有文学才华的人。他对王翰的欣赏，不仅仅是欣赏王翰身上其他文人少有的豪气，更是欣赏王翰出类拔萃的文采。另外，张说很愿意举荐人才。张嘉贞在并州时，虽然和王翰交情很好，但从没有想过要提携王翰，而张说离开并州回朝廷担任宰相之职的时候，就把王翰也带走了。

王翰刚到长安时，是秘书省的正字，这个工作是在秘书省，也就是国家图书馆负责校勘书籍的。后来他又做过管理皇帝文书的通事舍人，管理兵部车马的驾部员外郎。这些官职都很小，但王翰似乎挺满足挺开心的。他在长安的生活很有情趣，家里养了不少名马，还建了一个唱歌跳舞的乐队班子。这本来都是公卿贵族才有的享受，他这芝麻绿豆大的小官哪儿能做呢？别人都理解不了，认为这个人有毛病，爱炫富。于是人人都很讨厌王翰，要不是张说的面子还比较大，王翰在长安早就待不下去了。

开元十四年，张说因为得罪了朝廷里的其他几位重臣，

被唐玄宗罢免。张说失势了，那些讨厌王翰的人便趁机也把王翰赶出了长安。王翰在汝州、仙州等地做了几任地方官，仍然是天天跟朋友喝酒、唱歌、跳舞，日子过得非常快乐。对那些厌恶他的人来说，这简直就是“不知悔改”，自然，这些人还要继续检举王翰，告他的状。最后，他们终于告倒了王翰。王翰被贬去了南方的道州，不久死在赴任的路上。

故事中的小智慧

对王翰有知遇之恩的张说，不仅是个政治家，同时也是一位文艺家。张说曾评点开元年间的诗人，评点到王翰的时候，他说，王翰的文字就像是美玉雕琢而成的，可惜有一点瑕疵，若是能扬长避短，那此人就是文坛的翘楚了。以张说对王翰的了解，他说的瑕疵，应该不仅是指文字上的不足，还指性格上的缺陷。

王翰活的比他周围的人都要随心所欲，虽然关于他的记载很少，但从他考上进士却不去钻营求官，而是在家玩乐，以及他在长安做着品级低微的小官，却能在家里养名马，养乐伎，大致就能推测出来，王翰的经济来源不是他做官的俸禄，而是他的祖产，也就是说，王翰是个富豪子弟，他家里很有钱，不需要为了生活委屈自己，讨好权贵。这就是为什么他周围的人那么讨厌他，一定要孤立他，驱逐他，这实际上就是嫉妒。

王翰的性格不够圆融，甚至有些任性，这使他没有办法去化解他遭遇的那些嫉妒心。但是，不管怎么说，因为家庭富有而能够过上自己想过的生活，过得比别人都好，不是他的错。王翰一生没有做过什么坏事，最后却被来自他人的嫉妒心摧毁，冤屈地死在被流放的路上，这让人觉得很难过。

当看到有人拥有更优越的环境和条件时，我们产生一些嫉妒心理，这是很正常的，不必在意，也不必害怕，但如果我们深陷在这种嫉妒心理中，以至于让嫉妒带来的恶意支配了我们的态度，控制了我们的感情，那是绝对不正确、不应该的，我们必须反省和改变自己才行。嫉妒是一把双刃剑，刺伤别人，更刺痛自己。对别人友善一些，也会让自己快乐一些的。

出塞二首·其一

唐　王昌龄

秦时明月汉时关，万里长征人未还。
但使龙城飞将在，不教胡马度阴山。

解读

这首诗是王昌龄以乐府旧题《出塞》为题所写的七言绝句，这是其中之一，另外还有一首，远不如这一首有名。这首诗被明代文学家李攀龙誉为唐诗七绝的压卷之作。当然，这只是李攀龙一家之言，其他人也有认为王之涣的"黄河远上白云间"、王翰的"葡萄美酒夜光杯"、王维的"渭城朝雨浥轻尘"、李白的"朝辞白帝彩云间"、杜牧的"烟笼寒水月笼沙"，等等，才有资格称为唐诗七绝的"压卷作"。评选唐诗七绝前几名的热潮是在明清时代兴起的，当时的诗评家们各自心目中的"唐诗七绝第一"，几乎都不一样。唐诗数量浩如烟海，七绝佳作成百上千，有好几个"七绝压卷之作"的候选，属于正常的艺术争论，不足为奇。

这首诗之所以得到后世推崇，是因为它具备了十分鲜明的“盛唐风度”，尽管带着悲凉的情调，但总体上是慷慨昂扬、不屈不挠的。

首句“秦时明月汉时关”，有评论者认为很费解。现在，我们把这句诗的修辞手法确定为“互文”，即“秦时”和“汉时”同时修饰“明月”和“关”，这句话的意思是“（这是）秦汉时的明月，秦汉时的关”。但古人也有不同的理解。有人就说，这句诗的意思是：秦朝时，这里只有明月，汉朝时，这里有了关。也就是说，这句话简述了边关的历史。

秦代开始了征战，但还没有设立边关城池，到了汉代，建立关城，于是战士长期戍守成为常例。这两种理解应该说都有道理。只不过第一种理解，相对而言更符合诗的意境，秦汉时期，岁月悠悠，明月依旧，边关依旧，面对这个画面，不禁令人产生深深的抚今追昔之感。

对这首诗，主要的分歧在于后两句中的“龙城飞将”究竟指谁。这里有两种说法。

第一种认为，“龙城飞将”指西汉名将李广。李广常年与匈奴作战，匈奴军人很怕他，送给他一个称号“汉之飞将军”。至于“龙城”，王昌龄经常在诗里用到这个词。在唐代之前的南北朝时期，也有很多人写诗用到这个词，它常和“轮台”“雁门”“玉门”“马邑”等等词语对偶联用，这些词是同义词，泛指西北边关。王昌龄的“龙城飞将”，应该也是这样的用法。

第二种说法认为，“龙城”和“飞将”各有所指，是两个人。“龙城”指西汉将军卫青，他曾在一个叫“笼城”的地方大破匈奴，龙与笼谐音，“龙城”就是“笼城”。“飞将”则是指飞将军李广。龙城飞将这个词是泛指那些骁勇善战、屡建奇功的将领们。如果做这样理解的话，确实用两个人来代表一个群体，比用一个人代表更合适。

虽然在诗句的具体含义上有争议，但整体的诗意不存在歧义。这首诗，首句描述了边疆地区广阔的地理人文背景，第二句抒发了对戍边军人细腻的关怀，第三四句赞美和怀念保家卫国、建功立业的英雄将领，为边关形势岌岌可危感到忧虑。可以说，边塞诗能够表达的内容，这首诗几乎都包含了，所以，把它作为边塞诗的典型作品，一点也不为过，唐诗以边塞诗最有成就，说这首诗是唐人七绝之冠，也不算夸张。

故事

西汉名将李广出生在陇西郡。陇西郡是汉代西北六郡之一。这六郡中家世清白的青壮年，历史上被称为“六郡良家子”，是西汉军队的主要兵源。

李广就是以良家子的身份参的军。汉文帝十四年，匈奴进犯汉朝的萧关，自幼学习骑射武艺的李广报名加入了军队，因为立了战功，他战后从普通士兵提升为中郎将。李广在战场上的表现甚至惊动了汉文帝。汉文帝感叹说：“你真是生不逢时啊，如果你能赶上高祖皇帝开国的时候，凭你冲锋陷阵的勇猛，封一个万户侯不在话下。”

不知是不是文帝一语成谶，封侯是李广一生的梦想，然而他到死也没有实现。

汉文帝之子汉景帝继位后，匈奴又进犯汉朝的上郡。

汉景帝派了一个自己十分宠信的宦官，和李广一起去打匈奴。这是因为之前有人在汉景帝面前说李广的坏话，所以汉景帝不太信任李广，派宦官去监视他。这个宦官对前线的危险不了解，行军的时候领着几十个人策马狂奔，跑出去老远，与三个匈奴兵遭遇了。三个匈奴兵看到他们，搭弓就射，不但射伤了宦官，还把宦官带的那几十个汉军都给射死了。宦官慌忙逃回到李广那里，哭诉了事情经过，李广说："这三个人，一定是匈奴的射雕手。"

射雕手就是箭射的最准的人，也是匈奴战斗力最强的军人，如果能抓住他们，对了解敌方军情很有利，李广立即带上一百个骑兵去追那三个匈奴兵。等追上了，他让其他人包抄两翼，自己向那三人射箭，射死两个，生擒了一个，一问那个被俘虏的，果然是射雕手。

李广把被俘的射雕手捆在马上，准备回去，这才发现自己已经追到了匈奴的一支大部队附近，前面就是几千个匈奴骑兵。匈奴骑兵也看见李广他们了，但不敢贸然上前，怕是汉军诱敌之计。双方僵持的时候，李广的部下想跑，李广阻止说："我们现在离开大军几十里地，只要敌人追杀过来，我们绝没有活路。我们不走，他们就会以为我们是诱饵，身后有伏兵，不会轻举妄动。"

于是，李广命令所有人缓步向前，走到匈奴骑兵阵前两里地的时候，又下令说："全体下马，卸下马鞍！"手下大惊，问道："我们离敌军这么近，还要下马卸鞍，他们杀过来我们可怎么跑啊？！"李广看了看天色，说道："我们不跑，就是要让他们坚信，我们后面有埋伏，是在故意引诱他们出兵。"士兵们只得纷纷下马，解下马鞍。匈奴骑兵看他们这样做，更是摸不着头脑。过了一会，一个骑白马的将军模样的人带着几个士兵从匈奴军中奔出，似乎想来刺探一下情况。李广等他们靠近了一些，便招呼了几个得力的手下，突然上马出击，把这个白马将军和他带的士兵都杀了，随即回到自己的队伍里，再次下马卸鞍，让马卧倒。

天渐渐黑了，看到李广和手下一动不动地蹲伏在原地，匈奴军队终于彻底相信，汉军就埋伏在不远处，准备趁夜晚偷袭。到了半夜，他们便主动撤离了。黎明时分，李广带着所有人，毫发无损地回归了大部队。如果不是长期与匈奴作战积累了丰富的经验，李广是绝不会安然脱险的。而像这样令人心惊胆战的经历，对于李广来说，早已是家常便饭了。

汉景帝死后，汉武帝继位。李广在一次出征时，寡不敌众，被匈奴俘虏。他想办法逃回了汉朝。因为他是兵败被活捉的，按照法律要被判斩刑。他花钱赎了死罪，但官

职被免，从将军变成了平民。

之后李广在家里待了四年，无所事事，偶尔跟老朋友出去打打猎。有一次他带着一个仆人去乡野游玩，返程路上经过汉文帝的陵墓——霸陵，这时天已经黑了，看守霸陵的霸陵尉醉醺醺地出来阻拦李广。汉代的确有宵禁的法规，李广知道是自己违规了，便让仆人去跟霸陵尉好好商量，放他们过去。仆人对霸陵尉说："这位是以前的李将军，您行个方便吧。"霸陵尉没好气地说："现任的将军也不能夜行，何况是以前的将军！"

那天晚上，李广不得不在霸陵的驿亭里过了一夜。这件事，尤其是霸陵尉说的那句话，对李广刺激很大。没过多久，匈奴再次犯边，汉武帝重新起用李广，让他做右北平郡的太守。李广特地把这个霸陵尉要到了自己手下。他带着霸陵尉来到右北平郡，便把这个人给杀了。

故事中的小智慧

李广杀死霸陵尉后，上书汉武帝请罪。汉武帝给他写了一封回信，表示不会追究他杀一个小吏的罪过，只希望他好好打仗，马上就要到秋天了，秋天是牛羊最肥壮的时候，也是匈奴要来抢掠边民的时候，备战要紧，其他事都不用考虑。

很多人读到这段历史，都会思考一个问题：这个霸陵尉到底死得冤不冤？

他当然冤。即使他犯了势利眼的错误，这个错误也不至于要他偿命。李广杀他，那是公报私仇。李广之所以不在受辱的当时就杀那个霸陵尉，而要等到自己再次被任命官职以后才杀，是因为他知道，这个时候汉武帝需要他，极可能不会治他的罪。而且，封建社会的法律本来就偏向权贵，高官杀低级官吏，是可以从轻处罚的，所以说，李广报复霸陵尉，并非一时冲动，而是经过了深思熟虑。霸陵尉拦阻李广那天，他喝醉了，脑子并不清醒，所以说话不好听，为了自己迷迷糊糊犯下的一点小得不能再小的过失，他竟失去了生命，这份冤屈，千古难消。

另一方面，李广作为身经百战的将军，却和一个微不足道的小吏如此计较，这个人的心胸，应该说，实在是不开阔。李广六十多岁时作战失利，愤然自杀。古代的文人经常感叹，李广能征善战，却未被封侯，朝廷对他太薄情了，但是，从李广杀霸陵尉这件事上看，他的人生道路越走越窄，很大程度上是他自己的问题。

凉州词

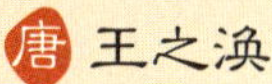
唐 王之涣

黄河远上白云间，
一片孤城万仞山。
羌笛何须怨杨柳，
春风不度玉门关。

解读

边塞诗是古典诗歌中非常重要的一个类别。顾名思义，这种诗歌是以边关生活和边疆风光为题材的。边塞诗的雏形，是先秦时代的“征戍诗”，即描绘远古战争生活的诗歌，比如诗经中的《采薇》，就是一首典型的征戍诗，著名的诗句“昔我往矣，杨柳依依；今我来思，雨雪霏霏”，就出自《采薇》，意思是，将士们在春天告别家人出征，返回故乡时已是第二年的冬天。

唐代是边塞诗的鼎盛时期，涌现了大量的作品，也有

了“边塞诗人”这样的诗歌流派。王之涣尽管诗作传世很少，其中边塞诗更是只有两首而已，但在唐代诗人群体中，他却是数一数二的边塞诗人，这个荣誉，就来自这首《凉州词》。

有诗评家评论说，这首《凉州词》没有一个字提及戍边之苦，只是尽量客观地描写了眼睛所见，耳朵所闻，便将边关将士的苦楚境遇表现得十分生动深沉，让人感同身受。此诗以写景开篇，文字简洁有力，画面感极强，寥寥数语，将大漠黄沙间孤独耸立的边塞城池仿佛重现在读者眼前。“羌笛何须怨杨柳”一句，则是从画面转向声音，写到城上戍卒吹奏的一曲凄凉婉转的羌笛曲，借音乐抒发

人的心声。至于最后一句“春风不度玉门关”，可以理解为朴素的写实，也可以理解为带有讽刺君王意味的双关语，无论作者的目的为何，并不影响这首诗以其高超的立意和技巧，成为唐代边塞诗的代表作。

故事

唐代开元年间，有三位名声不相上下、都擅长写边塞诗的诗人，他们就是王昌龄、高适和王之涣。三人都曾在东都洛阳寄居，寻找做官的机会，因为脾气秉性相投，年纪相仿，于是成为非常要好的朋友，经常约着一起出游，日子倒也过得逍遥自在。

一个寒冷的冬日，天上飘着零星雪花，三人又互相招呼着出门玩儿去了。他们走到洛阳闹市街头，雪越下越大，北风嗖嗖地吹，三人穿得单薄，都冻得牙齿打战。王昌龄指着集市边上的一座高楼说道：“二位，二位，天寒地滑，我们别再走了，先进那里面烤烤火吧。”

高适和王之涣抬眼一看，那楼上悬挂酒旗，原来是一座酒楼，连连拍手道：“太好了，我们进去要一坛好酒，暖和暖和。”王昌龄摸了摸口袋：“你们带钱了吗？”高适摇摇头，王之涣一摊手，王昌龄笑道：“三个穷书生，拿什么买酒？”王之涣说道：“就凭咱们三个的诗名，赊一坛酒还是没问题的吧！”

三人说笑着走进酒楼，好说歹说，向店小二赊来了酒，围着火炉正要喝，突然门外一阵喧嚷，进来了一群人。三人好奇地回头张望，只见这群人有的背着琵琶，有的揣着竹笛、洞箫，还有的腰里别着牙板，穿着华丽，一看就知道，是东都教坊里的伶官，也就是为宫廷和贵族们表演歌舞的艺人。

伶官们一进酒楼就占了最大的桌子，又是要酒又是点菜，嘻嘻哈哈吵吵闹闹，王之涣等三人知趣地端起自己的酒躲到墙角里的桌边坐下了。又过了一会，四个妙龄女子携手走了进来，她们身后跟着好几个仆人，看起来排场很大。

伶官们都起身迎接，听他们说话，王之涣等人才知道，这四个女子是现在洛阳城里最红的歌女。王昌龄低声对高适和王之涣说道：“我们三个不是一直都比较不出高下吗？今天就是个绝佳的机会。这四个女子待会一定会唱歌，如果她们唱了我们写的诗，我们就记下来，最后看谁的诗被唱的最多，定个输赢，如何？”王之涣自负地说道：“那还用比，肯定是我胜出。”高适微微一笑：“等着瞧吧。”

三个人说定，王昌龄从火炉里抽出一块木炭，准备用来在墙壁上画横线计数。过了一会，那桌伶人果然开唱了。

伶官们弹奏，四个歌女一个接一个唱起了眼下最流行的诗歌。第一个唱的是王昌龄的诗，第二个唱的是高适的诗，王之涣眼巴巴等到第三个歌女开腔，可唱的还是王昌龄的诗。王昌龄和高适都笑着对他说："你呀，认输吧。"王之涣不服气地说道："这三个歌女不是最好的，你们看，"他指着四个歌女里最漂亮的那个，"如果她唱的不是我的诗，我这辈子都不跟你们两个争了，甘拜下风。"

他话音刚落，那个歌女就唱了起来："黄河远上白云间，一片孤城万仞山……"王昌龄和高适拍着巴掌大笑，王之涣没想到自己随口说的大话竟然应验了，也笑得直不起腰。他们的笑声惊动了那一桌伶人，一个歌女走过来问道："不知几位公子因何发笑？是我们的歌唱得不好吗？"三人忍住笑对她讲明原委，歌女高兴地说道："竟然有这么巧的事。怪我们有眼不识泰山，在真人面前卖弄了！还请三位屈尊，与我们共饮几杯吧！"

三位诗人互相看了看，站起来说道："那就叨扰了。"他们坐到伶官们中间，与这些艺人推杯换盏，吟诗唱曲，度过了非常欢乐的一天。

故事中的小智慧

"旗亭画壁"的故事流传很广，其实，它并不是真实的历史，而是一篇传奇。传奇是一种盛行于唐代的文学体裁，基本等同于我们现在所说的小说。《旗亭画壁》出自唐代一个叫薛用弱的人所写的传奇集《集异记》。这个故事告诉我们一个知识，那就是，唐诗是可以用来唱的。

其实，不仅唐诗可以唱，在唐朝之前，诗歌也都是用来唱的。从秦汉时期开始，朝廷便设有一个专门管理音乐相关事务的部门，叫作乐府。乐府负责搜集各地的民歌，并把民歌的乐谱整理出来，制定成固定的乐曲和格律。诗人根据这些乐曲、格律来填词，写出来的作品就叫乐府诗。只要是乐府诗，就一定可以当作歌曲来演唱。王之涣的这首《凉州词》，就是乐府诗，遵循的是统一的《凉州词》乐曲和格律。这也就是为什么，我们还能看到很多其他诗人写的以《凉州词》为名的唐诗。

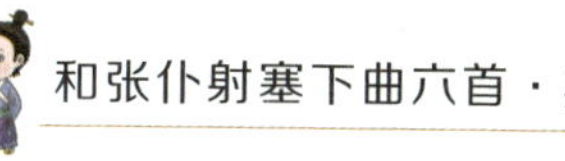

和张仆射塞下曲六首·其二

唐 卢纶

林暗草惊风，将军夜引弓。

平明寻白羽，没在石棱中。

解读

这是唐代诗人卢纶的组诗《和张仆射塞下曲六首》中的第二首。卢纶活跃于唐代宗大历年间，属于中唐诗人，但历来诗评家都称赞，他这六首边塞诗有盛唐的气象，不像中唐诗歌。

中唐诗与盛唐诗之间的差异，其实也就是唐朝国势的差异。盛唐非常强大，诗风壮阔饱满，中唐已现衰弱征兆，诗风清雅有味，筋骨不足。说得通俗一些，就是两个时代的诗歌风格出现了从“刚健”转向“柔软”的变化，这是一种隐藏在诗歌语言之下的气质的变化，不是哪一个人或哪一首诗就可以代表的，通过大量地阅读和品鉴，我们自然能够领会到。

塞下曲是乐府旧题，诗题中所说的“张仆射”，是指一位姓张的官员。仆射是古代官职名，意思是某个部门的主管，唐代的宰相官名为尚书仆射，也就是尚书省的主管。这位张仆射是哪个部门的主管，现在也不可知了，他到底是谁，唐诗的研究者们有好几种说法，但都没有确凿的证据。这组诗从题目上看，是与张仆射的唱和之作，但是张仆射的原诗并没有流传下来，只有卢纶的诗还在。我们可以从中推测，这位张仆射并非一位知名诗人，可能不擅长写诗。卢纶和唐代大多数著名文人一样，与达官贵人走得很近，借此给自己的仕途铺路搭桥，他有大量诗作，是陪

同这些权贵人物游玩宴饮时写的，这六首塞下曲大概也是这种情况。

《和张仆射塞下曲六首》，最为人熟悉的是第二首和第三首。这是第二首。这首诗赞美了一位将军高强的武艺。诗本身非常简单，而且是五言诗，很精炼，却有极强的表现力，能够把读者带入诗中描写的意境中。几乎伸手不见五指的黑夜森林，只能听到被风吹动的草丛发出沙沙的声音，紧张谛听周围的将军突然拉开弯弓，向某处射出一支箭，便再也听不到任何动静。等到白天，将军派出士兵去寻找那支箭，才发现箭深深地扎在一块石头里，拔都拔不出来。熟悉历史典故的人，都知道这是西汉名将李广的故事。这个故事后面其实还有一部分，是说李广发现自己射的不是老虎而是石头后，再朝石头射箭，不管怎么用力，箭头都扎不进去了。这首诗舍弃了这个情节，只把“将军天亮后见到箭羽没入石中”作为结局，故事依然完整，并突出了最传奇的部分，同时也最大地赞美了将军的力量。四句二十个字，就写得如此精彩，确实体现了卢纶的才华。

故事

卢纶是唐代的“大历十才子”之一。大历是唐代宗李豫的年号，大历十才子，其实不止十个人，因为自晚唐之后，人们开始评选大历年间最有才华的诗人，可是不同的人心目中，十才子不尽相同，这个人选的十才子是这十个人，那个人选的十才子是那十个人，总有一两个到三四个的出入。但是不管是谁选的“大历十才子”，卢纶的名字都稳居其中，说明他的文学才华是后世公认的。不但后世公认，在卢纶生活的年代，他因为诗才超群，也得到了很多大人物的青睐。这些大人物中，有的对他有知遇提携之恩，有的却大大地连累了他，给他的命运平添坎坷。

卢纶在天宝末年考了很多次进士，但是没考上，又时运不济，遇上安史之乱。卢纶的家乡就是安禄山起兵的范阳，安史之乱发生后，他便无家可归了，只得客居在江南的鄱阳郡。在这里，他认识了一位名叫吉中孚的文士，两人成了好朋友，经常一起游山玩水，吟诗作赋。吉中孚也是“大历十大才子”之一，两人的友情维持了一辈子。

安史之乱结束后，卢纶来到了长安。这时，在位的皇帝已经是唐玄宗的孙子唐代宗了。年号也变成了大历。大历这个年号，在中国古典文学史上有特殊的意义。它意味着盛唐文学的结束，中晚唐文学的开始，唐代文风从此改变。卢纶正好在这样一个文学转型的时代，出现在文坛上。他很快就被权臣元载和王缙注意到了。

元载和王缙都是宰相，他们俩又是政治盟友，关系紧密，朝廷大小事，无一不是通过他们两人做决策，连唐代宗似乎都要让他们几分。元载是个政客，拉拢文人不过是附庸风雅，抬高自己，他对卢纶的了解，无非就是这个人颇有些名气，于是推荐卢纶做了个阌（wén）乡县尉。县尉官职很低，推荐这种职位，并不是什么特别垂爱的表现，但卢纶还是很感激元载。尽管元载独断专行，党同伐异，贪赃枉法，做了很多正人君子所不齿的事，卢纶却不认为被他提拔有什么不好。他唯一觉得惋惜的是，自己通过这样的渠道当官，说起来到底不如以进士的身份入仕光彩。

后来，王缙也举荐了卢纶。王缙和元载不一样，他是著名诗人王维的弟弟，本人也有很高的文学修养，善于识别有真才实学的人。王缙看出卢纶在诗歌方面是一个稀世之才，再加上卢纶又已经攀附了元载，跟他便是同一阵营，于是一心笼络，给了卢纶规格很高的礼遇。卢纶也"投桃报李"，跟王缙非常亲近。

由于元载和王缙都向朝廷推荐了卢纶，连进士都没中过的卢纶数次升迁，前途看似一片光明。然而，冥冥中好像老天在保佑卢纶，这时他突然生了一场大病，不得不辞去官职。可以说，这场病挽救了他。

大历十二年，肆无忌惮的元载、王缙终于触怒了唐代宗，他们和他们的党羽被一锅端了。元载是首犯，几乎被灭了满门，全家只剩下一个小女儿活了下来，被收进宫里做奴婢。王缙因为年纪太大，逃过了死罪，被贬去了偏远的南方。其余同党，杀的杀，贬的贬。卢纶也没有幸免。他的罪名是跟王缙关系好。不过，由于他人微职卑，没有什么实质的罪行，所以也没有受到实质的惩罚，只是被弃置在一边不再任用而已。

这场变故给了卢纶深刻的教训，也让他反省，自己的人生到底该往何处去。

唐德宗兴元元年，唐朝又一次发生了叛乱，原幽州节度使朱泚自立为帝，甚至一度攻入长安，气焰十分嚣张。唐德宗派咸宁郡王浑瑊负责平叛。卢纶经常参加名将郭子仪的儿子郭暧组织的文会，而浑瑊是郭子仪的老部下，凭着这层关系，卢纶便应聘做了浑瑊的幕僚，跟随他打仗去了。

这是卢纶第二次依附于有权有势的大人物，但这一次，他脱胎换骨，不再是整天流连酒宴献媚讨好的帮闲陪侍，而是投笔从戎、保国护民的将士。

浑瑊是中唐的重要统帅，出身将门，二十岁就参加了平定安史之乱的战争，屡立战功。他深受朝廷器重，一生中多次率军打击外敌和叛乱者，功勋卓著。浑瑊对国家勤

谨忠诚，待人接物谦和有礼，和他在一起，卢纶感受到了君子之风的熏陶。随军征战的经历，烽火狼烟的洗礼，也让他站得更高，看得更远了。

卢纶在浑瑊的幕府里一待就是十多年，直到去世时，他仍在浑瑊的麾下。这一时期，他写诗的风格有了变化，写了许多军旅诗，充满豪气。《和张仆射塞下曲六首》，应该就是这时的作品。虽然也是人情应酬之作，但和他在大历年间与元载、王缙交往时那些诗作相比，俨然像是换了一个人，没有了对官场荣华的沉迷，多了对英雄气概的追寻。

到卢纶晚年的时候，唐德宗才有机会了解他的诗歌才能，然而，德宗还没来得及委以重任，卢纶就死了。唐朝后来还有两个皇帝喜欢卢纶的诗，一个是唐宪宗，一个是唐文宗，在他们的督促下，卢家将卢纶留下的几百首诗整理出来，并献给宫廷。卢纶活着的时候，即使不惜自污名誉，混迹于元载王缙的交际圈子，也没有得到皇帝的青睐，他死后，几个皇帝的赏识却接二连三地到来，这颇有些讽刺意味。

故事中的小智慧

卢纶曾在一首送别朋友的诗中，说自己“少孤为客早，多难识君迟”，少孤，多难，这样的描述，说明他多少还是觉得，命运对自己很不公平。但我们从旁观者的角度来看待他的一生，他的遭遇和他自己的选择是密切相关的。当他选择了和元载王缙这样的人接近，便遇到了磨难和灾祸，当他选择和浑瑊这样的人接近，便活得祥和平稳。

从卢纶身上，我们可以看到，一个人该在多大程度上为自己的人生际遇负责。卢纶在后半生遇到了浑瑊，找到了正确的人生道路，也得到了安宁的归宿，他毕竟还是幸运的。

和张仆射塞下曲六首·其三

月黑雁飞高，单于夜遁逃。
欲将轻骑逐，大雪满弓刀。

解读

这是唐代诗人卢纶《和张仆射塞下曲六首》中的第三首。这首诗描写的是即将开始的夜间追击战。

关于这首诗，有过一场有趣的“跨界”争论。争论的一方是我国著名的数学家华罗庚先生。他写了一首诗，对“月黑雁飞高”提出了质疑，这首诗是这样说的：“北方大雪时，群雁已南飞。月黑天高处，怎得见雁飞？”意思是，北方下大雪的时候，已经是严冬天气，大雁早就飞到南方过冬去了，又怎么能在晚上看到大雁在天上飞？

不久，有人把这首诗抄送给了文学家郭沫若先生，想听听他对这个质疑的看法。郭沫若也写了一首诗回应：“深秋雁南归，懒雁慢未随。忽闻寒流至，奋翅连连追。”

郭沫若先生的诗，回答了华罗庚先生的质疑。他说，诗中说的不是寒冬季节，而是深秋与初冬交替的时候，这时绝大多数大雁确实已经离开北方的天空了，但有一些体力弱的大雁，跟不上大部队，被落在后面。突然下起大雪，这说明高空中来了一股强大的冷空气，气温正在剧烈下降，这些掉队的大雁感应到危险，便抓紧时间飞往南方。

从科学角度，郭沫若的解释是合理的。卢纶的诗写的是边塞的故事，地理位置在西北。公历 11 月 21 日到 23 日之间，是二十四节气中的小雪节气。二十四节气起源于中原地区,就是今天的河南省一带。古人把这个日子定为“小雪”,意味着中原地区在这个时间点出现初雪的可能性很大。而边塞比中原更偏北,初雪天气的出现自然也会更早。所以,大雁尚未全部迁徙,雪花便已纷飞,在西北边陲并不是很罕见的事。

华罗庚的诗里,似乎还隐含着另一重质疑,就是“月黑”的时候,人眼应该见不到“雁飞”。确实,月黑的意思是天上没有月亮,这有两种可能,一种可能是,此时正是农历初一,也就是所谓的“朔日”,月亮正处在地球和太阳之间,并与太阳同步,地球上看不到月亮,另一种可能是,寒流来袭,月亮被浓厚的乌云遮蔽了。不管是哪种可能,这时候天上一片黑暗,即使有鸟飞过,也看不到。那么这个质疑该如何解释呢?

大雁这个意象在古典诗词中很常用,因为它按时南飞北归,所以常被寄托了思乡与客愁。诗词中的大雁并不总以视觉形象出现,很多时候,它是以声音形象出现的。雁鸣、雁叫、雁声,在唐诗中都是常见词语,卢纶这首诗说“月黑雁飞高”,虽然并没有说是看见雁飞高,还是听见高空传来雁鸣声,但我们根据常识,应该理解为是听见了雁声。

另外,脱离雁群的落单大雁,在古典诗词中也有专门的名词,叫作“断雁”。诗人经常借用断雁的形象和鸣叫声来抒发忧愁、孤独的情绪，不过，这首诗里的“雁飞高”没有这个意思，这个描写只是为了促使读者想象出高空孤雁的凄鸣声，烘托一种紧张的氛围。

故事

卢纶的《和张仆射塞下曲六首》中的第二首“林暗草惊风”，用了西汉名将李广射石虎的典故。而这首“月黑雁飞高”，实际上讲的也是李广的故事。只不过，这故事不是李广的英雄事迹，而是他的失败。这个失败，让汉朝失去了一次终结汉匈战争的极好机会。

汉文帝时，陇西少年李广以“良家子”的身份参了军，他作战有勇有谋，很快就建功立业，经历文帝、景帝两任皇帝，成了一名将军。汉武帝继位时，提升李广为未央卫尉。让他带兵去攻打匈奴。李广这个人，跟别的将军不一样。他带兵很粗放，部队的组织结构相当松散随便。在沙漠中行军的时候，只要遇见水草，他便命令就地宿营，让将士们休息，把马匹喂饱。古时候有一种军队专用的壶状铜器，叫作“刁斗”。做饭的时候，刁斗可以当锅用，夜里全军休息的时候，哨兵便手持刁斗，边走边敲，像打更一样，这是军队夜宿的规矩。但李广从来不用敲刁斗这种方法来做夜间警戒，他的办法是，派出斥候，也就是侦察兵，

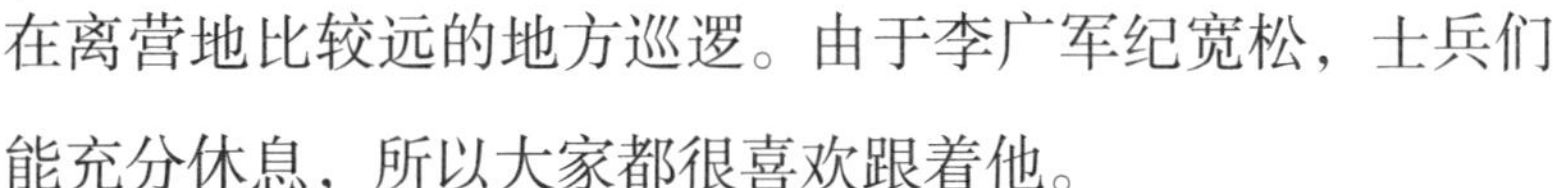

在离营地比较远的地方巡逻。由于李广军纪宽松，士兵们能充分休息，所以大家都很喜欢跟着他。

和李广同时的还有一个叫程不识的将军，就完全是另一种风格。他严格按照规定行军，晚上哨兵彻夜敲打刁斗，军中的小吏每天都要处理大量的军务，根本没办法睡觉，疲惫不堪。于是，谁都不愿意在程不识手下当兵。这让程不识觉得有点冤枉，他认为，李广不过是牺牲了安全，才换来了士兵的轻松舒适，这不可取。

李广和程不识在行军过程中都没有发生过被偷袭或其他意外的事件，他们俩的带兵方法到底谁对谁错，无法验证。但据历史记载，匈奴更怕李广，李广的军队战斗力似乎更强一些。关于李广和程不识的带兵方法，后世的人们也有很多评论。北宋政治家司马光就说，像程不识那样带兵，虽然不容易立功，但肯定不会导致失败。而像李广那样带兵，必然会惹祸。

事实也如司马光说的那样。李广有过三次非常重大的败绩，导致汉军损失惨重。

第一次，便是卢纶在诗中写的“单于夜遁逃”。汉朝曾想用边塞的马邑城做诱饵，把匈奴单于引进埋伏圈抓起来。指挥这次作战的正是李广。汉军上下对这个计谋寄托了很大希望，如果真的能活捉单于，说不定就可以把这场战争一举结束。然而，匈奴单于到了马邑城附近，发觉这是个圈套，脱逃而去，李广追击不及，功亏一篑。

第二次，是在四年后，李广出雁门关攻打匈奴，遭到匈奴重兵围困，他被生擒了。匈奴兵知道这是李广，不敢随意处置，小心翼翼地把他放在网兜里，用两匹马拉着走。李广假装昏迷，偷眼观察，在周围几个匈奴兵骑的马里选定了一匹好马，突然跳起来窜上马背，向南奔去。这马上还坐着一个匈奴小兵，李广顾不上把这个小兵推下去，干脆就带着他跑，后面追兵赶上来时，他把小兵身上的弓箭摘下，将追兵一个一个射死，安然返回自己的军营。

这个小兵后来怎么样了，历史没有记载，李广一回去，就因为作战不力、损兵折将、遭敌人生擒这几条罪，被关进了监狱。本来他是要杀头的，好在按照汉朝法律，有一些死罪可以花钱赎刑免死，就是价格比较贵，一般人赎不起。李广用钱买回了性命，官职全免，成了平民。这一次，他可谓是伤筋动骨，在家里闲了好几年。直到汉武帝急需用人之时，才重新起用了他。

李广的第三次失败，是在汉武帝元狩四年。这时他已经老了，不再是朝廷抗击匈奴的主将，只能跟随大将军卫青出征。汉军找到了匈奴单于所在地，卫青谋划作战方案的时候，李广强烈要求做先锋，卫青没答应，让他和另一个将军赵食其（yì jī）合兵，从东边路线迂回配合。李广觉得卫青瞧不起自己，心里很不高兴。他愤然带兵出发，结果，不知道是因为心情不好，还是因为确实老了，他竟然迷了路，没有赶上支援卫青与匈奴单于的作战。这次战役本来是稳操胜券，因为李广和赵食其缺阵，兵力不足，以致匈奴单于逃走,李广知道,自己闯了大祸。他对部下说："我自二十岁至今，与匈奴大大小小对战七十多次，这次输得这么狼狈，难道是天意吗？我六十多了，不想再被那些刀笔之吏审问来审问去的了。"说完，他举刀自刎，当场死去。

李广的死讯传出后，不管认识还是不认识他的人，都为他伤心流泪，惋惜这位威名远扬的英雄，落得这样的结局。

故事中的小智慧

李广是西汉的传奇将军，他的名字对匈奴军队有很强的震慑力，然而，令很多人不能理解的是，汉武帝重视武将，只要在战争中立过功，都会封侯，可李广与匈奴打了几十年的仗，可以说是寸功未立，到死都没封过侯。李广的堂弟李蔡，跟他一起从军，一起打仗，名声远远比不上他，却早就是乐安侯了。对此，李广自己也非常纳闷。有一次，他遇见一个叫王朔的江湖术士，就询问道："自从汉朝开始打击匈奴，我李广就在战场上，作战从不居于人后，那些才能不及我的，都凭着军功封了侯，我怎么就始终封不了侯呢？是我命中注定当不上王侯吗？"王朔问他："将军有没有做过什么特别后悔的事呢？"李广说："我当陇西太守的时候，羌人造反，我骗来了八百个投降的羌人，把他们都杀了。这件事，我一直都很后悔。"王朔说："这就难怪啦，杀降俘造的孽最重，所以将军不得封侯。"

王朔说的，看起来是迷信，但是，从某个方面来说，也不无道理。李广作为一个军人，是出类拔萃的，武艺高强，智勇双全。但是作为一个将领，他就不太合格了。因为他太不讲军纪了，杀已经投降的俘虏，就是无视军纪、极度任性的表现。一个士兵不守军纪，无非是逞匹夫之勇，一个将军不讲军纪，那就会造成整支军队的涣散。

司马光说李广治军必会带来灾祸，这是因为，李广过于迁就士兵，并不是对士兵好，反而是在害他们。士兵们习惯了他的散漫式管理，很容易滋生不服从上级的心理，这在生死攸关的战场上，对所有人都是致命的。李广几次严重失败的根源，就在于他不具备一个将领应该有的素质。所以，他立不了功，封不了侯，主要还是他自己的原因。

桃花溪

唐 张旭

隐隐飞桥隔野烟，
石矶西畔问渔船。
桃花尽日随流水，
洞在清溪何处边。

解读

这首诗所描写的桃花溪在湖南省的桃源山下，相传这里就是东晋文学家陶渊明的名篇《桃花源记》故事的发生地。

然而《桃花源记》是一篇想象之作，陶渊明本人从未到过此地。《桃花溪》很可能也是如此，作者张旭也没有亲眼见过桃花溪这个地方。他是借助了《桃花源记》的意境，加上自己的虚构，同时也加入了一些现实经验的元素，像画了一幅意象画一样，写了一首山水诗。因此这首诗给

人的感觉是虚实参半，而又如梦如幻。

故事

唐代大书法家张旭祖籍吴郡，也就是现在的苏州。他出身名门，家族世代都以擅长书法闻名，他本人则专攻草书，人称“草圣”。

张旭的性格非常豪爽，不喜欢投机钻营，平生除了写字，最爱的就是喝酒。唐代天宝年间是太平盛世，当时长安城里有“饮中八仙”，指的是八位爱喝酒的著名文人、官员和贵族，张旭就是其中之一。除了他，饮中八仙的另外七人，有大家都很熟悉的李白和贺知章，还有现在的人

们不那么熟悉，但在当时也是颇有名望的宰相李适之、汝阳王李琎以及民间名士崔宗之、苏晋、焦遂。杜甫还为这八人写了一首《饮中八仙歌》，将八个人喝酒时的可爱神态描写得淋漓尽致。

张旭的个性洒脱不羁，在这八人中属于酒品比较“差劲”的，其他人喝醉了，要么呼呼大睡，要么自言自语，要么侃侃而谈，都很文雅，唯独他醉了以后，狂呼奔跑，疯疯癫癫，令人好笑，因此得了一个“张癫”的绰号。但这时也是他灵感迸现的时刻，他会向人要来纸笔，挥毫作书，往往便能成就一幅佳作。

话说这天张旭不知吃坏了什么，肚子突然绞痛不止。他略通医道，给自己开了一副汤药，闷在家里吃药调养。不能喝酒，又不能出门找朋友玩耍，他实在无聊，只得躺在床上读书。随手打开一本，原来是东晋诗人陶渊明的文集。他翻了几页，翻到《桃花源记》，细细读了一遍，也许是药效发作，肚子没有那么痛了，一阵困意袭来。他伸了个懒腰，不知不觉睡了过去。

恍惚间，张旭好像离开家，信步来到了一条溪水边，两岸都是桃林，地上铺满翠绿青草，枝头桃花不时掉落，随着溪水流向远方。水面浮着一层轻雾，不远处隐约有一座小石桥，横跨在溪上。

“这是什么地方？”张旭迷惑地四下望着，住家附近并没有这样的桃林溪水，自己是怎么到这里来的呢？

忽然，一阵吟唱声传来，张旭连忙循声望去，见一条渔船停泊在溪边石岸上，一个头戴斗笠身披蓑衣的打鱼人正坐在船上，悠然唱着渔歌，好像在歇息。张旭走过去问道：“请问，这是何处？”

打鱼人停下歌声，也不抬头，回答道：“桃花溪。”

“桃花溪又是何处？”

“桃花溪的尽头就是桃花源。”

“原来世上真的有桃花源？我要怎么才能找到它？”张旭望了望前方，那里一片烟水迷蒙，什么也看不见，没有一点村庄人家的影子，只有寂静美丽的桃林。

打鱼人没说话，站起身摇动船橹，小船飘飘荡荡离开了石岸，向溪流的反方向行去。张旭丈二和尚摸不着头脑，正想再问，打鱼人远远地喊道：“桃花源的入口在溪水的那边，那边！”

张旭不明白“那边”是哪边，急着想追上他问个究竟，一抬脚，猛地睁开了双眼，原来是一场梦。他手里还捧着翻开的书本，停在《桃花源记》的页面上。他拿起书，一行字映入眼帘：“忽逢桃花林，夹岸数百步，中无杂树，落英缤纷，芳草鲜美……”

这不就是我梦中所见的桃花溪吗？张旭思索片刻，恍然大悟，原来他梦见的就是《桃花源记》里写到的情景啊！难得做了这么美的梦，一定要记下来才是！这么一想，张旭忙叫人拿来笔墨，匆匆写下了《桃花溪》这首诗。

清朝的时候，张旭的这首诗被收进了儿童启蒙教材《唐诗三百首》，从此成了学童们耳熟能详的唐诗名作。

故事中的小智慧

《桃花源记》是东晋诗人陶渊明的传世之作。全文讲述了一个美妙的故事：一位武陵渔夫无意中闯入与世隔绝的桃花源，发现这里生活着一群快乐的村民，他们的先祖为了躲避秦朝时的战乱，藏身在外人很难发现的桃花源里，从此过着耕织自给、不问世事，逍遥自得的生活。

后来，渔夫离开了桃花源，当他再想回去的时候，却怎么也找不到入口了。桃花源也再也没有被人发现过。

张旭生活的天宝年间，是唐朝、也是中国整个封建社会历史最繁荣的时期，这时，唐朝的皇帝是唐玄宗，他曾经是一个励精图治的皇帝，但后来他变了，不再那么重视国事，开始沉迷于享受和玩乐，整个社会也逐渐变得虚荣浮夸。这和陶渊明所在的晋朝很相似——西晋、东晋时期，贵族们不是斗富比阔，就是避世清谈，愿意做实事的人很少。

陶渊明之所以能创造出虚无缥缈却引人遐想的桃花源，是因为这样以耕织劳作为本、不被过度欲望充斥的社会就在他的心中。而张旭借助《桃花源记》写了《桃花溪》，也是因为他和陶渊明一样，向往那种淳朴、天然、和谐的生活。桃花源虽然并不存在，但其中蕴含的人性的真善美，却是真实存在的，而且永远都在被追寻着。

十五从军征

汉·佚名

十五从军征，八十始得归。
道逢乡里人：家中有阿谁？
遥看是君家，松柏冢累累。
兔从狗窦入，雉从梁上飞。
中庭生旅谷，井上生旅葵。
舂谷持作饭，采葵持作羹。
羹饭一时熟，不知贻阿谁！
出门东向看，泪落沾我衣。

解读

这首《十五从军征》，实际是由一组名为《紫骝马歌辞六曲》的五言古代乐府歌辞组合而成的。《紫骝马歌辞》属于梁鼓角横吹曲的一种。这是南北朝时期北方民族的音

乐，本来在马背上演奏，有鼓乐，有吹奏乐，后来这种音乐传到了南方，被南朝的梁朝和陈朝收进了自己的乐府。

《紫骝马歌辞六曲》最早被收录在陈朝一本叫作《古今乐录》的歌辞集中，一共六首，一首四句。虽然这六首诗各成一体，但它讲述的是一个完整的故事，尤其是后四首，情节的连续性非常明显。《古今乐录》是陈朝一个叫智匠的和尚编辑的，这本书已经失传了，我们现在只能看到一些古代书籍对它的引用。

到了北宋，一位名叫郭茂倩的学者编辑了一本《乐府诗集》，收集整理了历代配乐演唱的乐府歌辞，他在《紫骝马》这个乐府诗题下，将“十五从军征，八十始得归。道逢乡里人，家中有阿谁”这一首作为例子，来说明《紫骝马》的基本格式。他同时注解说，这首诗是“久戍怀归

之作”，也就是长期在外从军，渴望回家的人所写的歌辞。

《十五从军征》讲述的是一个八十岁的老兵归乡的故事。他十五岁参军离开家，六十多年没有回来，终于兵役期满，他还侥幸活着，得以回到故乡。但他心里很清楚，这兵荒马乱的年月里，百姓流离，生灵涂炭，他家中可能已经不剩几口人了。所以他回家路上先问一问迎面而来的乡人，家里还有谁活着，免得一会进了家门，在毫无准备之下看到惨状，难以接受。一个久经磨难的人，才会这样惴惴不安，对即将到来的现实不敢有任何期待。

自然，邻人也没有给他一丁点惊喜。他的家人果真全都死了，家也已经不复存在，只剩下一片断壁残垣，矗立在一丛坟冢间。

老人绝望地走进“家门”。不知道是从哪里飘来的稻谷种子落在庭院里，已经长出了一片庄稼，井沿边生长着绿叶累累的野菜，山鸡在空房里蹦跳，野兔在破败的围墙内外钻来钻去。没有人照应这远归的老人，他只能自己照应自己。他把院子里的谷子收割了，野菜采摘了，用被遗弃的旧家什，麻利地做了一顿饭，这么多年在外漂泊，他早已练就了这样的生存本领。可是做好了饭又怎么样呢？自己年纪大了，也就只能吃一点，这一大锅饭菜，还能给谁吃呢？别说家里没有人，就是整个村子，也没有什么人了。老人拿着饭碗走出门，向东看去，泪流不止。

故事在这里戛然而止，因为没有什么可再说的。这位老人的结局如何，读者也能想象到。

可能有一个问题是大家很好奇的。老人最后为何要出门向东看呢？诗中并没有明说，也不存在标准答案，我们只能推测。可能是因为这是歌辞，出于音律上的要求，用了“东”而不是“西”“南”“北”。也可能老人的家人都埋葬在房子的东边，他往东看到一片坟茔，想到亲人们都已经死去，便流下了眼泪。

故事

收录《紫骝马歌辞六曲》的《古今乐录》里有特别说明，这六首歌辞，“十五从军征”以下四首是古诗，那么反过来就可以说，“十五从军征”以上的两首是当时流行的，是有人依据真实现状而写作的歌辞。

那两首歌辞所描述的现实，比古歌辞所呈现的人民的生存状态更加悲惨。第一首是“烧火烧野田，野鸭飞上天。童男娶寡妇，壮女笑杀人”，第二首是“高高山头树，风吹叶落去。一去数千里，何当还故处”。这两首歌辞写的是，战乱年代，没有人耕种土地，到处是荒田野火，不见人烟。被迫从军的男人，一走就是几千里远，再也回不了故乡，

他们中绝大多数都死在战场，家中妻子变成寡妇，任人宰割，甚至被出卖给陌生男子为妻。民间盗贼横行，女人中强壮一些的，也沦落为匪徒，人性早已在绝境中泯灭，劫掠无辜者成了家常便饭，这些女人杀人的时候，脸上甚至还带着轻松的笑容。

这样两首灰暗绝望透顶的诗歌，出现在《古今乐录》成书的时代——魏晋南北朝，再正常不过了。

魏晋南北朝的故事，要从东汉末年说起。

东汉传世将近二百年，后九十年里，出现了皇太后的外戚家族和内廷宦官交替把持权力的局面，皇帝大都是十一二岁的时候被扶上帝位，根本不能亲自理政，权力都被外戚权臣霸占了。他们长大后，便依靠宦官来反抗外戚，而代价，就是他们要接受宦官的控制，服从宦官的意愿。

汉灵帝中平六年，灵帝刘宏驾崩。刘宏是十二岁当的皇帝，当时把持朝政的是窦太后家族的外戚，窦氏外戚与宫中的宦官水火不容，都想除掉对方。最后宦官获胜了，窦氏外戚被铲除。当然，这一切跟刘宏没有什么关系，只是外戚和宦官两种政治势力之间争权夺利而已。刘宏很听宦官的话，所以能够平平安安地活到三十多岁，然后生病死了。

刘宏死后，他的长子刘辩继承皇位。刘辩也只有十三

岁，皇权落在他的母亲何皇后和舅舅、大将军何进手中。但朝廷大臣里有一些不服何氏家族和刘辩的人，他们想要立刘宏的另一个儿子、陈留王刘协做皇帝。何进与宦官们之间，也存在着严重的利益冲突。何进为了保住刘辩，除掉朝中政敌和宫里反对他的宦官，便私自把陇西军阀董卓召进了洛阳。

可董卓还没进京城，何进就因为与宦官的矛盾激化，在宦官发动的宫廷政变中被杀了。听说宫里发生了政变，皇帝有危险，大臣们纷纷赶来救援，几个宦官头目抵挡不住，慌慌张张地挟持刘辩和刘协逃出了宫。他们一直跑到黄河边，走投无路，最后，宦官头目全部跳河自杀，刘辩和刘协脱身走回了洛阳。兄弟俩在回洛阳的路上，遇到赶正好可以乘虚而入。来接驾的董卓。

董卓虽然是何进叫来的，但他有自己的目的和野心。他一看，朝廷现在乱成了一锅粥，于是他取代了之前的何进，仗着手中有兵权，大肆杀害不愿意听他话的人。因为看刘协顺眼一点，他就把刘辩废掉，立了刘协做皇帝，这就是东汉末代君主汉献帝。没过多久，刘辩也被董卓害死了。

董卓当权后，不但自己胡作非为，而且放纵手下的士兵和将领烧杀淫掠，无恶不作，整个洛阳陷入恐怖之中。

人们对他既畏惧又痛恨。许多地方的豪强打出了反对他的旗号，袁术、曹操这样原本为东汉朝廷效命的强势人物，也都逃出京城，招募兵马来讨伐他；一些表面上顺服的大臣，暗中却紧锣密鼓地布局，要诛杀他。

董卓为了逃避各路军阀的讨伐，把洛阳烧毁，拉着整个东汉朝廷迁到了长安。他在长安依然是暴虐横行，杀人无数。三年后，他被大臣王允刺杀，尸体拉到街上示众，官兵和百姓的怨恨、恐惧一下子释放，人们载歌载舞，饮酒作乐，像过节一样庆祝董卓的死。可是，谁都没想到，更大的灾难在等着他们。不久，董卓的几个在外征战的部将得知消息，回到长安，对皇室、官员和百姓发起了残酷血腥的报复，并趁机抢占了朝廷的控制权。后来，这几个部将之间发生内讧，打了起来，其中一个人将汉献帝绑架带走了。经过一番混战，汉献帝最终落入曹操手中，东汉政权也基本终结。

这段历史，被称为“董卓之乱”。董卓之乱揭开了长达三百六十余年的魏晋南北朝的序幕，自此，各地割据势力此起彼伏，天下大乱，战争不断，三十多个大大小小的王朝兴起，又转瞬灭亡。在这些数字的底下，隐没着数以千万计黎民百姓的血泪和生死。军阀们为了打仗，想方设法扩充自己的兵力，这些兵力，原本都是在家务农的平民，他们被强权裹挟，抛下家小和田地，奔波辗转于战场，极少有人能够存活下来，平安回家。

故事中的小智慧

在魏晋南北朝时期，还流行着一首名叫《企喻歌》的乐府歌辞，歌中唱道："男儿可怜虫，出门怀死忧。尸丧狭谷中，白骨无人收。"这首歌就是当时军人生活的真实写照。

传说这首歌是北方割据政权前秦的大将军苻融写的。苻融是前秦皇帝苻坚的弟弟。他身为王族子弟，养尊处优，却也同样深深陷入战争的泥淖，不能自拔，最终惨死在前秦与东晋的淝水之战中。如果这首歌真的是出自他的口，那也是可以理解的。毕竟，在那样极度无序的乱世之中，无论王子还是贫民，都逃脱不了成为"可怜虫""尸丧狭谷中"的厄运。

秋夜将晓出篱门迎凉有感二首·其二

宋 陆游

三万里河东入海，五千仞岳上摩天。
遗民泪尽胡尘里，南望王师又一年。

解读

陆游写过两首《秋夜将晓出篱门迎凉有感》，这是第二首。两首诗写于同时，第一首的第一二句是“迢迢天汉西南落，喔喔邻鸡一再鸣”，点明了时间应该是凌晨四点多。这是一天之内温度最低的时刻，诗人还要到外面去“迎凉”，说明这时气温很高，虽然时令已经是秋天，但实际天气还在酷暑之中。

这首诗的首联，写到“三万里河”和“五千仞岳”，这不是陆游唯一一次写到这两个事物，他还有一首模仿古体的诗《寒夜歌》，里面有一句“三万里之黄河入东海，五千仞之太华磨苍旻”，苍旻是天空的意思。这句诗用白话

来说，就是“三万里长的黄河奔涌进入东海，五千仞高的太华山，山顶好像直抵天空”。也就是说，在陆游的笔下，三万里河，就是指黄河，五千仞岳，就是指太华山。太华山，是西岳华山的别名。

在陆游的诗歌中，华山有着特殊的象征意义。华山并不在南宋统治区域内，而陆游公元1121年出生，比南宋建朝只早了四年，这就意味着，陆游其实从未真正到过华山，没有亲眼见过华山。他所写的“五千仞岳上摩天”的景象，只是他的想象，是他对故国山河的憧憬。

故事

南宋诗人陆游是在淮河上的一条船里降生的，当时他父亲陆宰正在前往北宋都城汴梁的路上。两年后，发生了靖康之难，北宋灭亡，陆宰带着全家回到江南。之后的几年时间里，陆家为了躲避南渡的金兵，辗转逃亡，受尽磨难。陆游曾经用诗词描述自己在战争中度过的童年：家人一人怀揣一块干粮，整日奔窜不休，遇到敌军时，只能惶恐地藏身荒草，祈求老天保佑。好不容易等到金军撤回长江以北，陆游的全家才得以返回山阴老家。陆游坚持终身的报国之心，就是在他年幼逢丧乱的痛苦经历中悄然萌生的。

陆游的祖父和父亲都做过官。宋代时，官员子弟可以参加一种专门的初级科举考试，叫“锁厅试”，考过的人就可以去考进士了。陆游二十九岁那年参加了锁厅试，很不巧，赶上宰相秦桧的孙子秦埙也来参加考试。他们这次锁厅试的主考官，是两浙转运使陈之茂。秦桧早早就跟陈之茂打过招呼，让他“关照”一下秦埙。考完试，阅卷的时候，陈之茂发现陆游的文章写得最好，他想来想去，还是把陆游列在了第一名，当然秦埙他也“关照”了，放在第二名。秦桧知道考试结果后，特别生气，记恨上了陆游。第二年，陆游去参加礼部举办的科举考试，这次，尽管考官全都是秦桧特地安排的亲信，可因为判卷时看不到考生姓名，结果陆游的名次依然在秦埙之前。在秦桧的授意下，考官们发榜时直接把秦埙提到第一名，并把陆游的名字给抹掉了。就这样，陆游的科举之路，在三十岁时黯然终结。

等到秦桧死后，陆游才到福建宁德县当了一个主簿。这个官职，还是他荫补得来的。荫补是朝廷提供给各级官员子弟进入仕途的一个方便渠道。陆游十二岁就通过这个方式有了入仕资格，过了将近二十年，终于得到了实缺。而与他同年考科举的秦埙呢，以礼部考试第一名的身份参加了皇帝主考的殿试，虽然因为答题的时候，他写的全都是他爷爷秦桧教的话，肚子里到底多少墨水，让宋高宗看出来了，所以没有被点为状元，但宋高宗还是给了他爷爷一个面子，让他得了第三名。不久，秦埙就当上了实录院的编撰。实录院是负责记录皇帝日常起居言行的，主官由宰相兼任，秦埙和他的宰相爷爷秦桧，成了直接的上下级关系，这是谁都没见过的稀罕事。

陆游的仕途起起伏伏，人到中年时，还因为说话耿直，得罪了宋高宗的儿子宋孝宗和他宠信的权臣，一度被罢官，赋闲四年，才又被起用，任命为夔州通判。在去四川赴任的路上，他经过建康，顺便拜访了秦埙。秦埙当时是礼部侍郎，住在皇帝赏赐给秦桧的华丽的大宅院中。陆游在他当天的日记里，用平淡的口吻简单叙述了一下他在秦埙家的见闻，字里行间没有流露出一丝情绪。也许他已经不记得，他就是因为碰巧和秦埙在同一年考进士，人生才额外地遭遇了那么多的失意和坎坷。

南宋乾道八年，卸任夔州通判的陆游已经快五十岁了。经人推荐，他来到南郑，就是今天的陕西汉中，在四川宣抚使王炎的幕府中任职。王炎是南宋的著名抗金将领，当时还兼任着副宰相的职务，能够进入他的幕府，陆游感到，这是自己一生中最接近实现梦想的时刻。陆游认为陕西的关中地区战略意义很重大，南宋朝廷想要恢复中原，需要在这里长期经营。他为王炎做了许多谋划，大有扎根关中、一展抱负的气势。然而，这个梦想成真的瞬间来得快，去得也快。乾道九年，王炎被免去官职，回朝廷领了一份闲差，他的幕府就此撤除。陆游心中那些宏图远景，也随之化为泡影。

南郑的八个月军旅生活，在陆游的生命中打下了深深的烙印，以至于他梦中还常见铁马冰河，但在那之后，即使他念念不忘，也再无缘戎马。经历过无数次对朝廷起兵北伐的失望后，陆游退居田园二十年。宋宁宗嘉定元年，南宋朝廷与金朝第三次议和。第二年，八十五岁的陆游在山阴的家中去世。

故事中的小智慧

陆游死前给子孙留了一份家训，世称《放翁家训》。放翁是陆游给自己取的号，他是个不太在意礼法约束的人，常被人批评为“颓放”——就是为人消沉、放纵。他不服气，索性就叫自己“放翁”。然而，自命放翁只是表象，陆游绝不是颓放的人。他的家训内容，体现了他真正的价值观：第一，子孙即使没有天分，也必须读书；第二，不必做官，更不必做大官，安心务农，潜心做学问，更好；第三，不要因为生活所迫，就去做坏事；第四，遇到灾祸，不要着急躲闪，如果是自己的责任，更不可以逃避；第五，与长辈交往，要遵守礼节，恭敬谦和；第六，不要羡慕别人的奢侈生活，做个安贫乐道的人；第七，丧葬和祭奠都从简，不要过度耗费人力物力。

南宋理学家朱熹是陆游的朋友。他曾经评价陆游：才能太高，但为人不够端正稳重，很容易被有权势的人掌控。陆游在晚年，也确实曾和独断专权、备受诟病的宰相韩侂胄走得比较近，甚至给韩侂胄写祝寿的文章，有攀附权贵之嫌，遭到许多指责。但从《放翁家训》看，陆游并不像朱熹说的那样，他的人格是独立的，精神力量是强大的，根本不需要巴结任何人。

已是耄耋之年的陆游，为何甘愿接受为文人不齿的韩侂胄的笼络？答案显然和他心中那个永远也不湮灭的梦有关系——韩侂胄大权在握，又力主北伐，陆游在他身上看到了王师北上、收复中原最后的希望。

韩侂胄因北伐失利而被杀的第三年，陆游也去世了。他的最后一首诗是《示儿》：死去元知万事空，但悲不见九州同。王师北定中原日，家祭无忘告乃翁。

题临安邸

宋 林升

山外青山楼外楼，西湖歌舞几时休。
暖风熏得游人醉，直把杭州作汴州。

解读

这是一首题写在南宋都城临安（现在的杭州）一家客栈墙壁上的诗，作者是一个名叫林升的读书人。他只有这一首诗传世，生平也无人知晓。

《题临安邸》作为一首诗，艺术上并不特别高明，甚至可以说比较普通，但它贵在有一种耿直的精神，毫不造作矫饰。诗的第一句“山外青山楼外楼”，描写了临安城的景色，我们把这句诗和其他描写杭州西湖的佳句比较一下就能看出，这句诗语气很冷淡，显示出作者对人人称美的杭州美景的别样情感——他并不喜欢这个城市。但这是为什么呢？下一句“西湖歌舞几时休”，揭开了一部分原因，也更直白地抒发了愤怒。让他愤怒的不是风景，而是

那些把风景变成了喧嚣浮夸的歌舞场的人，这些人又是什么人呢？诗人说：他们是被江南暖风吹得晕乎乎的“游人”。这里的游人，不是我们平常说的游客，而是指当年从北方逃到南方的宋室贵族和公卿大臣们，他们自称重建了“宋朝”，还把杭州改名临安，说这个临安只是“临时安顿”，可这么多年过去，“临时安顿”，已经不知不觉变成“永居此地”了。

诗人最后掷地一问：“你们是把杭州当成汴梁了吗？！”这一问，不是疑问，而是质问，代表的是所有思念旧土、渴望回家的百姓。然而，百姓的心声，却只能写在街边客栈的墙上，那些被质问的人，根本就听不到。这样看来，这首流传千古的《题临安邸》，从内容到形式，都是一场彻头彻尾的讽刺。

故事

记载林升的这首《题临安邸》的《西湖游览志馀》，是一本笔记散文集，汇集了许多杭州地理名胜的典故资料，作者是明代学者田汝成。和这首诗收录于同一章节的，还有另一位没有留下姓名的南宋读书人写在某处墙壁上的诗。那首诗是这么写的：“白塔桥边卖地经，长亭短驿甚分明。如何只说临安路，不较中原有几程。”地经就是地图。当时临安城内的西湖南岸白塔桥边，有人售卖一种名为《朝京里程图》的地图，上面标注着各地通往临安的路线以及路线上所有的驿站位置，到临安来的外地人都会买上一份备用。写诗的这位就表示奇怪了：咱们大宋朝的京城不是在中原吗？为什么这张《朝京里程图》，不标上去中原的路线呢？

这首诗和《题临安邸》一样，都是在辛辣嘲讽南宋朝廷，不思北归恢复旧土，退缩在淮河以南只求偏安。当时正是南宋的第一个皇帝宋高宗统治的后期和他的儿子宋孝宗统治的前期，这段时间里，由于南方气候水土都适合发展经济，局势又比较平稳，南宋社会繁荣，民生富庶，都城临安更是一片歌舞升平，帝王将相们都好像已经忘记了战争的威胁，也忘记了远在北方的故土，沉浸在国泰民安的幻觉中。

《西湖游览志馀》在记录这两首诗时，也讲述了这两首诗出现的背景："绍兴、淳熙间，颇称康裕。君相纵逸，耽乐湖山，无复新亭之泪。"意思是，南宋绍兴、淳熙年间，社会相当富裕，皇帝和大臣们恣意享乐，沉醉在秀美的杭州山水间，再也没有了"新亭之泪"。

那么，"新亭之泪"是什么呢？

"新亭之泪"是南北朝时期的一本笔记小说集《世说新语》里记载的一个小故事。故事发生在东晋时期。

东晋的高等士族门第，绝大多数都是西晋灭亡时从中原南渡而来的。这些门阀贵族的子弟承袭了家族在西晋朝廷里的地位，个个都是王公大臣。在生活上，他们依然和过去一样，十分豪奢，并没有受到国家灭亡的影响，但他们还是对亡国之痛有体会的。毕竟，广袤的中原大地，繁华的故都洛阳，承载着他们许多美好回忆的故乡，再也回不去了。

当时，贵族们有一个聚会活动，每逢天气晴好的日子，便相约到长江边的新亭喝酒。新亭是一座山，山势很奇特，连续不断，回环曲折，就像一座堡垒，又因为它下临长江，是东晋都城建康的门户之地，战略位置非常重要。同时这里也是风景名胜，在山顶上向下望去，长江两岸的美丽风光一览无遗。所以那些贵族们会约在这里宴饮取乐。他们这个聚会，没有桌椅，就在草地上坐着野餐，很是风雅。

有一次聚会时，大家喝着喝着，武城侯周顗（yǐ）突然叹了口气，说道："此地风景，看起来跟中原没有什么不同，可是，这根本就不是中原的河山！"

周顗是西晋安东将军周浚的儿子，二十多岁就继承了父亲武城侯的爵位，是个很有声望的人。周顗最大的嗜好是喝酒，他在南渡之前，就以饮酒海量著称，南渡以后，每次喝酒都因为找不到酒量相当的对手，很不尽兴。后来，他遇到一个北方来的朋友，特别高兴，拉着来人大喝了一场，直喝得昏天黑地，酩酊大醉。等他醒过来，发现那个朋友已经突发急病死了。所以有人说，周顗的品德本来很完美，可惜酗酒败坏了他的美德。尽管周顗自己也知道喝酒误事，但这个毛病，直到死他也没改。

估计新亭聚会上，周顗也没少喝，被酒劲儿一激，心里就特别惆怅起来，他说完了那句话，自己哭得稀里哗啦，看他哭，其他人你看看我，我看看你，也都哭了，气氛一下子变得消沉凝重。宰相王导看到这场面，生气地说道："你们这些人，不谋划如何辅佐皇帝打回中原去，却坐在这里，像一群亡国丧家的囚徒一样悲悲切切地哭，真没出息！"

王导是东晋的建立者之一，他也是南渡的高等士族，但他到江南的原因，和别人不一样，他不是逃命来的，而是主动来的。王导很早就是西晋琅琊王司马睿的主要谋士，在西晋还没有灭亡的时候，他已经看出天下即将大乱，说服司马睿来到建康经营地盘。后来，西晋因内乱外患而亡，司马睿在建康登基称帝，任命王导为骠骑大将军和仪同三司，这两个官职，分别是武官和文官的最高官，王导便成了东晋级别最高的大臣。

周顗和王导在新亭说的这两句话，后来成为一个典故"新亭对泣"，也叫"新亭泪"。指的就是国家危亡之时，人们怀念失土、感忧时局的悲痛心情。《西湖游览志馀》把这个典故用在南宋时期，是最契合不过了。而周顗酒后脱口说出的那句话，也颇有那么一点感叹"直把杭州作汴州"的意味。只不过，周顗是在批评、警醒包括他自己在内的东晋大臣们，总算还是有志气的，不像南宋君臣，别说自我批评，就是民众渴望复国的呼声，他们也掩耳不闻，硬“把杭州作汴州”了。

故事中的小智慧

新亭泪的故事里出现的周顗、王导两人，是非常要好的朋友。他们的关系亲密到王导可以躺在周顗的大腿上，用手戳着周顗的肚子开玩笑说：“这么大的肚子，里面装的是什么呀？”周顗说：“什么都没有，空空如也，不过，装几百个你这样的小人物，足够了。”说完，两人哈哈一笑。

后来，王导的堂兄王敦起兵叛乱，王导很害怕，带着家中子弟跪在皇宫的台阶下，向晋元帝司马睿请罪。正巧周顗这时要进宫，王导见到周顗便喊道：“伯仁（伯仁是周顗的字）！我全家几百口人的性命，都托付给你了，你一定要在皇上面前帮我说说情啊！”周顗连看都没看他一眼就走进去了。王导心里凉了半截。过了一会，周顗喝得醉醺醺地出来，王导又喊他，他还是不理不睬，自顾自跟身边的随从开玩笑说：“今年要杀几个反贼，好升官发财！”王导一听，心彻底凉了，他认定周顗是要弃自己于不顾了。

不久，王敦带兵进入建康，从晋元帝手中夺得了朝政大权，王氏一族转危为安，重新得势。王敦要把朝廷里的大臣都置换成自己的人，于是问王导，如果周顗不肯服从，是不是可以杀掉，王导什么都没说，王敦看王导的态度暧昧，就把周顗给杀了。

周顗死了很久以后，王导偶然在宫中找到了一份他写给晋元帝的奏章，上面言辞恳切地请求晋元帝不要杀王导。王导这才明白，当年周顗并没有背弃自己，反而是尽心尽力地救了自己全家的命。他痛哭流涕地对儿子们说："我虽然没有杀伯仁，但伯仁却因为我而死。是我太糊涂，辜负了这位好友！"

周顗在王导呼救的时候，故意不理睬他，还嘻嘻哈哈地说醉话，是因为他不能让别人抓住把柄，说他为王导求情是出于私人感情，王导却连这都不理解。真正的朋友之间，应该是互相信赖、互相救助的。可是王导呢，该信赖周顗的时候没有信赖他，该救助周顗的时候又没有救助他，周顗把他当作"好朋友"，他却配不上这个称呼。

王导那句话后来成了一个约定俗成的常用语："我不杀伯仁，伯仁因我而死。"意思是"我虽然没有杀某个人，却间接地导致了他的死"。但是，王导真的没有杀伯仁吗？恐怕不能这么说吧。王敦是王导的堂兄，又很重视王导的意见，劝王敦留下周顗的性命，对王导来说不过是举手之劳，他却出于怨恨而没有这样做，那跟他亲手杀死周顗又有什么区别呢？王导的话，不过是替自己的恶行辩护罢了。

乌衣巷

唐 刘禹锡

朱雀桥边野草花，乌衣巷口夕阳斜。

旧时王谢堂前燕，飞入寻常百姓家。

解读

这首诗是唐代诗人刘禹锡的组诗《金陵五题》中的第二首。金陵就是现在的江苏省省会南京市，是东吴、东晋和南朝宋齐梁陈四朝的都城，因此被称为六朝古都。《金陵五题》以金陵这个城市的五个名胜古迹为题，吟咏景色背后的历史。这五个名胜古迹分别是石头城、乌衣巷、台城、生公讲堂和江令宅。咏乌衣巷的这首，是五首诗中流传最

广的。人们称道的，一是它曲折巧妙的写法，二是它浓厚深远的意境。

写法的好处，主要体现在第三四句，这也是唐诗的经典名句。它的意思很简单，只是说过去南朝贵族的家，几百年之后，时过境迁，住在里面的已经是普通百姓了，过去的荣华富贵，也早已灰飞烟灭。诗人没有写房子或人，更没有写历史事实，而是借燕子这种候鸟定时南来北往并在总在同一个地点筑巢的习性，暗示了房子和人在历史中发生的变化，这比把这些变化直接写出来，更加能使人有所感悟。

至于意境，还要结合第一二句来看。第一二句是景物描写，笔触平淡，似乎只是普通的写景，铺陈一下乌衣巷这个地方的景色，但有了第三四句的咏叹之后，再回头看一二句，读者突然明白过来，这些景色都是诗人眼前的景色，而非当初那些南朝贵族们所见的了，曾是王侯卿相们行走出入的朱雀桥和乌衣巷口，此刻野草丛生，野花杂放，沉浸在寂静的夕阳中，诗人不说沧桑，沧桑的意境自然便出来了。

刘禹锡说，他给白居易读了这《金陵五题》，白居易也赞赏感叹不已。白居易特别欣赏的是第一首《石头城》里的一句“潮打空城寂寞回”，这一句写的是亘古不变的潮水涨落，与“旧时王谢堂前燕”中写到筑巢选址永远不变的燕子一样，都是不直接说朝代兴亡，而使朝代兴亡自己呈现出来。

故事

“王谢”指的是一个姓王的宗族和一个姓谢的宗族。不过，并不是所有姓王的和姓谢的，都属于这两个宗族。准确地说，这里的“王”，说的是祖居地在琅琊郡临沂，也就是今天的山东省临沂市的王姓宗族，史称“琅琊王氏”。“谢”呢，则说的是祖居地在陈郡阳夏，也就是今天的河南省太康县的谢姓宗族，史称“陈郡谢氏”。这两个宗族在魏晋南北朝时期是最高贵的士族门阀，比皇家的门第还要高。当时从东晋到南朝宋齐梁陈四个朝代，朝廷的军政大权多掌握在这两家的族人手中，文坛领袖也有很多是出自这两家。

“王谢”同时也是一个词语，意思就是高不可攀的名门大族。这个词语出自记录南朝历史的《南史》。

南北朝时期，有一个叫侯景的人。他曾是东魏大将，智谋过人，很受实际掌控朝政的东魏丞相高欢的宠信。侯景也只忠于高欢，不听别人的话，他甚至要求高欢给他写信的时候要用密码做标记，以免有人造假欺诈他。高欢也答应了，每次给侯景写信，都会在信上点几个别人注意不到的小点。这件事，除了他们俩，谁都不知道，可见侯景跟高欢的关系非常亲密。

后来高欢去世，他的儿子高澄继承了丞相之职。侯景不信任高澄，他认为自己不能再继续留在东魏了，想来想去，便给地处江南的梁朝梁武帝写了封降书，表示要归降南梁。本来，梁朝上下都不太信得过侯景，因为这个人打了很多年的仗，众所周知，诡诈多端。然而，说来凑巧，就在这一年正月的某一天，梁武帝做了一个美梦，梦见天下太平，他觉得这个梦是个好兆头，特意让侍从记录下来：某年某月某日，我梦见天下太平。当侯景派来的使者到达南梁时，梁武帝从使者口中得知，侯景定下归降大计的日子，正好就是他做梦那天。梁武帝便以为侯景的归降，正应了这个美梦，于是力排众议，接受了侯景。

侯景来到梁朝后，梁武帝对他优待有加，封给高官厚禄，还让他带兵，表示信任。东魏那边，高澄把侯景的妻子儿女都抓进监狱，当作人质，要求侯景马上回去。还许诺说，只要他回去，就让他做豫州刺史，保证对他既往不咎，还他阖家平安。侯景当然不信，坚决拒绝，高澄见他铁了心要叛逃，不可能回头，便用残酷的手段把他的妻儿都杀了。

不久，梁武帝派自己的侄子萧渊明去攻打东魏，萧渊明兵败被俘，梁武帝很着急。侯景听说东魏提出和谈，南梁大臣们都支持，心里生出了恐慌，他担心梁武帝会拿自己去讨好东魏，于是，伪造了一封高澄的信，内容是要求用侯景交换萧渊明。他把信寄给梁武帝，梁武帝没看出是信是假的，认真地跟大臣们讨论了此事，有人说，既然我们接纳了侯景，就不好再背弃他吧，何况他骁勇善战，又怎么会束手就擒呢？有人则说，侯景不过是一个败逃流亡的丧家犬，他一个人的力量有多大，能对抗得了我们全体梁军吗？梁武帝想来想去，还是觉得侄子的性命重要一些，便回信说同意交换。这封信自然回到了侯景手中。侯景看了信，气得直咬牙，恨恨地说："我就知道这个老头子靠不住！"

又过了一段时间，侯景想再娶个妻子。他很自大，向梁武帝提出要从王谢两家挑一个姑娘。这可把梁武帝吓了一跳。梁武帝连忙劝他说："王谢两家的女儿门第太高，跟你不般配，你还是从朱姓、张姓这样的家族里找吧。"侯景听了这话，当面不敢说什么，背过身便大发雷霆，骂梁武帝看不起他，欺负他。

原来，琅琊王氏和陈郡谢氏是从中原迁到江南的，而梁武帝说的朱氏和张氏，都是江南本地的名门望族。魏晋南北朝时期，人的等级高低分的特别细，虽然同为高等士族，江南士族比王谢这样的中原士族，身份还是要低一些，所以侯景认为，梁武帝不让他向王谢求婚，要他去和朱张结亲，是在羞辱他。

由于侯景对梁武帝积怨渐深，在归降南梁一年后，他便起兵造反了。他兵强马壮，准备充分，又勾结了梁武帝的另一个侄子萧正德做内应，轻易便打败了梁武帝，梁朝的大权落入侯景之手，梁武帝本人也被侯景虐待致死。

故事中的小智慧

魏晋南北朝是一个严格依据人的出身来选拔人才的时代。读书人分士族和庶族，士族可以做官，庶族只能做吏，也就是没有官品的办事员。而即使是士族，也同样要分等级，名门大族垄断了重要的官职，普通士族出路十分有限。这一方面使得寥寥几个大家族汇聚了绝大多数政治精英和文化精英，另一方面，也使得普通读书人遭受巨大的不公平，他们无论再怎么努力，也得不到应有的回报。显然，这种情况对国家来说弊大于利，势必不可能持续下去。所以，尽管整个封建时代，血统、门第、姓氏带来的身份差别始终存在，但像王谢那样把持了国家命脉的所谓高等的姓氏，南北朝一结束，也就风光不再了。在诗人眼中，王谢的凋零是“人情兴衰”，是人世繁华、梦幻泡影的诗意消融，但用历史的眼光看来，这不过是事物发展的必然规律罢了。

闻官军收河南河北

唐 杜甫

剑外忽传收蓟北，初闻涕泪满衣裳。
却看妻子愁何在，漫卷诗书喜欲狂。
白日放歌须纵酒，青春作伴好还乡。
即从巴峡穿巫峡，便下襄阳向洛阳。

解读

这首诗是杜甫在唐代宗广德元年写的一首七言律诗。这一年，安史之乱终于结束，最后一个叛军首领史朝义在幽州自杀，他手下的将领们也纷纷投降。唐军彻底收复陷

落叛军手中多年的黄河以北大片土地，黄河以南在一年前也已经收复了。为了躲避战乱饥荒而四处漂泊的杜甫终于看到了回家的希望。于是他写下此诗，畅快淋漓地表达了自己的狂喜之情。这是一首著名的“快诗”，节奏明快，情感爽快，意境欢快，写出了大快人心的感觉。

这首诗的特点，历代的诗评家都有深入解析，就是“诗如文章”“一气呵成”。这首诗抒情为主，但并不是用抒情的词语和句子来抒情，而是把情感寄寓在一个流畅的过程中，诗句组成的是一篇诗一般的散文。首句“剑外忽传收蓟北”是散文所抒之情的起因，后面依次写到自己听闻消息第一时间的反应，对妻子孩子的观察，自己接下来因为过于开心而不知所措的反常表现，以及终于平复心情，从激动转为愉悦，拿出酒来一边庆祝一边开始筹划未来，全诗就像一条珠链，颗颗串起，灿烂连贯。

这首诗还有一个别致的地方，就是出现了好几个地名，诗为八句，入诗的地名有六个之多。

第一个地名是剑外，指的是剑门关外地区。剑门关在今天的四川省广元市剑门山，也叫剑阁，剑阁以南就是剑外，杜甫当时正在剑阁以南的梓州。第二个地名是蓟北，指幽州和蓟州，在今天的河北京津一带，这里也是安史叛军起兵的地方。第三个地名是巴峡，指长江位于四川省巴县一段的峡谷，第四个地名巫峡，指长江从重庆巫山县到湖北巴东县的峡谷，第五个地名襄阳，在今天的湖北省襄阳县，第六个地名洛阳，即今天的河南省洛阳市，也就是唐朝的东都洛阳。

杜甫在这首诗下自己加了一个注，说他在洛阳有“田园”。杜甫是初唐著名诗人杜审言的孙子，杜氏家族长居洛阳，在那里很可能有一些祖产，虽不丰厚，但足以安居。杜甫经历了太久的颠沛流离，自然非常渴望回到自己的祖居地。可惜，他并没有实现这个愿望。虽然他在广德元年就许愿要回家乡，却因为困窘的家境，直到五年后的大历三年才动身，病逝于途中。

故事

安史之乱从唐玄宗天宝十四年爆发，直到唐代宗广德二年被彻底平定，唐代宗李豫战场平叛的功劳最大。然而，他的家庭和很多普通百姓家庭一样，在这场乱世浩劫中遭遇了不幸。

李豫原名叫李俶（chù），是唐肃宗的长子，十五岁封为广平郡王。在他当郡王的时候，娶了一个姓沈的女子为妾。沈氏是吴兴人，吴兴就是今天的浙江湖州，那里是著名的鱼米之乡，文化古城。她的出身也很高贵，父亲沈易

直担任过秘书监，主管国家收藏的古籍图书。开元末年，沈氏以“良家女儿”的身份被送入东宫。当时东宫之主是李俶的父亲、太子李亨。李亨自己不需要那么多姬妾，便把沈氏赏赐给了儿子李俶。

李俶的正妃崔氏是杨贵妃的外甥女。杨家的这些亲戚，仗着杨贵妃的势力，在天宝年间飞扬跋扈、不可一世，连宗室的公主皇子他们都不放在眼里，崔氏也一样，是个性格蛮横的女子。李俶娶崔氏，是唐玄宗包办的，李俶自己并不乐意，对崔氏也没有什么感情。但他很喜欢沈氏。沈氏嫁给李俶不久，便生下了儿子李适，也就是未来的唐德宗。这是李俶的第一个孩子。当了曾祖父的唐玄宗非常高兴，封襁褓中的小曾孙为奉节郡王。

安史之乱爆发时，唐玄宗仓皇逃往巴蜀。李俶跟父亲一起随玄宗离开了长安，而沈氏没来得及走。长安被叛军攻陷后，沈氏与许多王妃、公主一起，成了俘虏。她们被安史叛军带到了东都洛阳，囚禁在那里的皇宫中。

沈氏在洛阳遭遇了什么，没有任何详细的历史记载，但也可以想象得到。与此同时，对安史之乱负有直接责任的唐玄宗在巴蜀退位，太子李亨继位，改年号为至德，率领唐军在渭河流域坚持抵抗。李俶被委任为天下兵马元帅，军务缠身，完全顾不上去寻找和援救陷于敌手的沈氏。直到至德二年，长安、洛阳相继被唐军收复，李俶在洛阳找到了沈氏，夫妻这才团聚。

因为北方战事还未平息，李俶没有将沈氏接去长安，而是暂时安置在洛阳，自己很快又去打仗了。他以为局势已经稳定下来，洛阳是安全的。但没想到，就在至德二年，叛军首领安禄山被儿子安庆绪杀死，和安禄山共同起兵的史思明不愿意为安庆绪效命，投降了唐朝，很快又反悔，再次发动了叛乱，并占领了洛阳。兵荒马乱中，沈氏也再一次与李俶断绝了音讯。

五年后的广德元年，史思明的儿子史朝义兵败自杀，安史之乱彻底平定。天下太平了，李俶却再也找不到沈氏，连沈氏是生是死也不知道。这时他已经改名李豫，还登基做了皇帝，他的长子李适也被封为太子。为了寻找沈氏，李豫派人四处访求，找了十几年也没放弃，可到他去世时，仍毫无消息。

大历十四年，唐代宗李豫驾崩，唐德宗李适继位。李适册封母亲为皇太后，并在全国各州县继续苦苦寻找。宫中有个曾服侍过沈氏的李姓女官，有一次偶然见到宦官高力士的养女，发觉她知道很多过去宫里的事，而且与沈氏年纪相貌很相似。沈氏的手指有一条伤疤，是李适小时候，她削肉干给李适吃的时候弄伤的，这个高力士的养女手上竟也有一条这样的伤疤。李姓女官便向唐德宗禀报说，高力士的养女很可能就是沈氏。唐德宗欣喜若狂，连忙把高力士的养女迎进宫中，群臣听说皇上终于找到母亲了，也纷纷前来祝贺。一片喜气洋洋中，高力士的养子听到了消息，慌忙跑来告诉德宗，他搞错了，自己的这个姐妹绝对不是他要找的太后。

唐德宗很失望，但没有怪罪高力士养女。他说："就算有一百个假冒的太后来骗朕也没关系，朕只希望能等来真的那个。"自此后，民间都知道了皇帝寻母心切，陆续有四五个说自己是沈氏的女人出现，但有关部门一细问，个个破绽百出。唐德宗依照承诺，不予治罪，把她们全都放了。

唐德宗再也没见过母亲，但他也不愿承认，母亲可能早已不在人世。直到他的孙子唐宪宗继位，这才正式为沈氏举办了丧礼，将她的灵位供奉在唐代宗的陵墓里。沈氏究竟是从安史之乱中幸存下来，却因为某种原因无法回到宫廷，还是早就死于乱军之下，尸骨无存，这成了一个永久的谜。唐代宗和唐德宗父子虽然贵为帝王，但他们也无力抗拒战争的残酷，丈夫失去了爱妻，儿子失去了母亲，以至于一生抱憾，无法弥补。

故事中的小智慧

诗人杜甫以“诗史”之名著称于世，他在安史之乱期间所写的许多诗歌，都被视为对那个唐朝前所未有的黑暗时期的真实记录。其中的《三吏》(《新安吏》《石壕吏》《潼关吏》)《三别》(《新婚别》《垂老别》《无家别》)，更是道尽了战乱年代人们遭受的巨大灾难。杜甫将这些逃难中的见闻写下来，是希望皇帝能够看到，对百姓多一些同情，少一些压迫。然而，唐代宗李豫和唐德宗李适这两个皇帝，因为安史之乱而深切感受过杜甫在“三吏三别”中所写的夫妻母子生离死别的悲痛之情，也曾努力想维持住安定和平的局面，却最终无法改变导致安史之乱发生的种种根源。在唐代宗、唐德宗统治时期，宦官势力日渐膨胀，割据一方的节度使力量与日俱增，而正是这两种野心勃勃的政治势力，最终使得整个唐朝颠覆灭亡。统一王朝分崩离析后，更大的战乱随之而来，持续近百年之久，无辜的黎民百姓又跌入了万劫不复的苦难深渊。

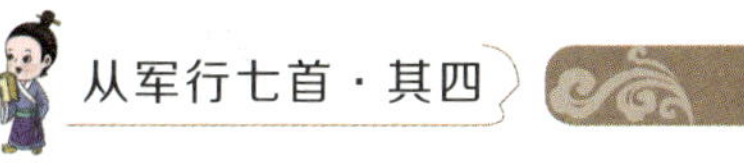

从军行七首·其四

唐　王昌龄

青海长云暗雪山，孤城遥望玉门关。

黄沙百战穿金甲，不破楼兰终不还。

解读

这首诗，是唐代诗人王昌龄的边塞诗组诗《从军行七首》中的第四首。在这首诗中，有一个问题值得探究。这首诗的最后一句“不破楼兰终不还”，究竟是代将士们发出的豪言壮语，还是对常年远征的士卒们的同情呢？

诗评家们对这句诗的理解看法不一，有的说，这是盛唐之音，不可能有凄凉酸楚的情绪；有的说，回首只见孤城，可见离开国境已经非常遥远，身经百战，黄沙穿甲，字里行间强烈的英雄气概扑面而来；但也有人说，黄沙百战，战甲破损，说明征战时日很长，物资困乏，而不破楼兰终不还，意味着将士们的归期仍然不能确定，这样的辛劳困苦看不到尽头，这诗中的都是悲愤之语；还有人认为，

诗中兼有两层意思，既悲伤，又豪壮。虽然归心似箭，战事艰苦，但将士们使命在身，仍坚守在前线，这样的心态用悲壮来形容，自然更加合适。

其实，如果把《从军行》七首全部读一遍，会发现作者的确是对戍边御敌的军人们同时抱着同情、怜惜、敬佩和激励的感情的。比如第一首便说道“更吹羌笛关山月，

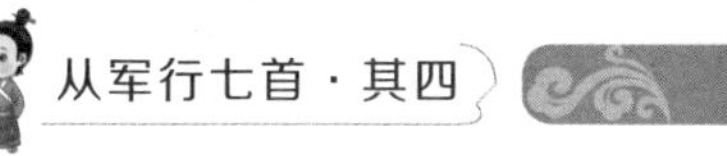

无那金闺万里愁”；第三首则说“表请回军掩尘骨，莫教兵士哭龙荒”，这是同情和怜惜；第五首说“前军夜战洮河北，已报生擒吐谷浑”；第六首说“明敕星驰封宝剑，辞君一夜取楼兰”，这是敬佩和激励。《从军行》是乐府旧题，本以抒发军人远戍边关的辛苦和哀愁为主题，王昌龄是盛唐时代的代表诗人，他的诗歌的确展现着恢宏开阔的盛唐气象，因此原本的从军行主题得到延伸，从“从军之苦”，拓展到“从军的悲壮”，是时代赋予唐诗的特色。

另一点需要注意的是，诗中出现了三个名词，分别是“青海”“玉门关”和“楼兰”。前两个是地名。青海，就是青海湖，它是我国最大的咸水湖，位于青藏高原东北部，在今天的青海省境内。唐诗中常见的玉门关，其实历史上有两个，一个是汉代建的玉门关，在今天的甘肃省敦煌市附近，还有一个是唐代建的玉门关，在今天的甘肃省酒泉市。两个玉门关相距不远，也可以说唐代的玉门关是汉代玉门关向东迁址而来。到唐代时，汉代玉门关已经几乎消失了。诗中说“青海长云暗雪山，孤城遥望玉门关”，说明诗人有着非同凡响的视野尺度，他描绘的并非区区方圆十几里或几十里，而是纵横千里的一大片战场，西达青海湖，东至玉门关。在这广袤的战场上，唐军将士苦战不休，作战的对象是“楼兰”。楼兰是一个西域古国，在唐朝建立前就已经灭亡了，因此，这里的“楼兰”并非实指。

故事

王昌龄的《从军行》七首中，有一首提到了一个民族的名字，就是“吐谷（yù）浑”。这个名字和第四首中的“楼兰”不同，它不是泛指，而是实指。

吐谷浑是隋唐时期生活在祁连山以南、洮河以西的一个游牧民族，祖上原本是鲜卑族的一支。唐太宗时，吐谷浑多次袭扰唐朝边塞，唐太宗派了很多将军与他们交战，各有胜负。贞观九年，大将李靖、侯君集和王道宗率军讨伐吐谷浑，吐谷浑打了一场败仗后，元气大伤，首领慕容伏允向西奔逃，并派人烧毁了唐军驻地附近的草原，唐军的战马没有草吃，都饿得跑不动。慕容伏允这么做的目的，就是让唐军无法远行，追不上他。他去的地方叫柏海。这个柏海，现在的名字是鄂陵湖，它是青藏高原上的一个湖泊，也是黄河上游最大的两大湖泊之一。

李靖等人没有中计。他们判断吐谷浑刚打了败仗，战斗力不强，应该趁此机会一鼓作气进军柏海。于是，唐军一分为二，李靖率北路军，侯君集和王道宗率南路军，从柏海的左右两边包抄。这场战役大获全胜，但也打得非常艰苦，当时是盛夏时节，却天降大雪，将士们忍受着严寒

和饥渴，行进了一个月才抵达战场。

唐军的南北两军在一个叫大非川的地方会合，攻破吐谷浑建在逻真谷的大本营，慕容伏允逃亡远去，吐谷浑部族中一个曾在隋朝生活多年的贵族首领慕容顺立为新王。慕容顺接受了唐朝的册封，被封为西平郡王。然而，这位新王因为长期不在族中，不能服众，很快就被反叛的族人杀了，他年幼的儿子诺曷钵继承了王位。诺曷钵愿意继续与唐朝和平相处，长大成年后，他便向唐太宗求婚，想娶一位唐朝公主。唐太宗从皇族宗亲中，选择了一个聪慧善良的女子，封她为弘化公主，许配给了诺曷钵。

弘化公主是唐朝第一位和亲的公主，她出嫁后不久，另有一位李唐宗室之女，也和她一样远嫁高原，成为吐蕃赞普（赞普即吐蕃君主的称号）松赞干布的妻子。这就是文成公主。虽然弘化公主在历史上不如文成公主知名，但她为了完成和亲使命所经历的艰辛，一点也不比文成公主少。刚嫁到吐谷浑，她就差点被不愿意与唐朝结交的吐谷浑丞相劫杀，幸好诺曷钵发觉得早，她才幸免于难。

弘化公主和诺曷钵成婚多年，一直相爱相敬，这对唐朝和吐谷浑的友好关系起到了至关重要的作用。诺曷钵还曾陪弘化公主返回长安省亲，行“归宁”之礼，也就是回娘家。唐朝共有十五位和亲公主，弘化公主是唯一回过娘家的，这虽然主要显示了唐朝对吐谷浑的重视，但诺曷钵对妻子的尊重和宠爱也可见一斑。

唐高宗时期，诺曷钵被封为驸马都尉，唐高宗还把皇室宗亲的女儿金城县主嫁给他的长子苏度摸末，后来又把另一位宗室女金明县主嫁给了他的次子闼卢摸末。唐高宗龙朔三年，吐谷浑与吐蕃之间发生战争，一个吐谷浑大臣叛逃到吐蕃，吐蕃因此获知了吐谷浑的兵力虚实底细，将诺曷钵打败。诺曷钵只得逃往凉州，唐朝允许他带着仍忠于他的几千族人迁入唐境内安顿。从此，诺曷钵所率的吐谷浑部过着流亡迁徙的生活，弘化公主则不辞辛苦，始终陪伴在他身边。

武则天掌控唐朝朝政的时候，诺曷钵去世了。弘化公主仍在吐谷浑部族中生活，武则天登基做了皇帝后，为了表彰她的功劳，赐她武姓，并改封她为西平大长公主。

武则天圣历元年，继承丈夫遗志，守护着族人的弘化公主在灵州家中辞世，结束了饱经风霜的一生。直到今天，虽然她守护的吐谷浑已经消亡了，她的事迹，也随着千年时光的逝去而逐渐被人们淡忘，但她的陵墓仍在他们夫妇迁入唐朝时定居的凉州，也就是今天的甘肃武威一个山水灵秀的地方，与她亲人们的陵墓相守在一起。

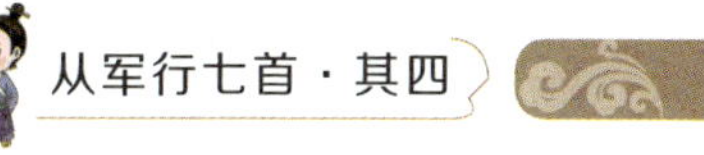

故事中的小智慧

和亲，是自汉代以来中原封建王朝非常重要的一项外交政策，通常，这些被嫁往异族的女子，虽然都被册封了公主，但实际上，她们绝大多数不是皇帝的女儿，只是皇帝亲戚家的女儿，而且是地位不高、家中没有太大权势的皇帝亲戚家的女儿。因为塞外的生活与中原不可同日而语，皇帝和有实权的公卿大臣也不舍得把自己的亲生女儿送去吃苦。所以，这些远嫁的“公主”，将要面对的是怎样艰苦和风险，所有人都是心知肚明的。

大部分和亲公主的婚姻不太幸福，像弘化公主这样夫妻恩爱一生的极少。甚至有一些和亲公主，因为邦交关系的恶化而失去了生命。而在与异族权贵们的周旋中，有不少兼具胆识、谋略的和亲公主，用她们柔弱的肩膀，扛起了千军万马也未必能够达成的目的，争取到了珍贵的和平，也为自己赢得了尊严。虽然和亲是在古代历史的局限下发生的，但和亲的故事里那些有血有肉，不乏英勇的女子，值得后世永远铭记。

八阵图

唐 杜甫

功盖三分国，名成八阵图。
江流石不转，遗恨失吞吴。

解读

这是一首咏史诗，咏的是三国的历史。八阵图是三国时的蜀国丞相诸葛亮创立的一种布兵阵法，传说在白帝城附近有诸葛亮建造的八阵图遗址，遗址用石块垒成，纵横各八行，每行八堆，行与行间隔两丈。北魏地理学家郦道元在他的著作《水经注》中提到了这个遗址，在郦道元生活的时代，这个遗址就已经被水冲刷得零落难辨，现在当然就更看不到了。不过，根据学者考证，这个所谓的八阵图遗址是不是诸葛亮建造的，并没有实证，诸葛亮设计的八阵图究竟是什么样子，怎么使用，怎么排列，史料也是缺失的。但是在唐代，人们坚信白帝城存在着诸葛亮练兵用的八阵图，很多诗人到了夔州都会去观瞻这个遗址，然

后写诗留念。这首《八阵图》就是杜甫第一次到夔州时写下的。

这首诗是五言绝句，前两句写的是诸葛亮的历史功绩，因为是游览“八阵图”遗址后所写的诗，所以提到了八阵图。后两句，诗评家们关注得比较多。首先是“江流石不转”，这句描述了一种“神奇”的现象，白帝城西的江岸边是一片石滩，有大大小小的碎石堆，这些碎石堆似乎依据某种规律排布，这就是人们所说的“八阵图”。每年夏季江水上涨，会淹没这些石堆，等到秋冬季江水回落时，这些石堆又出现了，还在原先的位置上。因此，杜甫说“江流石不转”。事实上，石堆“不转”之说，很多人都认为是不可能的。经过探究，有人发现，这些石堆其实是当地盐工每年在石滩上煮盐留下的痕迹。直到宋代，这附近还有可取盐卤的盐井，诗人苏轼就写过一首《诸葛盐井》。夏季石滩被淹，原先堆好的盐灶被冲走，水退之后，盐工们便重新用岸上的碎石堆成一个个盐灶取卤煮盐，这样，每年经过这里的人都能看到星罗棋布、似乎内藏玄机的石堆，这是"八阵图遗址"的说法也就越传越广。

对第三句的不同说法，还只是解读的角度问题。诗评家对第四句"遗恨失吞吴"理解的分歧，就与历史观的分歧紧密联系了。可以这么说，一个人对三国时期历史的看法，会直接影响到他对这句诗的理解。"遗恨"就是遗憾、悔恨的意思，杜甫是以诸葛亮的口吻吟出的这句诗，解读它的主要观点有四种：第一是"为没有吞并东吴而遗憾"；第二是"为有吞并东吴的图谋而悔恨"；第三是"没能阻止先主（即刘备）东征，以致先主兵败身死，感到遗憾"；第四是"很遗憾没有用八阵图这种阵法来攻打东吴"。

这四种观点，都围绕着蜀国与吴国的战争与和平，大家各执一词。至于杜甫本人究竟是何意，也许永远也得不到确定的结论了。但杜甫对诸葛亮的评价，还体现在一首很重要的诗，也就是《蜀相》里。诗的最后一句"出师未捷身先死，长使英雄泪满襟"，说的是诸葛亮六次北伐中原，

攻打三国的魏国，未能成功便积劳而死，可见杜甫对诸葛亮讨伐魏国的行动是赞许的。我们可以据此推论，杜甫认为蜀国真正的敌人是魏国而不是吴国，所以，诸葛亮遗憾悔恨的是“让蜀国有吞吴之心”这种说法，应该更符合杜甫写诗时的心态吧。

故事

在公元220年到公元280年，两个统一王朝东汉和西晋之间，中国历史上曾经短暂出现过一个叫作“三国”的历史时期。三国，就是魏、蜀、吴三股政治军事势力，它们在东汉末年混乱分裂的时局下各自崛起，称雄一方。魏国是东汉权臣、魏王曹操的势力，所以又叫曹魏，蜀国是自称汉皇室后裔的刘备始创的势力，所以又叫蜀汉，吴国是统治江东地区的孙氏集团的势力，所以又叫东吴或孙吴。它们各自为政，虽然谁都想吞并其他两方，但即使是其中力量最强大的魏，也没有能力同时与吴、蜀两国交战，吴和蜀为了自保，早已结成了联盟，在赤壁大败曹军，从此三方暂时保持着三足鼎立的局势。

然而，吴和蜀的联盟并不稳定，它们彼此也在明争暗斗，互相较劲。最初，刘备通过结盟，从孙权手里“借”得了荆州，并以荆州为跳板，攻打统治西南的益州刺史刘璋，最终占据了益州，建立了蜀国。之后，东吴君臣便想把荆州要回来。但刘备在巴蜀养精蓄锐，实力大增，不愿意归还。孙权派兵征讨，双方打了一场，难分胜负，又坐下来谈判。刘备勉强还了三个郡，以湘江为界，与孙权分割了荆州。孙权当然不甘心，但也没有什么更好的办法了。

建安二十二年到二十四年，曹操与刘备交战，争夺毗邻蜀国的汉中地区。曹操对这个地方志在必得，亲自率军，气势强大，然而，刘备与手下的诸葛亮、赵云、张飞、黄忠、马超等人，团结协作，谋战结合，虽然兵力不如曹操，却最终夺得了汉中。这场失败让曹操锋锐大减，刘备的力量得到极大的加强。这时，东吴的国主孙权、谋臣鲁肃、大将吕蒙等都意识到，如果任由刘备继续发展下去，他很可能会超越东吴成为三国中的第二强，东吴将变成最弱小的那个，遭到侵吞。为了改变这种趋势，东吴必须拿回荆州，增强自己，遏制刘备。

但荆州在刘备最得力、也是整个三国时期最有名的武将关羽的镇守下，要取回谈何容易。正好这时关羽准备出兵去攻打曹操控制的襄阳和樊城，孙权君臣顺势想出了一个计策：对外说吕蒙病了，而且病得很重。吕蒙是东吴最厉害的将军，他病倒了，关羽的防备心理就减少了许多，放心地去打襄樊了，没有留下太多兵力驻守荆州。

接着，孙权、吕蒙和鲁肃商议设定了一个夺取荆州的计谋。他们把精锐士兵藏在一艘船的底舱，让身穿白衣、扮作普通百姓的士兵划船，渡过湘江，来到荆州哨所边，假称是商船，请求停泊避风。守军丝毫没起疑心，允许他们停船。到了半夜时，船里藏着的吴军士兵悄然钻出，不费吹灰之力就制服哨兵，随后吴军主力到来，占领了荆州，还俘虏了关羽的家人。

关羽得知消息，大惊失色，曹操趁机派手下徐晃来救援襄樊。关羽腹背受敌，无力抵挡，只得带兵赶回荆州。因为遭遇了失败，蜀军士卒军心涣散，一路上逃亡了很多。孙权又派出大批人马阻截关羽，关羽不敌吴军，逃到了麦城。他在麦城被吴军围困了很久，粮草断绝，不得已冒险突围，兵败被杀。关羽一死，荆州彻底归入东吴。

听到关羽死讯，刘备大怒，不听诸葛亮的劝阻，决意要攻打东吴，为关羽报仇。吴国与蜀国自赤壁之战以来结成的抗曹联盟决裂。章武元年，刘备出兵东吴。由于两方实在是谁也打不过谁，刘备便在白帝城驻扎下来，等待孙权前来讲和。刘备本来就生了病，到了白帝城，病情加重，只得紧急把诸葛亮从成都叫来，嘱托他照顾好自己的儿子刘禅。随后，刘备便在白帝城去世了。诸葛亮护送灵柩回到成都，让十七岁的刘禅继位。这位就是历史上著名的不思进取的昏君蜀后主。诸葛亮遵照刘备的临终遗言，辅佐了刘禅十二年，心力交瘁，积劳成疾，抱憾而逝。

又过了十几年，蜀国为魏国权臣司马昭所灭，刘禅被带到洛阳，软禁了起来。虽然失去自由，刘禅却每天都过得很开心。司马昭想试探他，故意设宴请他观赏蜀国歌舞表演。刘禅从老家带来的仆人们听到乡音，都忍不住哭了，刘禅本人却看得心花怒放，手舞足蹈。司马昭悄悄对自己的手下贾充说："世上还有这么缺心眼的人！就算是诸葛亮不死，也保不了他啊！"贾充笑了笑说："要不是这样，您怎么能吞下蜀国这块肥肉呢？"

故事中的小智慧

苏轼曾经在自己的书里写过一件事。有一次他做梦，梦见杜甫来找他，对他说："我写的《八阵图》，很多人都误解了。他们以为我的诗是感叹蜀先主刘备、武侯诸葛亮想灭东吴给关羽报仇，却没能成功，因此留下遗恨。并非如此，我是想说，吴国和蜀国是唇齿相依的关系，不应该互相觊觎。如果不是因为蜀国有侵犯吴国的意图，导致吴蜀两国关系破裂，蜀国也不至于被司马昭灭掉。诸葛亮要是看到这一切，肯定会觉得很遗憾的。"

苏轼写的当然不能说是杜甫的想法，那只是他自己的

想法。但很有可能，这也的确是杜甫写“遗恨失吞吴”的本意。杜甫用这个“失”,不是失去的意思,而是失误的意思。在魏国势力虎视眈眈的时候，蜀国图谋吞并吴国，这是一个致命的失误。

蜀国和吴国哪一个都不可能与魏国抗衡，它们也不可能轻易地吃掉对方，而它们联合起来，魏国也拿它们没办法。“三国”短短六十年历史，完美地阐述了各种力量之间如何维持微妙的平衡。任何一点小小的变化，都会影响到整个局势，所以千百年来会有那么多人热衷于去探究、研读、品评它,从各个方面去汲取它的价值,归纳它的道理,做人做事都可以运用到。这是一段多么神奇的历史啊!

行宫

唐 元稹

寥落古行宫，宫花寂寞红。
白头宫女在，闲坐说玄宗。

解读

这是一首咏上阳宫的诗。上阳宫是唐代东都洛阳的一座皇宫，是唐代诗人很喜爱的诗歌题材。元稹这首诗，又叫《故行宫》或《古行宫诗》，是以上阳宫为题的唐诗中，最令人印象深刻的一首。它的主要特点就是“语少意足”，语言精练到了极致，而表达出的内容却极大地丰富，余韵无穷。元稹另有一首同样感叹宫廷故事的诗《连昌宫词》，那是一首长诗，共六百三十个字，而有诗评家认为，《行宫》寥寥二十个字，就能够概括整首《连昌宫词》的诗意。甚至还有人说，唐代诗人王建写了一百首《宫词》，总体分量和这一首《行宫》差不多。

说到王建，也有人将这首《行宫》当作他的作品，但

这个说法，基本上没有什么人支持，因为王建也写过上阳宫，手法和情调跟这一首完全不一样，很难相信同一个人看待同一个事物，境界会有这么大的差异。如果大家有兴趣，可以找来王建的那首《上阳宫》看一看，对比、体会一下。

元稹的《行宫》写的是上阳宫的宫女。唐诗经常写到上阳宫宫女的形象，因为上阳宫地处东都洛阳，皇帝不常住在这里，所以这个宫中的宫女想见到皇帝，更为困难。宫女想要改变命运，必须得到皇帝的宠幸，然而连见都见不到，又何来的宠幸呢？所以，在诗人们的想象中，这些女子必然是每天都在翘首期盼皇帝出巡东都，这样说不定能有机会让自己的美貌被皇帝发现，得到皇帝的垂青。在这样的苦苦等待中，青春流逝，年华不再，白发替代了红颜，最终落得一个寂寞结局。

这其实是唐代文人的一种比喻，就是用久久得不到皇帝恩宠，甚至连皇帝的面都见不到的宫女，来比喻有才华却总被埋没的自己。但元稹的这首《行宫》写上阳宫宫女，却并非为了这种目的。这里的宫女，脱离了因个人遭遇而起的幽怨，化身为历史变迁的见证，她们的衰老，实际也就是唐朝这个曾经无比强盛的皇朝的衰落。

这首诗的第三四句是重点，而其中的那个“说”字，是点睛之笔。上阳宫在唐玄宗的时候，还曾被频繁使用，安史之乱后，唐朝皇帝便很少再去洛阳，更不会入住已被战争严重破坏过的上阳宫，唐德宗贞元年间，这座皇宫被彻底废弃。在这样一座深宫里居住的老年宫女，一生遭遇，可想而知。她们在盛世被冷落，在乱世遭抛弃，在孤苦无依的晚年，提起最初那个把她们锁进宫廷的人——唐玄宗，应该是百味杂陈，心情可能有怀念，有思慕，可能有怨恨，有遗憾，也可能更多的是平淡和释然。因此，有人这样评价，诗中只说“说玄宗”，却不说“说玄宗什么”，这才是最佳的写法。人世沧桑本就说不尽，诗人只点染几笔，给出一片留白，读者自会深思，自会感悟。

故事

唐高宗永徽六年，武则天被册封为皇后。由于唐高宗身体不好，经常头晕目眩，手脚麻木，难以处理国事，武则天便开始以协助他的名义参与朝政。慢慢地，武则天从协助高宗，过渡到自己独立做决策。她逐渐显露了卓越的政治才华，对朝廷事务的干预程度也越来越深，权力越来越大。当唐高宗意识到这一点的时候，他已经对武则天束手无策。在以后二十多年的时间里，唐高宗和武则天夫妻俩几乎是平起平坐，天下人称他们为“二圣”。

上阳宫就是在这个时期修建起来的。当时，唐高宗和武则天常住东都洛阳，他们觉得洛阳城市规模比长安小，与皇帝皇后的身份不符，就想扩建一下，多盖几座宫殿，

再翻修一下市政设施，建几个大寺庙。但是，古时候要进行这样的浩大工程很不容易，耗费巨资不说，还需要大量征用农民，砍伐森林，可以说是劳民伤财。所以唐高宗迟迟下不了决心。后来，他向主管财政事务的司农少卿韦弘机试探说："洛阳的宫殿是隋朝留下的，太旧，有些都快塌了，怎么办呢？重修是不是很麻烦？要花不少钱吧？"

韦弘机管理财政已经十年了，国库里存着多少钱多少物资，他脑子里有一本账，一下子就算得清清楚楚。他马上回复高宗说："不麻烦，现在国库里能调用的钱是四十万贯，库存的木材也很多，造几座新宫殿完全没问题，三年就能完工。"高宗听了，大喜过望，把重建洛阳这件事全权委托给了韦弘机。

韦弘机接受了这个任务，不敢懈怠，兢兢业业，在洛阳建了好几座新皇宫、新佛寺。其中有一座宫殿特别引人注目，就是上阳宫。上阳宫是唐高宗亲自选的址。有一次，唐高宗在洛水附近游玩，登高望远，觉得这里风景太美了，就让韦弘机沿着河岸造一座居高临下的别宫，把洛水引入宫中形成水系，在池水沟渠之间点缀奇花异草，还千里迢迢从南方运来太湖石，布置成精美的假山。宫苑建好后，唐高宗又吩咐韦弘机在宫墙外修了一条连绵一里多长的长廊，这样就可以一边漫步，一边观赏洛水上的景色。上阳

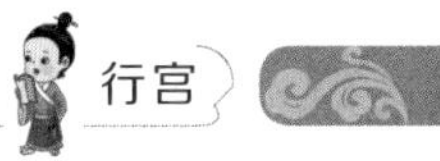

宫的整体设计，特别是那条沿河的长廊，极有可能是出自武则天的想法。因为在武则天的统治下，出现了很多这样别出心裁的建筑。虽然这些巍峨华丽、五彩缤纷的建筑早已被损毁殆尽，现在看不到了，但从历史记载中，我们还是能够窥见武则天天性中对美和浪漫的追求。

就是这条上阳宫的长廊，惹得宰相刘仁轨不高兴了。刘仁轨对侍御史狄仁杰抱怨说："皇宫自古以来都是里三层外三层，围得严严实实，韦弘机建上阳宫，弄了一条长廊，居然让在外面来来往往的官员、百姓甚至是外国使臣都看得一清二楚，他这样做合适吗？对皇上的声誉有好处吗？！"这话传到韦弘机耳朵里，韦弘机回应说："朝廷设立百官，各有各的职责。我是管国库的臣子，我的职责就是按照皇上的旨意，调配使用国库里的钱。宰相是辅佐之臣，他的职责才是告诉皇上该干什么不该干什么。我可不敢逾越我的本分，去抢宰相的事情来做。"

听韦弘机这话的意思，他似乎对刘仁轨的指责不太服气——我不过是奉旨办事而已，你有话为什么不直接跟皇上去说，却来指责我呢？韦弘机的话，让狄仁杰抓住了把柄。狄仁杰以此为理由，向唐高宗告了韦弘机的状，加上韦弘机家里有人犯了法，牵连了他，他被罢免了官职。不过这时候，整个洛阳的大规模营造已经结束，韦弘机也算是功德圆满了。

可能大家会觉得奇怪，为什么狄仁杰要跟韦弘机过不去？这里面也有原因。仪凤元年，有一个叫朱钦遂的神秘道士来到了洛阳。他在洛阳打着武则天的旗号大肆活动，引起了当时担任东都留守的韦弘机的注意。韦弘机以“假冒皇后手下招摇撞骗”的罪名，把这个朱钦遂抓了起来，然后报告给唐高宗。唐高宗一方面夸奖他做得对，另一方面却告诉他不要声张此事，因为这个人真的是武则天的亲信。武则天派朱钦遂到洛阳活动，自然有她的目的，唐高宗心知肚明，但他也没有办法，只能装聋作哑。朱钦遂被抓，让武则天很不高兴。由此可见，韦弘机后来被免职，跟他得罪了武则天是有关系的。

故事中的小智慧

唐代东都洛阳的上阳宫，和一个女人紧密相关。这个女人虽然曾是后妃，却走出了一条和其他被迫嫁入深宫的女子不同的道路，她逆天抗命，成了中国历史上唯一的女皇。这个女人就是唐高宗的皇后武则天。

武则天十四岁进宫，是唐太宗后宫的才人。才人是一种等级很低的嫔妃，而且她还不得宠。唐太宗死后，她因为没有生过皇子或公主，依照惯例被送去当尼姑。一般嫔妃到了这种时候，人生也就走到绝境了，等待她们的是几十年孤独幽闭的生活，以及最后的悄然离世。但武则天没有认命，她抓住和唐太宗之子、高宗李治相识的机会，一年之后就回到了宫中，接着一步步成了皇后，进而成了皇帝。

当然，武则天所处的客观环境决定了她在改变命运的过程中，使用了很多不够光明磊落甚至是残酷无情的手段。但是，她身上那种爱惜自己、奋斗不息、在任何时候都绝不屈服、对任何人都决不妥协的精神，是我们每个人都应该学习的。

上阳宫是武则天最喜欢的宫殿之一，她经常在此举办宴会，与群臣同乐。晚年退位后，她选择在上阳宫居住，并在这里以八十三岁的高龄离开人世。

元稹在《行宫》一诗中，说上阳宫人“闲坐说玄宗”，然而武则天的故事，比唐玄宗的更精彩百倍，更值得一说。

赤壁

唐 杜牧

折戟沉沙铁未销，
自将磨洗认前朝。
东风不与周郎便，
铜雀春深锁二乔。

解读

这是晚唐诗人杜牧的一首知名度极高的七言绝句。此诗的第一二句为“兴”，兴是一种写作手法，即用某一个事物来引出作品真正要写的主题。这里用“得到了一把折断的戟，打磨清洗之后，发现是三国时的古物”这样一件事情来起兴，引出了后面所要咏叹的赤壁之战的故事。

诗的第三四句，历来为人们所称道。因为多数诗人写赤壁之战，都是从赞美胜利者“以寡敌众”的传奇战绩为切入点，但杜牧却反其道而行，以想象当时胜败结果颠倒

为切入点。通过这种假设，诗人传达了一种观念，即赤壁之战中，孙刘联军的胜利和周瑜的战略战术、指挥能力没有太大的关系，只是偶然而已。铜雀，指曹操所筑的铜雀台，曹操营造自己的王都邺城的时候，在那里建造了三座宏伟的宫殿建筑，分别是铜雀台、金凤台（原名金虎台）和冰井台，史称“邺三台”。二乔指东吴的两位贵夫人，她们是亲姐妹，姐姐大乔嫁给了东吴国主孙权的哥哥孙策，妹妹小乔嫁给了东吴的军事将领周瑜。大小乔都是三国时期天下闻名的美女。杜牧在诗中说：假如当时不是吹起了有利于周瑜的东风，东吴必然败亡，大乔小乔将被曹操掳走，变成他的姬妾。

那么杜牧的判断是否正确呢？从《三国志》这本关于三国历史的古籍的记载中，我们可以知道，当时曹操在北岸，孙刘联军在南岸，“火烧曹营”是周瑜的部下黄盖想出来的。黄盖提出这个计策的时候，并没有表达过对气象因素的担忧，非常胸有成竹，从这里，我们可以推测出来，在当时的长江中下游流域，冬季吹东南风，并非罕见，而且黄盖很可能已经根据经验判断出马上就要吹东南风了。曹操这一边从上到下都是北方人，他们不知道船只串联起来，一旦发生火灾后果不堪设想，也不知道长江中下游的气候特点，这两个疏忽，才导致了他们的战败。杜牧认为孙刘联军是占了天气的便宜，侥幸得胜，实际上，周瑜、黄盖等人的作战方案本身就把天气因素算进去了，这不是侥幸，恰恰是高深的智慧。

这首诗还造就了一个成语“折戟沉沙”，用来形容惨烈的失败。

故事

赤壁之战发生在东汉建安十三年的冬天，参战的双方，一方是名义上的汉朝宰相、实际上的中原霸主曹操，另一方是统治长江中下游地区的东吴国主孙权和依附于荆州牧

刘表的军阀刘备。

曹操平定了北方后，将目光转向南方。建安十三年的春天，他开挖了一个叫玄武池的人工湖，练起了水兵。对曹操，天下人的看法基本相同，人们都知道他迟早要篡夺东汉的皇位，也有消灭各地割据势力、一统天下的图谋，东吴国主孙权对此忧心忡忡，因为如果曹操转战江南，东吴首当其冲。同样深感威胁的，还有驻守荆州的刘备。

刘备尽管归顺了刘表，但他也有自己的野心，不想永远寄人篱下。为了发展壮大自己，他三顾茅庐，请来了著名的隐士诸葛亮做自己的总参谋。诸葛亮对刘备说："如果你想成就霸业，一定要与东吴结盟。"刘备连连点头说："您说得太对了！"刘备对诸葛亮如此谦恭，让他身边两个亲信的大将关羽和张飞很不高兴。刘备看出他们有点嫉妒诸葛亮，就对他们说："我得到诸葛亮，就像鱼儿得到了水，希望你们不要再说那些不利于我们君臣团结的话了。"关羽和张飞这才强忍下了心中不满，接受了诸葛亮。

七月，曹操发兵荆州，开始了对南方的征战，这也就是赤壁之战的序曲。荆州牧刘表恰在此时病死，他的两个儿子刘琦和刘琮争夺州牧之位，打得不可开交。后来，弟弟刘琮靠着阴谋诡计赶走哥哥刘琦，当上了荆州牧，他一掌权就做出了决定：投降曹操。

当时，刘备的军队驻扎在樊城，与荆州的治所襄阳隔江相望，所以他不知道刘琮投降的事，等知道的时候，曹操的大军已经到了宛城，很快就要抵达荆州了。刘备赶紧召集手下商讨对策。有人说，不如干脆去攻打刘琮，把荆州占了再说，刘备却说，刘表死的时候特意嘱咐过他，要他照顾刘琮，如果趁此机会去抢荆州，对不起刘表的信任。其实呢，刘备也知道，就算这时占了荆州，等曹操一来，他也守不住，没必要多此一举。

刘备决定先离开荆州，再做打算。刘琮的部将和荆州的百姓有不愿意投降曹操的，便也跟着他一起走了。曹操听说刘备要跑，派出轻骑追击，刘备只好丢下大部队，连妻子和孩子都顾不上，和谋士诸葛亮、大将赵云、张飞等几十人仓皇逃往当阳。

东吴的孙权一听说刘表的死讯，便派手下的鲁肃去荆州吊唁，说是吊唁，实际上是想刺探一下荆州的局势。鲁肃刚走到夏口，就听说曹操向南出兵了，他立即昼夜兼程赶路，到南郡时，便传来了刘琮投降、刘备逃亡的消息。鲁肃到当阳见刘备，邀请他去东吴避难。鲁肃还特别对诸葛亮说：“您的大哥诸葛子瑜，是我的朋友。”

鲁肃之所以对刘备君臣这么殷勤，是因为他知道，曹操这次来一定不会放过东吴，他想联合刘备一起抵抗曹军。

刘备也有这个想法，便跟着鲁肃一起来到东吴，让诸葛亮去与孙权谈判。孙权对于抗曹还有些犹豫，觉得曹操实力太强大，难以战胜。诸葛亮对孙权说：“您自己好好想一想吧，如果吴越的兵力集中起来，能够与曹操一战，那您就早做决断，向曹操宣战；如果不能，您应该像刘琮一样投降曹操。”

孙权不服气地问：“照你这么说，为什么刘备没投降曹操呢？”诸葛亮说：“我家主公是汉室后裔，抵抗曹操是他的使命，即使失败也只能认命。他身为汉朝的皇族，绝对没有认曹操这个臣子做主人的道理。”

孙权受到诸葛亮的激励，愤然站起来说道：“那我也不能以我东吴之地，十万百姓，受制于人！我愿意与你们结盟抗曹！”

孙权下了决心后，与东吴大臣们商议，大臣们全都吓得面无人色，在他们看来，即使是东吴和刘备联手，也不可能打得过曹操。这时，东吴的两个最重要的大臣——鲁肃和周瑜，都坚定地表示支持孙权的决定。周瑜是东吴的军事统帅，他告诉孙权，虽然曹操号称带来了八十万水军，但他侦查后发现，实际上只有十五六万而已，而且曹军将士远道而来，不服水土，疲惫不堪，疫病不断，战斗力并不高，与之交战，他只要五万兵卒就够了。孙权老老实实对他说，自己只能凑出三万人给他。

周瑜带着三万军队来到刘备驻扎的樊口。刘备一开始有些失望，觉得三万人太少，周瑜气定神闲地说："不少了，您等着看我取胜便是。"

不久，东吴和刘备的联军在赤壁与曹操的大军相遇。这时曹军中已经发生了疫情，他们都是北方人，对江南的气候和食物不适应，病倒了很多。第一仗，曹军被打败，全部退到北岸宿营。周瑜的部下黄盖说："眼下的形势是敌众我寡，我们打不了持久战。曹军的船只首尾相连，只要一艘船着火，就会成片烧起来，我建议用火攻之计。"黄盖的计策得到了大家的赞同。

黄盖命人准备了十艘大战船，装满干草枯柴，灌注油脂，然后派人送书信给曹操，假称要投降。这时，江上吹起猛烈的东南风，黄盖让那十艘大船行进在最前面，其他船只远远地跟着，在江心举起风帆。曹军纷纷跑到甲板上观看，指着连绵而来的船帆议论纷纷，说黄盖来归降了。在离曹军还有两里地的时候，黄盖下令将那十艘船点燃，让它们顺风飘向曹军。十艘船带着熊熊烈焰闯入曹军的船营，立即将曹军的船只点着了，风助火势，越烧越旺，大火从水上蔓延到岸上，岸上的军营也陷入了火海。周瑜率领的精锐部队紧随在黄盖后面渡江上岸，整个北岸顿时杀

声震天，曹军烧死的淹死的被砍杀死的，不计其数。曹操见势不妙，慌忙从一条叫华容道的小路逃走了。刘备和周瑜两路人马紧追不舍，一直追到南郡，曹操好不容易才摆脱他们，狼狈地返回了北方，孙吴联军逆势而为，终于取得了赤壁之战的胜利。

故事中的小智慧

赤壁之战是个家喻户晓的战争故事，特别是经过一些文艺作品的渲染，这个故事还披上了神话色彩，比如说，在战场上起关键作用的东风，是刘备的谋士诸葛亮用法术招来的。

其实，赤壁之战并没有根本性地扭转当时曹操、东吴和刘备这三方的力量对比，也没有改变历史从统一走向分裂，又再次走向统一的大趋势，这三方争战的胜利者依然是最强大的曹操，只不过他的胜利，最终也被历史进程所吞没。赤壁之战非决胜之战，但它的魅力却吸引着古往今来无数人为之津津乐道，这是因为，这场战役是一场非常激动人心的以少胜多的战争实例。

在我国的历史上，有过很多少胜多的战役，其中最著名的有三次，即官渡之战、赤壁之战、淝水之战。这三次战役，都是在兵力悬殊的情况下，弱的一方凭借天时地利人和，运用智慧谋略，再加一点点运气，精彩漂亮地将强敌击倒。人们喜欢谈论这些以少胜多的战争故事，就是喜欢这里面蕴含的生动的哲理：当我们处于劣势时，怨天尤人、恐惧绝望，都是没有意义的。去争取，才有克服困难、继续前行的可能，什么都不做便放弃，你的道路必然就在这里结束了。所以，为什么不去尽全力争取呢？

泊秦淮

唐 杜牧

烟笼寒水月笼沙，
夜泊秦淮近酒家。
商女不知亡国恨，
隔江犹唱《后庭花》。

解读

这首诗是晚唐诗人杜牧的一首咏怀诗。诗人结合眼前看到的景象，耳边听到的声音，以及从中得到的感触，产生了一种浓烈的情思，因而作诗，虽然是兴之所至，但也蕴藏着内心长久酝酿的情感和思想。

诗的第一二句写的是诗人泊船秦淮河时所见的夜景。秦淮河是一条从南京城内穿过的著名河流，它与南京这座城市在文化上是相互映衬的关系。南京古称建康、金陵，别名石头城，传说秦始皇曾在此望见“王气”，也就是预

示着这个地方将会出现帝王的某种特殊的云彩，为了保住自己的统治，消泄掉所谓的“王气”，秦始皇便开凿了一条导入长江的河，后世称其为秦淮河。自东汉末年以来，

许多政权在这里建都，却都转瞬即逝，化为历史烟尘。由此，所谓的“金陵王气”，就成了一种时代兴衰、人事更迭的象征，秦淮河也染上了一层悲凉的色彩。但同时，秦淮河又是一条遍布繁华商业的都市河，不只是杜牧，唐代还有许多诗人都写过在秦淮河泊舟游玩，还有的在船上安排酒宴，边行船边喝酒边听曲，这也是古代秦淮河的别样风景。

杜牧写的秦淮夜景，却没有灯红酒绿的感觉，诗歌的背景里只有一层寒气逼人的烟雾，一片清冷的月光，一叶孤舟上的寂寞旅人。尽管说“近酒家”，实际上也不近，因为酒家的歌声是隔江传来的。诗人与夜夜笙歌的秦淮河之间如同两个世界，他只是一个远观者。营造了这样一种孤独的氛围之后，诗人在第三四句抒发了自己的感想：这些商女（酒家歌女）把《后庭花》当作欢歌来唱，可谁又在乎这首歌的背后，是一场亡国的战争，是无数生命的消逝，是无数家庭的离散呢？

这首诗是写陈朝亡国之君陈叔宝的，虽然并没有明显的借古讽今之意，但诗中“不知亡国恨”这五个字，其实不仅仅是说秦淮河上唱歌和听歌的人，更是在批评善忘贪欢的普遍人性。

故事

南北朝时期，南朝依次出现宋、齐、梁、陈四个朝代。陈朝的第四个君主名叫陈叔宝，是上一任皇帝陈宣宗陈顼的长子。陈宣宗驾崩时，陈叔宝二十九岁，继位为帝。

陈叔宝当太子的时候娶的太子妃名叫沈婺（wù）华。沈氏出身名门，知书达理，平时也不爱打扮，没有什么嗜好，性格文静恬淡。可能是包办婚姻的原因吧，陈叔宝非常不喜欢沈氏，对她很冷漠，虽然当皇帝后便册封她为皇后，但从来都没有给过她什么好脸色。遇到什么事，也不跟她商量，完全就像眼前没有这个人一样。沈氏因此更加抑郁，每天吃斋念佛度日。

陈叔宝宠爱的是一个叫张丽华的妃子。张丽华的身世寒微，父兄是织席子的工匠，她十岁便被选进太子府，最初只是给一个侧妃做丫鬟。后来，她被陈叔宝看上了，还生了一个儿子。陈叔宝继位后，封她为贵妃。张贵妃是个很聪明的女子，每次陈叔宝举办宴会，让她去参加，她都会带上其他的嫔妃一起去，因此，众妃子都满心感激，称赞她是个贤德大度的人。陈叔宝也是越来越迷恋她。渐渐地，沈皇后在后宫完全被孤立，统领后宫的权力都归给了张贵妃。

陈朝的开国皇帝陈霸先出身于平民，年轻时没过过好日子，当了皇帝以后生活依然很简朴，皇宫显得有些寒酸。陈叔宝继位后，便造了临春阁、结绮阁和望仙阁这三座奢华的高楼。这些楼阁高数十丈，各有几十个房间，里面摆设的家具，悬挂的帐幕都是镶珠嵌翠，流光溢彩，更有甚者，楼阁所用的木料都是檀香木，风一吹，整个楼散发出的香味能飘到几里外。在这三座楼阁下面，是一个美轮美奂的园林，处处假山流水，遍地奇花异树。陈叔宝就住在临春阁，张贵妃住在结绮阁，其他得宠的妃子住在望仙阁，楼阁之间有空中廊道相连，互相可以来往。陈叔宝整天就是和一群嫔妃宫女们在这三个楼之间跑来跑去，他们吟诗作赋，主题很无聊，基本都是夸赞张贵妃和另一个宠妃孔贵嫔的美貌。陈叔宝命人把其中上好的诗词拿去谱曲演唱，乐此不疲。其中有一首乐府诗很有名，用的曲牌是《玉树后庭花》，也就是杜牧这首《泊秦淮》诗中所说的《后庭花》。

陈叔宝如此游戏人生，当然就不可能好好治理国家。他对批阅奏折、与大臣议事这种皇帝必须做的工作丝毫没有兴趣。实在推脱不掉，他就把张贵妃带去，让张贵妃坐在他的腿上一起听大臣们的奏报，还让张贵妃来做决策。张贵妃智商很高，大臣们说的事情，有时候负责记录的宦官记不下来，她都能记住，说得头头是道，陈叔宝对此很钦佩，就更加倚重她了。然而，张贵妃并不是一个秉公办事的人，谁给她好处，她就在陈叔宝面前说谁的好话，谁不愿屈从她，她就向陈叔宝进谁的谗言，陈叔宝又对她言听计从，加上宦官和朝臣相互勾结、沆瀣一气，这样一来，整个朝政被一群奸佞之徒玩弄于股掌之上，变得混乱不堪。

就在陈叔宝沉湎于花天酒地时，原先的北周大司马杨坚已经在长江以北建立了新的皇朝——隋朝。杨坚就是隋文帝。隋开皇七年，隋文帝征服了北方最后一个割据政权西梁，他统一天下的障碍只剩下陈朝了。开皇八年，隋朝出兵江南，很快就打到了陈朝都城建康。隋兵攻进皇宫时，陈叔宝吓得要躲进一口井里，他身边仅剩的几个大臣苦苦劝他不要做这么丢人的事，甚至用身体挡住井口不让他下去，他还是执意带着张贵妃下井了。到了半夜，隋军终于找到了他，把他和张贵妃拉出来。领兵是隋文帝的儿子晋王杨广，还有宰相高颎。高颎早就听说张贵妃的种种劣迹，担心她被送到隋文帝身边，又生祸害，便不顾杨广的阻拦，杀死了张贵妃。他们将陈叔宝和被俘的陈朝大臣押解到了长安。后来，陈叔宝又被转往洛阳，软禁至隋朝仁寿四年，在洛阳去世。他被隋朝封为长城县公，史称陈后主。

故事中的小智慧

陈后主是中国历史上最有名的几个昏君之一。他早先还是太子时，表现得很有德行，即位之初，治理国家也有模有样，大家都对他寄予厚望，认为他会是一个明君。但不知道从什么时候开始，陈后主就偏离了正常皇帝的轨道，朝着亡国之君的方向奔去。

写陈朝历史的《陈书》对陈后主有一段中肯的评价，说他自幼生长在宫里，受到悉心呵护照料，对民间疾苦一点都不了解，又抑制不了自己享乐的欲望，不以节俭为荣，不以奢靡为耻；他的周围，聚拢着那些一味投其所好的小人，真正能够帮助他的忠臣，都被他疏远了。没有人对他说真话，他自己也不主动去体察真实的社会状况，反而闭着眼睛胡乱作为，到了亡国的时刻，他还执迷不悟，躲在井里企图苟活。所以说，这个人尽管出身高贵，却是个品质低劣的“下等人”。

人生来平等，没有高低之分，呱呱坠地后，人生都在同一起点上，但有的人一生努力，勤奋地学习、工作，自然能够把自己提升上去，而有的人不思进取，贪图逸乐，自甘沉沦，久而久之，就把自己变成了“人下之人”。这种“下”并不是社会地位的低下，而是精神、灵魂、自我价值的低下。

寒食

唐 韩翃

春城无处不飞花，
寒食东风御柳斜。
日暮汉宫传蜡烛，
轻烟散入五侯家。

解读

这首诗是唐代诗人韩翃（hóng）的作品，这首诗的特点，在于描写寒食节的时令和节俗时，用语微妙，不落俗套，意味深长。

这首诗的第三四句描述的是一种唐代的寒食节俗，而且不是普通的节俗，是宫廷贵族的节俗，即在寒食日这天傍晚的时候，皇帝会向自己宠信的大臣贵戚赏赐烛火。这种烛火，也非普通的火。最初，古人的火种都是用钻木取火的方式得到的。寒食到清明期间，时值春天，按照上古

的礼仪，人们要钻榆木和柳木获取新的火种，这叫榆柳之火，也叫清明火。皇帝赏赐的就是清明火。这里说“汉宫”，实际上就是指唐宫，在唐诗中，唐人经常借汉朝指唐朝，这叫“借代”。

“赐火”是皇帝表达恩宠的方式。有的诗评家评论说，这首诗的语言没有什么雕琢痕迹，随意中透露出一种“富贵娴雅”的感觉，也就是说，诗人对这种宫廷做派持欣赏、羡慕的态度，认为这体现了雍容华贵的贵族仪范。但也有的诗评家认为，这首诗含有讽刺皇帝偏私宠臣和外戚的意味。因为日暮时分，寒食节日并没有完全结束，平民百姓还在禁火，而皇宫和皇帝的近宠就已经可以用火了，这是明显的不公平。在这点细枝末节上，权贵们都不愿意与百姓平等，就更不用说那些利益攸关的事了。

无论韩翃本人是否有批判的意思，他都没有明确地写出来，没有直接的褒贬。他只是非常客观地描写了一个有长安特色的节日场景而已。对读者来说，结合自己的思考，当然是可以有各种理解的，只要不是牵强附会，能够讲出充分的理由就行。

故事

寒食是我国古代的一个非常重要的传统节日。这个节日的时间在冬至后的一百零五天，所以也叫“百五节”。寒食节的主要节俗是祭扫、禁止生火起烟、吃生冷食物。由于它的节期和清明节很接近，而清明节也是个盛大的节日，节日内容极为丰富，并且包括了寒食的祭扫习俗，所以清明便逐渐吞并了寒食节。现在我国绝大多数地区是不过寒食节的。

寒食节里祭扫这个节俗，大家都能理解，但为什么要禁火吃冷食呢？这里面有一个古老的故事，发生在春秋时期。

春秋时期的晋国，曾去攻打一个叫骊戎的小国。骊戎战败了，为了求和，他们向晋国国君晋献公献上了两姐妹。

两姐妹中的姐姐骊姬特别受晋献公的宠爱，她生的儿子名叫奚齐。奚齐出生时，晋献公的其他儿子早已成年，长子申生也被立为太子很久了。骊姬想让奚齐当太子，她勾结佞臣梁五等人，不断向晋献公进谗言，诋毁太子申生。晋献公受到他们的蛊惑，把申生派往荒僻的曲沃驻守，把其他儿子也都派到边疆去了。

申生知道自己处境危险，但不敢反抗父亲。有一年，申生在曲沃祭祀死去的母亲，然后按照习俗把当作祭品的肉拿回来给晋献公吃。骊姬偷偷在肉里下了毒，等晋献公准备吃的时候，她假装关心晋献公，让人把肉先给狗吃，试探有没有毒，结果把狗毒死了。骊姬立刻大哭着说："太子之所以这样做，就是因为担心您废掉他，立奚齐做太子，既然他这么恨我和奚齐，那我们母子不如早点自杀，免得将来被他欺负！"晋献公气得立刻下令追杀申生。申生听到这个消息，想到自己背负"弑父"的罪名，无法辩白，无处可去，便自杀了。

申生死后，骊姬把毒手伸向晋献公的另外两个深受国人敬重的儿子——公子重耳和公子夷吾。重耳和夷吾不像申生那么愚孝，他们一感知到危险，立刻就分头逃离了晋国。

自此，重耳带着自己的一群亲信在各国流亡。因为重

耳是个被赶出来的落魄公子，各诸侯国对他的态度并不好，有的勉强还算客气，有的就十分冷漠。后来，晋献公去世，晋国大臣里克杀掉了骊姬和奚齐，把公子夷吾接回国继位成了新的国君，仍漂泊在外、不敢回国的重耳处境更艰难了，有时候连一顿饱饭都吃不上。

在随从重耳流亡的人里，有一个叫介子推的，性格低调，与世无争，重耳不算特别重视他。重耳来到卫国时，卫国国君对他极其无礼，不予接待。而他们的干粮和路费又被一个叛逃的家臣偷走了。不得已，重耳让手下人去向路边的农夫要点吃的，农夫随手给了他们一块泥土。面对这样的侮辱，重耳非常生气，他的亲信赵衰说："泥土，象征着拥有土地，这是对您的祝福，您应该跪拜接受。"重耳便真的行跪拜大礼，接过泥土装在自己的车里。

虽然重耳用宽容大度的方式解决了卫人的挑衅，但肚子饿却没那么容易解决。见重耳饿得有气无力，介子推躲到一边，从自己的大腿上割了一块肉，忍着剧痛炖了一锅肉汤送到重耳面前。重耳把肉汤吃得精光，才想起来问是什么肉，介子推支支吾吾，不想回答，重耳看到他腿上的血迹，顿时醒悟过来——他吃的是介子推的肉。重耳很感动，许诺将来归国一定厚赏重谢，介子推听了却淡然一笑。

夷吾死后，他的儿子圉（yǔ）继位，晋国人对圉不满，盼望重耳回来。于是在秦国的支持下，流亡十九年的重耳终于重返晋国。经过一番争战，他杀死了圉，成了国君。他就是春秋五霸之一的晋文公。

晋文公即位后，立即封赏功臣，可是因为那些跟随他流亡的亲信们争功不休，而很多根本没有跟着流亡的人也摆出各种理由要求赏赐，晋文公应接不暇，把介子推给忘了。介子推也不去讨赏，带着自己的老母亲隐居了起来，从此再也没有人见过他。

这样过了许多年。有一天，晋文公夜里批阅公文，肚子饿了，宫中的厨子给他做了一碗肉汤，他喝了几口，突然说："我曾喝过一碗滋味很特别的肉汤，那是介子推用自己的肉做的。"他终于想起了被自己遗忘了很久的介子推，马上命人去寻找，得知介子推就住在绵山的深山老林中，不知所踪。

晋文公下令一定要找到介子推，有人给他出了个主意：放火烧山，把介子推逼出来。晋文公果然在绵山放了一把火，大火烧了几天几夜，飞鸟走兽络绎不绝地逃散而出，可就是看不见介子推的身影。山火熄灭后，晋文公派人搜山，在山中一棵大柳树的下面，找到了两具烧焦的尸体，一个男子一个老妇，正是介子推母子。晋文公追悔莫及。

他杀了出烧山这个馊主意的人，安葬了介子推母子，并用那棵大柳树的焦木做成了一双鞋，经常穿在脚上，表示对介子推的怀念。

传说，晋文公还定下规矩，每逢介子推死难之日，整个晋国不准生火。不生火就做不了饭，所以这一天大家都只能吃生冷之物，这个纪念日便演变成了寒食节，连带着禁火吃冷食的习俗一起流传了下来。

故事中的小智慧

寒食节是因晋文公烧死介子推而来这个传说流传很广，但根据我国第一部纪传体史书《史记》关于晋文公的传记记载，介子推并没有被烧死，只是隐居绵山之后就再也找不到了。有人为他鸣不平，指责晋文公忘恩负义，论功行赏却忘记了这个大功臣，晋文公也觉得很内疚，于是把介子推隐居的绵山改名为介山。

《史记》的作者司马迁评论说，晋文公是世上少见的明主，已经是非常好的国君了，尚且无法做到尽善尽美，让贤良的介子推遭受了不公正的对待，那些骄横的国君会怎么对待大臣，就更不用提了。可见，一国之君管理臣下，要有智慧、讲道义，令人人各得其所，没有怨言，是多么困难的一件事啊。

子夜吴歌 · 秋歌

唐　李白

长安一片月，万户捣衣声。
秋风吹不尽，总是玉关情。
何日平胡虏，良人罢远征。

解读

这首诗是总题为《子夜吴歌》的组诗之一。这组诗又名《相和歌辞 · 子夜四时歌》，一共四首，分别是《春歌》《夏歌》《秋歌》和《冬歌》。这四首诗都是咏女子的，各有所咏，《春歌》咏的是采桑女罗敷忠于爱情、拒绝高官诱惑的故事，《夏歌》咏的是战国美女西施帮助越王打败吴国，功成身退的故事，《秋歌》咏的是长安的女子们在秋夜忙着捣衣，好为驻守边关的丈夫制作冬衣的情景，而《冬歌》咏的是一位妻子，她在寒冷深夜里赶制丈夫的棉衣，因为前往西北边塞的驿马第二天一早就要出发了。虽然四首诗合为一组，但前两首是咏史，后两首却着眼于现实，风格和主题

并不一致。

《子夜吴歌》的“吴歌”，顾名思义，就是吴地的民歌。吴，指的是今天的浙江、江苏南部和安徽一部分地区，这片区域，古代又叫勾吴，春秋战国时期分属吴国和越国，三国时期的吴国也是这里。吴文化自成一体，方言为吴语，吴歌就是用吴语和吴地音乐演唱的民歌。

子夜是传说中晋朝的一个善于唱歌的女子，她在夜里吟唱一种乐歌，旋律悲苦，令人心碎，人们甚至以为是鬼在唱歌。这种音乐后来就被叫作“子夜”，它属于南朝乐府音乐，歌辞格式为五言四句。《子夜四时歌》就是以吟

咏四季为主题的子夜歌。最初这些都是民间歌曲，后来很多文人开始模仿民歌创作。写过著名的《子夜四时歌》诗篇的，除了李白，还有南北朝时期的梁武帝萧衍，唐代诗人郭元振、陆龟蒙和崔道融等，当然，李白的诗流行最广。

这首《秋歌》中的第二句“万户捣衣声”，提到了“捣衣”，这是什么意思呢？

我们现在穿的衣服，棉布是主要面料之一，但棉花这种植物是宋代的时候才传进我国内地的，大规模的种植，要到明代了，在这之前，我们的古人是造不出棉布来的。他们要做衣服，只能用蚕丝或是苎麻、葛麻织布。蚕丝织物价格昂贵，不可能普及到民间，老百姓穿的都是麻布、葛布。麻和葛纤维粗硬，织出来的布扎人，不服帖，古人为了能尽量让麻葛布料穿着舒服一点，就发明了“捣衣”这道工序。把新布料或者是做好的新衣平铺在石砧上，用木棒频密地捶打，让布变得松软平整，这就是捣衣。

捣衣这种工作都是女子做的，是家务活的一种，所以在讲述女性主题的诗词歌赋中经常被提到。这首诗中之所以说“长安一片月，万户捣衣声”，是因为古人“九月授衣”，就是说，农历九月就要备好冬天的棉衣了。那么八月至半，中秋明月照彻长安时，家家户户的妇女们忙着料理冬衣布料，便十分符合生活。捣衣是机械劳动，耗费时间长，累人，又不费脑子，捣衣的人自然就会走神，想念起正在征战、归期无望的丈夫，进而生出伤感，想到“何日平胡虏，良人罢远征”，顺理成章。

故事

捣衣这种古代纺织工艺，方法就是把要捣的织物放置在一块平滑的石砧上，捣衣者手持木杵，像舂米一样直上直下地舂捣，最初是站着捣，捣衣杵很长，手握在中间，后来，为了让人坐着捣，节省体力，捣衣杵被缩短了，手握的部位为顶端。

除了普通的葛麻之外，丝织品也是需要捣的。刚从蚕茧剥离出来的蚕丝叫作生丝，还带有丝胶，丝胶会把几根蚕丝粘成一根，所以生丝比较硬，要先煮熟，再反复舂捣，化去胶质，制成熟丝。直接用生丝做成的衣服，也要这样处理，穿着才服帖舒适。捣丝织品有个专门的名称，叫“捣练”，练就是丝织物的意思。《子夜吴歌·秋歌》里所说的“万户捣衣声”，其实就包括了捣麻和捣练。虽然明月当空时，长安全城女子都在捣衣，但贵族豪门捣的是昂贵的练，平民百姓捣的是粗硬的葛麻，万户一声，这声音里又包含着千差万别。

“捣衣”“捣练”是古人很喜欢的文艺题材。除了大量

的诗歌吟咏到它之外，还有很多画作，也把捣衣捣练的场景作为素材。其中最著名的画，就是唐代宫廷画家张萱的《捣练图》。

张萱是唐代开元天宝年间的长安人，擅长画一些贵气十足的工笔人物画，尤其画仕女图成就最高。他画的都是《贵公子夜游图》《宫中七夕乞巧图》《明皇纳凉图》《虢国夫人游春图》这种题材的作品，《捣练图》也是一样，画的是宫廷女子制作布匹衣物的图景，不光有捣练，还有整理丝束、缝纫和烧火熨烫等等活动的描绘，非常丰富。有人说，张萱画这幅画，依照的是唐代诗人王昌龄的组诗《长信秋词》。《长信秋词》描写的场景，与张萱的画非常相似。究竟是与不是，也很难定论了，因为张萱这个人，历史记载很模糊，而《捣练图》这幅画的原作，也早就消失不见了。

那为什么我们现在还能知道《捣练图》画了些什么呢？这和两个皇帝、一场战争有关系。

第一个皇帝是北宋的宋徽宗赵佶。赵佶是宋神宗的第十一个儿子。他的哥哥宋哲宗赵煦死的时候没有儿子继位，于是赵佶被选中做了新皇帝。赵佶是一位卓越的艺术家，书画俱佳，在整个中国古代艺术史上，都是有着一席之地的人，但他也是个比较糟糕的皇帝。宋徽宗统治的年代，就是古典名著《水浒传》描写的那个黑暗、腐朽、奸佞横行、

好汉们被逼上梁山的封建王朝。元朝的史学家脱脱在撰写《宋史》的时候，写到宋徽宗，忍不住把笔一扔，叹息道："宋徽宗干什么都很厉害，可他就是不会做皇帝！"

北宋宣和七年，宋金之间爆发了战争，金朝军队南下入侵北宋，两年后，北宋灭亡，金军将宋徽宗和他的儿子，临危继位的宋钦宗一并俘虏，连同赵姓宗室、嫔妃等几千人掠往北方。这些宋室贵族中的大部分，包括徽钦二帝，最后都死在北方，尸骨无归。

同时，金军还带走了从北宋皇宫搜获的大量珍贵字画文玩，其中便包括一幅临摹的《捣练图》。这是《捣练图》留存在世上的唯一痕迹。

这批字画文玩被运到了金朝的都城中都，也就是今天的北京，收藏在皇宫中。

时间推移到六十多年后，此时是金朝的第六个皇帝金章宗完颜璟在位。金章宗是金朝皇帝中最熟悉和了解汉文化的。他的诗词十分儒雅，还写得一手好字，而且他的书法，学的就是宋徽宗赵佶自创的"瘦金体"。据说，金章宗模仿宋徽宗的笔迹，可以达到以假乱真的程度。

北宋临摹的《捣练图》在金朝皇宫内收藏时，金章宗经常观赏，他还在这幅图上写了"天水摹张萱捣练图"几个字，用的就是瘦金体。天水是宋朝皇族赵氏的郡望，也

就是他们这个家族兴盛繁衍的地方，所以天水就指代了宋徽宗。这幅画上原本就有“宋徽宗摹张萱捣练图真迹”这几个字，再加上金章宗写的字，可以确定，这幅画是宋徽宗时期临摹的，至于是宋徽宗本人临摹，还是当时宫廷画院里的画师奉旨临摹，就没有办法知道了。

金章宗的统治一度颇为清明，但后来他犯了和唐代风流天子唐玄宗一样的毛病——纵容外戚祸乱朝政。他极度宠爱一个叫李师儿的妃子，这倒不是因为这个妃子有多么美貌，而是因为这妃子聪明好学，言语伶俐，还略懂一些诗词，与金章宗很投缘。尽管李师儿出身卑微，以至于大臣们始终坚决不同意金章宗立她做皇后，但金章宗除了没有给她皇后之位，其他的荣华富贵，有求必应。李家的亲戚们仗势专权，朝政逐渐腐败下去。金章宗死后，不过十年，金朝就灭亡了。

《捣练图》的摹本此后踪迹不明，但直到清朝末年，它还在中国收藏家手中。1912 年 5 月，美国波士顿美术博物馆雇用了一个日本人，来到中国收购古代书画，《捣练图》摹本就这样被买走，于同年 8 月收入波士顿美术博物馆。至今，它仍在那里。

故事中的小智慧

《捣练图》与宋徽宗、金章宗两个皇帝结缘，并不是偶然的，曾有人品评历史上最文艺的皇帝，一共列出五位，分别是唐玄宗、后唐庄宗、南唐后主，还有就是宋徽宗和金章宗。

唐玄宗李隆基非常喜爱音乐，有很高的艺术造诣，后唐庄宗李存勖（xù）是唐朝灭亡后的五代十国时期一位君主，他也是酷爱音乐歌舞，晚年时几乎不理朝政，整天和宫廷艺人们厮混在一起，南唐后主李煜也是五代十国的一位君主，音乐水平高超，他的词是古典文人词的巅峰，无人逾越。宋徽宗能写能画，技艺超 群，金章宗诗文典雅，不亚于文士。

这五位帝王在文艺界脱颖而出，作为皇帝却晚节不保，甚至结局凄凉。这是因为他们没有把握好爱好与责任之间的尺度。这五位帝王犯下的巨大错误，都和他们的艺术癖好有很密切的关系。假如他们能把满足爱好与执掌国事政事严格地区分开，不混淆在一起，也许很多历史就会被改写呢。

苏武庙

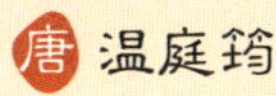
唐 温庭筠

苏武魂销汉使前，古祠高树两茫然。
云边雁断胡天月，陇上羊归塞草烟。
回日楼台非甲帐，去时冠剑是丁年。
茂陵不见封侯印，空向秋波哭逝川。

解读

这是一首吟咏汉代著名的使臣苏武的诗。这首诗的特点，在于三四两句和五六两句所具备的工整巧妙的对偶。如“云边雁”对“陇上羊”，“断”对“归”，“胡天月”对“塞草烟”，“回日”对“去时”，“楼台”对“冠剑”，“非”对“是”，“甲”对“丁”，这几组对偶都是工对。所谓工对，就是在古典诗词中，以完全同类的词语形成的严整的对仗，词性、词义以及词组的结构都要高度一致，才有资格被称为“工对”。

我们现在很少有机会写古典诗词了，但依然会遇到有一种情况比较常用到“工对”，那就是写对联。对联里最常见的是春联，过春节就要写春联，想把春联写好，就得掌握写出“工对”的技巧。

故事

西汉时，汉朝与北方的匈奴经常互派使者，双方关系好的时候，使者的安全都有保障，关系不好的时候，使者就会遭到扣留。到汉武帝统治下的天汉元年之前，匈奴已经扣留了十多个汉朝使臣。天汉元年，匈奴换了一个新的君主，称且鞮侯单于。这位新单于有意与汉朝缓和关系，释放了所有汉朝使臣。汉武帝对此很高兴，就把汉朝扣押的匈奴使者也释放了，并派中郎将苏武带队，把这些匈奴使者护送回去。

就在苏武等人圆满地完成了护送任务，正要回国的时候，遇到了麻烦——匈奴内部发生了谋反事件，苏武的手下、副中郎将张胜被卷了进去，以至于整个汉朝使臣的团队都受了牵连，被拘押了起来。单于想把苏武留在匈奴为自己效力，就让亲信卫律去劝说苏武投降。

卫律原本也是汉朝官吏，后来叛逃到匈奴，从此成了单于的座上客。苏武见他到来，知道单于要自己投降，便拔刀自杀，幸好抢救了过来。卫律看苏武这样，明白要招降他不太容易，也不敢逼得太紧，只好让他先养伤再说。过了一段时间，苏武的伤好了，卫律又把他找了去，当着他的面杀了张胜，又拿着剑在他脖子上比画来比画去。苏武不为所动，一点也不害怕。卫律看硬的不行，便转换了策略，和和气气地说道："苏君，你看我，离开大汉来到匈奴，封王封侯不说，单于还给我几万部众，满山满谷的牛羊，如果你今天投降了，明天就可以像我一样尽情享受荣华富贵，可你如果不投降，就得白白的葬身在这荒漠野草之中，你的贞节大义，又会有谁知道呢？你若是听我的劝，当机立断降了，将来我们就是兄弟，你若是不听我的，我这一走，你再想见我，就没那么容易了。”

苏武愤然叱骂道：“你一个背信弃义的叛臣逆子，我见你做什么？你可以去告诉单于，要是他杀了我，一切后果都要由匈奴来承担！”

卫律看出苏武不可能投降，便去禀报了单于。单于听说苏武如此坚定不移，反而更想迫使他屈服了，于是命人把他关在一个地窖里，不给他饭吃。苏武在地窖里啃羊毛毡子，吃积雪，硬挺着没有饿死渴死。匈奴人以为他有神灵庇佑，不敢再虐待他，将他送到了遥远的北海（今天的贝加尔湖）让他在那里放牧一群公羊，并对他说，什么时候这些公羊生了小羊羔，他就可以回家。

苏武在北海边生活了十多年，靠着放羊打鱼，自给自足。他每天牧羊时都要握着他作为汉朝使臣的信物——一根悬挂牦牛尾的竹制节杖。年深日久，这支节杖上的牦牛尾都磨得光秃秃的了。

有一天，多年前就在战场上投降了匈奴的汉朝将军李陵来到北海边探望苏武。李陵是苏武的故交旧友，匈奴也

曾让他去劝降苏武。当时，李陵想了个办法，摆了一桌酒席，与苏武对饮，可他刚开口提到一个降字，苏武便对他说:“你逼我投降,我就死在你面前。”李陵面对忠诚的苏武，羞愧难当，也就不再劝他了。后来，他还让妻子给苏武送去了几十头牛羊维持生计。

李陵这次来，是为了告诉苏武，汉朝边境郡县的官员和百姓穿上了白色的孝服，这表明汉武帝已经驾崩了。苏武听了这个消息，向南跪拜，痛哭不止。

汉武帝死后，他的儿子刘弗陵继位，这就是汉昭帝。十几年来，汉朝并没有放弃寻找苏武和他的部下，但匈奴一直谎称苏武等人已经死了。汉昭帝派出的使臣到匈奴暗中调查，发现了苏武等人的下落。使臣就去见匈奴单于，编了个故事说道:“我们的皇上在上林苑打猎时，射中一只大雁，雁足上系着帛书，写明‘苏武在某个大湖边’。”匈奴单于信以为真，大惊失色，只得对使臣实话实说:“苏武的确还在人世!”至此，匈奴才释放了苏武和他手下还活着并愿意返回汉朝的九个使臣。

汉昭帝始元六年的春天，苏武终于带领他的使团回到久别的长安。这些使臣们羁留匈奴十九年，去的时候，他们还都是青壮年，归来时，有人已是满头白发、衰病缠身的老翁，有人从青涩少年变成堪当重任的中年人。

苏武归汉后，被委以重任，一直担任着典属国的官职，管理外交事务。他去世于汉宣帝神爵二年，享年八十余岁。汉宣帝让人绘制了十一位功勋卓著的大臣的画像，放置在皇宫里一个叫麒麟阁的地方，史称“麒麟阁十一功臣”，这十一功臣中就有苏武。苏武牧羊的故事，也在民间长久地流传，歌颂他无惧艰险、矢志报国的高贵节操。

故事中的小智慧

苏武是历史上坚贞爱国的典范人物，他在北海牧羊的故事，通过诗歌、戏曲等等形式，传唱至今。

历史记载，苏武在匈奴遇到了两个汉朝的降将，一个是卫律，一个是李陵。但苏武对他们两人的态度却截然不同。对卫律，他十分鄙视，连见都不想见，对李陵，他却并不严厉，甚至还可以与之对饮谈天。这是为什么呢？

原来，李陵投降的原因，既不是贪生怕死，也不是贪慕富贵。

当年李陵仅带领五千人远征，经历了几番血战，兵尽粮绝，又没有援军，故而被俘，他想先诈降再想办法逃回去，可是汉武帝听信了谣言，以为李陵帮匈奴练兵对付汉军，便将他的全家包括老母亲都杀掉了。不但如此，连替李陵说情的太史令司马迁，汉武帝也没放过，对他施用了残忍的腐刑。李陵得知自己家破人亡，痛不欲生，知道自己彻底回不去了，于是假投降就变成了真投降。后来，汉昭帝继位，丞相霍光派人去劝李陵归汉，但是李陵终究还是没有下这个决心，最终死在了匈奴。苏武回汉朝之前，李陵去与他告别，唱了一首悲伤的歌，这是他唯一留存于世的诗歌。其实李陵始终很悔恨，但是他却没有勇气回头。

苏武虽然绝对不认同李陵的投降，但从未斥责过他，这表现了苏武人格中的善良和宽容。历来人们对于李陵失节的总体评价，也是批判与惋惜兼而有之。南宋词人辛弃疾有一首词《贺新郎·别茂嘉十二弟》，其中便用了李陵的典故："将军百战声名裂，向河梁，回头万里，故人长绝。"其中的叹惋之情，十分浓郁。

西施

唐 罗隐

家国兴亡自有时，
吴人何苦怨西施。
西施若解倾吴国，
越国亡来又是谁。

解读

这首诗是唐代诗人罗隐的咏吴越争霸史的七言绝句。这首诗的特点之一，是诗人使用了在唐诗中比较少见的俗语，即“越国亡来又是谁”这一句，“亡来”就是俗语，也就是口头语。诗在古代是正统文学，以俗语入诗，是一种别出心裁的创新之举，一般诗人最多浅尝辄止，像罗隐这样常用的，十分罕见。

另一个特点，就是诗中体现出的作者的历史观。“红颜祸水”“美色亡国”这样的观念，在古人心目中相当牢固，

夏朝的妹喜、商朝的妲己、周朝的褒姒，是最著名的“祸国殃民”的美人。春秋时期的西施，虽然并非反面角色，但她是为了复兴自己的祖国越国而故意去腐蚀吴王夫差这样的说法，从古至今，深入人心。罗隐就非常反对这种说法。在这首诗里，他就说道：国家兴亡，自然有客观的规律可循，有强大的时候，也必然有衰落的时候，这怎么能归结到一个偶然出现的女人身上呢？

应该说，罗隐的这种想法，在他那个时代，是超越了一般人的。在另外一首咏吴国历史的诗《姑苏台》中，他也从另一个方面表达了类似的思想：吴王夫差虽然因为宠爱西施而大兴土木修建奢华的宫殿，但这是夫差自己忘记了先祖正确的治国之道，他犯的错误应该由他自己去承担，和西施一点关系也没有。

故事

春秋末年，在长江南岸有两个诸侯国，一个叫吴国，一个叫越国。吴越两国都是这个地区的强国，为了争夺霸主地位，常年争战不休，互有胜负。周景王二十四年，吴王阖闾率军攻打越国，被越国打得大败，阖闾也战死了。阖闾的儿子夫差继承了王位。夫差为了牢记越国的杀父之仇，让人站在宫门两边，每天他进出时，站在门边的人都要问他："夫差，你忘记勾践杀你父亲的仇了吗？"夫差便回应一声："不敢！"

三年后，越王勾践听说夫差一直在练兵，准备报仇，心里害怕，干脆抢先起兵进攻吴国，准备来个先下手为强。吴王夫差调动了全部精兵，在两国交界的夫椒这个地方大败越军，并一路追击，打到越国的国都会稽，把越王勾践和剩下的五千越军围困在会稽山。勾践无奈，只得请求投降。吴国丞相伍子胥劝夫差趁此机会把越国灭掉，免留后患。但勾践的臣子文种贿赂了吴国太宰伯嚭，伯嚭在夫差面前为勾践百般求情，越国又向夫差献上了各种财宝，讨得夫差的欢心，再加上夫差急于抽出兵力去中原争霸，他便以将勾践留在吴国当人质为条件，答应不灭掉越国。

勾践带着自己的王后，还有大臣文种和范蠡，来到吴国为吴王夫差做奴隶，一做就是三年。三年里，他们穿着粗布短衣，砍柴喂马，打扫棚圈，毫无怨言，休息时便坐在马粪堆上，君臣、夫妇之间的各种礼仪一丝不苟。夫差有时候远远地看着，见他们身处这样的逆境还能保持贵族风度，心里颇为感动，再加上伯嚭总在一旁鼓动他放过勾践，夫差便决定赦免勾践等人，让他们回去。伍子胥知道后，极力劝阻，但夫差没有听他的。

勾践回到越国，百姓都赶来迎接他，哭着在路边跪拜。

勾践也流着泪说："我因为失去了德行，做了对不起百姓的事，百姓还这样宽容我，我该如何回报啊！"于是他撤掉了宫里华丽舒适的寝具，晚上躺在干草上睡觉，把一块猪苦胆悬挂在门户上，每天出入时舔一舔，提醒自己不可忘记兵败为奴的痛苦经历，要励精图治，强国强兵。

为了麻痹夫差，勾践还不断地把越国出产的好东西送往吴国。他特地从苎罗山找来了两个绝色女子，一个叫西施，一个叫郑旦，献给了夫差。夫差是个好色的人，见到美女，心花怒放，认定勾践是真心诚意地臣服于自己，对他也就放松了警惕。

勾践返国的十年后，越国的国力大为增强，而吴王夫差则穷兵黩武，不断与中原各国打仗，争夺霸主地位，国力损耗严重。吴国内部也不团结，夫差越来越刚愎自用，老臣伍子胥因为直言进谏，触怒了他，已经被他逼死。人们都说，伍子胥的死，让吴国显现了亡国之兆。勾践感到时机已到，便召集群臣，宣布起兵伐吴。

这一次的吴越战争持续了十多年，最终，越国获胜，越军将吴王夫差围困在国都的姑胥山。夫差派使者来请降，称吴王愿意给越王当奴隶，只求越国不要灭了吴国。勾践有些不忍心，范蠡却在一旁说："大王，您忘了当年会稽山的事了吗？"勾践猛然醒悟，正是当初夫差打进越国国都，

把自己围困在会稽山时，没有灭掉越国，给了他喘息的机会，这才有了今天吴国的惨败。于是勾践拒绝了吴国投降的要求，但他答应不杀夫差，只是把夫差放逐到一个偏僻的海中小岛。夫差不愿作为一个亡国之君苟且偷生，绝望自尽。吴国就此灭亡了。

灭了吴国之后，越国成了江淮以南唯一的霸主，勾践自称霸王，范蠡劝他说："您只是一个诸侯，不宜称王，容易招惹祸殃。"可是勾践不听。范蠡又发现，勾践对辅助他打败吴国的这些功臣，渐渐地产生了猜疑。范蠡知道，勾践不是一个能与别人分享功绩的人，决定辞官隐退，离开越国。他对文种说："越王迟早要杀了你的，你跟我一起走吧。"但文种迟迟下不了决心。

范蠡走后，文种也感觉到了勾践对自己的杀意，便假装生病，不去上朝。勾践派人给他送去了一把剑，并捎话给他说："我灭吴国，用的都是你的计策，你还有什么好计谋，去我的父王那里施展吧。"勾践的父王允常已经死了二十多年，文种自然明白勾践的意思，就自杀了。

故事中的小智慧

西施是我国民间传说中的著名美女，关于她有许多故事，流传很广。其实在真正的关于吴越战争的历史记载中，西施并不是一个很重要的角色，她只是越王勾践赠送给吴王夫差的“礼物”,代表了越国的失败和耻辱。吴国灭亡后，西施的命运如何，并没有确定的说法。

民间传说对西施这个人有很多演绎，最为人所熟知的就是，她是被派遣到吴国去的，为的就是迷惑吴王夫差，把夫差变成一个无道昏君、暴君，最好让他众叛亲离。最后,西施完成了自己的使命,促成了吴国的灭亡。而实际上，虽然勾践向夫差赠送美女西施和郑旦，的确有这样的目的，但夫差在得到西施之后，并没有沉迷于酒色，也没有荒废国政，更谈不上变得荒淫残暴。

吴国灭亡的真正原因，并非夫差犯了什么致命错误，而是勾践改正了他自己的错误。过去的勾践贪图享受，急功近利，但惨败一次以后，勾践吸取了教训。他放弃一切享乐，全身心扑在治理国家、富国强兵上，所以越国的国力很快得到恢复，并发展到足以与吴国竞争的水平。再经过漫长的战争，勾践的实力和耐心使他终于战胜了老对手夫差，获得了胜利。就像罗隐说的，国家兴衰自有其时运，一个无权无势的普通女子是左右不了的，如果吴国灭亡要归罪于西施的话，那么几百年后越国的灭亡，又要归罪于谁呢？

嫦娥

唐　李商隐

云母屏风烛影深，
长河渐落晓星沉。
嫦娥应悔偷灵药，
碧海青天夜夜心。

解读

这首诗吟咏的是神话故事“嫦娥奔月”的女主角嫦娥。在唐代诗人中，李商隐以写诗的意旨较为隐晦为特点。他写的很多诗，诗意优美，而且也能看得出是抒情诗，但他究竟为什么人而写，抒的是什么样的感情，无法确定。这首《嫦娥》就是如此。

诗本身并不难以理解。第一二句描述了嫦娥所处的环境，她住在月中的宫殿里，房间内摆设有华贵的云母屏风，在接近凌晨的夤（yín）夜，从月亮上能看到银河逐渐下落

不见，拂晓的星辰也慢慢地沉没，天就要亮了，这时嫦娥仍然醒着，可见她一夜无眠。第三四句就是在解释她为何一夜无眠。诗人说，她应该还在后悔当年偷吃了长生不老药，飞升到月中，从此孤独面对着清旷无边的天空海面，日复一日，年复一年，每个夜晚都忍受着心灵的煎熬。

唐代是道教繁荣、人人羡慕神仙的时代，嫦娥是仙人，理应被认为过得逍遥快乐。唐玄宗李隆基曾创作过一支著名的乐舞《霓裳羽衣曲》，传说就是他梦中游历月宫仙境，心向往之，因而产生了灵感。但李商隐却独辟蹊径，另有

观点，他将嫦娥描写成了一个有着普通人情感，为悲欢离合而动容的女子。

正是因为他写的不像仙女而像凡人，所以很多人认为，实际上李商隐写的就是某个人。这个人可能是李商隐自己，他表达的是对人生错误选择的悔恨，也可能是他的妻子，他想象妻子并不是死去，而是做了神仙，也就是说，这是一首悼亡诗。诗中人还有可能是他思念的某个不能相见的人，又或许，他是在含蓄地批判唐代盛行的女子出家做道士的风气。众说纷纭，都只是各家之言而已。

故事

传说在很久很久以前，天上生活着日月星辰，还有力量强大的神灵，而大地上则生活着凡人，还有许多妖魔猛兽。这些妖魔猛兽经常残害凡人的生命，为了保护凡人，天帝帝俊派自己手下的一位名叫羿的天神去人间除妖除魔，射杀怪兽。帝俊还赐给羿一把红色的神弓，一袋镶着白色羽毛的箭，这弓和箭都是有神力的，连神灵都可以射杀。

羿接受了天帝的旨意，带着自己的妻子嫦娥从天而降，来到了人间。不久，就有人上天去告羿的状了。这个人是河伯，也就是河水之神。他捂着一只眼，怒气冲冲跑到帝俊面前说：“我化身为一条白龙，好端端地在河里游着，那个羿莫名其妙就射了我一箭，射中了我的一只眼睛！”

帝俊看了看河伯，慢条斯理地问道：“他为什么要射你呢？”河伯说道：“我怎么知道！”正说着，又有一个人拖着自己的一条腿叫苦不迭地走了进来，帝俊一看，原来是风伯，也就是风神。他掌管一年四季吹向人间的风。风伯那条伤腿血迹斑斑，膝盖上还插着一支箭，正是帝俊赐给羿的那种白羽箭。

风伯一看见帝俊就哭了起来，边哭边说：“天帝呀，我正在人间好好地布着风，那个羿突然就出现了，二话不说朝我射了一箭，把我的膝盖都射穿了，你看看！”他把插着箭的膝盖往前一伸，痛得龇牙咧嘴。

河伯见风伯跟自己一样，都被羿射伤，更加来了精神，大声嚷嚷道：“天帝！你必须严惩羿，给我们一个交代！”风伯也说：“就是！连我们这些天神他都敢欺负，对那些凡人，他一定更残暴！不能轻饶！”

帝俊哼了一声，指着他们说道：“你们俩干了什么好事，以为我不知道吗？河伯你，让河川之水肆意泛滥，淹没了多少村庄，淹没了多少良田！风伯你呢，驾驭狂风吹倒了多少房屋，卷跑了多少庄稼！你们倚仗自己的力量，欺辱戏弄弱小的凡人，将他们辛苦劳作的成果轻易摧毁，羿为了制止你们好言相劝，你们不但不听还变本加厉，他这才将你们射伤！羿没有来揭发你们的罪行，你们却不知悔改，还要反咬一口诬陷他吗？”

河伯和风伯被帝俊训斥得哑口无言，只得悻悻离去。这件事后来传到人间，羿听说了，非常感激天帝对自己的信任，从此更加努力地履行天帝交给他的职责。嫦娥担心羿总是这样铁面无私，太得罪人，经常劝他别太较真。但羿坚定地相信，保护凡人的生命是天帝赋予他的使命，不能有一丝一毫的放松。

有一天，人间出现了怪事，天上突然同时出现了十个太阳，这十个太阳就像十个火球在天空中滚来滚去，还发出嘻嘻哈哈的笑声。本来，天上只有一个太阳时，人间温暖却不炎热，人们都觉得很舒适，但现在十日当空，烈焰般的光线无遮无拦地照射到地面，把人们的皮肤都灼伤了。大地变成焦土，河流干涸，草木枯萎，老人和孩子抵挡不了，纷纷倒下，壮年男女勉强还能支撑，跌跌撞撞地到处找水，可是所有的水都被烤干了，他们连一滴水都找不到。人们跪在地上，向天伸出双手，大声哀求太阳们赶紧离开，然而这些太阳好像什么都没听见，继续开心地玩着。

羿仰望天上的太阳，心情很复杂。他知道这十个太阳是谁——他们是帝俊的亲生儿子。平时，这些太阳住在东方的扶桑树上，每天出来一个，轮流值守天空，为人间播撒光和热，可今天，他们不知道为什么，突然全部来到天上，给凡人带去了恐慌和灾难。要用自己的神箭射下太阳很容易，可是，这毕竟是天帝之子啊。

羿犹豫再三，人间的惨状终于催动他下了决心。他拉弓放箭，不一会儿，九个太阳就被他射中，熄灭了。最后一个太阳吓得瑟瑟发抖，再也不敢乱跑，老老实实地按照原来的轨道，缓缓向西边滑去。

人间的酷热很快消散，一切都恢复了原状。人们对羿千恩万谢，但羿知道，自己闯下大祸了。

帝俊知道羿射死了自己的九个儿子，大发雷霆，甚至想杀了羿。但是，羿只是忠实地执行了他的命令，为民除害而已，根本没有犯错，杀他不能服众。帝俊想来想去，还是咽不下这口气，就剥夺了羿和嫦娥的神籍，把他们贬为凡人。

从高高在上的天神变成普通凡人，嫦娥伤心极了，整天以泪洗面。羿很内疚，他认为嫦娥是担心凡人寿命有限，怕老怕死，就悄悄去找西王母，讨来了两颗长生不死的丹药。羿想着他和嫦娥一人吃一颗，这样两人就能在人间永远一起生活下去。然而，嫦娥并不仅仅是想长生不老，她根本不愿意住在人间，想回到处处琼宫玉树、芬芳绮丽、洁净无尘的天上去。于是，她偷偷把两颗长生不死的药都

吞了，随即身体便轻飘飘地离开了地面，越飞越高。当羿发现时，嫦娥已经飞到了月亮上，成了月中的精灵。

几十年后，羿在人间死去，嫦娥则孤独寂寞地住在月亮里，过着亿万年恒久不变的生活。她如愿以偿地恢复了天神的身份，却永远失去了人生的幸福。

故事中的小智慧

嫦娥是中国上古神话中的一位重要的女神。“嫦娥奔月”和“女娲补天”“共工触山”“后羿射日”并列，被称为我国四大古代神话故事，大家都很熟悉。其实这位女神本来不叫嫦娥。在西汉之前，嫦娥的名字是“恒娥”，也叫“姮娥”。为什么嫦娥会改名呢？原来，西汉的第五位皇帝汉文帝的名字叫刘恒。我国古代有一种避讳制度，一个朝代的皇帝的名字所用的字，是不允许本朝的其他人取名时使用的，如果在皇帝登基之前已经叫了这个名字，那就要改，如果叫这个名字的人在皇帝登基之前就不在人世，后人也一样要避讳，把先人的名字改了。即使是虚构的神仙的名字，跟皇帝撞名，同样要改。改名一般是改成跟原名意思相似的字。恒娥的恒字，意思是永久不变，在古汉语中和常字是近义字，所以恒娥就变成了常娥，后来逐渐变化，成了嫦娥。

贾生

唐 李商隐

宣室求贤访逐臣，
贾生才调更无伦。
可怜夜半虚前席，
不问苍生问鬼神。

解读

这首诗是一首十分典型的借古讽今的咏史诗。贾生是西汉的一位著名的文人，名叫贾谊。他的人生经历用四个字就可以概括——“怀才不遇”。这四个字特别能引起历代文人墨客情感共鸣，所以，贾谊的故事，经常被当作诗词歌赋的题材来吟咏。李商隐这首《贾生》也是如此。

诗的第一二句简述了所叙述的事件发生的背景，就是汉文帝在汉宫宣室殿召见已经被赶出了朝廷的贾谊。在这里，诗人特别用了“求贤”一词，他使用这个词，并非随

意，而是有特定的目的。到了诗的后半部分，这个目的就显现出来了，那就是讽刺。求贤本来是一个褒义词，指皇帝访求有贤德的人来做辅臣，帮助自己更好地治理国家，但这首诗的第四句揭示出，汉文帝召见贾谊，虽然看似求贤，实际上却只是想要听贾谊讲那些跟黎民百姓的生活毫无关系的鬼神秘事。一个皇帝，不关心自己的子民，只关心虚无缥缈的神神鬼鬼，而这种可笑的行为，竟是以“求贤”为名进行，实在是荒唐。

“前席”是一个动词。汉代人直接铺席跪坐在地上，“前席”的意思就是跪坐时双膝向前挪动，生动地描写出了汉文帝急切地想从贾谊那里听到“真知灼见”时的神情姿态。“虚”即“毫无意义地、白白地”。第三四句是诗人发表的议论，但听起来并不像干巴巴的议论，倒像是抒情：可怜可恨啊！皇帝半夜里还在全神贯注听着贾生的谈论，不知不觉地向前跪行，如此谦逊地求教，却不是为了苍生的福祉，而是为了看不见摸不着的鬼神，这有什么意义呢？

虽然诗里说的是西汉的事，但李商隐诗意所指的并不是汉文帝，而是当时的唐朝皇帝。唐朝有好几个皇帝都是因为迷信神仙、吃道士炼的所谓“长生丹药”中毒而身亡。这种丹药以矿物为原料，一般都会含有汞、砷、铅之类的物质，这些都是有毒的，人吃了之后，毒物在体内积蓄到一定程度，就会导致死亡。头脑理性的人，即使不懂现代科学的原理，也知道人是不可能长生不死的，可是皇帝们却把大量金钱、资源消耗在“求仙炼丹”上，甚至搭上自己的性命。这正是李商隐所感叹的“不问苍生问鬼神”。

也有诗评家解读说，这首诗主要还是李商隐在自悲身世。汉文帝召见贾谊，虽然并不是真心求教如何治国，然而对于李商隐这样落魄的文人来说，连这种虚头巴脑的礼遇他们都不曾得到过，这就更让人伤心了。

故事

贾谊是西汉时期的洛阳人。这个人在政治和文学方面有极高的天赋，十八岁便以擅长诗文而闻名乡里。河南郡守吴公招他做了自己的门客，对他非常欣赏喜爱。后来，汉文帝听说吴公把河南郡管理得井井有条，还是秦朝宰相李斯的学生，就把吴公征召到朝廷里来做廷尉。吴公顺势推荐了贾谊，汉文帝给了贾谊一个博士的头衔。

汉朝的博士和现在不一样，不是学位，而是官职，主要负责为皇帝解释经籍文典和历史知识。这时候，贾谊才二十多岁，学识就十分渊博了。汉文帝每次召集博士们议事答疑，那些年长的博士回答不上来的问题，贾谊都能应对如流。从汉文帝到其他的博士，大家都觉得这个年轻人太有学问了。贾谊因此获得破格提拔，很快就当上了太中大夫。他提出的很多建议，都被汉文帝采纳，一时间，人人都知道朝中有个年轻人，才华横溢，前途大好。

然而,贾谊的风光,却招来了不少嫉妒的目光。有一次，汉文帝准备将贾谊提升为公卿，也就是朝中最高一级的官员。几个老资格的王公大臣不乐意了。他们不想和一个乳臭未干的小毛孩并列，便对汉文帝说:“这个洛阳来的小子，刚念了几天书，尾巴就翘上天了，朝廷里什么事他都要插一脚，心野得很！”

这些人在西汉朝廷里的资历，有的比汉文帝还要老，还有的是跟随汉高祖刘邦开国立业的功臣，汉文帝一方面不想得罪他们，另一方面，也确实受到了他们的影响，便就此疏远了贾谊，让他去做长沙王太傅。

长沙国是西汉的一个分封国，长沙王就是长沙国的国王。从给皇帝做辅臣，降级到给一个王侯做幕僚，贾谊心里很失落。在赴任的路上，走到湘江边时，他想起了遭谗言中伤，愤然投江自尽的楚国大夫屈原，很有感触，写下了一首著名的《吊屈原赋》,感叹“横江湖之鳣(zhān)鲸兮，固将制于蝼蚁”，意思是，生活在江河湖海中的巨鱼，却受到微不足道的小虫子的牵制，难以自由地游动。这句话充分地表现了贾谊年少气盛、恃才傲物的性格，也多少说明了为什么朝中会有那么多元老看他不顺眼。

贾谊这一走，汉文帝才感觉到，自己身边的人，学问水平没有能和贾谊相比的。他越来越想念与贾谊一起谈文论道的日子，终于在三年后，把贾谊召回了长安。汉文帝在未央宫中的宣室殿接见了贾谊。两人对坐着一问一答，你来我往，一直谈到半夜。汉文帝聚精会神地听着贾谊的讲解，不知不觉身子越来越往前，越来越靠近贾谊，显得非常谦逊。只是他们谈的主题，却并非什么国计民生的大事，而是一些玄之又玄的鬼神之事。

为什么汉文帝要跟贾谊讨论鬼神呢？原来，在这之前，朝廷刚刚举办了一场祭祀，祭祀用的肉被拿回来献给汉文帝，这是一种赐福的礼仪，在古代被称为“受釐（lí）”。汉文帝刚刚受釐，贾谊就来了，汉文帝心里正在琢磨着祭祀鬼神的事情，便和贾谊谈了起来，结果谈得太高兴，竟谈到了深夜。谈完的时候，汉文帝感叹道：“我好几年没见到贾生了，还以为我的学识已经超过了他，如今才知道，我还是不如他呀。”于是，汉文帝让贾谊给自己最小的儿子、梁怀王刘揖当了老师。

梁怀王年纪小，但很好学，汉文帝对他特别宠爱。能让贾谊去给他做老师，表示文帝又开始信任贾谊了。贾谊当然明白，立刻振奋精神，建言献策，给文帝出了不少治理国家的好点子。不幸的是，几年后梁怀王意外堕马丧命，贾谊痛心不已，认为自己没有尽到身为老师的看护教导之责，过了一年多就抑郁而死了，死时只有三十三岁。

故事中的小智慧

虽然汉文帝“宣室问鬼神”这个典故广为流传，让人误以为汉文帝对鬼神的兴趣超过了对国家大事的兴趣，但其实汉文帝对贾谊所提的治理国家的计策，一直都是很重视的。贾谊二十多岁的时候，汉文帝就因为赞赏他对政事的观点，而准备委以重任，只是因为受到太多阻挠才作罢。贾谊给汉文帝提的最重要的建议，就是让汉文帝逐渐削弱藩王势力，慢慢把权力收归中央朝廷。汉文帝对贾谊的这个想法非常认同，但是，削藩是一个不能着急的过程，否则很容易激起那些不愿意妥协的藩王的抵抗甚至反叛。所以，直到贾谊去世后，汉文帝才找到时机，开始按照他的计划，不断对各封国分化弱化。

也就是说，汉文帝对贾谊，是真正的“求贤”，贾谊对汉文帝的辅佐，也绝不只是向他解释什么是鬼神。李商隐不过是用了文学的手法，将宣室中的这场对谈戏剧化了，这首诗说的并不是历史事实。

江南春

唐 杜牧

千里莺啼绿映红，
水村山郭酒旗风。
南朝四百八十寺，
多少楼台烟雨中。

解读

这首诗以描绘江南春天的景色为主题，第一句中的“千里”二字，便给全诗定下了格局，如果我们把这首诗比喻成一张照片或是一段影片，那么，它的画面无疑是宽画幅、全景式的，有着比一般写景诗更宽广的视角。

此诗的另一特点是声画结合、动静结合。莺啼是声，绿映红是画，澹澹轻风吹拂下的酒旗是动，蒙蒙细雨笼罩下的寺院是静。这样的穿插描写，使读者对江南春景之美有了更丰富的感受。

诗中所提到的“南朝四百八十寺”，是虚数，而非实指，只是形容寺庙数量众多。南朝的宋齐梁陈四代，因统治者推崇佛教，故大兴土木，广建佛寺。这四个朝代都以建康为国都。建康在唐代被称为金陵，也就是今天的南京。所以这些佛寺也主要建在南京城中。不过，我们应该结合诗的开头所用的“千里”这个词来理解，这首诗是泛写整个江南的春天，而不是专写南京一地的春天。

这首诗的后两句是千古名句，但对它的解释，历来也有争议。一种看法认为，“南朝四百八十寺，多少楼台烟雨中”这两句，景美，文辞美，意境美，美得很纯粹，不带有任何批判色彩；另一种看法则认为，杜牧在这里讽刺了过度崇尚佛教的南朝君主们，他们建造了无数寺庙，却得不到佛祖保佑，家国早已消亡，化为历史的尘埃。

两种看法都有道理。那么，哪一种更有道理一些呢？杜牧曾写过一篇著名的散文《杭州新造南亭子记》，态度鲜明地反对统治者过度推崇佛教，并举了南朝最热衷于佛教的皇帝——梁武帝萧衍做例子，说明无度崇佛的危害。从这个事实来看，杜牧在写“南朝四百八十寺”的时候，所持的态度很可能是批判性的。也就是说，后一种说法更符合杜牧创作时的心态。

故事

南朝是宋齐梁陈四个朝代的合称，它们都定都在建康，统治范围在长江以南，所以就被叫作南朝了，与统治长江以北的北朝相对。

南朝总共一百多年，四个朝代都很短命，其中的梁朝，开国皇帝名叫萧衍。萧衍这个人，壮年的时候，还是很有才能的，头脑聪明，做事勤勉，对待百姓也还算宽厚，总的来说，是个不错的皇帝。所以他在位四十八年，地位稳固，是南朝所有君主中在位时间最长的，备受臣民的拥戴。

但是，萧衍到了晚年，因为家庭的变故，思想有了变化。他有个儿子叫萧综，生母吴氏曾是梁朝之前的齐朝的末代君主东昏侯萧宝卷的妃子。萧衍很疼爱萧综，萧综也很敬爱萧衍。但是吴氏失宠以后，怨恨萧衍，就挑拨萧综与萧衍的父子关系，告诉萧综他实际上是萧宝卷的遗腹子。萧综从此对萧衍日渐疏远，甚至背叛梁朝，跑到北魏去了。萧衍给萧综送去他小时候穿的衣服，希望他能回来，但萧综拒绝了，父子情义一刀两断。

这件事对萧衍的打击很大，他开始困惑，为什么人生要有这些痛苦呢？如何才能逃脱这些痛苦呢？他在儒家思想中无法得到解释，便去来自异国的佛教里寻找答案，从此越陷越深。

萧衍信佛本身并没有问题，但问题是，他是一国之君，所作所为都会影响到国家。萧衍的“修行”没有尺度分寸，他不但自己吃素，还要求全国百姓都跟着吃素，他把赋税都拿来修造寺院，供养僧尼。一时间，都城建康出现了五百多座寺院，十万和尚尼姑，百姓负担却越来越沉重。他还总想着出家，不断地逃出皇宫去寺院要剃度做和尚。大臣们无奈，只得向寺院缴纳大笔金钱，把他赎回来。几次三番下来，国家也没人管了，大臣也心灰意冷了，朝政混乱荒废，奸臣乘虚而入。

后来，一个叫侯景的北朝叛将来到梁朝，萧衍不了解侯景的为人，本着慈悲为怀的精神，允许他在梁朝安身立命，还给他封了官职。侯景不但没有感激萧衍的收留，反而觊觎起萧衍的皇帝宝座来，很快就找了个借口起兵叛乱。因为萧衍太久没有把精力放在治理国家上，梁朝的军队毫无战斗力，侯景的叛乱几乎没有遭到抵抗，很快就赢了。萧衍也只能接受现实，让侯景掌了权。

萧衍被侯景囚禁在皇宫里。因为他不愿意听侯景的话，侯景就不给他送吃的。可怜萧衍这时已经是个八十多岁的耄耋老人，竟受到如此虐待，最后在饥寒交迫中悲惨地死去了。继任的是他的儿子梁简文帝萧纲，侯景还是掌控着梁朝的政权。几年后，侯景干脆把萧纲也杀掉，梁朝随即灭亡。

三百年后，唐朝出现了推崇佛教与抑制佛教两种主张。唐武宗和唐宣宗两任皇帝，就是一个禁佛，一个崇佛。杜牧是支持唐武宗的，所以他在唐宣宗继位以后，写了一篇《杭州新造南亭子记》，记述了唐武宗时期杭州刺史李播拆佛寺建造南亭子的始末，表达出自己的态度。其中他还特地提到了萧衍的故事，感叹地说，萧衍曾经那么英明神武的一个人，就因为过度地沉迷修佛，竟然到了国家灭亡自己饿死的地步，仍然没有醒悟之心。

故事中的小智慧

历代的评论者对梁武帝萧衍的评价都是赞赏中带着惋惜。萧衍是一个很有才干的政治家，品德也是很好的，不但勤俭，而且仁爱，可以说他几乎没有什么污点，在君主多如牛毛的南北朝时期，也是独树一帜的有道明君。在他的统治下，梁朝曾经十分繁荣昌盛，但同样也是因为他，晚年好佛，疏于朝政，梁朝迅速地衰落了。当侯景发动了史称“侯景之乱”的四年叛乱后，富庶的江南变成了人间炼狱。萧衍自己和整个萧氏家族也走向了灭亡。

一个人的责任越大，任性的余地就越小。萧衍既然已经选择成为一国的君主，也就选择了以天下为己任的责任。他承担了这个责任，也就因为这种承担而得到了大臣的信任，百姓的爱戴；但他后来不愿意再承担这个责任了，由着自己的喜好性情，把责任丢在了一边，于是，臣民对他也就逐渐离心离德。国破家亡、饿死宫中的这枚苦果，正是他自己的不负责任造成的。

满江红·怒发冲冠

宋 岳飞

怒发冲冠，凭栏处、潇潇雨歇。
抬望眼、仰天长啸，壮怀激烈。
三十功名尘与土，八千里路云和月。
莫等闲、白了少年头，空悲切。
靖康耻，犹未雪。
臣子恨，何时灭。
驾长车，踏破贺兰山缺。
壮志饥餐胡虏肉，笑谈渴饮匈奴血。
待从头、收拾旧山河，朝天阙。

解读

南宋名将岳飞有两首《满江红》词，一首是游黄鹤楼

时所作，另一首便是这首“怒发冲冠”，这也是岳飞的诗词代表作。

岳飞的诗词存世不多，他被害死之后，收藏在家中的文件资料散失了不少，其中也包括诗词文稿。他的后代和崇敬他的人一直都在努力收集整理他的遗稿，直到明代，这首《满江红》才第一次由一本名为《岳武穆遗文》的文集收入，刊行于世。这本文集的编纂者徐阶，是明代著名的政治家，当过内阁首辅，也就是宰相。

也许是因为发生过这种曲折，到了现代，有的学者提出，《满江红·怒发冲冠》不是岳飞的词作，而是明代有人假托岳飞的名义写的。更有人认为，这首词真正的作者是明代大臣于谦，于谦也是著名的忠臣，也曾抗击外敌，也是被冤杀的，和岳飞命运相似。他被认为是这首词的作者，有一定的道理。

不过这些说法都缺乏能够一锤定音的证据。绝大多数人仍然相信，这首《满江红》确实是岳飞的作品。因为词中的叙事和抒情，都极其符合岳飞的人生经历与性格，也符合南宋当时的形势，并没有可疑之处。

《满江红 · 怒发冲冠》里，“驾长车，踏破贺兰山缺”和“壮志饥餐胡虏肉，笑谈渴饮匈奴血”这两句值得注意。有人把它们按字面意思来理解，这样一来，就出现了问题，岳飞抗敌的方向是东北，贺兰山在西北，完全不一致。而后一句，假如是对客观事实的描述，就背离了岳飞一生秉承的儒家思想，儒家思想首重仁德，绝不会允许甚至鼓吹这种事情。而且岳飞对军纪要求极其严格，有史可查，他率领的岳家军也不会做出这样的事。所以，这两句都不可能是写实，而只能是修辞手法。

那么，用的是什么手法呢？是用了典故。唐宋都有以“贺兰山”指杀敌战场、以“食血肉”来表达杀敌决心的诗词，岳飞用这些典故写词，是很正常的。

故事

《满江红·怒发冲冠》整首词都可以用词中的一句来形容，就是“仰天长啸，壮怀激烈”，唯有“三十功名尘与土，八千里路云和月”，有些许淡淡的惆怅。岳飞死的时候年仅三十九岁，当他写这首词时，虽然自己可能还没有预见到，但已走到了人生的尽头。

岳飞是相州人，这个地方，在今天的河南省与河北省交界处。岳飞出生在一个普通农家，家境不算富裕，但他的父亲岳和却很喜欢帮助别人，经常把家里口粮省下来，接济比自己更穷的人。邻家侵占了他家的耕地，岳和不争不闹，直接把地让给对方，有人欠了他家的钱，他也不去讨要。但是，岳和只是忠厚，不是软弱，在他看来，花那么大力气去争一己私利是没有意义的，大丈夫就应该把所有的才能都用来为国尽忠。岳和自己只是个平平凡凡的人，没有那个能力，但是他发现儿子岳飞有。岳飞很小的时候，力气就特别大，十几岁便可以拉开三百斤的弓，还喜欢读历史和兵法。岳和见儿子似乎有成为将帅的天赋，便把报国的希望寄托在儿子身上，送他去一位名叫周同的神箭手那里学武艺。岳飞不出几年就把周同的本事都学到了，能左右开弓射箭。后来周同去世，岳飞非常伤心，每个月都

要去周同的坟上祭拜。岳和看到岳飞这么善良仁义，也很欣慰。他勉励岳飞说："你师父教给你的本领，你应该施展出来，报效国家。就算战死沙场，那也是值得的。"

于是，岳飞决定报名参军。正巧这时真定巡抚使刘韐（gé）在招兵，岳飞应征了。入伍后，岳飞渴望建功立业，便主动请战去剿匪。当时相州境内有一支兵强马壮的山贼，经常打劫来往客商。岳飞没有强攻，而是想了个办法。他先派几个小兵假扮成商人上山，故意让山贼抓走，混进了山贼的队伍，再派一百多人在山脚下埋伏好，自己则带着十几个骑兵去冲击山贼营地，山贼出来迎战，他便佯装失败逃走，把山贼引进埋伏圈，伏兵一起，打得山贼晕头转向，混在山贼队伍里的内应趁机擒住了山贼头领，岳飞大获全胜。这一仗虽然只是对付小小山贼，但显露了岳飞的军事才华，也预示着他必将成为一个出色的将领。

不久，年轻的岳飞见到了康王赵构。

北宋靖康二年四月，金兵攻破了都城汴梁，俘虏了宋徽宗和刚登基的宋钦宗，以及大批赵氏皇族男女，把他们都带去了北方，徽钦二帝就这样死在了异乡，再也没有回来。宋徽宗的九皇子康王赵构幸免被俘。他很快在北宋的南京，也就是今天的河南商丘登基，重建了宋朝，都城定于杭州。历史上把这个宋朝称为南宋，赵构就是南宋的第一个皇帝宋高宗。

岳飞与赵构相识后，正式地投入了抗金事业。从那时直到宋高宗绍兴十一年，整整十年，他一直征战在抗击金兵的战场上，几乎没有休息过。由于岳飞坚定地反对朝廷与金人议和，主张议和的权臣秦桧等人便想方设法地陷害他，编造了各种伪证，说他有谋反之心。岳飞的兵权被剥夺，人被关进了监狱，关了两个月，也找不出一丁点谋反的证据，但岳飞的冤屈却无法被洗清。绍兴十一年的年底，岳飞在狱中被害死，他养子岳云判了斩刑，其他家眷被流放岭南。

秦桧死后，岳飞旧时的部下开始奔走鸣冤，坚持不懈，终于，等到宋高宗之子宋孝宗继位，便为岳飞的冤狱平了反，并追赠谥号“武穆”。在古代，有一定官职和贵族身份的人去世后，朝廷都会根据此人生前的功劳和事迹封给一个谥号，谥号的每个字都有含义，武的意思是“能平定灾祸和动乱”，穆的意思是“品德高尚，遵守道义”，所以，历史上又称岳飞为岳武穆，或武穆公。岳飞被杀时，他的尸体被同情者偷偷掩埋。平反后，宋孝宗将他改葬在西湖边，后来，他的祠庙和墓地成为人们瞻仰英烈的圣地。到了清朝，乾隆皇帝曾经六次拜谒岳飞祠墓，并留下了六首赞美岳飞的诗。

至于秦桧，据说他死后，没有人愿意为他的墓碑题字，所以他的墓碑是空白的。明代修缮岳飞墓的时候，当时的浙江布政使周木在岳飞墓前铸了秦桧夫妇跪着的铜像，后来又增加了当时参与陷害岳飞的另两个人的跪像。从此，到岳飞墓前拜谒，打这些跪像成了一个民俗传统。因为打的人太多，这几个跪像隔一段时间就会变得面目模糊，不得不重铸，至今已经重铸十二次了。

故事中的小智慧

岳飞是南宋最著名的军事统帅，他麾下的军队，号称“岳家军”。岳家军有两个特点，一个特点是谋定而后战，就是设计好了作战方案才开战，不打无准备之仗，另一个特点是一旦遇到突然袭击，绝不慌乱，全军镇定如常。同时，岳家军军纪极严，将士若拿了百姓的财物，哪怕只是一针一线，都要杀头，行军路上只能露宿，即使百姓开门请他们进屋，他们也不敢进去。

南宋名将张俊曾问过岳飞，应该如何带兵，岳飞回答说：“仁爱，智谋、诚信，勇气、严明，一样都不能缺少。”岳飞虽然只是一个农家子弟，出身平凡，但他对自己非常有自信，这种自信来源于他内心坚定的信念，以及强大的学习能力和丰富的实战经验。所以历史评价他“文武全器，仁智并施”，是极罕见的全才。

其实岳飞也不是没有缺点，他有一个毛病，就是喜欢喝酒，连宋高宗都亲自劝他节制，说明他嗜酒的程度比较严重了。但他明白喝酒误事，后来就戒了，终生不饮。另外，也有人说他有些骄横之气，行事张扬，然而即使这些都是真的，也谈不上是什么恶习，只不过是每个人的性格不同罢了。

任何人都不完美，不仅对历史人物的评价应该公允，在现实生活中，当我们面对一个才智超群、行为磊落的人时，如果陷于对细节的苛责，吹毛求疵，拒绝承认他们的强大，那只能显得我们自己心胸狭小、没有器量，丝毫无损于对方的光芒。所以，我们都应该懂得去赞赏比我们强的人，这样我们自己也可以得到成长。

破阵子·为陈同甫赋壮词以寄之

宋　辛弃疾

醉里挑灯看剑，梦回吹角连营。
八百里分麾下炙，五十弦翻塞外声。
沙场秋点兵。
马作的卢飞快，弓如霹雳弦惊。
了却君王天下事，赢得生前身后名。
可怜白发生！

解读

这首词是辛弃疾作为豪放派代表词人的经典作品。题目中说的陈同甫，名叫陈亮，同甫是他的字。这个人是辛弃疾的好朋友，两人志同道合，都坚决主张南宋朝廷全力北伐，对现实也有着同样的失望。很多诗评家都认为，辛弃疾写这首词是在勉励陈亮，但陈亮只是一个知名的文人，从未担任官职，相比而言，虽然一直在做官、却被朝廷搁

置不用的辛弃疾本人，似乎更加需要勉励，而且整篇词说的都是辛弃疾内心所向往追求的事物，所以，这首词并不见得是勉励陈亮，更像是辛弃疾的自勉。

关于这首词的写作时间，现在很难确定了。从词意来看，它很可能写于辛弃疾白发初生，惊觉衰老将至的时候。根据生理规律判断，人开始长出明显的白头发，大约是在四十岁左右，辛弃疾正好在四十二岁时，也就是南宋淳熙八年，被罢免了官职，志向受挫，黯然归隐，他此时的心境，较为契合这首词的内容。

陈亮在一封写给辛弃疾的信里曾经说，希望能得到辛弃疾的词，而辛弃疾这首词写明“寄”给陈亮，由此可以推论，这首词应该是在南宋淳熙八年之后的某个时间点，因陈亮来信请求，辛弃疾专门写了寄给他的。当时辛弃疾正在信州（今江西上饶）闲居。他率领义军回归南宋时是二十多岁，近三十年过去，当初抗金复国的宏大抱负，可以说是一事无成，他甚至取了一个号叫作“稼轩居士”，这说明，他已经认定，自己再也没有机会去战场，只能在田园山水间度过余生了。

如果换一个人，有过辛弃疾的经历，又在他这样的处境中，可能写出来的幽怨沉郁的气息会更浓一些，但辛弃疾强悍刚直的性格，使得他不愿意轻易作哀言软语，即使内心是在抱怨命运不公，朝廷不公，他也要用铿锵有力的语言来表达，绝不让人感受到自怨自艾的情绪，这正是词如其人。

这首词生动地描述了许多军旅生活的场景，十分宏大。辛弃疾确实带过兵，但没有带过这么大阵势的兵。所以，词中所写，大半是他的想象，或者，用他词中的一个字来概括，那就是“梦”，直到“可怜白发生”，梦才似乎突然惊醒，把整首词的“壮”，往回收敛了一些。有人认为，这最后一句是败笔，原本宽阔浩荡的意境，被猛然拉进了一个狭隘的角度，十分遗憾。但是，结合辛弃疾所处的现实，以及他真正想要表达的情感，这一句才是点睛之笔，是震碎梦境的残酷之音。这句与开头的“醉里挑灯看剑”实际形成首尾呼应之势，为什么“醉里看”，是因为清醒的时候不想看，不忍心看，这句实际上也是在抒发着现实的痛苦。所以，这首词的结构是很严谨的：以悲愤开场，也以悲愤收尾。

故事

辛弃疾的好友陈亮，是南宋一位著名的布衣学者。他参加过几次科考，都与进士无缘，名落孙山。虽然一辈子也没当过官，陈亮却是个“以天下为己任”的人，经常给皇帝写信，提各种建议意见。

陈亮在太学就学的时候，由于宋孝宗曾下令禁止太学生上书言事，他无法用本名写信，就改了个名叫“陈同”，把信交上去了。要知道这在古代可算是欺君之罪，如果皇帝追究起来，是要杀头的。陈亮为了进言，竟然豁出去连命都不要，这个胆子，让宋孝宗也很震惊。

宋孝宗看了陈亮的信，认为此人可以提拔。大臣曾觌知道了孝宗的想法，便偷偷去见陈亮，想先皇帝一步拉拢他。曾觌是一个佞臣，仗着宋孝宗的宠信，拉帮结派，贪污受贿，什么都干，陈亮不愿意跟这种人勾搭，听说曾觌来找自己,便翻墙跑了。曾觌一看,陈亮竟然这么不给面子，很是恼怒，其他的大臣也有讨厌陈亮的，他们在皇帝面前说了不少陈亮的坏话。宋孝宗本来想重用陈亮，被这些人一阻挠，便打消了这个念头。

陈亮遭人憎恶，也有他自己的原因。他为人狂傲，自视极高，在他眼里，朝廷里没有能干的大臣，文坛上都是夸夸其谈之徒，只有他陈亮是当世的奇才，用他自己的话来说，就是“人中之龙，文中之虎”。这样的性格，给他带来了很大的麻烦。

宋孝宗虽然放弃了重用陈亮的想法，但对他还是抱着惜才之心，就打算封他一个无足轻重的小官，以示鼓励。陈亮不屑一顾，甩下几句听起来十分狂妄自大的话：“以我的学识，如果考官们能公允对待我，我早就得到功名了！我要的是为大宋开创百年的基业，并不想要什么官！”随即拂袖而去，回了老家。

回到老家的陈亮，每天跟一个朋友喝酒消愁。这个朋友也是个豪放疏狂的人，喝醉了嘴里就胡说八道，把陪他们喝酒的歌伎称作“妃”，妃是皇帝姬妾的专用称号，此人这么叫，已经是大不敬了。这时，旁边有一个人，和陈亮素来关系不好，见此情景，就凑过来故意对那个朋友说道：“你都册封妃子了，那封谁做宰相呢？”那个朋友醉醺醺地说：“我封陈亮做宰相！”这个人听了之后又说：“那我呢？”那朋友说：“我封左右二相，陈亮是左相，你是右相！”这个人马上拉着陈亮面对那个朋友跪拜起来，歌伎也跟着凑热闹，一起喊万岁，一群人玩得不亦乐乎。等酒宴一散，这个人便去刑部衙门，把陈亮给告了。

当时有个吏部侍郎叫何澹，曾经做过陈亮考科举时的考官，陈亮的文章正是在他手里落选的，陈亮不服气，公开指责何澹主考不公平，何澹对此一直怀恨在心。他听说有人告陈亮谋反，便趁机在背后捣鬼，把陈亮关进了监狱，还让人给他上了大刑。陈亮熬不过酷刑，只好屈从认罪。

案子报到宋孝宗那里，宋孝宗一看，这不是陈亮吗，他不像是会谋反的人呀？觉得可疑，便悄悄派人去案发地打探，了解了事实真相。等到大臣来问最终判陈亮什么罪的时候，宋孝宗气得把案件文牒扔在地上，斥责道："秀才喝醉酒说胡话，哪里来的罪？"于是案子撤销，陈亮很快就出狱了。

虽然这一次幸免于难，但陈亮似乎没有接受教训，依然到处得罪人。不久宋孝宗退位，他的儿子宋光宗继位。这时陈亮又遭灾了。他跟几个同乡一起吃饭，不知为什么，他的羹汤里被人放了胡椒粉。邻座的人闻到香气，好奇吃了一口，回家以后莫名地死了，死者家人竟认为是陈亮下毒，报官把他抓了起来。正好这个时候，有一个叫吕元济的人被殴打致死，因为他与陈亮有过纠纷，临死前便指控是陈亮雇凶杀人。

两桩命案并发，都和陈亮有关，县令很重视，虽然怎么查也查不到罪证，他还是把陈亮当作凶手上报了朝廷。人们都以为陈亮这下死定了。幸好主管案件的大理寺少卿郑汝谐是个头脑清醒的人，他认为根本没有证据，就不能给人定罪，何况陈亮还是个有才学的读书人，因此向宋光宗如实禀报了情况，加上辛弃疾等人大力声援，总算把陈亮救出来了。

牢狱的折磨，严重地损害了陈亮的健康，但没消磨他的志气。宋光宗绍熙四年，在亲友勉励下，五十一岁的陈亮又去参加科考，这一次，他金榜题名，中了状元，宋光宗授予他“建康府判官公事”一职。陈亮非常高兴，感觉自己终于要实现抱负了。他兴高采烈地回到家乡永康，为赴任做准备。然而，他还没有动身，便病逝了。当时辛弃疾正在福建任职，听闻噩耗，悲痛地写了一篇《祭陈同甫文》。从这篇祭文中可以看出，陈亮是猝然死去的，连和他一直保持联系的辛弃疾都觉得过于突然。往好处想，也许陈亮到死都还沉浸在即将为大宋建立“百年基业”的兴奋和憧憬中。他度过了受尽白眼和冤屈的一生，死的时候，至少能含笑九泉吧。

故事中的小智慧

陈亮的人生际遇，给人一种他“不太懂事”的印象。

但历史上有过一件事，特别能体现他与众不同的人生智慧。

陈亮与南宋理学大师朱熹是朋友。朱熹和当时另一位著名学者唐仲友势如水火，两人互相参劾，揪对方的小辫子，闹得不可开交。这场纷争是一部糊涂账，连宋孝宗都看不明白他们到底在争什么，还去问了宰相王淮。王淮打马虎眼说："因为他们的学术流派不一样而已。"当然，学术分歧是个原因，但绝不是主要原因。其实真实原因到底是什么，直到今天都没人能说清。

陈亮与朱熹交情很深，可是对于朱唐之争，他自始至终保持沉默，并不发表意见。这导致朱熹对他产生了不满，唐仲友也对他有怨言。到了后来，竟有好事之徒无中生有地说，朱熹和唐仲友之所以交恶，就是因为陈亮在其中挑拨离间。陈亮生性孤傲，喜欢议论天下事，很少为私事辩白。但他对此说绝不接受，在给朱熹的信中，他愤然驳斥这种谣言："亮平生不曾会说人是非。"

陈亮不是一个有明哲保身意识的人，他的沉默，只能是出于做人的原则：他宁愿一个人去正大光明地战斗，也不愿结成小团伙，被裹挟着卷进人事斗争。哪怕对方位高权重，哪怕对方是自己的老朋友，他也不会妥协。

终其一生，陈亮这个人只有友人和敌人，但没有朋党。这是真正的君子之风。

卖花声·怀古

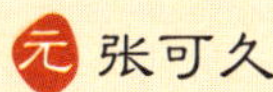

元 张可久

阿房舞殿翻罗袖，金谷名园起玉楼，
隋堤古柳缆龙舟。不堪回首，东风还
又，野花开暮春时候。

美人自刎乌江岸，战火曾烧赤壁山，
将军空老玉门关。伤心秦汉，生民涂
炭，读书人一声长叹。

解读

“卖花声”有两种，一种是词牌名，一种是曲牌名，格式不同。这首《卖花声·怀古》的“卖花声”是曲牌名，这首诗的体裁是散曲。所以它的题目里除了曲牌名之外，还有一个宫调名“中吕”，我们也能看到，这首诗的标题有时写作《中吕·卖花声·怀古》。

从低到高的音，现在我们叫作音阶，古时候叫作“声”。

我国古代音乐有宫、商、角、徵、羽五声。五声相当于我们现在使用的七音阶中的 do（1）、re（2）、mi（3）、sol（5）、la（6），跳过了 fa（4），而且没有 si（7），后来，古人又在这五声中加了两声，一个是变徵，变徵比徵——也就是

sol（5）——低半个音，比fa（4）高半个音。变宫则相当于si（7）。所以，我国古代音乐共有七个音阶，即宫、商、角、变徵、徵、羽、变宫。

除了声之外，古代音乐还有一个概念，叫作“律”，律是用来确定一整段乐曲的音高的。律一共有十二种，统称“十二律”。用五声和十二律互相匹配，就可以谱写出千变万化的乐曲了。每段乐曲都以五声中的某声为定调的主音，它就被称为某调。依据某个音定的调，合起来有八十多种，古人都给它们命了名。比如说，宫调便是以宫声为定调主音的乐曲，中吕即其中一种宫调的名字。

《卖花声·怀古》的作者张可久是元代后期的散曲家，做过低级的官员，仕途失意归隐江湖，最后在江南名城杭州度过晚年。张可久是元代散曲家中留存作品最多的，有近九百首，说明他是把写散曲作为一项重要的文学创作来做的，把自己的作品都很好地保存下来了。这也是由于元代中晚期以后，散曲经过一段时间的发展，正式被社会和文人自己认可，终于被当作了正经的文学作品来对待。

《卖花声·怀古》是一首咏史的散曲，它的特点是包罗的史实特别多，一共八句诗，写了六个历史典故。但它并非简单排列而已，曲分两阕，各有批判的主题，上阕批判的是“穷奢极欲”，下阕批判的是“穷兵黩武”，封建王朝最终走向灭亡，不外乎是这两个原因造成的，诗人在这里做出了准确的归纳总结。

上阕的最后一句“不堪回首，东风还又，野花开暮春时候”，是对历史上那些极度享乐的豪强贵族们发出感叹，他们营造的繁华世界早已坍塌，只剩下一片废土，被春来春去自生自灭的杂草野花覆盖。下阕的最后一句“伤心秦汉，生民涂炭，读书人一声长叹”，则是表达对那些相信武力和战争可以征服一切的统治者们的蔑视和不齿。秦汉的历史读来令人伤感，是因为诗人从中看到了黎民百姓的受难。他以读书人的角度，指出那些争霸天下的帝王英雄，不修文治，热衷武功，必然造成人民的不幸。

这里有个词“涂炭”，是一个源自古文的词语。涂是烂泥，炭是炭火，“生民涂炭”意思是“把老百姓丢进烂泥潭、炭火堆一般的苦难境地中”，这是把名词当作动词使用，常用成语“生灵涂炭”也是此意。

故事

《卖花声·怀古》的第一阕，讲了三个挥霍奢靡的故事。“阿房舞殿翻罗袖”说的是秦始皇劳民伤财建造规模庞大的阿房宫，在里面享受着花天酒地的生活，“隋堤古柳缆龙舟”说的是隋炀帝耗尽国力贯通南北运河，就为了坐船

去江南赏花。其实，这两个故事都不太准确。考古学家早就发现，阿房宫是一个极其巨大的工程，直到秦朝灭亡也没有建完，只有一个大工地，皇帝和后宫嫔妃都不会住在里面，更谈不上在里面享乐了。而隋炀帝开凿永济渠、通济渠等人工运河，将南北水路贯通的举措，并不是为了赏花，而是为了便利南北物资运输和人员交流，实际上对经济发展社会进步是很有利的，不是祸国殃民之举，这一点早就有了定论。

但“金谷名园起玉楼”这一句所说的故事，就没有什么可争议的了。这个故事的主人公是西晋的一个非常有钱的贵族。他富可敌国，为人又很招摇，最后陷入杀身之祸，不但家财化为乌有，连家人都死光了。这个人的名字叫石崇。

在看重姓氏门阀的魏晋时期，石崇的出身不算特别高贵。他的父亲石苞年轻时在老家渤海郡的县衙里当小吏，当时的皇帝是曹操的孙子、魏明帝曹叡。石苞身材高挑，容貌俊美，以长得漂亮出名。曾经有个宦官到渤海郡来出差，石苞奉命为他赶车。这个宦官观察了石苞一段时间，就对他说：“你一定会当上大官的。”石苞觉得好笑：“我就是个给你赶车的，还当大官？”

没想到，这个宦官还真说准了。石苞通过一些朋友的引荐，逐渐晋升到了朝廷里，又得到了执掌大权的司马昭的赏识，当上了护军司马。司马昭的哥哥司马师听说石苞这个人特别好色，品德不好，便责怪司马昭用人不当，命他把石苞赶走。司马昭解释说："这个人虽然人品上是有一些不足，但他才智超群，办事得力，比那些自命清高却干不成实事的读书人强多了。谁都有缺点嘛，石苞虽然德才不能兼备，但也是难得的人才，不用可惜了。"司马师觉得司马昭说的有道理，这才作罢。石苞得以继续为司马家族效力。司马昭去世后，石苞又尽力辅佐司马昭之子司马炎。司马炎取代曹魏政权，登基称帝，建立了西晋，石苞也成了开国功臣。

石苞曾经制定过一个家规：家族中有人去世，不得厚葬，丧事从简。他死的时候，他的儿子们便依照家规办理了后事，连让亲戚和下属们来家中祭奠的仪式都没有举行。石苞这样做，也是在教导自己的儿子们，生活要简朴低调一点，不能仗着家世显赫，就处处炫耀招摇。然而，石苞最小的儿子石崇，对他的这些教导，一点也没往心里去。

石崇自幼聪明伶俐，很年轻就当了官，深受司马炎的器重。司马炎死后，他的儿子司马衷继位。司马衷智力有些低下，朝政被把持在皇后贾南风和贾氏外戚手中。石崇便极力攀附贾皇后的侄子、贾家的当家人贾谧。贾谧有点

文采，平时喜欢吟诗作赋，石崇投其所好，与另外二十几个知名的文人墨客一起，以贾谧为中心形成了一个小群体，史称“二十四友”。

石崇钻营权力的目的，除了想飞黄腾达，还有更重要的，是想以权力为工具敛财。他非常贪婪，以前在地方上当官时，甚至去抢劫从他管辖地出入的客商。石崇就是用这种卑鄙的方法致了富。后来他带着亿万家财回到洛阳，盖起了豪宅，纳了几百个姬妾，还在家里养了很多艺人，天天歌舞不断，吃的山珍海味就不用说了，做饭烧火都不用柴，用的是蜡烛，生活之奢华，连当时最高等级的士族门阀、皇亲国戚都比不上。

但是石崇的后台贾谧，势力没能长久维持。贾谧与晋惠帝司马衷的太子司马遹（yù）不和，他怕司马遹继位后找自己的麻烦，就串通姑姑贾皇后，害死了司马遹。早就有意篡夺皇位的赵王司马伦以此为借口，起兵讨伐贾皇后和贾谧等人。贾皇后最终被司马伦废掉并毒死，贾谧也被灭门了。

贾谧死后，石崇受牵连丢了官，在家里赋闲。他还不知道自己就要大祸临头了，每天在他的金谷园别墅里游玩散心。这时，司马伦的亲信孙秀听说他家有个名叫绿珠的歌姬，是个绝色美女，派人来讨要。石崇不想得罪正得势的孙秀，又舍不得绿珠，就把家里的姬妾叫了几十个出来，对来人说："您请随意挑选吧。"来人说："我只受命带走绿珠，不知这些女子中，哪位是绿珠呢？"石崇愤然说道："绿珠是我最喜欢的歌姬，不会给你的！"来人回去向孙秀一禀报，孙秀生气了，便到司马伦面前告状，怂恿司马伦杀了石崇。司马伦还没下令，孙秀迫不及待地伪造了司马伦的命令，把石崇给抓来杀了。

石崇被抓的时候，还以为自己大不了流放岭南，不至于死。等直接被送到刑场时，他才醒悟过来，大骂道："孙秀这个王八蛋，要绿珠不过是借口，他就是想弄死我，好侵吞我的财产！"抓他的人见他终于明白了，忍不住在旁边问道："你既然知道钱财招祸，为什么不早点散财保命呢？"石崇听了，沉默不语，至死也没有再说话。他死后，他的家人也全都被害了。

故事中的小智慧

石崇是历史上很有名的人物，人们都非常熟悉他与西晋外戚、晋武帝的舅舅王恺斗富的故事。比如，王恺家用糖水刷锅，石崇家就用蜡烛烧火，王恺用紫色的丝绸做成四十里步障（步障是一种挂在街道两边的帐幕，贵族家眷出行时，用来遮挡行人的视线），石崇就用更昂贵的锦缎

做了五十里步障。王恺从晋武帝那里借来一株两尺高的珊瑚，到石崇面前显摆，石崇随手把珊瑚打碎，然后叫人拿出六七株三四尺高的珊瑚，说："你随便拿一个，我赔给你。"把王恺震得说不出话。

西晋的上流社会充满了这种崇尚奢靡的风气，这些富豪们斗富是很认真的，他们在"谁更阔气"这件事上偏执地要争出胜负，即使闹出人命也在所不惜。这在后世看来很不正常、几近病态的情形，当时陷入其中的人却不能自拔。

石崇沉迷于金钱和权力，除此之外，人生没有任何追求，所以，到了最后，他也难以避免地被金钱和权力吞噬。他是西晋那个光怪陆离的时代典型的形象，但也不仅仅是那一个时代的典型形象。他的悲剧，永远都是一个令人警醒的例子。

采薇（节选）

先秦 佚名

昔我往矣，杨柳依依。
今我来思，雨雪霏霏。
行道迟迟，载渴载饥。
我心伤悲，莫知我哀！

解读

这首诗选自《诗经》中的“小雅”。这首诗共有六个章节，每章节八句，此为第六章节，也是这首诗最受人喜爱的一节。

东晋大臣谢安曾在家中隐居，并教家族子弟学习文学，有一次上课时他问子弟们：“你们认为《诗经》中哪一句最好？”他的侄子谢玄回答说：“昔我往矣，杨柳依依。今我来思，雨雪霏霏。”谢玄当时年少，尚未出仕做官，在文学的情趣上，仍然保留着纯真和浪漫的特色。“杨柳依

依”“雨雪霏霏”，是很有诗意的画面，“昔我往矣”“今我来思”，又在这画面中添加了感伤的情调，所以谢玄会被这四句诗打动。谢安是一个老成持重、阅历丰富的政治家，他的喜好自然跟谢玄不一样，他最喜欢的诗句是《诗经·大

雅》中的“讦谟定命，远猷辰告”，意思是“重大深远的计划、谋略，在正月初一这样的岁时节令正式发布实施”。我们现在听起来，这内容似乎跟诗歌搭不上关系，但是，在最早的时候，诗就是一种在正式场合使用的文体，非常庄重，并不用来抒发个人情感。

根据儒家的解释，这首《采薇》实际上也并不是用来抒发个人情感的。它和另外两首《诗经·小雅》中的诗《出车》《杕（dì）杜》合起来，是一组周王对远征军的宣告书。《采薇》写的是送别士兵出征，《出车》写的是欢迎士兵归来，《杕杜》写的是慰问劳累的士兵、请他们好好休息。

《采薇》所写的，都是被征发的士兵们即将离家时的心态。薇是一种蕨类植物，嫩芽可以吃。这首诗之所以名为《采薇》，就是因为，士兵出征时正是薇菜刚生嫩芽，可堪采摘食用的春季。所以可以判断，这首诗写于春天，“昔我往矣，杨柳依依”，说的其实并不是“昔”，而是“今”，“今我来思，雨雪霏霏”，说的也不是“今”，而是“未来”，这两句话的意思是：等打完仗，我终于回来的时候，应该已经是下着漫天雪花的冬天了吧，那时，我将会想起我离开的这一天，春柳飘拂着柔长的枝条，好像对我依依不舍。从周王的角度，这是在表达对将士们留恋家乡心情的理解，以及对他们早日凯旋的祝愿。

当然，这只是解读之一，也有人认为，《采薇》写的是战后士兵返回家乡时的心路历程，而这四句诗，描写他不顾饥渴辛劳，一路疾行，终于在白茫茫的雪花飞舞中回到了家，回忆起一年前自己离家时杨柳依依的景象，他心中却充满哀伤，这种哀伤，有经历了战争后的心灵创伤，有与亲人久别，即使相见也不能立即消散的忧愁，或者还有一些别的无法诉说的隐痛，他的心境过于复杂，竟没有人能明白。

从文字上看，这么理解也是完全合理的。绝美的诗句，无穷的解读空间，这也正是古老的诗经永恒的魅力所在。

这首诗中有两个字需要注意的，一个是“雨”，一个是“思”。“雨”在这里读为yù，是个动词，意思是“下”，“雨雪”就是“下雪”。这个“思”是个助词，本身没有意义，用在句末、句首和句中都可以，在《诗经》中很常见。

故事

《采薇》一诗，古人认为是讲述商朝时中原遭西方的昆夷和北方的猃狁（xiǎn yǔn）两个民族入侵，西伯侯，也就是后来的周文王受商王之命，派遣军队与之交战的故事。不过，现在人们根据考古发现判断，这场战争应该是发生在周朝晚期，而不是商朝，当时的周王是周宣王。

周宣王名叫姬静，是周厉王姬胡的儿子。周厉王是一个无道昏君。他在位时，宠信一个叫荣夷公的人。周厉王生性贪财好利，荣夷公投其所好，整天就想着如何帮他敛财，国家大事一概不考虑。大夫芮良夫规劝周厉王，不要重用荣夷公这样的人，周厉王不服气地说："像荣夷公这样能把钱源源不断地送进我口袋里的人才，我重用他有什么不对？"芮良夫苦口婆心劝说道："王上，普通人尚且不能把所有的财富都拢到自己手里，何况你是一国之君，更加不能这样做啊！你不但不应该占有财富，反而应该把它们都散布出去，用你的权力引导财富均匀地流向每一个地方，尽可能地让百姓都得到利益才对。财富是天下共有之物，也应造福天下，如果你把天下共有之物据为己有，百姓无从获利，民心自然不稳，这样迟早是要出大事的。"

芮良夫的话，并没有使周厉王醒悟。周厉王还是对荣夷公委以重任，继续疯狂赚钱。周厉王的贪婪引起了百姓的不满。人们对他的怨言越来越多，大臣召穆公提醒他："王上，再这样下去，百姓快要忍受不了了。"周厉王想了想说道："放心，我有办法。"他找来一个卫国的巫师，让这个巫师整天用法术观察，看哪里又有什么人在发自己的牢骚。法术当然是没有用的，巫师只能瞎说，他说谁在诽谤周厉王，周厉王就派兵去捉拿谁，捉到就杀。都城人心惶惶，人们

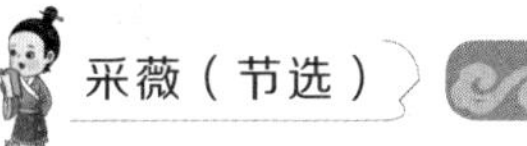

在路上遇见不敢交谈，只能用眼神打招呼，各地诸侯也害怕得不来朝见了。

周厉王高兴地对召穆公说：“怎么样？我说我有办法吧？现在谁都不说我坏话了。”召穆公摇摇头说道：“你堵住百姓的嘴，就像用泥土堵住河道，一时看起来似乎能阻止水流，然而一旦累积的水冲破淤塞的泥土，洪水暴发，后果更严重。”可周厉王对他的话不以为然。

三年后，忍无可忍的周人真的起兵反叛了，他们攻打王宫，要抓周厉王来问罪。周厉王仓皇逃到了一个叫彘（zhì）的地方。太子姬静也逃出了宫，躲在召穆公家里。叛军见抓不到周厉王，就把召穆公的家团团围住，要求他交出太子。召穆公对家人说：“当初我劝谏王上，王上不听，以至于有今日之难，如果我现在让王太子死在那些人手里，王上一定会以为我对他有怨恨，是在报复他。我是做臣子的，不能让自己的王上对我生出这样怀疑。”于是他把亲生儿子冒充姬静交了出去，牺牲了儿子的生命，保护了姬静。

当时姬静年纪还小，此后就在召穆公家中生活。这段时间里，周厉王一直在彘地流亡，朝政由召穆公和另一位大臣周定公共同执掌，史称“周召共和”。周召共和维持到第十四年时，周厉王在彘地死去了，召穆公和周定公将已经长大成人的姬静立为新的周王，这就是周宣王。

周宣王是西周的倒数第二个君主，虽然在他统治时期，西周气数已尽，但因他采取了一些好的政策，使得国力有所恢复，一度还曾让人误以为西周要重新兴盛起来了。周宣王是个比较好战的君主，诗经中有不少诗篇，就是讲述他如何征伐东方的淮夷、北方的猃狁，《采薇》说的正是这段历史。

周宣王个性十分蛮横，到了晚年愈加暴虐。他曾无故冤杀了一个叫杜伯的大臣。杜伯被杀三年后，周宣王也死了。传说他是打猎时被杜伯的鬼魂用一把红色的弓射死的。他的儿子姬宫湦（shēng）继位，这位就是玩烽火戏诸侯的游戏、把西周直接玩到灭亡的周幽王。

故事中的小智慧

周厉王、周宣王、周幽王，是西周最后三任君主，这三任君主的共同特点就是不听劝。周厉王执意重用荣夷公，不听芮良夫的话，不听百姓的话，也不听召穆公的话。周宣王即位后，不愿意按照礼法举行天子耕田的仪式，大臣虢文公说这样不行，他不听；他打了败仗，要征兵补充军队，于是在太原统计人口，大臣仲山甫劝他说这不合法律，不应该做，他也不听。周幽王更不用说了，为了让宠妃褒姒当王后，让褒姒的儿子当太子，一意孤行地废掉原来的

王后和太子，为了讨褒姒欢心，又三番五次点燃都城烽火，恶意戏弄诸侯，自毁根基。他的所作所为，大臣们最后连劝都懒得劝了，史官直接断言："周的天下亡了！"

任何一个做决策的人，都要在独立自信和接纳意见之间取得平衡，才有可能做出正确的决策。西周的最后三代君主，个性都很独立，能够坚持自己的主张，这是他们的优点。但是，他们没有听取其他人意见的胸怀，更没有判断这些意见是否对自己有利的智慧，这样一来，他们的失败就是必然的了。

夏日绝句

宋 李清照

生当作人杰，
死亦为鬼雄。
至今思项羽，
不肯过江东。

解读

这首诗是宋代著名的女词人李清照的一首五言绝句，是李清照写于南宋初期、金兵渡江南侵、宋高宗无力抵抗、正在江南各地到处逃亡的危急时刻。

这首诗另名《乌江》，它是一首以咏项羽为主题的诗。这个主题在诗歌历史上是很常见的，很多诗人都写过。比如唐代诗人杜牧就写过脍炙人口的《题乌江亭》，其中有著名的诗句“江东子弟多才俊，卷土重来未可知”。大多数诗人在咏项羽的时候，都是惋惜项羽太执拗，因为不愿

意过江回乡，死于江畔，留下千古遗憾，假如他回到江东老家，肯定还有东山再起的机会，正所谓“大丈夫能屈能伸”。还有人认为，项羽是实力不够导致失败，没有机会“卷土重来”，不如早点放弃投降。

但李清照这首诗的观点不同。她没有从战略角度去品评项羽的成败，而是认为，项羽之所以是真正的英雄，是因为他有强烈的廉耻心，宁可壮烈地死，也不愿屈辱地生。仅凭这一点，他已经把许多碌碌无为的凡夫俗子比下去了。

李清照的这种心态，和她所处的时代背景以及她的个人经历密切关联。

李清照生长在北宋的齐州济南，也就是今天的山东省济南市，自幼家境富裕，无忧无虑，长大成人后，嫁给名士赵明诚，婚姻非常美满。北宋灭亡时，李清照所有的幸福生活全部都破碎了，她和丈夫赵明诚随宋室移居江南，一路上耳闻目睹的都是北宋一再的军事惨败，将领们弃城的弃城，失守的失守。定居建康不久，赵明诚因病去世，李清照一下子成了断线风筝，只身飘零。她在南宋度过了坎坷凄凉的晚年，家财散尽，孑然一身，还经历了一场令她心力交瘁的官司，最终落寞而死。李清照对宋室君臣南渡之后不思抵抗、贪安畏战的状态，有着极大的不满，正因如此，她才会写出“至今思项羽，不肯过江东”的诗句。

李清照如此立场鲜明，自然与主张议和的秦桧一党不能相容。有一位南宋诗人在自己的书里记载道，李清照曾有机会向宫廷进献诗文，这对孤苦无依的她来说，是个难得的改善处境的机会，但在秦桧的哥哥秦梓的恶意阻挠下，此事作罢。当时李清照已经是风烛残年了，权贵们还要这样为难她，令人深感不平。

故事

《夏日绝句》诗中说的项羽，是秦朝[illegible]年一位逐鹿中